培养探索精神的理想读本

你一定爱读的
世界科学故事

郑士波 魏志敏 编著

中国华侨出版社
北京

图书在版编目（CIP）数据

你一定爱读的世界科学故事 / 郑士波，魏志敏编著
. — 北京：中国华侨出版社，2018.3（2020.8 重印）
ISBN 978-7-5113-7537-7

Ⅰ.①你… Ⅱ.①郑… ②魏… Ⅲ.①科学史—世界
—普及读物 Ⅳ.① G3-49

中国版本图书馆CIP数据核字（2018）第033675号

你一定爱读的世界科学故事

编　　著：郑士波　魏志敏
责任编辑：兰　蕙
封面设计：冬　凡
文字编辑：李华凯
美术编辑：潘　松
经　　销：新华书店
开　　本：720mm×1020mm　1/16　印张：20　字数：580千字
印　　刷：唐山富达印务有限公司
版　　次：2018年6月第1版　2020年8月第2次印刷
书　　号：ISBN 978-7-5113-7537-7
定　　价：75.00元

中国华侨出版社　北京市朝阳区西坝河东里77号楼底商5号　邮编：100028
法律顾问：陈鹰律师事务所
发 行 部：（010）88893001　　　　传　真：（010）62707370
网　　址：www.oveaschin.com　　E-m a i l：oveaschin@sina.com
如果发现印装质量问题，影响阅读，请与印刷厂联系调换。

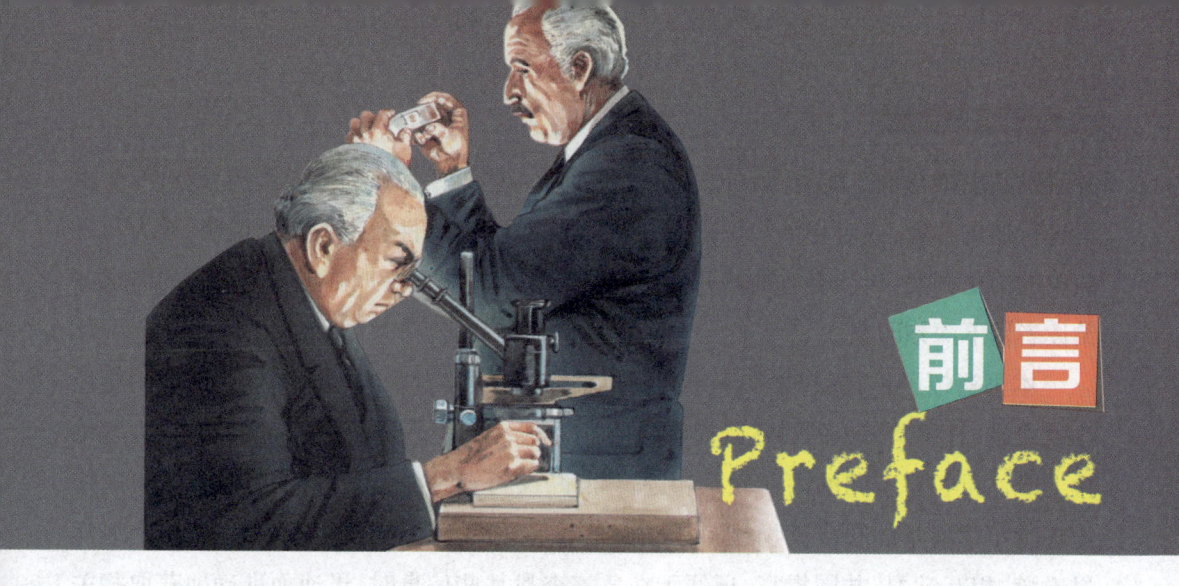

前言

Preface

　　人类从蒙昧时期到科学技术发达的今天,已经走过了漫漫五千年的历程。纵观人类的文明进步史,就是一部活生生的科学发展史。毋庸置疑,科学技术是人类社会发展的原动力。科学包含了世界的全部奥秘,是揭开自然之谜的钥匙,是通向未来世界的桥梁,它的不断进步给世界带来了翻天覆地的变化。掌握了科学的人,就像搭上了一列高速列车,向着美好的未来飞奔而去。科学是人生的主要功课之一,虽然未必人人能成为科学家,但作为一个21世纪的现代人,不了解基本的科学知识,是难以进步的。

　　基于此,我们精心编写了这本《你一定爱读的世界科学故事》。本书以时间为线索,分为外国卷和中国卷,以通俗易懂又生动有趣的语言讲述了过去五千年世界科技发展变化的历史。从科学文明的发端到科学思想的产生,从中世纪的漫长黑夜到技术革命的尽扫阴霾,从物理学的重大突破到生物技术颠覆式的革命,娓娓道来。书中精

心挑选了上百个具有影响力的科学故事,内容包括对人类具有重大影响的科学大发现、科技发明等,占星术催生的天文学、指南针与全球航行,开普勒发现了天体间的引力、神农尝百草、毕昇发明活字印刷术、郑和下西洋等均在其中,涉及物理、化学、数学、医学、生物、农业、地理、天文等多个领域,融知识性、趣味性于一体。

　　全书配有近千幅精美插图,有珍贵的实物照片、现场照片、手绘插图,也有大量原理示意图和结构清晰、解释详尽的分解图等,再配以简洁、准确的图注,与文字相辅相成,帮助读者形象、直观地理解各学科知识和科学家的生平与贡献,激发读者热爱科学、学习知识的兴趣,拓展其想象空间,使读者能在充满趣味的阅读中,轻松增长知识,

并启发其思维与创造能力。另外,本书还设置了一些小栏目作为知识链接,或对专业术语进行通俗解释,或对相关知识进行补充延伸,或为实用性较强的提示说明,或为与之相关的历史档案,让读者有豁然开朗、触类旁通之感,能更好地满足不同读者的需求并给读者留下深刻印象。

本书篇幅虽长,读起来却不感到沉重枯燥,带领读者步入轻松、有趣、绚烂的彩色读书之旅;对科学知识的讲述既简明通俗,但在专家眼里,又达到了准确的要求;内容编排上既注重各章节间的内在联系和逻辑顺序,又符合一般读者的认知规律;既可以作为青少年学科学的起步读物,随时随地"充电",又适合父母与孩子一起在知识的海洋里遨游,相互学习、共同提高,还便于在急需查找某些信息时,迅速而准确地获取相关的知识;既图文并茂,又与现代审美有机结合,用新颖科学的体例、版式和装帧设计,全面打造出一个融汇文字、图片等元素的全新视读世界,彰显其欣赏价值与艺术价值。

今天,"科学技术是第一生产力"的观念已深入人心,崇尚科学的精神正成为时代的主旋律。现代社会要求人们对博大精深的科学知识体系有大概的了解,并形成与之相匹配的知识结构,以便能够与时俱进地进行知识更新。这样,才会理解和应对自然界的各种现象和社会上有关科学的各种问题。愿每位读者都能确立科学的观点、掌握科学的方法和领悟科学的精神,具备较为丰富的科学素养。

目录

contents

外国卷

中国卷

外国卷

最早的太阳历

一提起埃及，大家都会不约而同地想到金字塔，没错！金字塔已成为今天埃及的象征，但埃及作为四大文明古国之一，其重要的文明成果还有太阳历。

古埃及的太阳历是人类历史上最早的历法，约在公元前4000年就已出现，这跟尼罗河的定期泛滥关系密切。从某种意义上讲，甚至可以说是尼罗河的定期泛滥催生了太阳历，所以在这里有必要交代一下尼罗河的情况。

尼罗河，是上源青尼罗河、白尼罗河两条尼罗河在苏丹首都喀土穆汇合后的正式称谓。它全长6700千米，堪称世界上最长的河流，它流经坦桑尼亚、卢旺达、乌干达、肯尼亚、埃塞俄比亚、苏丹和埃及等10个国家，最后向北注入地中海。尼罗河主宰着它流经国家的命运，离开了它的滋润，这里的文明将灰飞烟灭。但由于尼罗河水流缓慢，泥沙不断沉积使河床持续被填高，致使多次泛滥成灾，但河水退后，又留给当地人大片沃土。因此，古埃及人需找到其中的规律以趋利避害。

经过长期观测，古埃及人逐步发现尼罗河泛滥的规律，当它开始泛滥时，清晨的天狼星正好位于地平线上。这一点天文学上称为"偕日升"，即与太阳同时升起，于是这一天便被设定为一年的第一天。不巧的

早期历法

世界上曾经流行过几种历法，它包括中国的授时历、欧洲古历法、希腊古历法、巴比伦古历法等。中国古历法根据月亮的圆缺和运行的周期来确定；欧洲的古历法是根据天空中星象的变化来确定的；希腊的古历法也是根据星象的变化来确定的；古巴比伦的历法是根据星象和两河河水的涨落来确定的。在这些历法中一年天数最少的是354天，最多的是384天。

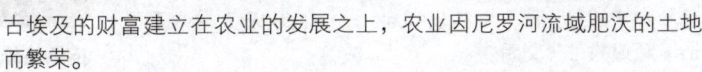

古埃及的财富建立在农业的发展之上，农业因尼罗河流域肥沃的土地而繁荣。

何为"回归年"

回归年就是太阳绕天球的黄道一周的时间，所以又称为太阳年。回归年是比较常用的年长单位，它的准确定义为，太阳中心从春分点到下一个春分点所经历的时间间隔。这是因为地球上的观察者由于地球绕太阳的公转而产生了太阳在天球上运行的现象，在太阳二次经过春分点的间隔内，地球正好绕日一周，是为一年。一回归年平均的长度为365.24220日，折合365日5时48分46.08秒，现在使用的历法就是以回归年作为基本计量年长的单位。

另外，由于一个回归年的12等份——30.4368日近于两个朔望月时间长度之和，阳历也把一年分成12月，但这里的"月"已与朔望没什么内在联系。

尼罗河流域图
尼罗河流域是人类文明的发祥地之一，古埃及人在这里创造了辉煌的古代文明。

是，天狼星偕日升的周期并没有很快被发现，智慧的古埃及人也没有放弃，经过几代人的不懈努力，他们终于发现：天狼星偕日升那天与其120周年后那一天恰好相差一个月，而到了第1461年，偕日升那天又重新成为一年的开始。于是古埃及人设定1460年的周期为天狗周（因为在他们的神话中称天狼星为天狗）。

描绘古埃及控制洪水的泥版画

我们把古埃及的太阳历与当前的公历做一个简单的对比，就不难发现其科学性：一年的天数为365天，继而把一年划分为12个月，每月30天，末了还剩5天则作为宗教节日，这比精确的一回归年（365.25天）仅少0.25天，120年后少30天，1460年后就会少365天，又接近一年，如此便形成一个完整的周期。这样精妙的历法凝结着无数古埃及人的智慧。

在古埃及，人们运用大量的时间进行天象的观测，特别是对天狼星位置的观测更加细致入微。他们发现，在固定的时间里，天狼星从天空消失，当太阳再次出现在同一位置时，它又从东方的天空升起，这就是一个周年。同时，古埃及人把天狼星比太阳早升起的那一天定为元旦。

埃及太阳历

古埃及人创制的太阳历对尼罗河流域的农业生产有着深远的影响，这也是古埃及跻身世界四大文明古国的重要标志。正是有了这样一部较为完备的历法作指导，古埃及人才得以准确预测尼罗河河水涨落，合理安排农时，做到趋利避害，获得一年又一年的大丰收，从而具备了稳定的衣食之源。在这个物质基础上，古埃及才得以在宗教、建筑和医学等领域创造更加辉煌灿烂的文明成果。

胡夫金字塔

蓝天白云映衬下的尼罗河，缓缓北去，漫漫的黄沙之中矗立着一座座高耸入云的金字塔，其中最为著名的是胡夫金字塔。

胡夫金字塔也称大金字塔，位于埃及首都开罗西南约10千米的吉萨高地，它是世界上规模最为宏大，也是较为古老的金字塔，始建于埃及第四王朝第二个法老胡夫统治时期，被认为是胡夫为自己建造的陵墓，根据古埃及宗教理论：只要保护好尸体，人死之后灵魂可以继续存在，3000年以后就会在极乐世界复活并从此获得永生。这与佛教理论中的轮回转世有着异曲同工之妙。有鉴于此，古埃及的每位法老便从登基之日起，便着手为自己修建陵墓，以求死后超度为神，胡夫统治时期正逢古埃及盛世，因此他的陵墓规模也空前绝后。

胡夫金字塔原高146.5米，后因顶端受到侵蚀，现在的高度为136.5米，大致相当于40层楼房那么高。在1889年法国巴黎的埃菲尔铁塔建成前，它一直是世界最高的建筑，整个塔身呈正四棱锥形，底面为正方形，占地5

金字塔的内部用巨大的切割过的石块筑成。较小的石块包覆在外面。用于修建主体框架的支架和斜坡在金字塔的外部建设完成后，由塔顶向下一一被拆除。

公顷，四个斜面分别对着东、西、南、北四个方位，误差不超过圆弧的3分，底边原长230.35米，由于年深月久的侵蚀，塔身外层石灰石存在一定程度上的脱落，目前底边缩短为227米，倾斜角度为51度52分。胡夫金字塔通身由近230万块巨石砌成，每块石头重量在5吨~160吨之间，石块的接合面经过认真打磨，表面光滑，角度异常准确，以至于石块间不用任何黏合物，全部依靠自然拼接，在没有被风蚀、破坏的地方，石缝中连薄薄的刀片也难以插入，可以想象其工艺之精湛。

胡夫金字塔的入口在其北侧面，距地面18米，从入口通过甬道可以深入神秘的地下宫殿，该甬道与地平线呈30度夹角，与北极星相对。由此可见，北极星在古埃及人的心目中有着某种特殊的意义。沿甬道上行则能到达国王殡室，殡室长10.43米，宽5.21米，高5.82米，与地面的垂直距离为42.82米，墓室中仅存一具红色花岗岩石棺，别无他物，这也

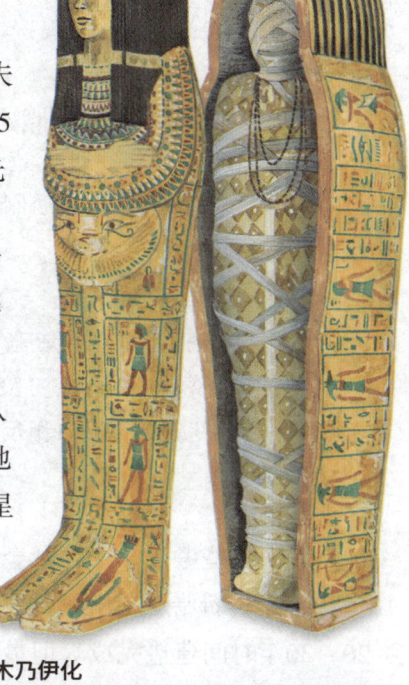

木乃伊化
当法老死后，他们的尸体被保存起来。内部的器官被去掉，身体用化学药水处理，然后用绷带缠好制成木乃伊。木乃伊被放在一个装饰好的棺材里，然后安置在金字塔坟墓内。

古埃及人建造金字塔想象图
古埃及人建造金字塔除了主要使用人力外，还借助杠杆、绳索和滑轮等极为简单的工具作为辅助手段。

❖ 奇妙的金字塔能 ❖

何为"金字塔能"？它是金字塔形的构造物内部产生的一种特殊的能量，人们借助这种能量可以收到意想不到的奇妙效果。

其一，金字塔能具有保鲜的功能，如将一杯新鲜的奶酪放进金字塔，两天以后依然鲜美如初；若将一把锈迹斑斑的钥匙放进金字塔，时隔不久，就会亮光闪烁。

其二，金字塔拥有自动制造"木乃伊"的功能，法国人安乐尼·博维于1930年前往埃及进入"国王墓室"，不经意发现误入金字塔的猫和老鼠的尸体，潮湿的墓室环境并未使这些尸体腐烂——它们已然干透，成为新的木乃伊了。

其三，金字塔的空间形态可以使该空间内的自然、化学、生物进程发生变化，放射专家卡尔·德鲍尔经过实验得出这一结论。他将一把刮胡刀放在金字塔模型中，满以为它将变钝，结果却相反，刀片由此变得更锋利。之后他又用这把刀片刮了50次胡子。

正是后来某些考古学家怀疑金字塔不是作为法老陵墓的一个重要论据。

根据古希腊历史学家希罗多德等人估计，法老胡夫至少动用了10万奴隶，耗时20～30年时间建造完成。但最新的权威考古学家发现，金字塔应由劳工建造而非奴隶，其主体部分为贫民和工匠，而且采用轮流工作制，工期约为3个月。因为考古人员在金字塔附近地区发现了建造者们的集体宿舍等生活设施的遗迹和墓地，以及大量用于测算、加工石料的工具（作为随葬品），而奴隶是不会享受此种待遇的。

胡夫金字塔、哈夫拉金字塔和门卡乌拉金字塔在吉萨高地一字排开，组成灰黄色的金字塔群。这些单纯、高大、厚重的巨大四棱锥体高傲地屹立在浩瀚的沙海中，向世人夸耀着古埃及人的智慧和伟大。其旁边更有气势磅礴的狮身人面像相伴，高约20米，长约46米。狮子在古埃及人眼中是力量与神圣不可侵犯的象征，所以法老才选择它为自己守陵，它也确实忠于职守，一守就是4000多年，期间从来没有擅离职守。

集巨大、精密、和谐为一体的金字塔不仅仅是建筑史上的奇迹，更体现了古埃及劳动人民在天文星象学、数学、力学等领域的极高造诣。

狮身人面像

腓尼基人开创航海业

　　腓尼基人是一个相当古老的民族，生活在地中海东岸，大致相当于今天的黎巴嫩和叙利亚沿海一带，曾创造过高度的文明，在公元前10世纪~公元前8世纪达到了鼎盛。

　　历史上，腓尼基人开创了举世瞩目的航海业，这跟他们所处的地理环境有很大关系。腓尼基人居住的地方前面为浩瀚的大海，背靠高大的黎巴嫩山，没有适宜耕作的土地，这就注定了腓尼基人不能成为农耕民族。他们转而发展起了手工业，制造出精美的玻璃花瓶、珠宝饰物、金属器皿及各种武器等。这些手工制品与异域民族产品的交易需要腓尼基人在汹涌澎湃的大海上闯出一条生路。

　　于是勇敢的腓尼基人驾驶自制的船只向茫茫的地中海开进了。据说，腓尼基人从埃及人和苏美尔人那里学到精湛的造船工艺。这种船的船身狭长，前端高高翘起，中部建有交叉的桅杆，两侧设双层樯橹，通体看起来轻巧、结实。该船主要靠船桨划行，有时拉起风帆，可同时搭载3人~6人。大概由8只~10只船组成一支船队。英

◆ 玻璃的发现 ◆

相传,玻璃是由古代腓尼基商人偶然发现的。一次,一支腓尼基船队在运输天然碱途中遇大风浪,只得靠岸。这些商人便从船上搬下一些碱块在沙滩上砌灶做饭。第二天,海上已经是风平浪静。正当他们收拾好锅灶上船起锚之时,忽然发现岸上有许多珍珠一样闪闪发光的东西,这便是世界上最早的玻璃。

国大不列颠博物馆珍藏的一幅反映腓尼基船队航海盛况的浮雕,栩栩如生地刻画了腓尼基人的航海特色。

腓尼基人凭借高超的造船技术和娴熟的驾船技巧,怀着无比坚定的决心,曾经航行到地中海的每一个港口,同当地的居民做各种各样的交易。腓尼基人自产的一种绛紫色染料有着很好的销路,以至于古希腊人称腓尼基为"绛紫色的国度"。根据后来史学家考证发现,腓尼基商人不仅航行在地中海,他们的商船队也曾经一度穿过直布罗陀海峡,进入波涛汹涌的大西洋,至今该海峡还有以腓尼基神名命名的坐标——美尔卡不塔坐标。腓尼基人由此向北直达今法国的大西洋海岸和英国的不列颠群岛;向南侧一直航行到非洲南端的好望角,也有说法认为他们曾环绕了整个非洲航行。

港口贸易
腓尼基人在地中海各个港口与当地人进行以物换物的贸易。

◆ 腓尼基字母 ◆

据说，一个名叫卡德穆斯的腓尼基工匠，一次在别人家干活忘记了带一件工具，便拿起块木板，用刀在上面刻画些什么，吩咐奴隶送给家中的妻子。卡德穆斯的妻子看完木片，二话没说就交给奴隶一件工具。原来卡德穆斯在木片上划下的便是第一个腓尼基字母。久而久之，腓尼基文字便逐步传播开来。

腓尼基字母比当时的象形、楔形文字更实用，因为它在象形文字和楔形文字外形基础上抽象出一系列简单的符号，组成22个字母。腓尼基字母是今天欧洲诸多文字的共同祖先。

在北非，至今流传这样一个故事：古埃及的法老尼科召见几位腓尼基航海勇士时说："你们腓尼基人自称最善于远航，真是如此吗？你们如果说'是'，那么现在你们就进行航行，从埃及出发，沿海岸线一直向前，要保证海岸总在船的左侧，最后回到埃及来见我。到时候我有重赏，如果你们觉得做不到，就实话实说，我也不惩罚你们，只是以后不要妄自吹嘘善远航了。"法老深知这需开辟新航道，要冒很大风险，觉得腓尼基人不会真的去做，没想到这些腓尼基人慨然领诺，接受挑战，而且很快组织起一支船队出发了。3年过去了，他们杳无音讯，法老以为这几个狂妄的腓尼基人早已葬身鱼腹。万万没料到3年后的一天，这几个腓尼基人真的回到了埃及。开始尼科不相信他们，但他们一五一十地向法老讲了沿途见闻，还献上收集到的奇珍异宝，最后法老终于折服了。

骨螺壳

腓尼基人贩卖的最珍贵的一种商品就是紫色布料。用于染布的染料来自于骨螺壳。6000多个骨螺壳被粉碎后可制成450克染料。

腓尼基人的环非洲航行，堪称人类航海史上的第一次壮举。当时欧洲流行的说法是：大西洋就是世界的尽头，没有人能穿越直布罗陀海峡。但伟大的腓尼基航海勇士却跨越地中海，北抵英吉利，南达南非，进入印度洋。腓尼人无愧于世界航海业开拓者的称号。

腓尼基人的航海取得了丰硕的成果，具有十分重要的历史意义。首先为自己建立了海上霸权，垄断了航路和贸易。他们在地中海沿岸建立一系列商站殖民地，其中很多商站发展成了著名商城，进而成为强大的城邦国家，如北非的迦太基（今突尼斯），就曾一度威胁过罗马人。其次，腓尼基人的远航为后来的世界航海提供了第一手航海资料和宝贵的经验，同时扩大了世界各地经济、文化交流，加强了联系。

泰勒斯预言日全食

泰勒斯（Thales），古希腊哲学家、数学家和天文学家，生活在公元前7世纪和公元前6世纪之间。他出生于小亚细亚的米利都城的奴隶主贵族家庭，泰勒斯不为显赫的地位、富足的生活所诱惑，全身心地投入到哲学和科学的研究之中，终于成为一位科学泰斗。其在天文学、数学、哲学等领域都取得了骄人的成就，但最令后人称道的还是其对于公元前585年5月28日日全食的预言。

当时的情况是：吕底亚王国与西进的米底王国（占有今天伊朗的大部）发生矛盾，双方的部队在哈吕斯河流域进行了殊死的战斗，但战争一直持续了5年，仍未决出高下。双方谁也没有罢手的意思，但两国的人民却因此陷入了痛苦的深渊。考虑到人民的疾苦，贵族出身的科学家泰勒斯决定凭借自己的智慧拯救黎民于水火。泰勒斯经过缜密地观测与推算，认定公元前585年5月28日这天哈吕斯河一带会出现日全食的天象奇观。他到处散布言论，说日食是上天反对人间战乱的警示。但没有人把这位文弱书生的话放在心上，只不过当作茶余饭后的谈资罢了，根本不相信会发生什么日食。战争依旧如火如荼地进行着，但始料不及的是，公元前585年5月28日这一天，正当两国的精锐部队酣战之时，天色骤然暗了下来，最后竟然与黑夜无二，交战的人马不胜惊惧，人们又想起市井上的流言，真以为神人嗔怒要降灾祸于人间，于是迅速撤出战斗，化干戈为玉帛，重新言归于好，并且以联姻的方式巩固了和平成果。从此，泰勒斯声名鹊起，受到人们的景仰和爱戴，被称为不朽的科学家。同时，人们也百思不得其解：泰勒斯是如何预测到这次日食的呢？

原来，泰勒斯研究过迦勒底人的沙罗周期，一个沙罗周期为6585.321124日或18年又11日，约为223个朔望月。既然日、月和地球的运行都是有规律的，那么日月食的发生也就存在一定的规律性。具体而言，日食一定发生在朔月，18年11日之后日、地、月又基本回到原来的位置上，这时极有可能再次发生日食，而对天文学熟悉的泰勒斯当然知道公元前603年5月18日有过日食。由此推算出公元前585年5月28日的日食便在情理之中了。

除了天文学，泰勒斯在数学和哲学方面也都取得了令人振奋的成就，如在平面几何方面，我们所熟知的"直径平分圆周"、"三角形两等边对应等角"、"两条直线相交对顶角相等"、"两角及其夹边已知的三角形完全确定"等基本定理均由泰勒斯论证并进一步归纳整理，并应用到实践生活中。比如，他曾以一根标杆测出金字塔的高度。

在哲学上泰勒斯提出了唯物主义的世界观："水是万物之源，万物终归于水"，从而否定神创世界观，开创了由世界自身出发去认识世界的本来面目的先河。这对于后世的唯物主义世界观体系的形成具有一定的引导意义。

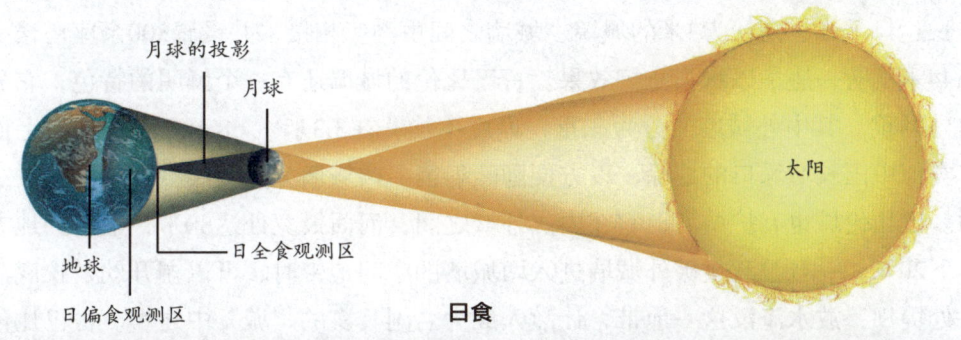

日食

◄ 泰勒斯测量金字塔的高度 ►

泰勒斯生活的年代，埃及的大金字塔已建成1000多年，但它的确切高度仍旧是一个谜。许多人尝试测量它的高度，但均以失败而告终。

后来，人们听说泰勒斯很有学问，但只闻其名，未见其实。何不借此机会试探一下他的能力，法老也是这么想。泰勒斯慨然应允，但提出要选择一个阳光明媚的日子，而且法老必须在场。这一天，法老如约而至，金字塔周围也聚集了不少围观者。泰勒斯站在空地上，他的影子投在地面。每隔一段时间，他就让别人测量他影子的长度，并记录在案。当测量值等于他的身高时，他命人立即在大金字塔的投影处做好标记，之后再测量金字塔底部到投影标记的距离。这样，他不费吹灰之力就得到了金字塔确切的高度。

在法老和众人的一再请求下，他向大家讲解了从"影长等于身长"推到"塔影等于塔高"的原理。其实他用的就是相似三角形定理。

古巴比伦城和空中花园

　　巴比伦城，曾是两河文明的象征，也是两河文明的发源地。城中的空中花园，更是令人叹为观止。

　　巴比伦城位于美索不达米亚平原中部，依幼发拉底河而建，位于今天的伊拉克首都巴格达以南约90千米的地方。它始建于公元前3000年，是古巴比伦王国的政治、经济中心，是当时的军事要塞。幼发拉底河穿城而过，为城市居民提供了水源和天然的城防屏障。

　　古巴比伦城总体呈正方形，边长达4千米，总占地超过8.5平方千米，该城有一条长达18千米、高约为3米的城墙。城墙之间由沟堑相接，并设置300余座塔楼（每隔44米就有一座）以增强防御效果。古巴比伦的城墙还有一个鲜明的特色，它分为内外两重。其中外城墙又分为三重，厚度不均，在3.3米～7.8米之间。同时上面建有类似中国长城垛口的战垛，以方便隐蔽射箭。内城墙分为两层，两层中间设有壕沟。巴比伦城也有护城河，它在内、外城之间，河面最宽处达80米，最窄的地方也不下20米。一旦被敌攻破外城墙进入两城墙的中间地带时，可以掘开幼发拉底河的一处堤坝，放水淹没这一地带，让敌人成为名副其实的"城"中之鳖。古巴比伦城

伊什塔尔门
伊什塔尔门用珍贵的蓝宝石装饰，守卫着进入巴比伦城的圣道。

古巴比伦城墙遗址

真可谓固若金汤。

古巴比伦还有著名的伊什塔尔门和"圣道"。伊什塔尔门是该城的北门，以掌管战争的女神伊什塔尔的名字命名。其门框、横梁和门板都是纯铜浇铸而成，是货真价实的铜墙铁壁。这座城门高达12米，门墙和塔楼上嵌有色彩艳丽的琉璃瓦。整座城门显得雄伟、端庄，而且华丽、辉煌。从伊什塔尔门进去，便是贯穿南北的中央大道——圣道。由于它是供宗教游行专用的，故而得名。整条圣道由一米见方的石板铺砌而成，中央部分为白色和玫瑰色相间排布而成，两侧为红色，石板上刻有宗教铭文。圣道两旁的墙壁上饰有白色、黄色的狮子像。

巴比伦城中最杰出的建筑当数空中花园，世人称之为世界七大奇观之一。关于花园的修建还有一段动人的故事。

相传，在公元前604～公元前562年，古巴比伦国王尼布甲尼撒二世在位之初

◆ 苏美尔人的科学成就 ◆

公元前4000年~公元前2250年，两河流域进入了盛世，《旧约全书》称其为"希纳国"（Land of Shinar）。两河沿岸因河水泛滥而积淀成肥沃土壤，史称"肥沃的新月地带"。单就这一点看，有点像尼罗河。但由于两河（幼发拉底河与底格里斯河）不像尼罗河那样是定期泛滥的，所以确定时间就必须靠观测天象。住在下游的苏美尔人发明了太阴历，即以月亮的圆缺作为计时标准。他们把一年划分为12个月，共354天，并发明置闰的方法，以解决与太阳历相差11天的问题；同时把一小时分成60分，以7天为一星期。数学方面，他们还会分数、加减乘除四则运算和解一元二次方程，发明了10进位法和16进位法；把圆分为360度，并知道 π 近似于3。苏美尔人甚至会计算不规则多边形的面积及一些锥体的体积。

娶了米堤亚公主赛米拉斯。由于两国是世交，二人的婚姻是双方的父亲定下的。在今天看来，有包办之嫌。尽管如此，新娘赛米拉斯对尼布甲尼撒印象也不错，只是巴比伦这个地方令她生厌，因为美索不达米亚平原黄土遍地、沙尘满天，经常酷热难耐。而她的家乡，却是山清水秀、鸟语花香，还拥有郁郁葱葱的森林，且气候宜人。久而久之，王后思乡成病，终日愁苦，甚至一度饮食俱废，花容月貌的王后很快憔悴不堪。为治愈王后的这块"心病"，尼布甲尼撒下令建造空中花园。园中的景致均仿照王后的故乡而建。今天的空中花园遗址位于伊拉克首都巴格达西南90千米处，由一层一层的平台组成，从台基到顶部逐渐变小。上面种满各种鲜花和林木，其间点缀有亭台、楼阁，最难得的是在20多米高的梯形结构的平台上还有溪流和瀑布，来此参观的人们无不啧啧称奇。

　　人们百思不得其解的是空中花园的供水系统和防渗漏系统，因为园中的植物和泉流飞瀑都需要水，而且用量还很大。就算让奴隶们不停地推动抽水装置，把水抽到花园最高处类似水塔的装置中，再顺人工河流流淌，那将需要多少奴隶呢？又得多大的抽水装置呢？即便这些条件都满足了，水流下后势必危及花园的地基，那时的尼布甲尼撒陛下又是如何应对的呢？这真是一个千古之谜。

空中花园想象图
当时人们可能从幼发拉底河上抽水灌溉空中花园梯形平台上种植的花草树木。

博学的亚里士多德

公元前384年，亚里士多德出生在希腊的沿海地区，后移居雅典，在那里师从哲学大师柏拉图。这为其日后在多个领域取得成就奠定了雄厚的基础。

亚里士多德是伟大的哲学家、科学家和教育家，在哲学、政治学、教育学、逻辑学、生物学、医学、天文学、物理学都有所创见。他在哲学方面著有《形而上学》一书。在书中他提出了著名的"四因说"，即构成事物的要素必须包括四个方面：质料因、形式因、动力因和目的因。质料因是形成的基本物质；形式因是物质存在的形式；动力因是物质存在的原因和作用；目的因则为设计物体所要达到的目的。四种因素搞清楚了，人们对物体也便有了清晰的认识。

亚里士多德
古希腊最伟大的哲学家和思想家。他提出的一系列理论在欧洲流行了近2000年。

除了哲学，亚里士多德对科学也有许多独到的见解。在天文学方面，他相信地心说。同时，他认为地球和其他天体由不同物质构成，前者由水、气、火、土组成，而其他天体则是由"以太"构成。在物理方面，他否定了原子论，更不相信有什么虚空；在生物学方面，得益于他的学生亚历山大大帝的帮助，亚历山大带兵远征各地的时候经常为他带回各种动植物的标本供他研究。亚里士多德亲自解剖过50多种动物，以了解它们的生理构

← 亚里士多德的《物理学》 →

亚里士多德在物理方面的成就多体现在《物理学》一书中，这部书主要从三个方面讨论了事物的运动问题。第一，运动的本质、种类和形式，运动的本质就是运动物体潜能的实现，潜在的能力得以实现即为运动。运动的形式可分为环形运动与直线运动两种。第二，运动的条件——地点与时间，任何事物的运动总是在一定的时间和地点中进行的，所以地点和时间是运动的必要条件。第三，运动与运动者，亚里士多德认为一切运动的物体必然被某物所运动，要么被自身的运动本原所运动，要么被他物所运动。

雅典学院图
这幅图画描绘的是亚里士多德和他的老师柏拉图在雅典学院辩论哲学问题时的情景。

造。而且亚里士多德还对动植物进行了初步分类，当时他区分的种类已达500多种，为后来生物学发展起到了积极的引导作用。

亚里士多德经过不懈努力，做出一些创造性的发现，如鲸不是鱼，它是胎生。他还关注过遗传学方面的问题，提出："黑白两个不同肤色的人结婚以后，其子女是白皮肤的，但再过一代在孙子、孙女中又会出现黑皮肤的人。这种隔代遗传是怎么一回事呢？"这个伟大的问题虽在2000多年前就已被提出，但直到20世纪，隐性基因才圆满回答了这一问题。

在教育方面，亚里士多德也堪称一代宗师。亚里士多德经过对儿童身心发展的充分考察，又结合自己的人性论、认识论等成果，形成了一套独立的教育思想。他认为人是通过灵魂来感觉和思考的，灵魂借助身体的各种感官感知外界事物，再经过自身理性的思考最终形成知识和真理。鉴于此，亚里士多德把灵魂分两部分，一是非理性灵魂，其功能是本能、感觉、欲望等；二是理性灵魂，它的作用是思维、理解和认识。亚里士多德强调教育的目的在于，在非理性灵魂的基础上充分发挥理性灵魂的作用，以理性灵魂的充分发展作为终极目的。

亚里士多德为践行自己的教育思想，开设专门的哲学学校。在他开设的学校里非常注重实践，认为只有在实践活动中学生才能获得德、智、体等全面发展。在师生关系方面，亚里士多德倡导教学相长，反对师道尊严和学生只能被动接受的做法。他有一句名言："吾爱吾师，吾更爱真理。"而且他身体力行，突破了其师的理论范围，开创了新的境界。

亚里士多德成果之多，达到了令人吃惊的地步。他一生有170部专著，光流传下来的就有47部。这些著作涉及天文学、动物学、胚胎学、地理学、地质学、物理学、解剖学和生理学等各门学科，是名副其实的百科全书。

亚里士多德对世界的贡献是空前绝后的，绝对称得上是伟大的、百科全书式的科学大师。有鉴于此，后人将他与其师柏拉图还有苏格拉底并称为"古希腊三贤"，也有人将这三人喻为"古希腊科学史上的三座高峰"。恩格斯称之为"最博学的人"实不为过。

欧几里得和《几何原本》

欧几里得，古希腊著名数学家，是几何学的奠基人。

欧几里得出生在雅典，曾经师从柏拉图，受到柏拉图思想的影响，治学严谨。后来在埃及托勒密王的盛情邀请下，到亚历山大城主持教育，成果非凡。托勒密国王本人对数学比较感兴趣，但又无心深究，经常浅尝辄止，还总是询问欧几里得有没有什么捷径。欧几里得则郑重其事地告诉他："在几何的王国里，没有专门为国王铺设的大道。"国王为欧几里得严谨的治学态度所打动，后来这句话成为激励学习者不畏艰苦的箴言。

欧几里得

古希腊数学家，几何学的奠基人和开拓者。他在数学领域内的贡献是非常大的，他开创的欧氏几何学成为后来几何学的基础。

欧几里得在系统地总结前人几何学知识的基础上，加上自己的创造性成果，开创了一门新的几何学，人们称之为欧氏几何学。欧氏几何学的显著特点是把人们已公认的定义、定理和假设用演绎的方法展开为几何命题。从此，几何走上了独立发展的道路。

欧氏几何学的集大成著作是《几何原本》。在这本书中，欧几里得集中阐述了自己的几何思想。《几何原本》共13卷，每卷（或几卷一起）都以定义开头。第一卷首先给出23个定义，如"点是没有面积的""线只有长度没有宽度"等。同时也给出平面、直角、锐角、钝角、平行线等定义，然后则是5个假设。作者先做出如下假设：（1）从某一点向另一点作直线；（2）将一条线无限延长；（3）以任意中心和半径作圆；（4）所有的直角都相等；（5）若一直线与两直线相交，使同旁内角小于两直角，则两直线若延长，一定在小于两直角的两内角的一侧相交（此后的许多学者都试着证明这一假设，却没能成功，这引发了非欧几何学的创立）。5个假设之后是5条公理，它们共同构成了《几何原本》的基础。

《几何原本》前6卷为平面几何部分，第一卷内容有关点、直线、三角形、正方形和平行四边形。其中包括著名的"驴桥"命题，即"等腰三角形两底角相等，两

非欧几何简介

非欧几何,顾名思义,指不同于欧几里得几何学的一类几何体系。它的主要构成是罗氏几何和黎曼几何。非欧几何与欧氏几何最主要的区别在于各自的公理体系中采用了不同的平行公理。罗氏几何的平行公理是:通过直线外一点至少有两条直线与已知直线平行。而黎曼几何的平行公理是:同一平面上的任意两条直线一定相交。

非欧几何的创建打破了欧氏几何一统天下的局面,从根本上革新和拓展了人们的传统几何学观念,导致人们对几何学基础展开新一轮的深入研究。同时对于20世纪初的经典物理学在空间和时间方面的物理观念变革起了重大的引导和启发作用。现在人们普遍认为宇宙空间更符合非欧几何的结论。

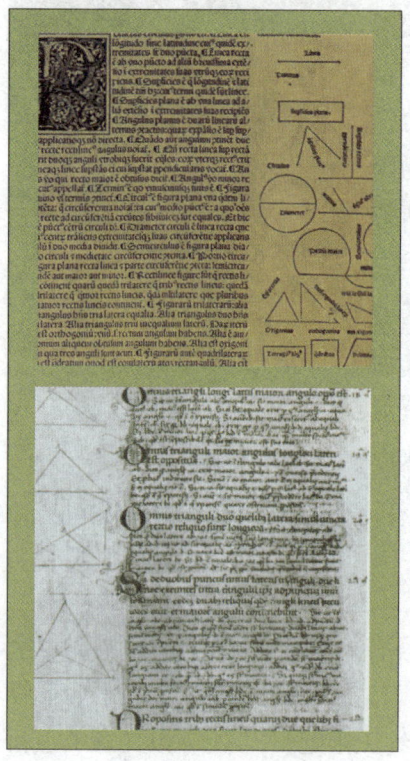

这是希腊文《几何原本》一书的部分内文。

底角的外角边相等";面积贴合问题:"在一已知直线(段)上以已知角贴合一平行四边形等于一已知三角形";著名的毕达哥拉斯定理:"直角三角形斜边上的正方形的面积等于直角边上的两个正方形的面积之和。"

第二卷在定义了馨折形之后,给出14个命题,作为第一卷中有关面积变换问题命题的延续。如果把几何语言转换为代数语言,这一卷当中的第5、6、11、14命题就相当于求解如下二次方程:$ax^2-x^2=b^2$、$ax+x^2=b^2$、$x^2+ax=a^2$和$x^2=ab$。

第三卷包含37个命题,论述了圆本身的特点,圆的相交问题及相切问题,还有弦和圆周角的一些定理。

第四卷,全都用来描述圆的问题,如圆的内接与外切,还附有圆内接正多边形的作图方法。

第五卷发展了一般比例论。第六卷是把第五卷的结论应用于解决相似图形的问题。第七、八、九卷是算术部分、讲数论,分别有39、27、36个命题。第十卷包含115个命题,列举了可表述成a±b的线段的各种可能形式,最后三卷致力于立体几何。《几何原本》的许多结论由仅有的几个定义、公设、公理推出。它的公理体系是演绎数学成熟的标志,为以后数学的发展指明了方向。欧几里得使公理化成为现代数学的根本特征之一,他不愧为几何学的一代宗师。

亚历山大港的法洛斯灯塔

在埃及的亚历山大港附近的法洛斯岛上，历史上曾矗立着一座法洛斯灯塔，与埃及的金字塔、巴比伦的空中花园等并称世界七大奇迹，但它又个性鲜明。

法洛斯灯塔不带任何宗教色彩，是一座纯粹的民用建筑。大约公元前300年，马其顿国王亚历山大大帝的部下托勒密·索格取代亚历山大成为埃及之主，并宣布新城亚历山大为国都。鉴于亚历山大港的航道十分危险，他便采纳下属的建议，下令由建筑师索斯查图斯在港口的入口处建造一座灯塔，以方便引导航海入港。由于该塔建在港口附近的法洛斯岛，故而得名。

法洛斯灯塔设计高度为122米，是当时世界最高的建筑物。灯塔塔身以白色的大理石建成，洁白如玉，蔚为壮观。该塔分为三层，底层为四角柱体，高约105.3米，是整座塔的基座；中层为八角柱体，高约为20米，直径较底座部分略小，以增加灯塔的稳固性；顶层则是圆柱状，高度为约8米。顶层之上巍然屹立着海神波赛冬的雕像，凝视着大海上的航

亚历山大古城部分遗址

建于法洛斯岛上的大灯塔及卡特湾要塞遗址

船，给整座建筑物增添了不少生机与活力。法洛斯灯塔从下到上结构紧凑，浑然一体，为苍茫的亚历山大港湾平添了一道靓丽的风景。

法洛斯灯塔的工作原理是这样的：塔内螺旋式阶梯直通塔顶，平时有专人负责运送燃油，而位于塔顶瞭望台的引航员在夜间就点燃引航灯，再通过一组巨大的镜片聚光反射出去，这样海上夜航的船只就能找到航标，就能安全地进港靠岸；而在白天，就只用境片反射日光。据史料记载，无论白天还是黑夜，法洛斯灯塔都能为56千米内的船只引航。同时，由于亚历山大港的军事战略位置，灯塔在战时还作为侦察敌情的平台使用。

法洛斯灯塔一度成为亚历山大的标志性建筑，后来由于埃及迁都开罗而遭遗弃。956年、1303年和1323年，该地区发生过三次大规模的地震，几乎将这座雄伟的灯塔毁尽。这还不算完，在1480年，当地的统治者居然用灯塔残存的大理石来加固城堡。至此，千年灯塔销声匿迹。直到1996年11月，几名潜水员在地中海深处发现了法洛斯灯塔残存的基石，这座已消失几百年的古灯塔才重新露面，引起人们的关注。近几年以来，考古学家对亚历山大港的法洛斯灯塔进行了一系列的发掘工作，以期对它有更深的认识。

亚历山大港灯塔（想象图）
亚历山大港灯塔曾经被誉为世界七大奇迹之一。现在该塔已不复存在，人们只能从各种文献资料中一窥其特色。

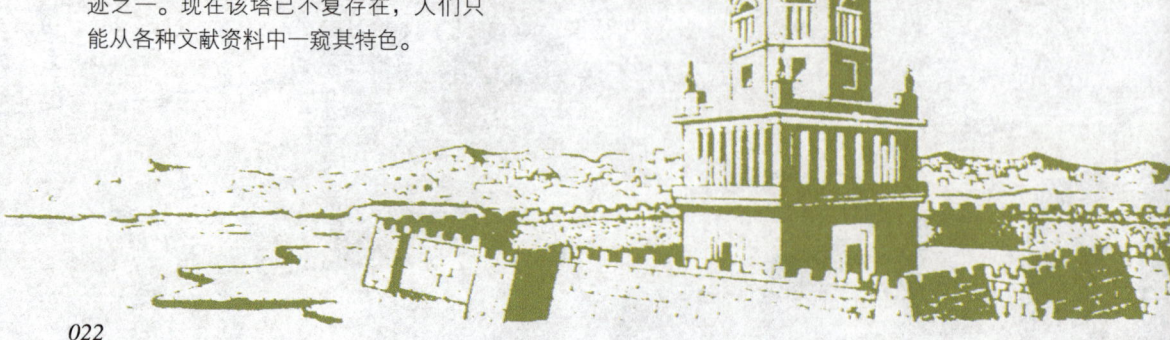

阿基米德的故事

阿基米德是古希腊伟大的数学家和力学专家。他出身贵族，但酷爱学习，11岁时就来到埃及的亚历山大里亚城学习哲学、数学、天文学和物理学等学科。还受到过埃拉托塞和卡农（二人均为欧几里得的学生）的亲自指点，是与牛顿、高斯齐名的伟大数学家。

阿基米德一心扑在科学研究上面，达到了忘我的境地，因此留下了许多佳话。比如他发现浮力定律的过程便是这样一个典型。

故事是这样的：叙拉古国王命王城的金匠打造一顶新王冠，要求纯金制作。按现在的说法也就是24K吧。但是，金匠在制造金银器皿时掺杂使假、中饱私囊，这在当时已是司空见惯。所以等到王冠打造完成以后，国王想到的第一件事便是如何检验王冠的纯度，但又不能破坏近乎完美的王冠。这可愁坏了叙拉古国王和朝臣们。最后大家一致决定把这道难题交给宫廷教师阿基米德来解答。

阿基米德开始也想不出什么好办法，但没有放弃。这也许就是科学家与普通人的差距所在。有一天，他在洗澡时浴盆中溢出的水触发了他的灵感：既然人体入水愈深，溢出的水愈多，那么若是将王冠投入水中，溢出的水量也就应等于同等重量的黄金排出的水量。如若不相等，就是掺了假。想到此，他从澡盆中一跃而起，赤身裸体地跑到大街上，一边跑还一边喊："尤里卡，尤其卡（找到了）！"自己没穿衣服却浑然不觉。事后

古希腊物理学家阿基米德

这是拜占庭壁画中的一部分，描绘了罗马大军攻破叙拉古城时，阿基米德仍沉醉于数学研究之中，图中他双手保护着自己的数学工具，两眼愤怒地回望着什么（原图中站在他身后的是一持剑的罗马士兵）。

◆ 阿基米德的科学成就 ◆

阿基米德在许多科学领域取得令同时代科学家高山仰止的成就。在数学领域，阿基米德使用"穷竭法"求得了抛物线弓形、螺线、圆形的面积和椭形体、抛物面体等复杂几何体的体积，被公认为微积分计算的鼻祖。他还利用此法估算出了π值，得出了三次方程的解法。他还提出了一套按级计算法，并利用它解决许多数学难题。他主要的数学著作有《论球和圆柱》《论劈锥曲面体与球体》《抛物线求积》和《论螺线》。在力学领域，阿基米德的成就主要集中在静力学和流体力学方面。在研究机械的过程中，他发现了杠杆原理。在研究浮体过程中，他发现了浮力定律。他著有《论平板的平衡》《论浮体》《论杠杆》《论重心》等力学著作。在天文学领域，阿基米德设计了表现日、月食现象的仪器。他还提出地球是球状的，并绕太阳旋转，比哥白尼提出的"日心地动说"早1800多年。

浴盆中的阿基米德
传说阿基米德到公共浴池洗澡受到了启发，发现了有名的浮力定律，即浸在液体中的物体受到向上的浮力，其大小等于物体所排出液体的重量。

人们知道了事情的来龙去脉，无不感叹阿基米德专注于科研的精神。

阿基米德有一颗聪明的脑袋，解决了许多复杂的问题，但有时也把问题想得十分简单。例如，在他发现了杠杆原理（力臂和力的大小成反比）后，就对国王说："在宇宙中给我一个支点，我就可以撬起地球！"而叙拉古国王笑笑说："可爱的阿基米德先生，向宙斯起誓，你说的这个支点是无论如何也不存在的。"阿基米德这才意识到自己把事情想得太理想化了。这也反映出他对自己的观点深信不疑，而且永远是那么肯定，不论在别人看来是如何荒唐。

难怪罗马历史学家普鲁塔克说："他是一个中了邪的人。"令人惋惜的是，这位智慧、可爱的阿基米德先生最后竟死于罗马人的利剑之下。那是公元前212年的一天，罗马远征军攻破了叙拉古的城防，一名士兵闯进了他的住所，用一把利剑指向他的咽喉刚要开口，阿基米德却出人意料地说道："先等我把这个原理证完再说。"这位罗马士兵没能理解他的意思，一怒之下竟杀死了这位科学大师，给后人留下无尽的遗憾。

罗马统治者为阿基米德的智慧所折服，为他举行盛大的葬礼，将其安葬在西西里岛，并为之建造了圆柱内切球状的墓碑，以彰显他在数学上的杰出贡献。

托勒密的错误

托勒密生于埃及，父母都是希腊人。关于他的生平，史书记载的很少，但他的"错误"却是尽人皆知。

托勒密犯的是一个著名的错误，那便是地心说。说它是错误，那是实事求是，但同时它也是不折不扣的科学。之所以称之为科学，是因为它在科学史上的进步意义。

其实，首创地心说的是亚里士多德。托勒密全面继承了这一学术观点，同时依靠前人的积累和自己长期观测得到的数据，写成了13卷本的《至大论》。在该书中，他将地球之外的空间分为11个天层，依次为月球天、水星天、金星天、太阳天、火星天、木星天、土星天、恒星天、晶莹天、最高天和净火天。托勒密认为，各行星都围绕着自身的轴心转动，同时每个行星的轴心又以地

托勒密

他为"地心说"提出了许多"理论"依据，其中某些还具有合理的成分。

球为中心作圆周运动。他以地球为中心的圆周为"均轮"，各行星自转的圆周为"本轮"。他还承认地球不在均轮的正中心，从而均轮都是一些偏心圆；众恒星与日月行星一道绕地球公转。托勒密所描绘的数学图景并不符合实际情况，但对于当时观测的行星运动情况解释得近乎完美，而这一理论在航海上也具有一定的实用价值。托勒密自己对这一理论体系的评价是：不具备物理的真实性，仅仅作为计算天体位置的一个数学方案而已。但人们还是接受了它，认为它是科学的。

之所以在托勒密犯下这样的错误之后，当时的世人又犯了一个错误（接受

他的观点）是有一定原因的。第一，绕着某一中心做匀速圆周运动的提法暗合于当时占主导地位的柏拉图思想，与亚里士多德的物理学也是吻合的；第二，以几种圆周轨道的组合说明行星的位置和运动状况，与实际相近，相对于以前的体系而言是一种进步，还能解释行星的亮度差异；第三，地球处于宇宙中心不动的说法令人们安心，也与基督教义的说法一致。如此一来，在以后1000多年的时间里，人们对此深信不疑。

直到15世纪，哥白尼才指出了这一理论的谬误。人们对于宇宙中心这个问题的认识一步步朝着正确的方向发展。不幸的是，我们逐渐认清了谁是宇宙中心的时候，不经意地又犯下了另外一个错误，那就是全面否定托勒密及其地心说。

在上海交通大学科学史系的研究生入学考试中，不止一次地出过这样一道题："试论托勒密的天文学说是

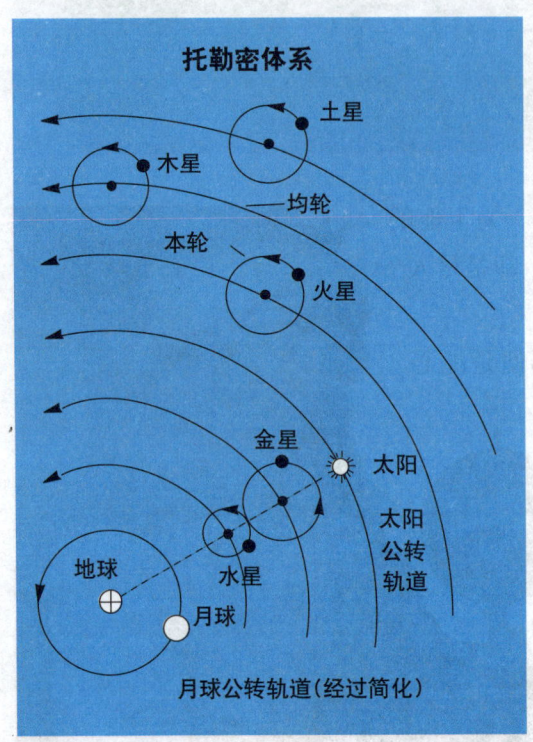

托勒密天体系谱图
这张天体图从整体上看是错误的，但它也有某些合理性和科学性。

◆ 托勒密的著作 ◆

《至大论》是托勒密的一部重要著作，在此不再赘述。另外还有其他九部著作：《实用天文表》，将《至大论》中的天文表单独汇编，并对其中参数加以修订以方便实际应用。该书一直被用到中世纪以后。《日晷论》，主要研究日晷的角度、投影和比例的问题，相比古罗马工程师维特鲁威的《建筑十年》，在具体技巧有诸多改进。《平球论》专注于各种圆的平面投影，形成构造平面星盘的理论基础。《地理学》是当时地理学和地图学知识的集大成之作，在地理方面有着重要地位，全书共分为8卷。《恒星之象》仅有第二部分存世。在书中，作者列举了一些明亮恒星的偕日升与偕日落，是对于《至大论》在这一领域的补充。《星象假说》、《四书》、《光学》、《谐和论》等著作或因失传，或因后人记述颇有争议，这里不再一一赘述。

不是科学？"结果呢，大部分考生都在这道题上栽了跟头，众口一词地说它不是科学，错误的理论怎么能成为科学呢？而正确答案恰恰相反：它是科学。可见持这种错误观点的人不在少数，为什么呢？因为我们教育中历史唯物主义和辩证唯物主义的精神贯彻得不够彻底。

哥白尼像
他在托勒密以后提出了"日心说"。

何谓科学？科学是一部不断进步的阶梯。今天的"正确"结论，明天可能成为悖论。如果我们否定托勒密是对的，那么哥白尼、开普勒和牛顿又将如何被评判？太阳也不是宇宙中心；行星的轨迹亦非精确椭圆；"绝对时空"是不存在的，我们只能一并称之为"伪科学"，显然这是不负责任的做法。所以我们必须按照辩证唯物主义和历史唯物主义的要求，重新划定科学的界线。即具有进步意义，推动人类社会向前发展的理论就具有科学性。托勒密的理论符合这一论点：第一，他肯定大地没有支托，而是悬空的；第二，认识到行星和日月是离地球较近的天体群，走出了把太阳系从众星中识别出来的关键一步。所以，我们在承认托勒密地心说是一个错误的同时，也要看到它的巨大积极意义。

15 世纪后期根据托勒密资料绘制的地图

阿拉伯炼金术中的化学

阿拉伯炼金术与中国炼丹术的异同

阿拉伯的炼金术与中国的炼金术有许多相似之处。除了炼制设备相似外，所用药物也大致相同。中国所用的药物主要是硫、汞、丹砂、硝石、雄黄等，阿拉伯炼金术大体上用的也是这些。阿拉伯人还常常把用于炼金的药物名称之前冠以"中国"二字。如硝石，他们称为"中国雪"。阿拉伯的炼金术士与中国的炼丹家一样，大都以医术见长。不同之处就在于，中国的炼丹家目标是炼出长生不老药，而阿拉伯的炼金术士追求的则是黄金，梦想着以此来发财致富。阿拉伯炼金术的整个炼制过程设计非常严密，富有很强的逻辑性和科学性，以至于在炼金的过程中产生了许多有价值的化学发现。

水银
水银是一种从朱砂中提取出来的液态金属。

无论是在东方还是西方，炼金术都源远流长。西方的炼金术大致开始于1世纪，由于受到统治者和巫医的推崇，迅速发展。但炼金术的发展无意间催生了化学这门学科，最后竟被其否定和取代。

阿拉伯人的炼金术尤为出名，它可以追溯到古埃及，时间应为8世纪。阿拉伯的炼金术体现了一种关于本质的哲学。它与古希腊赫尔墨斯的神智学，以及关于矿物和金属转变成金的特殊原理都有密切的关系。在具体的操作过程中，运用了许多化学的知识和实验方法。

首先，炼金术的思想隐含着化学原理。如阿拉伯早期著名的炼金术士比尔·伊本·海扬在他的著作《物质大典》、《七十书》、《炉火术》、《东方水银》等著作中指出金属可以相互转换，他说重水（水银）可以将铁、铜和铅变成金。虽然这些说法现在看来是幼稚可笑的，无丝毫科学依据，但他为后来的化合、分解等化学实验的尝试起到了启发作用。

其次，早期的炼金术为后来化学的产生与发展提供了基本的实验器具和药品。阿拉伯著名的炼金术士拉绎就曾发明、命名了蒸馏器，使用了包括坩埚、烧杯、漏斗、天平、焙烧炉、水浴、沙浴、铁剪、勺子和风箱在内的众多仪器设备。同时还提出了植物性物质、动物性物质、矿物性物质和衍生物等概念，又进一步把矿物质分为金属体、岩石、矾土、盐类、硼砂和捍多性结晶体等种类。以后的阿维森纳——他是一名医生和炼金术士，在其所著的《医典》中，也有关于无机矿物的分类：可溶物、盐、石和硫等。他还写到，明矾和硇砂是含有土和火的盐类物质，金属则是由汞、硫和其他杂质混合而成，石是由于水受干素作用而形成的。在这本书中，还提到合金的概念。这些阿拉伯的炼金术家所获得的成果一定程度上构成了早期化学研究的雏形，可以说近代化学的产生源于炼金术。

再次，阿拉伯炼金术中的方法，诸如蒸馏、缓烧、过滤、升华和煅烧等，都成为后来化学实验的基本操作方法。使用这些方法炼金的术士有许多成为化学的先驱，如比尔·伊本·海扬、拉绎、贾比尔·伊本·哈扬等。

尽管化学从炼金术中脱胎，炼金术最终还是受到近代化学的怀疑和否定，被定格为"伪科学"，这一过程大多发生于17世纪以后。

18世纪的炼金术实验室
当时的人们通过煮动物尿液或水银来提炼黄金，最后也不过是徒劳一场。

◆ 炼金术的影响 ◆

炼金术被现代科学技术证明是错误的，但由于"长生不老"的诱惑力，19世纪以前它一直保持着旺盛的生命力。西方的国王如英王亨利六世、法国国王查理七世和九世、瑞典国王查理十二以及普鲁士的腓特烈·威廉一世和二世，无一不极力推崇炼金术，妄图以此达到长生不老的目的，甚至形成所谓"炼金术的中心"，如布拉格。更有甚者，如罗马的鲁道夫二世和英国的伊丽莎白女王一度加封炼金术士为伯爵，受此殊荣的有英国的约翰·迪真、罗马的迈克尔·梅尔特等人。

古登堡的活版印刷

提起活版印刷，我们总是想起北宋的毕昇。现在，我们先放下他不提，来共同探讨一下德国人古登堡的活字印刷。

是不是古登堡最早发明了活字印刷，我们也按下不提。他确实自己创制了一套印刷技术，而且得到了广泛使用和传播。古登堡出身于铸币工人家庭，幼年习得金匠手艺，为日后从事印刷打下了基础。古登堡早在1434年和1444年间就开始活字印刷的探索。起初是较大的木活字，显然可以排版印刷，但十分不方便，而用木板刻成较小的字模强度又跟不上，最终他想到了金属制版。当时所用的材料主要为铅锡合金，其中加入一定量的锑以提高活字强度。古登堡的功绩之一就在于他最终确定了三种金属的比例搭配。

在解决了刻版的问题之后，接下来便是印制设备的问题，在克服这个难题过程中，古登堡从当时压榨葡萄汁的立式压榨机受到启发。最终他将一台木制的压榨机改装成第一台印刷机，并且试印了一下。他先将活字字块排好，然后将其固定在印刷机的底部座台上，再用羊毛制的软毡蘸墨刷在字版上，下边铺上纸张，向下拉动铁制螺旋杆，压印板便在纸上印出字迹，最后向上摇动拉杆，抽出纸张，便完成。效果虽不尽人意，但总可以慢慢改进以提高印刷质量。

就在第一次试印过程之中，另一个难题摆到了古登堡面前。当时他用的还是传统的水性墨，水性墨自身黏附性差，用在雕版印刷中还

古登堡的印刷工作室
该情景即使对于今天的许多印刷工来说仍非常熟悉，在左前方，排字工人正从字盘中取出一个个字母进行排版，而图的后面，辅助印刷工则在铅字上面涂油墨，印刷工人正在用力转动螺旋杆，使其下移进行压印。对于手抄书来说，这无疑是一场革命。

可以，而在活字印刷中印出的字迹时浓时淡，很不均匀。若是采用黏稠度较高的油性墨，效果或许会好一些，想到此，古登堡开始试制油性墨。经过反复试验，他发现将松节油精（蒸馏松树脂时得到）与炭黑混合再加入煮沸的亚麻油中形成的墨质量较好，而且这种墨印出的字迹呈暗黑色，非常适合大量印刷。

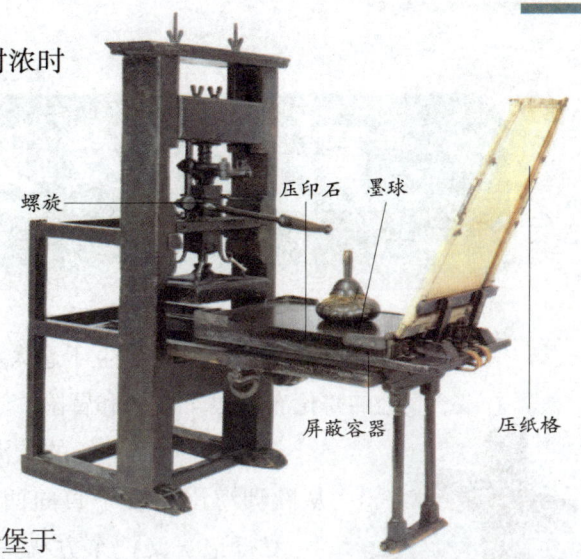

古登堡发明的印刷机

（标注：螺旋、压印石、墨球、屏蔽容器、压纸格）

至此，一整套的活字印刷技术便诞生了。为了推广这项发明，古登堡于1450年与富商富斯特合伙开办了一家印刷厂。由于当时正处于欧洲文艺复兴的上升时期，人文主义的艺术和文化空前发展，大量的读物需要印刷，古登堡等人开设的印刷厂规模迅速扩大。同时其他的印刷厂也如雨后春笋般崛起，印刷术也就自然而然地推广开来。

古登堡的活字印刷术进一步走出国门，被广泛地使用则是源于1462年美因茨动乱事件。当时工厂被毁，印刷工人流离失所、各奔东西，不经意地就把活字印刷技术带到各地，如1468年他们在瑞士巴塞尔、1465年在意大利、1470年在法国、1475年在西班牙，甚至在墨西哥都建立了印刷厂。古登堡发明的活字印刷技术在欧洲广为传播，极大地推动了文艺复兴和宗教改革的进程。到了16世纪以后，这种印刷技术被进一步改良，其产量和质量空前提高，最终形成了庞大的近代出版业，在社会发展的进程中扮演着愈来愈重要的角色。

至于是不是古登堡首创了活字印刷尚未定论。但有资料证明古登堡确实受到过中国印刷术的影响，如芝加哥大学的钱存训教授就说："古登堡的妻子出身于威尼斯的孔塔里家族，因此他见到过从威尼斯带回的中国雕版，从中受到启发又做出发展，才发明了活字印刷。"但我们不可否认，古登堡确实独立发明了这项技术。

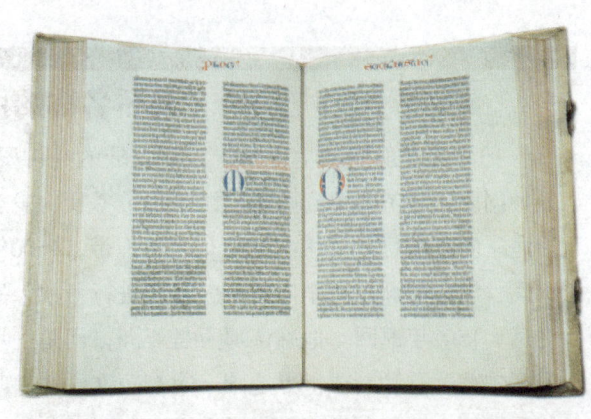

第一本用金属活字印制的书是1455年的《古登堡圣经》。

哥伦布发现新大陆

哥伦布于1451年出生于意大利的热那亚城。那里航海业发达，年轻的哥伦布热衷于航海和冒险。这些为其日后的远航打下了基础。

15世纪～16世纪的欧洲，地圆学说已广为传播。人们相信从欧洲海岸出发一直向西，便可以到达东方。而《马可·波罗行记》又把东方描写为遍地是黄金和香料的天堂。当时的欧洲，随着商品经济的发展和资本主义萌芽的出现，发生了所谓的"货币危机"，即作为币材的黄金和白银严重匮乏。许多欧洲人狂热地想到东方去攫取黄金，以圆自己的发财梦，哥伦布便是其中的代表人物。哥伦布自幼就酷爱航海，15岁就跟随货船在地中海上航行。

梦想归梦想，去东方在当时可不是一件容易的事。传统的东西方之间陆上贸易通道已被崛起的土耳其帝国隔断，地中海上的通路又被阿拉

在美洲登陆
当哥伦布及其船员在巴哈马的瓦尔汀岛登陆时，他宣布该岛归西班牙所有，并以上帝的名义给它重新命名为圣萨尔瓦多。

◆ 美洲名称的由来 ◆

把哥伦布所到的地方确定为新大陆的是佛罗伦萨人亚美利哥·维斯普奇。1499年他随同西班牙考察船到西印度群岛一带考察，发现并探测了南美洲的亚马孙河口，接着沿海岸向东航行，到达南美洲东北角一带，1500年返回西班牙。1501年，他又由里斯本出发，沿南美洲东海岸向南方航行，进行考察，发现了拉普拉塔河河口，到达南纬50度之远，1502年返回。他确认那不是亚洲，而是一块"新大陆"。1507年，德意志制图学家瓦尔德塞缪勒制成世界地图，附有短文说明。其中称这块大陆为亚美利加，"亚美利加"一词由亚美利哥而来，后来成为美洲的名称。

伯人把持。欧洲人要圆自己的梦，必须开辟新航路。可喜的是此时中国的指南针已传入欧洲，而欧洲的造船业也达到相当的水平。这时年富力强的克里斯托弗·哥伦布认为条件已经成熟，决定进行一次远航。

西班牙国王颁给哥伦布的"特权书"和"勋章"。

第一次航行并不顺利，首要的问题是找不到赞助者。哥伦布1486年就向西班牙王宫提出了自己的设想，直到1491年才获批准。双方签订《圣大非协定》。在西班牙王室支持下，1492年8月3日，哥伦布率领由三艘船组成的舰队从西班牙的巴罗斯港出发，开始了人类历史上首次穿越大西洋的航行，他们一行共87人，经过两个多月的颠簸，哥伦布一行终于发现了一片草木葱茏的陆地。他们欣喜地上岸，并将其命为圣萨尔瓦多，意为救世主。这个岛屿就是现在巴哈马群岛中的一个，现名为华特霖岛。这时哥伦布犯了一个错误，他以为已经到了印度就没有再向西航行，而是转道向南，沿着海岸线，陆续到达了今天的古巴和海地。他称这一带的原住民为印第安人（即印度人），并了解了他们的风土人情，只是没有搞到大量的黄金。

虽然没有直接获取黄金，但哥伦布也不虚此行。他一上岸就与当地的原住民进

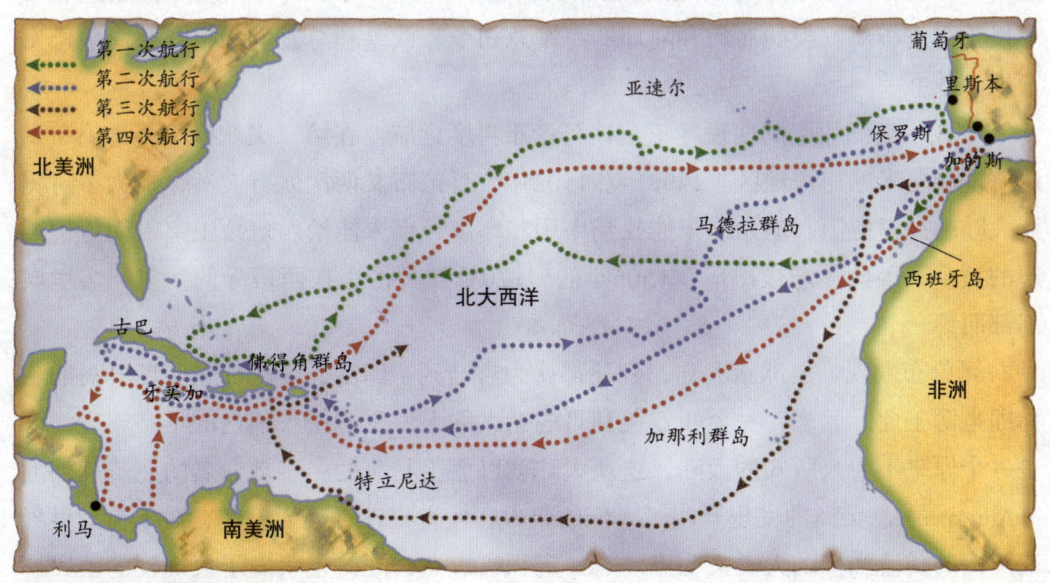

哥伦布的航行示意图

在这4次航行中，哥伦布几乎游遍了加勒比群岛的大多数岛屿，并在中南美的海岸探险，他认为，他已经找到了通往亚洲的新航线。

哥伦布航海用的船只复原模型

15世纪90年代哥伦布向西航行时，就乘坐这种航船，用直角索具把多桅帆船进行改造。船体中部竖立主桅，并在前桅挂一直角帆。必要时，主桅可向右重新挂起直角帆。

行欺诈性贸易，以各种废旧物品换取他们的珍奇、贵重的财物。而善良的原住民待之如上宾，主动帮助他们适应当地的生活，如建筑房屋、采集和狩猎等。这些野心勃勃的殖民者却在站稳脚跟后，对当地人进行疯狂的掠夺和残酷的压榨。临走的时候，还虏走了10名印第安人。1493年的3月15日，号称"大西洋海军元帅"的哥伦布，在经过240天的远航后，回到出发地巴罗斯港，消息轰动了整个西班牙和欧洲。哥伦布展示了他从美洲带回的金饰珠宝和珍禽异兽，并向人们宣布他已找到去东方的新航路。哥伦布由此受到国王的嘉奖，平步青云地跻身贵族行列。1493年5月29日，西班牙国王颁布命令授予哥伦布新发现的岛屿和陆地的海军总司令、钦差和总督的头衔，并向他颁发了授衔证书。

不久，尝到甜头的西班牙王室让哥伦布再度远航。在第二次航行中，哥伦布到达海地和多米尼加等地区。1498年和1502年，哥伦布又两次航行美洲，扩大了对美洲大陆的探索范围，但始终未能找到中国和印度，也未能给西班牙王室带回他们期望的黄金，因此逐渐被冷落。1506年的5月20日，哥伦布在西班牙的瓦里阿多里城郁郁而终。

哥伦布发现了美洲新大陆，到死都认为自己到了印度，今天的东印度群岛的名称即来源于此。后来，一个叫亚美利哥的意大利人发现哥伦布到达的不是印度，而是一个原来不为人所知的大陆，这块大陆就以亚美利哥的名字被命名的亚美利加洲（America）。美洲的发现开阔了人们的眼界，使世界逐步连为一体，对于扩大世界范围内的交流和推动人类文明进步有一定积极意义；同时也引发了大规模的殖民扩张，为当地的人民带来空前的灾难。

麦哲伦环球航海

麦哲伦，全名费尔南多·麦哲伦，是世界著名航海家，出身于葡萄牙贵族。在他生活的时代，已有哥伦布发现新大陆和达·伽马开辟通向东方的新航道的航海壮举。在前人的激励下，麦哲伦决定做一次真正意义上的环球船行，以实证地圆学说。

葡萄牙航海家麦哲伦像

开始，麦哲伦求助于葡萄牙王室，未果。转而向西班牙国王请求资助。获准以后，麦哲伦率领一支由5艘帆船和来自9个国家的270名水手组成的船队，于1519年9月20日从西班牙塞维利亚港出发，向西驶入大西洋。6天以后到达特内里费岛，稍事休整，于10月3日继续向巴西远航，终于11月29驶抵圣奥古斯丁角西南方27里格处（里格，长度单位）。之后，船队继续向南，次年的3月才到达阿根廷南部的圣朱利安港。当时的自然条件对航行极为不利，寒冷的天气使得缺衣少食的船员开始怀疑此行的价值，由于人心不稳，还发生了3名船员叛乱的事件。麦哲伦凭其卓越的领导才能，果

15 世纪欧洲港口

15 世纪欧洲沿海各国的航运业已十分发达，在地中海和大西洋沿岸出现了许多著名的港口。这些港口经济发达，对外贸易十分频繁。

❖ 麦哲伦海峡 ❖

麦哲伦海峡位于南美大陆南端的火地岛、克拉伦斯岛、圣伊内斯岛之间，东连大西洋，西通太平洋，东西长580千米，南北宽3.3～33千米。海峡分为东、西两段，中间是弗罗厄德角。西段入口宽为48千米，最窄的地方仅3.3千米，水深可达1千多米。两岸都是陡峭的冰山，景象蔚为壮观。东段较为开阔但水势浅，最浅处水深不足20米，两岸则是茵茵绿草，风景怡人。统观麦哲伦海峡，正处于南纬50多度的西风带。因此海峡经常是大雾弥漫、白浪滔天，对航行极为不利，但它一直是两大洋之间的重要航道，直到巴拿马运河开通为止。

断地平息了叛乱，并处死了肇事者。在圣朱利安港一直待到这一年的8月，为的是等待天气的好转。

根据麦哲伦等人的航海日志，船队于1520年8月24日离开圣朱利安港南下，10月21日绕过了维尔京角进入了智利南端的一道海峡（后被命名为麦哲伦海峡）。由于该海峡水流湍急，麦哲伦的船队只得小心翼翼地前进，经过20多天他们才驶出海峡，在此期间有两条船沉没。10月28日，麦哲伦等人出了海峡西口进入"南面的海"，幸运的是在这片海域的110天航行竟然没有遇上过巨浪，故而船员称之为"太平洋"。然后开始了横渡太平洋的艰难历程。由于长时间的曝晒，船上的柏油融

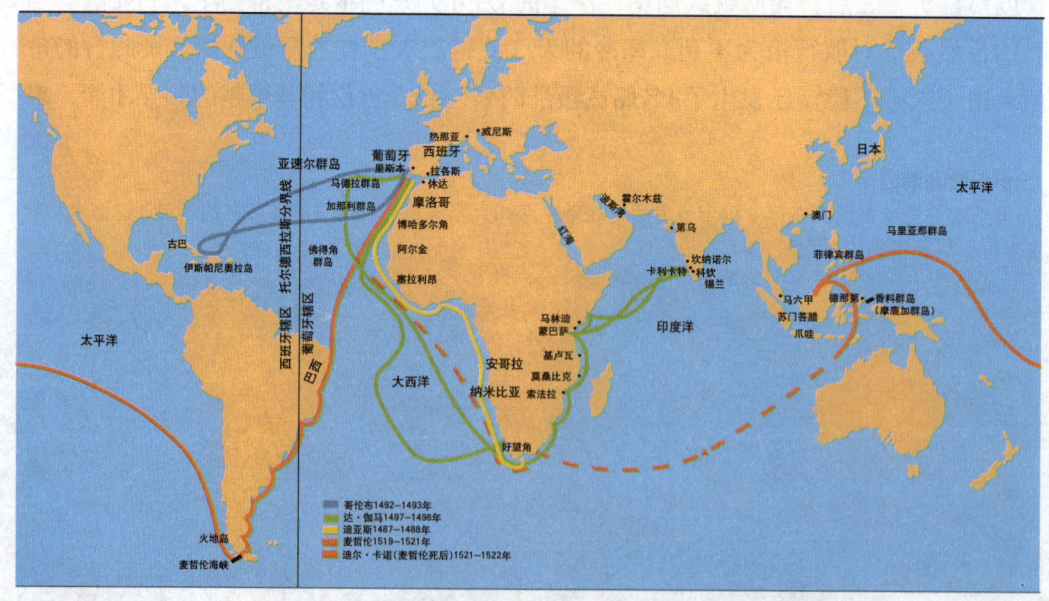

环球航行示意图

从1519年9月到1522年9月，经过3年时间，麦哲伦及其率领的船队完成了环球航行。从而证明了地球是圆的。

美洲沿岸的港口
发现美洲大陆后，西、葡、英、荷等国在大西洋沿岸建立了许多港口。它们成为来往美洲与欧洲的中转站和殖民者的据点。

化，饮用水蒸发殆尽，食物也变质甚至生了蛆虫。船员无奈之下只得以牛皮绳和舱中的老鼠充饥。许多人因此而丧命，其艰难困苦可见一斑，但最危险的时刻还没有到来。

经过严重的减员之后，麦哲伦的船队于1521年3月份抵达马里亚纳群岛中的关岛。在这里船员们获得梦寐以求的新鲜食物，他们感觉自己好像进入了天堂。在这里他们停下来修整了一段时间以恢复体力，之后他们继续向西航行，到达了菲律宾群岛。至此，麦哲伦本人也走到了生命的尽头。

在登上菲律宾群岛的务宿岛后不久，这些殖民者的真实面目就显露出来。麦哲伦妄图利用岛上两部落的矛盾来控制这块富饶的土地，不料在帮助其中一个部落进攻另一个部落时，被原住民杀死。环球航行面临夭折的危险。幸好麦哲伦的得力助手埃里·卡诺带领余下的两艘船逃离虎口，他们穿过马六甲海峡进入印度洋，这时仅有的两艘船又被葡萄牙海军俘去一只。埃里·卡诺只好带领仅存的"维多利亚"号绕过好望角，回到西班牙的塞维利亚港，这时已是1522年的9月6日。经过3年多的航行，原来浩浩荡荡的船队只剩下一艘船和18名船员，可见这次航行付出的代价之大。

历时3年多的环球航行，以铁的事实证明了地球是圆的，使"天圆地方说"不攻自破，同时也使世界的形势大大改观，宣布了一个新时代的到来。麦哲伦等人为世界航海史、科学史做出巨大贡献的同时，客观上也给殖民主义扩张开辟了广阔的道路。

推动地球的哥白尼

哥白尼

16世纪，尼古拉斯·哥白尼对当时的宇宙观进行了革命性的批判。他指出，太阳才是太阳系的中心，地球围绕太阳公转。

地球无时无刻不在公转和自转，这些转动是由哥白尼推动的吗？显然不是。哥白尼推动的仅仅是"地心说"中的"地球"，让它动了起来。

哥白尼出生和成长于15世纪后半叶，当时天文学正是"亚里士多德—托勒密地心说"的统治时期。投身于天文学研究的哥白尼也得先学习这些学说，仔细研究、探讨大大小小的均轮和本轮体系。前期的哥白尼在教会系统学习，而地心说则是基督教义的支柱，应该说哥白尼在早期受这一学说的影响还是很深的，但哥白尼绝不是盲从主义者。

大学期间，哥白尼广泛涉猎各门学科的知识，尤其是数学领域。毕达哥拉斯学派简单的数学关系和几何图形给哥白尼留下了很深的印象。后来他又到弗龙堡做僧正，由于工作闲散，他便进行了大量的天文观测和研究，进而获得大量的第一手资料。这一切使他隐隐感到托勒密学说体系似乎存在一些不和谐的东西。再加上当时的一些进步的天文学家已经开始怀疑这一地心体系，哥白尼的思想又向前迈进了坚定的一步。

哥白尼认真分析了托勒密体系中行星运动状况的规律，即每颗行星都有一日一周、一年一周和相当于岁差的周期运动规律，而托勒密认为地球是静止不动的，然后再用均轮、本轮体系加以解释。如此一来，整个过程异常烦琐和牵强。如果抛弃这一体系，接受古希腊人阿利斯塔克等认为地球绕太阳转动的学说，将别有一番洞天。于是哥白尼建立起了一个全新的宇宙体系：太阳居于宇宙的中心静止不动，地球及其他行星都围绕它转动，当时人们知道太阳有六颗行星，依次是水星、金星、地球、火星、木星和土星；月球则围绕地球转动；另有其他恒星在离太阳较远的天球表面静止不动。这就是著名的哥白尼日心说。

日心说从根本上否定了"地心不动"的天文学说，明确指出地球也动，而且是围绕太阳转动。有人将这一革命性的创举戏称为"推动地球"，哥白尼被誉为能够推动地球的人。

科学的发展是没有止境的，哥白尼没有在提出这样一个观点之后就罢手，而是又继续花了30多年的时间去修正、完善这一学说。哥白尼曾写过一篇《要释》作为《天体运行论》的附属部分，系统地解惑答疑，使日心说的体系更加完备。

表现哥白尼《天体运行论》理论的绘图

尽管今天的天文学家认为它并不精确，但在400年前它却是最接近于真理的。哥白尼提出，行星绕着太阳运行，地球并不是宇宙的中心，这一观点被称为"日心说"。哥白尼还认为行星的运行轨道实际上是椭圆形的。

哥白尼的聪明之处还在于，他能够理性地去面对现实。他的这本《天体运行论》击中了基督神学的软肋，如果直接发表，很容易被教会封杀。那样自己的毕生心血就付诸东流。高明的哥白尼在书的序中写明此书献给当时的教皇，又在前言中说书中的理论仅是为方便天文测算而作的人为假设。如此一来，在表面看来这本书不仅不与基督教义对立，还是为基督教提供服务的工具。结果这个障眼法真的瞒了教会70多年，直到1616年《天体运行论》才被禁止。但在这么多年里，它早已经被广泛传播，真正的禁毁已不可能了。最终哥白尼的学说得以流传，哥白尼胜利了，尽管他的大作出版之际，他本人已经作古。后来，牛顿等人又使哥白尼的学说进一步向前发展。

哥白尼的学说动摇了基督神学的根基，使其摇摇欲坠。人们由此看到了科学的曙光，"科学的发展从此便大踏步前进"（恩格斯语）。

注：各行星下面的数字分别表示行星的直径（假设地球直径为1）及它包括的卫星个数。

木星 11.2 16
土星 9.4 17
天王星 4.0 15
海王星 3.9 8
水星 0.4 0
金星 0.9 0
地球 1 1
火星 0.5 2
太阳 109

太阳系八大行星比较图

从这幅图中我们可以看出木星的个头明显要比其他7大行星大得多。

第谷的天文观测

第谷也是一位出身贵族的天文学家。儿时和年轻时的第谷与常人没有什么大的差别，他脾气暴躁、性格偏执、好斗，遇事爱问为什么。这可能是他成功的一个原因吧。

第谷的成名在于他的天文观测事业。尽管其伯父强烈要求他学文科，第谷还是偷偷地研读天文学著作，尤其是托勒密的《大综合论》和哥白尼的《天体运行论》，他简直爱不释手。不仅读书，第谷还付诸行动：观测天象。1563年8月，第谷观测到了木星和土星相合的景观，并进行了详细的记录。这是他第一次记录天象，以后便一发而不可收。

1572年12月11日黄昏时分，第谷正忙着手头的实验。疲劳的时候，他总是习惯性地凝视一下浩渺的天空。这时他一抬头刚好发现了仙后星座中闪烁着一颗新星。为什么这么说呢？因为从少年时代起第谷便熟悉天上的星星，他清楚地知道这些星的位置和轨迹。他熟悉它们，就像熟悉小伙伴们的脸庞一样。更何况今天的这颗新星是那么明亮，甚至有些耀眼。他认定这是一颗新星，它以前从来没出现过。为了得到这颗星的准确数据，第谷使用了精心设计的六分仪，却没能发现它有任何视差，如果是颗近地星

彗星的周期及环绕太阳运行图

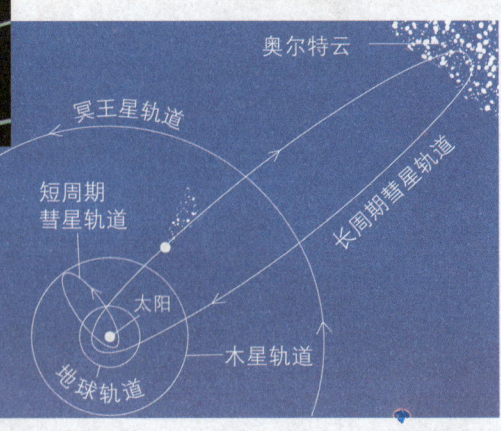

奇异的小行星图

小行星是围绕太阳运行的自然天体之一，一直以来，它很少被人发现。第谷在进行天文观测时发现了许多以前没有发现的小行星。

《论新天象》

　　《论新天象》是第谷的一部拉丁文著作，出版于1588年。这本书详细地记录了第谷11年间观测到的天文现象，其中包括对1577年大彗星的专门论述，总体上构筑了所谓的"第谷宇宙体系"，该体系最突出的一点就是抛弃了以前天文学家惯用的以思辨来阐述见解的方法。他强调以实际观测的数据作为论证的起点。第谷穷其一生进行天文观测，所得大部分资料都集中在此书中。美中不足的是，虽然第谷尊重事实、深入观察的做法为后来的天文工作者树立了光辉的榜样，但是他在该书中的理论仍然趋向于地心说。这一点在某种程度上束缚了天文学的进步。

　　就会有58′30″的视差，比如月球。他认为这是一颗从未出现过的恒星，于是给予了它相当的关注，并详细记录了该星的颜色和亮度的变化。这便是第谷超新星的发现过程。当时却有许多学者由于盲从《圣经》而把这颗星星称为魔鬼的幻影。

　　第谷对天文学界的另一突出贡献是对彗星的测定。那是在其发现超新星5年后的一个傍晚，第谷在纹岛的天文台发现了一颗彗星，并对其进行了详细的记录和精确的测量，直至75天后彗星消失为止。第谷经过严密论证和推理得出结论：彗星发光是由太阳光穿过彗头而致，彗星也是绕日公转的天体。第谷这次以不折不扣的事实驳斥了亚里士多德认为彗星是燃烧着的干性脂油的谬论。

　　30多年的时间里，第谷孜孜不倦地进行着他的天文观测事业，获得大量的第一手资料和手稿。他的敬业精神和出色成绩博得丹麦国王腓特烈二世的赏识。国王为他专门拨款修建了乌伦堡天文台，并配以最全、最新的观测仪器。这一切使得第谷如鱼得水，取得一系列观测成就，如编制第一份完整的天文星表，发现黄赤交角的变化和月球运动中的二均差，完成了对基督世界延用1000多年的儒略历的改历工作，颁行格里高里历法等。最重要的是第谷培养和造就了新一代的天文学家——开普勒。在老师的悉心教导下，开普勒创立了三大行星运动定律，为天文学做出了重大贡献。

第谷的天文台

作为开普勒的老师，第谷是望远镜发明以前最伟大的天文学家。他在丹麦国王腓特烈二世所赐予的汶岛上建立天文台，以精确地观察星空，所用观察工具是金属六分仪和四分仪。

　　第谷以惊人的毅力和一双锐眼把天文观测事业推向一个又一个的新高度，可以说在望远镜发明之前的天文观测史上，他是巅峰，难怪被人们誉为"星学之王"。

维萨留斯偷尸做解剖

　　科学每前进一步都需要有人为此做出努力付出代价，解剖学亦不例外。16世纪比利时著名的解剖学家维萨留斯就为了做解剖而做起了"偷尸的勾当"。

　　事情还要追溯到1536年，当时年仅18岁的维萨留斯在比利时的卢万城读书，学的是解剖学。这个医学院的解剖课倒是蛮有意思，名义上是解剖，但任课教师从没亲自解剖过一具尸体。那也得想办法对付过去，于是就以背诵盖伦的论断代替动手操作。这位盖伦又是怎么做的呢？他也碍于教会的禁令而不敢解剖人体，以猪、狗、牛、羊等代替，而这些动物的身体构造肯定是跟人有显著差别的。认真的维萨留斯觉得这既荒唐又可笑，简直是对科学事业的亵渎。久而久之，他萌发了偷尸做解剖的想法。

　　当时，卢万城有一处刑场，全国各地的死刑犯都集中到这里被处决。由于中世纪黑暗的教会统治下，人们的反抗此起彼伏。为了加强镇压，教会和行政当局每天都要处死一批犯人。而且当时采用的是绞刑，因此尸体较为完整，便于解剖观察人体的各部分脏器。只是布告上写得明明白白：盗尸者，就地处决！如果偷尸被抓住，自己也就会同那些死尸一样挂在绞架上随风飘摆。可是，已被科学摄去灵魂的维萨留斯也顾不上许多。经过一番周密部署，他终于大着胆子在守尸卫兵的眼皮底下偷了几具尸体，其中有男人、女人、老人和孩子等各种类型的尸体。他把这些宝贵的尸体停放在自己院子的地下室里，那里十分隐蔽，做解剖时不易被人发现。日久天长，这里停放的尸体越来

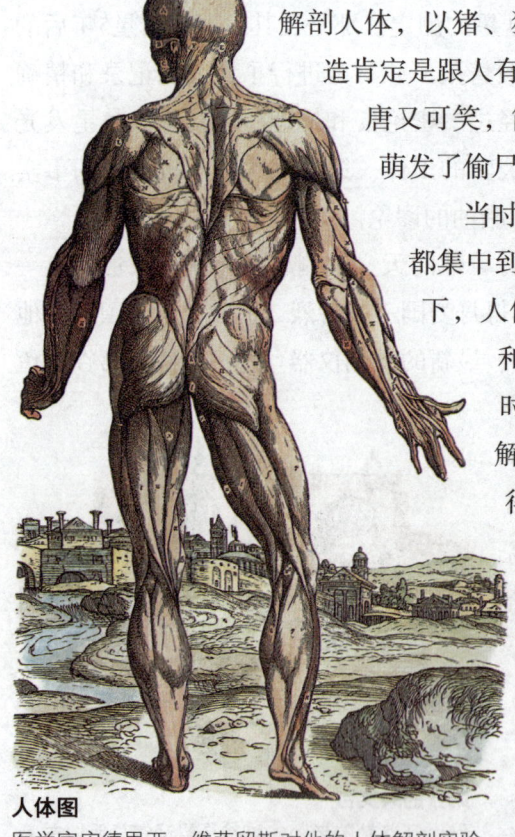

人体图

医学家安德里亚·维萨留斯对他的人体解剖实验进行了全面的观察和记录。他于16世纪撰写的《人体结构》一书最先向人们展示了与人体功能和器官有关的知识。

杜普教授的解剖学课
（伦勃朗油画 1632年）

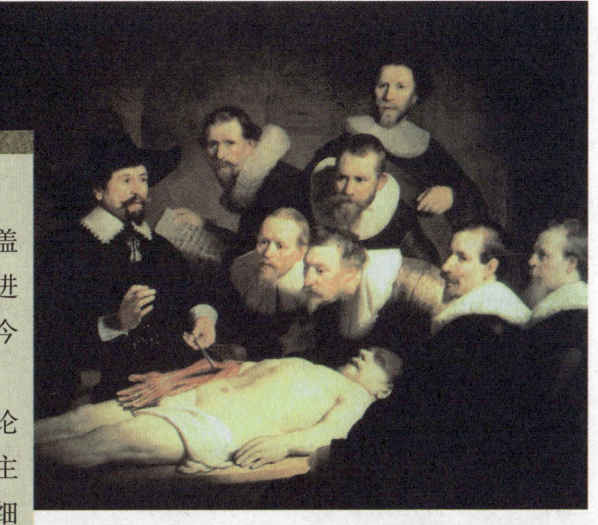

《人体结构》

维萨留斯的《人体结构》是自盖伦以来，西方解剖学上的又一个重大进展。它关于人体构造的一些论述对于今天的解剖学者而言仍有参考价值。

全书共分为八卷，第一、二卷论述骨骼和肌肉，这两部分构成人体的主体架构，所以要放在开头讲。第三卷细述了血液循环系统，当时人们已经区分了动脉、静脉的概念。维萨留斯则指出静脉是用来输送营养物质的。第四卷专论神经系统，在书中维萨留斯强调神经的作用是传递知觉和灵气，这一点他与盖伦保持了一致。第五卷则集中笔墨阐明了腹部的内脏器官和生殖器官的位置和功能，这一卷最能体现维萨留斯解剖真人尸体的优势。第六卷他又接着描述了胸部的脏器。第七卷则写了脑和眼睛的机理。第八卷讲了他的动物活体解剖实验并且总结了全书。除了正文之外，该书还附有300张木刻插图、3张全身骨骼图和44张肌肉图，使此书增色不少。

《人体结构》内容翔实而生动，是一本不可多得的杰作。惠特曼曾说："这（《人体结构》）不是一本书，触及它即触及人体。"

多，成了一座小的停尸库。这大概是人类有史以来第一座医用解剖尸库。

有了这些真实的尸体作为实验对象，维萨留斯再也不用拿动物当人体了。他一有时间便关上门溜进地下室去解剖那些尸体，并做详细的记录，有时他还绘图描述人体的骨骼和肌肉的分布状况。

功夫不负有心人。维萨留斯经过不懈努力，逐渐积累了大量的第一手解剖资料，通过对这些资料的加工整理，1543年维萨留斯写成《人体结构》一书。书中不仅对人体的骨骼、肌肉和内脏作了详细的描述，还指出了盖伦人体解剖理论的200余处错误，他甚至把盖伦的文献当众抛向空中，并说它是一堆废纸。他曾指着一个解剖标本，语重心长地对学生说："真正的知识在这里！"有人说维萨留斯太刻薄，殊不知这正是科学进步所需要的精神。

维萨留斯冒着生命危险，偷尸做实验，获得了真知，为医学做出了巨大贡献，因此也赢得了人们的尊敬。当局也逐步认可了维萨留斯的做法，于1539年批准了他用死刑犯的尸体做解剖实验。从此以后，维萨留斯在这一领域获得了长足的进步。

比萨斜塔上的实验

实践出真知，谁要是违背了这条真理，谁就注定要在科学面前栽上一个大跟头，哲学大师亚里士多德都不能例外。

原来，古希腊著名的哲学大师亚里士多德曾做出这样一个著名论断：两个铁球，如果其中一个是另一个重量的10倍，如果两个铁球在同一高度同时落下，那么重的铁球落地速度必然是轻的铁球的10倍，这话并不难理解：重的物体当然比轻的物体先着地，这还用问吗？而且这话是大师说的，人们对此深信不疑。而一个十七八岁的毛头小伙子偏不信这一套，招来人们一次又一次的冷嘲热讽。

伽利略

伽利略取得了多项科研成果，但由于教会的阻碍，当时他并没得到社会大众的认可。

这个毛头小伙子就是18岁的伽利略。他经过多次实验发现亚里士多德的说法是不对的，但当时没有人相信他，1590年的一天，伽利略当众宣布自己要检验一下圣哲的话是否正确。这天天气格外晴朗，好像老天也要见证一下这个历史时刻，地点就选在著名的比萨斜塔。消息传出后，人们奔走相告。不久，比萨斜塔周围便密密麻麻地挤满了人，就像今天的某种大赛事要开场一样。人们要亲眼看看大师的话到底对不对。

伽利略带着他的助手，信心十足地步入斜塔，然后快步走上塔的最高层。他环视四周，人们的面孔有

自由落体实验

1590 年，意大利著名科学家伽利略在比萨斜塔上做了著名的自由落体实验，它以铁的事实告诉人们：物体下落的速度与物体本身的质量大小无关。

的充满惊奇，有的则略带嘲讽，还有的漠然以待。

伽利略不慌不忙将器具一一取出。这些器具包括一个沙漏（用于计时），一个铁盒，底部可以自动打开；还有两个分别重为10千克和1千克的铁球。

伽利略的助手将这两个铁球装入盒子，然后将盒子水平端起，探身到栏杆的外侧。最后由伽利略在众目睽睽之下按动按钮，盒子的底部自动打开，两个铁球同时从盒中脱落，自由落向地面。这时成千上万的人全都屏住呼吸，目光随着铁球向下移动，在铁球从铁盒落到地面的短暂间隔中，人群异常安静，地上连掉一根针都能被听到。只听"咚"的一声，两个铁球同时砸到了地面上，时间不差分毫。平静的人群立即沸腾了，有的人对着塔上的伽利略欢呼，有的人惊得合不拢嘴，那副神情分明在说："我的上帝，亚里士多德大师也有错的时候！"伽利略则浑身轻松，心满意足地微笑着。

自由落体实验在人们的一片沸腾声中结束了，亚里士多德的"落体运动法则"不攻自破。但伽利略并没有为这点小小成绩（在他看来，这仅仅是一点小小的成绩）而飘飘然，从塔上下来后，他就投入到新的科学研究中。

这台摆钟模型为19世纪的产物，其完全依照维维安尼绘制的伽利略摆钟样图建造。不过样图中并未明确指出该钟表的动力来源——可能是一个下坠的重物。

伽利略发现钟摆的等时性原理

18岁那年的一天，伽利略在教堂里祈祷完之后，就坐在长凳上看远处的景物。他的视野中浮过雪白的大理石柱、美丽的祭坛……突然，教堂的执事进来破坏了沉静的氛围。原来他是来点教堂的灯，这种灯是用长绳系在天花板上的。当这位执事点灯时，不小心碰动了它。借助惯性，吊灯就一左一右地摆个不停。这时，伽利略的注意力又转移到灯上。目光随着吊灯左右摆动。突然，伽利略发现一个有趣的现象。那就是，尽管吊灯摆动的幅度越来越少，但完成摆动周期所花的时间始终未变（当时他测定时间是靠脉搏的频率）。伽利略由此发现了钟摆的等时性原理。

凭着这种追求真理、尊重实践的科学精神，伽利略又接连有了一系列的重大发现。他发现了摆的等时性原理，从而发明了钟表；他在李希普发明望远镜的基础上发明了放大20倍率的天文望远镜。

他著有《论运动》、《关于托勒密和哥白尼两大世界体系的对话》、《关于两种新科学的对话》、《关于太阳黑子的通信》和《关于力学和位置运动的两种新科学的对话和数学证明》等科学专著。伽利略为科学事业做出巨大贡献，被称为近代自然科学的奠基人。

哈维与血液循环

　　科学每前进一小步，都需有人付出艰苦卓绝地努力或惨重的代价，有时甚至是鲜血和生命，比如布鲁诺、维萨里、塞尔维特等几位。同他们相比，我们今天要讲的哈维要幸运得多。

　　威廉·哈维出生在英国肯特郡的一个富裕家庭，早年毕业于剑桥大学，后留学意大利获医学博士学位。他在治学方法上受伽利略的影响，强调实验的作用。哈维的主要贡献是正确地解释了血液循环系统。他首先系统地研究了前人的成果。这还得从博学的亚里士多德谈起。这位先哲说人体的血管内充满了气体，人们竟信以为真，可见盲听盲信有多危险。接下来便是公元前3世纪的古希腊医生——赫罗菲拉斯，他把静、动脉血管区分开来，有一定的积极意义。而到了公元前2世纪，名医盖伦毫不客气地否定了亚里士多德的谬论，指出血管中流淌的是血而不是其他。之后便是达·芬奇、维萨里、塞尔维特等人的一系列成果。对于前人的研究成果，哈维在学习时总要多打几个句号：血液真的是流到人体四周就消散了吗？它又是怎样消失的呢？

　　带着这些问题，哈维开始了他的实验。他先是用兔子和蛇作为实验对象，之后又扩展到其他四十余种动物。在解剖这些活体动物之后，他发现心脏的作用就像一个水泵，它专门输出血液，这些血液凭借其收缩压力流遍全身。这时他又产生了第二个疑问：心脏中的血液又是从哪儿来的呢，是自己造出来的吗？如果是，那么又与如下事实相矛盾：心脏每分钟跳动60次～70

哈维为查理一世阐述血液循环的机理

哈维发现血液循环的机理后，很多人并不相信。作为皇家医生的他经常给国王查理一世讲有关血液循环的道理。

次，每搏输出血量为60～70毫升，如此算来心脏每分钟需制造约4.5千克的血液，每小时则约为272.2千克。而这个重量相当于三个身材高大之人体重的总和。拳头大小的心脏具有这样的力量吗？即便是有，也还有一个问题不能解释，那就是：因创伤失血过多的人为什么会很快死去？既然心脏有如此强大的造血机能，情况不应是这样。

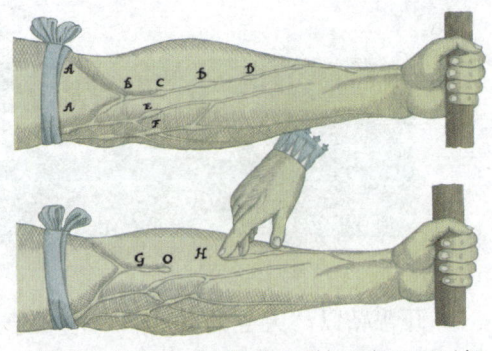

哈维将人体内的动、静脉分别加上标记，以解释血液的循环流动过程。

通过进一步研究，哈维终于发现，心脏本身不具备造血功能，而仅仅是一个中转站和动力站而已。血液被心肌压出，沿动脉血管流向身体各个组织、器官，之后再经静脉管回流心脏，周而复始，循环往复。这就是著名的哈维血液循环理论。为了证明这一理论的正确性，哈维又进行了相关实验。他请一些体型较瘦的人作为实验对象，先把他们的静脉扎紧，结果近心端的血管瘪了下去；然后再扎起动脉，却发现近心端的血管膨胀起来，而远心端的血管瘪了下来。这充分说明，血液从心脏流出，经动脉到达全身处后，又从静脉回流心脏。

尽管哈维的科学结论有充分的事实依据，可并没有被当时认可，甚至遭到非议和攻击。只因为他的观点与权威理论不符，他的血液循环专著《心血运行论》被认为是荒谬的言论、无稽之谈。不过还好，因为他的御医身份，教会虽然气恼，却也奈何不了他。

直到哈维死后数年，他的血液循环理论才被认可，其《心血运行论》一书被称为近代生命科学的发端。

哈维利用临床观察、尸体解剖，再加上逻辑分析和生理测试，从各个方面证明心脏是一个可以泵出血液的肌肉实体。

《心血运行论》

《心血运行论》是对哈维血液循环理论的总结和概括，全书共分为17个章节。该书于1628年出版。

这本书一开始就谈到，心脏是人体血液流通运动的本原与中心。血液通过心脏收缩的动力，经动脉流到全身，再通过静脉流回心脏。接着哈维写到，全部血液必须经过肺部才能从心脏的右边流到左边，并指出心脏是肌肉质的，主要运动方式是收缩。哈维进一步论证了血液在身体内不断循环的概念，这在当时是一个全新的概念。

哈维这部著作曾引起了社会各界激烈的争论，但其意义非同小可，并且很快应用于临床，如解释动物咬伤的伤口感染，以及毒性的扩散等。

开普勒和行星运动

开普勒以"天空的立法者"闻名于世，他怎能为天空立法呢？原来是他发现了行星的运动规律。

命运似乎要捉弄一下这位"立法者"，使他一生贫病交加。而开普勒却对命运之神的嘲弄不屑一顾，死心塌地地认定了天文学，尽管大学期间他读的是文科。

开普勒开始热心于哥白尼的学说，但并不迷信权威，而是长期坚持天文观察、记录、思考，并仔细演算观测所得数据。一段时间以后，他发现行星的运动好像并不是规则的匀速圆周运动。这一结论是根据实际观测数据得出的，他决心弄个究竟。

开普勒是公认的数学天才。在解决行星轨道问题时，他首先想到是数学。而在这方面，古希腊人早就有过关于天体轨道正多面体的猜想。开普勒循着这个思路发现，在包容土星轨道的天球中内接正六面体，木星的轨道恰好外切于这个六面体。其他的行星如土星、火星的轨道都具有类似的特点，只是内接的多面体形状不同罢了。他将这一思路充分展开，又进一步加工整理后写成《神秘的宇宙》一书。这本书虽然仅是对天文学的初探，略显幼稚，却展现了作者天文学方面的天赋和潜力。当时著名的天文学家第谷看到了这

17世纪的天体观测仪，用来测量星体以及行星的高度。

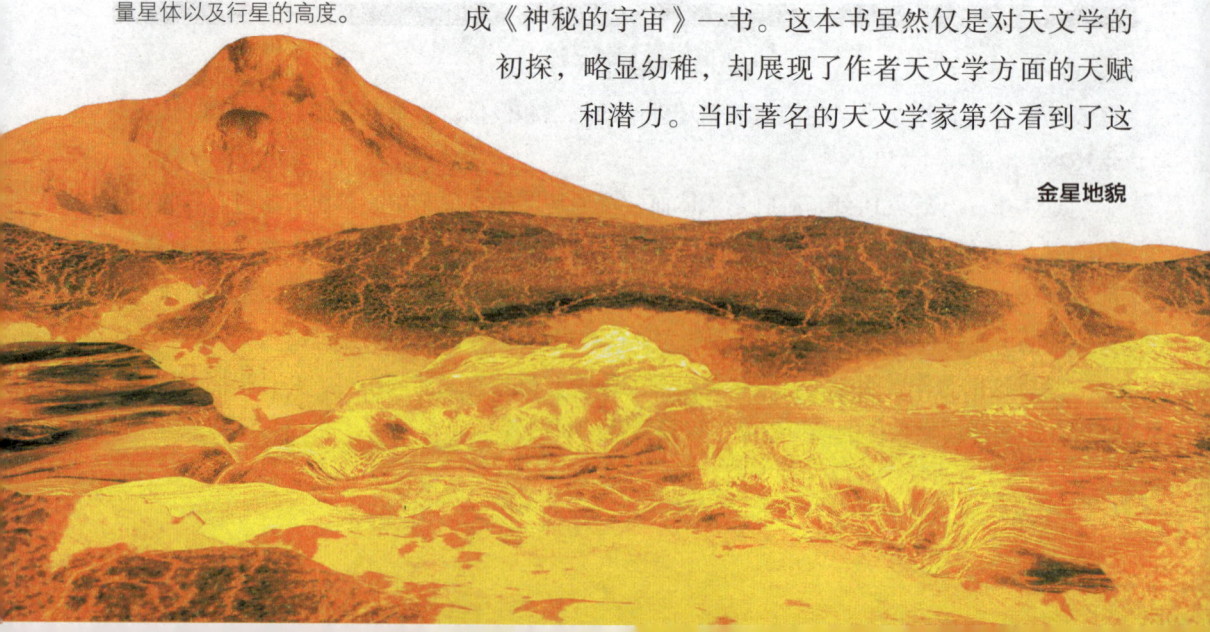

金星地貌

❖ 《宇宙和谐论》 ❖

《宇宙和谐论》是开普勒晚期的重要著作。全书分为五卷，共255页。该书的第一卷讲了多边形的几何学，他曾用多边形诠释行星轨道，不过在此仅仅从其结构的角度进行了剖析。第二、三卷，研究对象从多边形过渡到了多面体，着重分析了多面体占据空间的大小与相应多边形面积的关系问题。第四卷，则带有明显的占星术色彩。在这一卷中他写到，黄道是人类灵魂的投影。每当黄道上出现圣物……人类的灵魂就会产生一些兴奋点，每个人出生时行星的位置排列特点都将影响其一生。第五卷他才又回到唯物的天文科学中，这一卷中集中讨论了行星运行过程中距离、速度、偏心率等问题。著名的开普勒第三定律也在这一卷提出。

一点，主动邀请这个年轻人做自己的助手。

自从来到了第谷主持的布拉格天文台之后，师徒二人相得益彰，共同开展了许多研究项目。可不久第谷便辞世了。所幸的是，第谷临终向鲁道夫二世推荐了开普勒，使他得以继续在天文台工作。开普勒在第谷奠定的基础上继续探索行星的轨道。他渐渐发现，要测定行星的轨道只靠太阳和行星本身的位置是不够的，有必要找到第三个点作为参考点。他选定的这个点是火星，而火星的公转周期为1.8年。开普勒根据对太阳与火星的位置变幻规律，运用三角定点原理把地球的轨道勾勒了出来。接着他又借助关于地球的资料，

开普勒

描绘了其他行星包括火星的运行状况。开普勒在综合分析了所有这些行星的轨道特点后发现，行星的运行轨道不是正圆，而是椭圆形；其运动速度也不是匀速，而是跟到太阳的距离有关。在他1609年出版的《新天文学》一书中给出了两个行星运行定律。

开普勒第一定律：所有的行星都分别在大小不同的椭圆轨道上围绕太阳运动，太阳在这些椭圆的一个焦点上。这一定律指出了行星一切可能的位置，这些位置的集合便形成了其轨道线。开普勒第二定律：行星与太阳的连线在相等的时间里扫过相等的面积。该定律归纳了行星运行中速率改变的规律。根据这一定律，我们可以测定各个时刻行星所处的确切位置。

开普勒于1619年又出版了《宇宙和谐论》，在书中他给出了第三定律：行星公转周期的平方与它与太阳距离的立方成正比。

三大定律的完成，宣布了开普勒天文学体系的成熟，使人们对于行星的运动规律有了一个较为全面的理解。他开创了天文学发展的新阶段。

李普希发明望远镜

许多孩子都喜欢一种玩具，那就是望远镜。因为架一副望远镜在眼前，会发现世界一下子变近了，孩子的脸上立刻现出神气十足的样子。可你知道是谁家的孩子最先"神气"的吗？

这些幸运儿是李普希的孩子们。事情发生在17世纪初的荷兰。那时眼镜和凸（凹）透镜对人们已不再是什么稀罕物件了，眼镜店也布满了大街小巷。在小镇米德尔堡的集市上就有一家眼镜店，主人叫李普希。生意并不是很红火，以至于给自己的孩子买不起一件像样的玩具。但孩子是不能也不会没有玩具的。这在哪里都一样，穷人家的孩子没有专门的玩具，但家具什物，父母的工具，甚至是一堆土、一汪水都是他们最好的玩具。他们可以将这些最平淡无奇的东西玩得热火朝天、大汗淋漓，他们乐此不疲，这是天性使然，李普希的孩子也是这样。

1608年的一天，他的三个孩子拿着几块废旧的镜片比画着，翻过来调过去地这儿照照那儿看看，有时还把几块镜片叠在一起透过去看。突然，小儿子向正在店里打理生意的父亲大喊："爸爸，快来看呀！"李普希听到喊叫声，以为又是被镜片割破了手指，赶忙从店里奔出来。可等他看到孩子们还在那里比比画画，感觉不对劲。等到了近前，小儿子连忙得意地一手拿一块镜片得意对他说："爸爸，你透过这两片玻璃看远处的教堂！"李普希以为他又在搞恶作剧，但还是下意识地俯下身去。当他的眼睛透过一前一后两块镜片看远处的教堂时，教堂顶上的风向标是那样清晰，好像一下子被拉到了眼前，李普希为此惊讶不已。消息不胫而走，没过几天，整个小城几乎人手一副镜片看看这儿，望望那儿，好像人人都成了科研工作者似的。

极富商业头脑的李普希比一般人想得更远。他找来一根长约15厘米，直径约为3厘米的金属管，又做了两块口径相当的凸透镜和凹透镜，一前一后固定在金属管两端。一副简陋的望远镜制成了。李普希想，这一定是件新奇的玩具，细心的他还为此申请了专利保护。

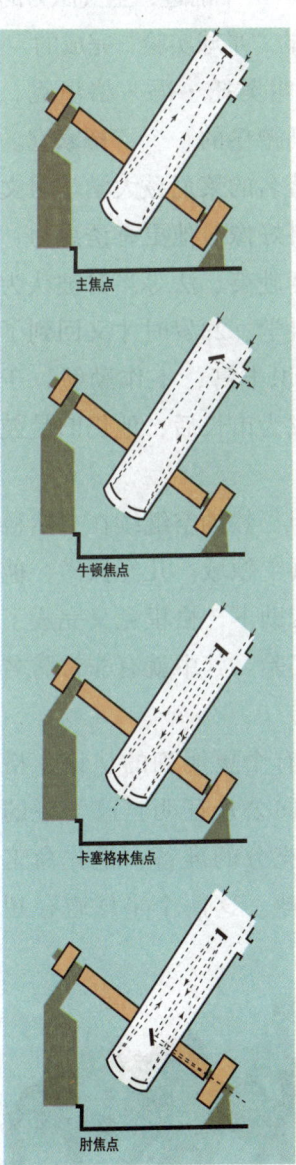

主焦点

牛顿焦点

卡塞格林焦点

肘焦点

反射型的焦点系统

望远镜的类型

根据制作原理和使用方法的不同，望远镜一般分为：折射望远镜、反射望远镜、射电望远镜等多种类型；根据成像原理又可以分为：普通、红外、夜视等多种类型；根据位置不同可分为地球望远镜和太空望远镜。

在他申请专利时，引起了荷兰政府的注意。这群正在谋求海上霸权的野心家可没有把这项发明仅仅看作是一件玩具。他们在批准李普希专利权的同时，就责成他为海军赶制一批更为方便实用的双筒望远镜。这可是一笔不小的订单，李普希欣然受命。最初的折射式望远镜就这样诞生了，并且很快投入到应用的领域。

从此以后，荷兰人像得到一件法宝一般，对于望远镜的制作工艺严格保密。可世界上哪有不透风的墙？更何况望远镜原理简单，而用途又如此之大。首先是意大利的那位天文怪才伽利略，他在望远镜发明的第二年就照猫画虎地制造了一部天文望远镜。开始是3倍的，后几经改进倍率达到30倍。伽利略用它来观察月球的表面和木星的卫星，在天文观测领域又迈进了一步。60年以后，牛顿又在折射式望远镜基础上制成了第一架反射式望远镜。之后望远镜不断发展，现在的射电天文望远镜能看到200亿光年外的宇宙空间，甚至更远。

总之，望远镜的问世，使人们真正拥有了一双仰望太空的"千里眼"。同时，望远镜也大大开阔了人们的视野。

马德堡半球实验

奥托·格里克生平

1602年11月20日，奥托·格里克出生于德国马德堡市，15岁进入莱尼兹大学学习法律，之后又去了荷兰的莱顿继续深造，同时开始关注数学等自然学科。后来格里克又游历了英法等国。1626年重回德国，并当选马德堡市参议员。战争期间，他以工程师的身份为瑞典政府服务。家乡光复后，格里克回到那里，并于1646年当选马德堡市长。任职期间，仍不遗余力地进行科学研究，且成果很多。他发明了真空泵和摩擦发电机，并于1654年主持了著名的马德堡半球实验。

1681年，格里克宣布退休，然后移居汉堡安度晚年，直至1686年5月11日去世。

马德堡半球实验图

科学总是在人们的一片惊呼声中前进，空气压力的证明即是如此，它是通过著名的"半球实验"完成的。

主持这项实验的人名字叫奥托·冯·格里克，他于1602年出生在德国名城马德堡的一个富裕家庭。此人天资聪明，15岁便考入著名的莱尼兹大学学习文科。但数学、物理等自然学科好像对他更有诱惑力，他热衷于科学实验，甚至一度赴英、法等当时被认为较先进的国家专门学习自然科学。23岁时才又回到了马德堡。由于格里克本人知识丰富，工作勤勉，于1646年当选为该市市长。在成为市长后，他仍旧兢兢业业地工作，为当地人谋福利。

尽管格里克政务繁忙，但仍然抽空继续在自然科学领域进行研究，尤其是在真空领域。几经探索，他发明了抽气机。在抽气机的帮助下，格里克又完成了一系列的真空、大气压强的实验。其中就有非常著名的马德堡半球实验。

为了使人们对大气压强有个更明确的认识，格里克决定做一次公开实验，向公众证明自己学说的正确性。事先，格里克做了充分的准备：他先命工匠铸造了两个空心的铜制半球。这两个半球直径超

❖ 格里克对真空的研究 ❖

　　1647年，格里克制造了一个空吸泵，空吸泵由一个圆筒和活塞组成，圆筒上带有两个阀门盖。格里克想用这个装置抽出密封啤酒桶中的水，从而得到真空。可是，当他用这个装置抽出木质啤酒桶中的水时，听见了笛声噪音，说明空气进入了啤酒桶。格里克又把啤酒桶放在一个大的盛水容器中密封起来重新进行实验。当他把啤酒桶中的水抽出时，大容器中的水又渗进了啤酒桶。为了解决渗漏问题，格里克让人做了一个底部带孔的空心铜球进行实验，当他让工人从球中抽出空气时，铜球随即塌瘪了。

　　格里克在实验过程中发现，无论抽气口放在铜球的哪个位置，在抽气过程中，容器中的残留空气都分布于铜球的整个内部空间。由这一现象他发现了空气具有弹性。由这个重要的结果出发，他研究空气密度随高度的变化，并得出结论，空气密度随高度而减小，由此他推理大气层以外的空间是真空的。他还通过实验研究空气做功等。

　　为了获得真空，格里克坚持研究，他终于发明了真空泵，用真空泵做实验，使他获得了成功。

过1米，异常坚固，边缘也非常平滑，为的是两半扣在一起不泄漏空气，而且禁得住拉拽。此外还有从马车行里特地挑选的壮马。

　　一切就绪以后，格里克于1654年在马德堡市市政中心广场进行了这次实验。他先命人将马匹分成均匀的两组，每一组集中拴在一个铜半球后面。然后将两半球严丝合缝的紧密接合在一起。再用准备好的抽气机将球内的空气抽净。最后号令员一声令下，两组马匹向相反的方向奔去，将拴在马匹与铜球之间的绳索绷紧、绷紧、再绷紧，最后只听见绳索发出咯吱咯吱的响声、马蹄踏地的咚咚声，还有马粗重的喘气声，而铜球却如同铸死一般，两个半球始终紧密接合，纹丝不动，直到16匹马大汗淋漓，四腿乱颤，依然如故。看热闹的人们见状吃惊不小，一个个张大了嘴巴。一声哨响，实验圆满结束，其结果与格里克说的分毫不差。呼喊的人群扑向格里克，将其高高地举过头顶。

　　格里克胜利了，他向人们成功展示了科学的伟力，赢得了人们的尊敬。后来人们称这两个金属半球为"马德堡半球"。

科学化学的创立

波义耳

科学家从来就不是什么先知先觉的超人，科学的进步有时是靠偶然性来推动的。这话不无道理，科学化学的创立就是明证。

一束淡雅的紫罗兰推动近代化学向前迈了一大步。300多年前的一天，园丁送给波义耳一束紫罗兰。波义耳顺手将它放在实验台上，过会儿一不留神将盐酸溅到了可爱的花瓣上。他正要将其丢掉，却猛然发现紫罗兰的花朵竟变成了红色。这引起波义耳的思考：既然盐酸能使紫罗兰变红，那么其他的酸或许也能，经实验证明确实能。

这回波义耳更来了兴趣：紫罗兰遇酸变红，遇碱呢？一检验，它遇碱变蓝。之后，他又用许多种植物的浸出液做相同的试验。最后发现地衣类植物中的石蕊遇酸变红、遇碱变蓝的效果最为明显。从此，石蕊试液就作为固定的酸碱指示剂。直到今天，我们在实验室中和工农业生产各领域仍大量应用这一发现。

在发现石蕊试纸过程中，波义耳充分利用化学分析的方法。事实上，正是波义耳将这一方法引入化学研究领域的，化学分析运用的最显著成果还在于由此确立的"不可分元素说"。

早在2000多年前，古希腊哲学家就提出了四元素说——水、空气、火和土，还有后来医药化学家派提出的"三元素说"，后来这一学说被称为怀疑派化学家的波义耳否定。波义耳对化学元素的定义做了现代意义上的表述，他说："我说的元素的定义和那些讲得最明白的化学家们所说的元素定义相同，是指某种原始的、简单的、一点杂质也没有的物质。元素不能由任何其他物质构成，亦不能彼此相互形成。元素是直接构成所谓完全混合物（化合物）的成分，也是完全混合物最终分解成的要素。"从这几句话可以看出，他所说的用化学方法不能再分解的物质即为元素，与今天科学的元素概念十分接近。

波义耳为元素下的定义对于化学从炼金术中脱出，独立发展成为一门科学起了至关重要的作用。他第一次明确了化学自己的任务，并指出化学的基本研究方法为定性分析法，使化学最终踏上唯物主义的道路。

波义耳还身体力行地进行实验研究，一生做了大量试验，直至1691年逝世前仍致力于科学试验。他一贯强调只有实验和观察才是科学思维的基础。除了对指示剂的研究，他还定义了酸和碱，将物质分为三大部类——酸、碱、盐，并首创众多定性检验盐类的

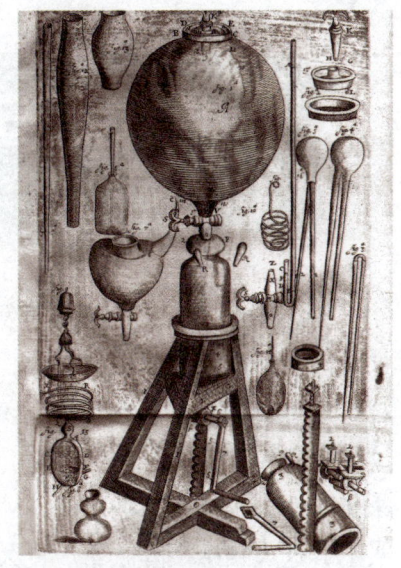

波义耳设计的气泵

方法，如利用盐酸和硝酸盐溶液混合生成白色沉淀物的性质来检验盐酸和银盐。波义耳发明的这些方法已使用了300多年，时至今天我们仍在用它们。1985年，波义耳将这些方法整理成《矿泉水实验研究史的简单回顾》一书，他不愧为定性分析的先驱。

波义耳对科学的另一重大贡献是：反对宗教与科学的完全对立。1655年，波义耳来到当时的科学圣地——牛津，发现那里科学与宗教对立的空气极为紧张，就发出了"人的得救不是靠反对什么，而是靠接受上帝白白的恩典。只要你肯，仍然可以在科学里爱上帝，敬拜上帝"的响亮号召。这一宣言使很多人的思想偏差得以扭转，从此清教徒科学家和基督徒科学家携手并肩共同把近代科学推向前进。

波义耳对科学事业，尤其是化学的杰出贡献赢得了后人的尊敬，他也由此得到了"化学之父"的美誉。

《怀疑派化学家》

《怀疑派化学家》是波义耳1661年完成的著作。在这本书中他明确提出了化学的研究对象、研究方法及他的物质观，标志着化学成为一门独立的科学学科。《怀疑派化学家》的一大特点是全书使用了对话的形式，其中有逍遥派化学家，主张亚里士多德的四元素观点；有医药派化学家，持三元素论观点；有哲学家，在争辩中保持中立；还有作者自己代表的怀疑派化学家。四方都坚持己方主张，相互之间展开激烈地争辩。通读全书，怀疑派化学家对旧理论的批判，对元素内涵的最新认识都阐述得明白无误，最终凭借无可争辩的事实取得了决定性的胜利。

牛顿与万有引力定律

　　1665年的夏天，伦敦城里发生了大瘟疫，而英格兰的沃尔斯索普乡下依然平静如常。一个不大的农家小院里，院角几株种植多年的苹果树在习习的晚风中轻舞，树叶簌簌飒飒地撩拨着。房间里昏黄的灯光依旧亮着，一切静谧、安详。忽然，"咚"的一声闷响打破了沉寂，屋中灯下的读书人赶忙开门冲了出来，四周张望并未见一个人影，正在纳闷儿，"咚！"又是一下子，这回不巧，不知什么东西正砸头上，这人顿感一阵眩晕。良久，他抬头看见了枝头树叶间时隐时现的苹果，不觉笑了。

　　"你知道这人是谁？他便是大名鼎鼎的艾萨克·牛顿，伟大的……"

　　"哦，明白了，不就是那个英国的物理学家牛顿吗，被苹果砸了一下头，脑筋一转就发现了万有引力定律。这也是命该如此，要是那个灵性的苹果正打到我头上，我也有可能琢磨出个把定律来呢？"

　　可笑，这种人只知牛顿被苹果砸了头，却不知背后牛顿的才智和努力。

　　牛顿1642年生于英格兰贝蒂林肯郡的一个农民家庭，幼年经历坎坷。他19岁考入剑桥大学特里尼蒂学院，23岁获得文学学士学位。那年6月，由于躲避瘟疫回到乡下，直至1667年重回剑桥大学。两年时间里，他构思了经典力学、微积分和光学等学科的思想，1668年获硕士学位，第二年被破格提升为数学教授，年仅27岁，担任此职务前后达26年。1705年，英女王授予牛顿爵士头衔。他于1727年3月20日逝世，享受国葬待遇，

牛顿

艾萨克·牛顿是世界杰出的自然科学家，17世纪自然科学革命的头等人物。他在物理学、天文学、数学等领域都做出了卓越的贡献。他也因此而成为第一位被女王授予爵士头衔的自然科学家。

与英国历代君主和名人长眠于威斯敏斯特教堂。

由此可见，牛顿绝不是仅仅被苹果砸了一下就猛然悟到了万有引力定律，而是有着深厚的知识背景和超乎寻常的探索精神，在看到了苹果落地之后，也不是一下子悟出了什么定律，而是在一系列计算推导后才得出这一具有历史意义的科学结论。

牛顿在解决为什么苹果要落地而月亮却可以绕地球旋转不停的问题的时候，没有像他的前人那样依靠大量的观察测得数据，再进一步找出答案，而是主要靠思考与数学推导。

牛顿的胜利

尽管牛顿在世时已被认为是一个划时代的科学先驱，但他的研究工作仍遭到了许多人的诽谤与非议，这幅充满寓意的光实验绘画表现了牛顿在科学上的胜利。

大体思路为：先求出月亮绕地球飞行的速度，这个速度由月亮绕地球轨道周长除以其绕地球周期得到，代数表达式为V月=2πr/T。在此基础上求得月亮的向心加速度，即月亮绕地球飞行速度的平方除以其轨道半径，代数表达式为a月=（V月）/r。根据已知的数据（月球的公转周期为27.3天，月球绕地球飞行速度为3.8×108米/秒）解得此式结果为0.0027米/秒²。这一结果适用于月亮，那么苹果呢？由于其自身重量相对于地球可忽略不计，它的加速度就应等于自由落体加速度为9.8米/秒²，再根据开普勒三定律就可得出苹果和月亮二者重力加速度关系。最终得到F=GMm/r²，即物体间彼此都有吸引力。这种力的大小仅与它们各自的质量和它们之间的距离相关，这就是著名的万有引力定律。

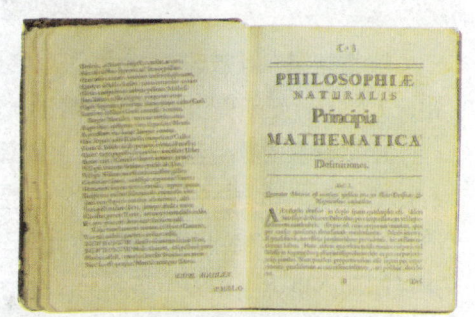

《自然哲学的数学原理》书影

此书被评价为科学史上最伟大的著作，在这本书中，牛顿为之后300年的力学研究打下了基础。

哈雷和哈雷彗星

英国天文学家哈雷
哈雷十分注意对天空的观测，他通过观测发现了许多年以前被人们忽视的天体。

哈雷，与一颗彗星重名，那是因为他——埃德蒙·哈雷最早测定、证实了这颗彗星的存在。

埃德蒙·哈雷，1656年出生在伦敦附近的哈格斯顿，17岁考入牛津大学王后学院学习数学，这为他日后在天文学方面做出杰出贡献打下了牢固的基础。在1676年他行将毕业之际，毅然离开伦敦，搭乘东印度公司的航船远赴南大西洋的圣赫勒纳岛，在那儿建起了人类史上第一个南半球天文台。一段时间以后他汇编了有340多颗南天恒星黄通坐标的南天星表。为此，他得到"南天第谷"的美誉。这张星表发表后，哈雷即被选为皇宫学会会员。1720年，他出任格林尼治天文台台长。前后几十年，哈雷投入很大精力测定彗星轨道，做了大量记录。光在他的《彗星天文学论说》一书中就记录了24颗彗星的详细资料，其中包括"哈雷彗星"。

哈雷彗星小档案

哈雷彗星在其被证实以后，一直受到人们的关注。近些年来，随着彗星探测器的使用，人们了解到了更多关于哈雷彗星的资料。

哈雷彗星与其他彗星相比，大且活跃，轨道有明确规律：其轨道为逆向，与黄道面有18度夹角，平均公转周期为76年，近日距为8800万千米，远日距为53亿千米，轨道偏心率为0.967。该彗星的彗核大约为$16 \times 8 \times 8$千米，而且较暗。其反照率为0.03，甚至比煤还暗些，堪称太阳系中最暗的星体之一。哈雷彗星的彗核密度为0.1克/厘米^3，呈蜂窝状，估计是由冰升华后尘埃滞留所致。

据测算，哈雷彗星将于2061年返回内层太阳系，到时地球上的人类将再一次目睹它的尊容。

哈雷彗星之所以以哈雷的名字命名，固然是哈雷在帮助人们清楚认识这颗大彗星的过程中功不可没，但并不是哈雷首先发现了它，许多人在此存在误解。其实人们对于哈雷彗星初步零星的认识历史极其久远。

中国史书上关于哈雷彗星的记载就非常详尽，如《春秋》的鲁文公十四年就有"秋七月，有星孛入于北斗"的记载。这在世界上堪称最早的关于哈雷彗星的确切记录。不十分确切的记录则更早，《淮南子·兵略训》中写道："武王伐纣，东面而迎岁至纪而水，至共头而坠，彗星出，而授殷人其柄。"其中所指"彗星"，据后世天文学家推算应为公元前1057年回归的哈雷彗星。大约从公元前240年起，彗星的历次出现，我国史书都有记述。只是近代西方在天文学等科学领域才悄悄地超过我国，哈雷系统地研究这一彗星就是一例。

1986 年拍摄到的哈雷彗星
这是时隔 76 年，也就是哈雷彗星在一个周期内两次重返地球上空时人们拍摄的照片。

埃德蒙·哈雷于1695年开始专注于研究彗星，并测定了从1337年~1698年300多年间出现的彗星中24颗的轨道和其他有价值的数据。经过整理这些资料，他发现1530年、1607年、1682年连续出现的三颗彗星轨道极为接近，只是经过近日点的时刻彼此相差了一年之久，哈雷根据牛顿的万有引力定律将这个偏差解释为木星、土星的引力所致。想到此，哈雷断定，这三颗彗星是同一彗星的三次回归。但科学不能只凭想当然，他向前搜索关于彗星的记录，终于发现历史上

1910 年拍摄到的哈雷彗星

1456年、1378年、1301年、1245年等年份都有关于这颗彗星的记载，哈雷更加肯定了自己的发现。他在《彗星天文学论说》一文中预言，大彗星将于1758年底或1759年初（因为木星可能影响其轨迹，带来不确定性）再次光临地球。果然，在1759年的3月14日大彗星拖着长长的尾巴再现于天空，可此时的哈雷早已作古。然而人们没有忘记他，是他第一次将大彗星正式定名为哈雷彗星。

富兰克林发明避雷针

避雷针，不是什么新鲜玩意儿。今天，几乎每栋大楼都安装有它。其实，很久以前它就进入了人们的生活。

据唐代文献记载，我国在汉朝就出现了避雷针的雏形。只不过它是以另外一种方式为人们所接受：将一片铜制鱼尾瓦置于屋顶以避邪，防天火。其实防天火就是避雷，因为雷击建筑易发生火灾。

再者，可以从我国的某些建筑装饰传统中找到避雷针的影子。如一些古代建筑的屋脊两侧，各探出一个龙头，作吞云吐雾状，蔚为壮观。这一构思仅仅是为了装饰吗？其实吐出的龙舌根部连接一根循墙边直通地下细细的金属丝。这是一个设计巧妙的避雷针。

从我国古代关于避雷针的应用实践不难看出其工作原理并不复杂，但在现代避雷针的发明过程中，却有人付出了相当大的代价。

1752年6月，暴风雨密布的一天，富兰克林带着儿子威廉，手里拿着一个刚刚做成的硕大的风筝，并且风筝上面装有金属线，但系在金属线一端的长绳却是麻绳。富兰克林父子

富兰克林的闪电实验

1752年5月，为了证明天空的雷电与摩擦起电产生的电的性质是一样的，富兰克林做了这个著名的风筝试验，从而证实了他的想法是正确的。

在暴雨狂风中将风筝升到空中，偶尔的过路人对此十分不解，"平时都好好的，怎么一下子疯到这个地步！"富兰克林对此全然不顾，一边拽紧风筝线，一边招呼着不远处的儿子。风太大了，风筝在空中活像个醉汉，飘忽不定。突然一道耀眼的闪电劈开天幕，掠过风筝。同时富兰克林紧拽风筝线的手一阵麻木。他意识到自己被闪电击中了。他又做了几次类似的实验，将闪电引入并贮存在莱顿瓶中带回实验室。

富兰克林称自己收集的闪电为雷电，并用它做了各种常规的电学实验，发现雷电与人工摩擦产生的电毫无二致。不久，他公开宣布天空的雷电和人造电是同一种东西，以无可辩驳的事实揭穿了"雷电是上帝发怒"的谎言。

风筝实验的成功引起了各国科学家的广泛关注。在富兰克林实验的第二年，俄国科学家利赫曼重复了该实验，不幸被雷电击中致死，为电学实验付出了生命的代价。富兰克林闻听此事十分伤感，但一天也没有停止电学实验。几经失败，他制成了第一根现代避雷针。它构造十分简单：一根几米长的金属杆固定在屋顶上，但杆子与屋顶之间用绝缘材料隔开，杆子底端拴一根粗导线直通地下。它的工作原理

◆ 富兰克林的杰出贡献 ◆

富兰克林在电学上有许多重要成就是通过实验取得的，他对当时许多混乱的电学知识（如电的产生、转移、感应、存储、充放电等）作了比较系统的整理。他曾把多个莱顿瓶连接起来，以储存更多电荷。他用实验证明莱顿瓶内外金属箔所带电荷数量相等，电性相反。1747年，他提出了电的单流质理论，并用数学上的正负来表示多余或缺少这种电流质。他还认为摩擦起电只是使电荷转移而不是创生，所生电荷的正负必须严格相等——这个思想后来发展为电学中的基本定律之一——电荷守恒定律。他利用这一理论说明了带介质的电容器原理。

美国科学家、发明家本杰明·富兰克林
富兰克林是一位勇于实践的科学家，他的许多科学成就都是在实验中取得的。

富兰克林的第二项重大贡献是统一了天电和地电，彻底破除了人们对雷电的恐惧。他一方面列举了12条静电火花与雷电火花的相同之处，一方面通过岗亭实验和风筝实验（1752年6月）给予实验证明。后来他的论文集《电学实验与研究》出版，特别是风筝实验的报告轰动了欧洲，使人们看到电学是一门有广大前景的科学，避雷针也成了人类破除迷信、征服自然的一项重要技术成果，推动了电学、电工学的发展。

是，当雷电经过房屋附近时，电流会沿着金属杆通过导线直通大地，从而得以保全房屋。

避雷针发明以后，于第二年（1754年）投入使用，但保守的人认为这不祥，会招致灾难。但事实给这些人上了生动的一课。一场暴风雨过后教堂被击中起火，而与之毗邻的高层建筑却安然无恙。谣言被戳穿，避雷针很快传播到世界各地。

富兰克林对其他科学领域也非常感兴趣。与同时代的绝大部分人不同，富兰克林反对牛顿提出的光"粒子"理论（即认为光线由微粒组成），同时力推罗伯特·胡克等人提出的光的"波"理论。他认为近温暖地面的空气被迅速加热，导致膨胀后螺旋上升，并由此引发了飓风与龙卷风。富兰克林还考察了墨西哥湾流的流动路线，墨西哥湾流为横跨大西洋的暖流，他建议远洋船长们应当随时随地使用温度计定位该暖流，从而利用此暖流航行，或者当行船方向与该暖流流动方向相反时，避开该暖流。

富兰克林不但是一位优秀的科学家，还是一位十分杰出的社会活动家，同时，他还特别重视教育，他兴办图书馆，创立了多个协会来提高各阶层人的文化素质。北美独立战争爆发后，他参加了第二届大陆会议，并参与起草了《独立宣言》。

避雷针本身并不复杂，却具有很强的实用价值。这正是怀念其发明者——富兰克林的重要原因。1790年4月17日夜里11点，富兰克林去世，享年84岁。他生前威名赫赫，死后的墓碑上只刻着这样几个字："印刷工富兰克林。"

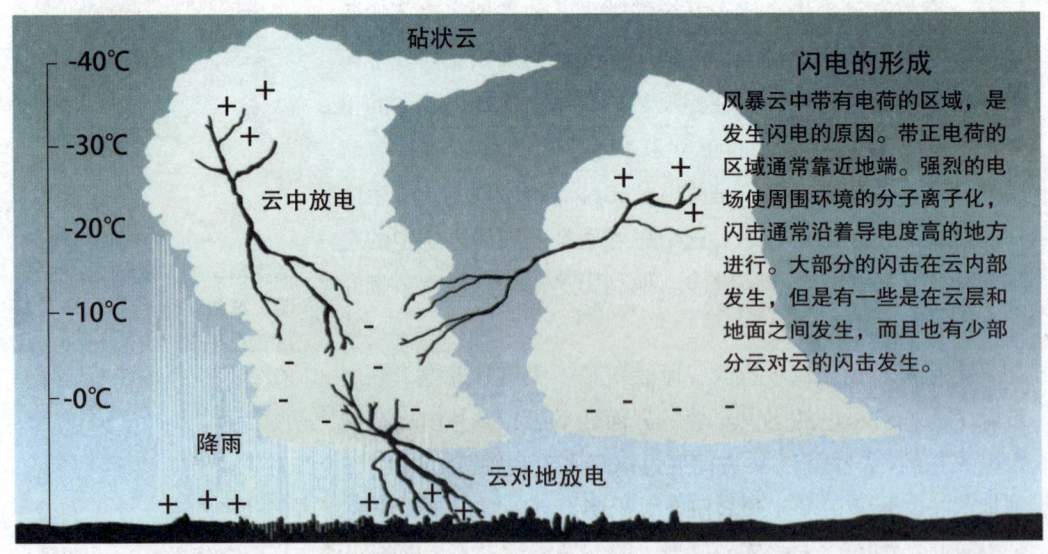

闪电放电示意图

砧状云

-40℃
-30℃
-20℃
-10℃
-0℃

云中放电

降雨

云对地放电

闪电的形成

风暴云中带有电荷的区域，是发生闪电的原因。带正电荷的区域通常靠近地端。强烈的电场使周围环境的分子离子化，闪击通常沿着导电度高的地方进行。大部分的闪击在云内部发生，但是有一些是在云层和地面之间发生，而且也有少部分云对云的闪击发生。

瓦特发明蒸汽机

瓦特发明蒸汽机，没错，但这不等于说在瓦特之前就没有使用蒸汽的机械。其实，蒸汽机的发明也经历了一个产生、发展、逐步完善的过程。

传说，古埃及早在公元前2世纪便出现了利用蒸汽驱动球体的机械装置，只是年代太过久远，具体情况已无从考证。有记载说，1世纪古希腊发明家希罗曾用蒸汽作为动力开动玩具。意大利大画家达·芬奇也用画笔描绘过用蒸汽机开动大炮的情景。

蒸汽机的发明者瓦特

较为确切地使用蒸汽作动力还应是从近代开始。1698年，英国工程师萨弗里发明了使用蒸汽驱动的抽水机。1712年，英国的纽可门发明了效率更高的蒸汽机，可以用活塞把水和冷凝蒸汽隔开。事实上，瓦特发明蒸汽机是从改进纽可门蒸汽机开始的。

纽可门蒸汽机在生产领域的广泛使用，引起了人们的广泛关注，这其中当然也包括詹姆士·瓦特。机会只有睐有准备的人，而瓦特就是一个有准备的人。

◆ 纽可门蒸汽机 ◆

纽可门在研究赛维利蒸汽泵的过程中，发现了赛维利蒸汽泵的两大缺点。

一大缺点是热效率太低。纽可门在设计上作了重要革新：他不让冷却水直接进入汽缸，而是把冷却水通过一个细小的龙头向汽缸内进行喷溅。另一大缺点是赛维利蒸汽泵基本上还是一种水泵，而不是典型的动力机。针对这一点，他在赛维利蒸汽泵中引入了巴本的活塞装置，这样蒸汽压力、大气压力和真空即可在交互作用下推动活塞装置，蒸汽压力、大气压力和真空即可在交互作用下推动活塞作往复式的机械运动。而这种机械运动一旦传递出去，蒸汽泵也就成了蒸汽机。

由于进行了几次研究和革新，一台近代蒸汽机的完整蓝图基本上设计出来了。1705年，纽可门、考利和赛维利一道，终于试制出了第一台真正算得上是动力机的蒸汽机。

詹姆士·瓦特，1736年1月19日出生于苏格兰的格拉斯哥市附近的一个机械师家庭。他从小就迷恋机械制造。由于家道中落，瓦特中学刚毕业便去伦敦学习制造机械的手艺。他天资聪颖又勤奋刻苦，用1年时间学会了别人用4年才能学会的技艺。然后瓦特在家乡的格拉斯哥大学谋了一份仪器修理师的工作，从此踏上了人生的金光大道。

瓦特借修理教学仪器的机会结识了许多科学家，如布莱克教授和罗比逊等人，经常与他们一起探讨仪器、机械方面的问题。1764年的一天，格拉斯哥大学的一台纽可门蒸汽机模型送到瓦特这里要求修理。瓦特不但修好了机器，还对机械的构造和工作原理产生了极大的兴趣。

他找到了布莱克教授，与之共同研究减少纽可门蒸汽机耗煤量，提高其效率的方案。后来瓦特发现该蒸汽机的汽缸和冷凝器没有分开，造成了热能的极大浪费，找到了症结之后，瓦特便开始改造纽可门蒸汽机的试验。

瓦特筹措了一些资金，并租了一间实验室，便开始试制具有冷热两个容器的蒸汽机。他想，这样一来负责作功的汽缸始终是热的，而蒸汽冷凝的过程在另一个容器中完成。如此便可避免同一汽缸反复冷热交替，从而节约了热能。经过多次实验，多次失败，瓦特最终完成了一台具有实用价值的单作用式蒸汽机，并申请了专利保护。

为了在更大范围内推广自己的新发明，瓦特用自己设计的蒸汽机与纽可门蒸汽机当众比赛抽水。结果用同样多的煤，瓦特蒸汽机抽水量是纽可门蒸汽机的5倍。人们看到了瓦特蒸汽机的优势，纷纷以它替代了纽可门蒸汽机。

瓦特没有就此罢手，而是吸收了德国络伊波尔德的利用进排气阀使汽缸往复运动的原理，用飞轮和曲拐把活塞的往复运动变成圆周运动，可惜该技术已被皮卡德抢先申请了专利。但他另想办法，用行星齿轮结构把往复运动变成了圆周运动，终于

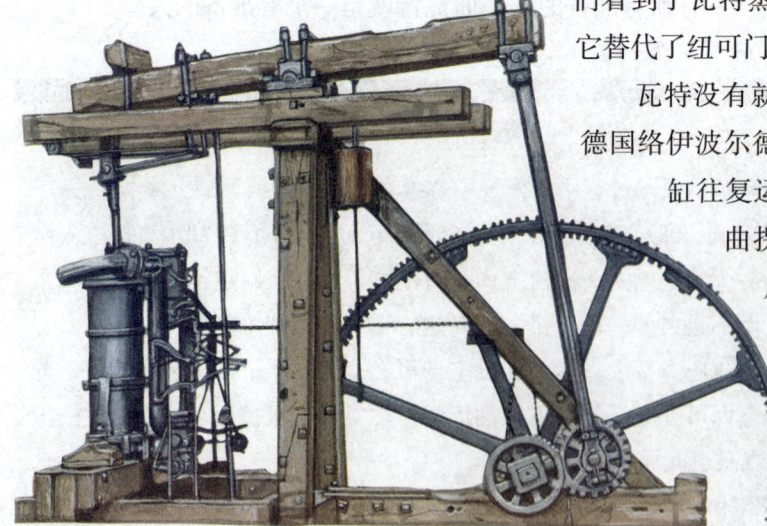

詹姆斯·瓦特通过使用齿轮传动装置和连杆，使蒸汽机上的活塞能像车轮一样运动。

蒸汽机采煤
蒸汽时代的到来，使英国工业获得前所未有的发展，煤作为机械工业所必需的原材料正被大规模开采。

在1781年10月获得了双作用式蒸汽机的专利权。

詹姆士·瓦特再接再厉，1784年用飞轮解决了转动的稳定性问题，获得了蒸汽机方面的第三个专利，两年以后他又着手进行了蒸汽机配气结构优化，从而获得第四个专利。瓦特不间断的努力，后来发明了压力表，保证了机器运行的安全。他最终于1794年彻底完成了双作用式蒸汽机的发明，因为这一年皮卡德专利期满，瓦特将行星齿轮结构改装为曲柄连杆结构，从而使蒸汽机更加完善。1781年瓦特提出了5种将往复运动转变成旋转运动的方法；1782年，瓦特获得了"双动作蒸汽机的专利"；1784年，瓦特在他的新专利中又提出了"平连杆结构"的说法，这使蒸汽机有了更广泛的实用性；1788年，他又发明了离心调速器和节气阀；1790年，他完成了汽缸示功器的发明。至此，瓦特完成了蒸汽机的发明全过程。

蒸汽机的发明，使工业革命迅速展开，并波及美、德、法等国。瓦特为人类进步事业做出了不可磨灭的贡献。国际单位制中以"瓦特"作为功率单位就是为了纪念这位发明家。

拉瓦锡的发现

拉瓦锡与妻子玛丽

拉瓦锡对近代化学的产生和发展产生了革命性影响，堪称科学界的革命领袖，最后却被政治革命者戕害。

他自幼博学多才，20岁就获得法律硕士学位，后师从化学家葛太德学习化学，成就斐然。拉瓦锡对化学研究并没有停留在实验上，他还多次实地考察，对矿物和水的化学成分进行了深入的研究。

具体而言，拉瓦锡对于近代化学的贡献主要体现在三方面：第一就是发现质量守恒定律，即参加化学反应的各物质的质量总和等于反应后生成各物质的质量总和。他在阐述这一定律时举例说，磷燃烧后生成物所增加的重量恰好等于空气失去的重量，并根据这一定律写出了糖变酒精发酵过程的化学方程式：

$$葡萄糖 \xrightarrow{\text{发酵}} 碳酸 + 酒精$$

关于质量守恒定律，拉瓦锡解释说："无论是人工的或是自然的作用都没有创造出什么东西。物质在每一化学反应前的质量等于反应后的质量。"

拉瓦锡在化学领域的又一贡献就是燃烧原理。破旧才能立新，他首先否定了燃素说。他从1772年开始做燃烧实验。其中一个具有决定意义的是硫的燃烧实验，硫在燃烧后余下的灰烬质量比原来硫的质量还要大，这引起了他的极大兴趣。接着拉瓦锡又对磷做了相同的实验，结果也一样。

然后他又燃烧锡，锡灰的质量也有所增加，细心的拉瓦锡称量了密闭容器中的空气。最后惊奇地发现，这些物质燃烧后的灰烬增加的质量与容器气体减少的质量完全相同。

拉瓦锡据此写成《燃烧概论》一文，正确解释了燃烧的本质，同时也否定了燃素在燃烧中的作用。

拉瓦锡的第三大贡献则是否定了古希腊的四元素说和三元素说，重新定义了化学元素的概念。他强调以实验来说明问题。他将蒸馏水密闭加热了相当长的时间，结果水的质量没有丝毫的改变，这无疑否定了四元素说。拉瓦锡进一步将元素的定义陈述为：用任何化学手段都不能分解的物质即为元素。

根据拉瓦锡对元素的理解，他把33种元素分为四大部类：第一类有锑、银、铋、钴、铜、锡、铁、钼、汞、锰、金、铂、锌、钨、铅等，它们被氧化后可以生成能中和酸的盐基，因此称为简单的金属物质；第二类简单的非金属物质，氧化之后成为酸，主要有碳、磷、硫、硼酸素、氧酸素和盐酸等；第三类为一般简单物质，有光、热、氧、氢、氮等元素；第四类为土类物质，其中包括石灰、镁土、铁土、铝土、硅土等。拉瓦锡定义的元素虽然与科学的元素周期表中的元素尚存在一定差距，但相对于之前的元素观已有很大的进步，并为以后的化学家指明了努力的方向。

除了以上谈到的三大贡献，拉瓦锡还写了一系列的著作和学术论文。其主要著作有《化学命名法》、《化学概论》、《燃烧概论》、《化学教程》等，其中《化学概论》最具革命意义。他的论文多发表在当时的《化学年报》、《科学院院报》上。

令人无限惋惜的是，这位伟大的化学家最后竟在革命中以莫须有的罪名被处死。数学家拉格朗日叹息道："人们可以瞬间把他的头砍下来，而这样的头，也许百年都长不出一个来。"

拉瓦锡实验室
拉瓦锡在这间实验室里经过多次试验，发现了燃烧是氧与其他元素化合的结果。

牛痘接种法的发明

　　天花，一个逝去的恶魔。今天我们再回顾那段预防天花的历史，可以看到在同疾病的斗争中，人们表现得多么出色。

　　天花，有史以来它的阴影就一直笼罩着人类。保存完好的几千年前的木乃伊身上就有天花留下的痘痕，其历史之久远可见一斑。还有，曾经不可一世的古罗马帝国也被天花折磨得奄奄一息。14世纪前后的欧洲，天花竟夺去了上亿人的生命。在很长一段时间里，人们对天花束手无策，只好任其肆虐。

　　在探索治疗天花办法的时候，人们逐渐发现有些人虽然患了天花却侥幸活了下来，而且这些人以后就再也不会染上天花。是什么原因使这些幸存者具有免疫性的呢？18世纪70年代的英国医生爱德华·琴纳试图揭开这个谜团。

　　琴纳花了很长时间去研究患过天花的人的身体肌理，但发现他们除了皮肤上比其他人多些麻坑之外没有任何特别之处。琴纳顿感困惑，但他决心一定要将这个问题弄清楚。

此图表现了早期人们接种牛痘时忐忑不安的心情。

琴纳是一名医生，有许多天花病感染者的资料，他们的一个重要特征就是不分男女老幼，不分地域，不分种族，也不分贵贱。无特征成了他们最大的特征。一次，在一个村庄调查时，琴纳发现这里牛奶场的挤奶女工没有一个人患天花。这一现象引起琴纳极大的兴趣，他进一步核实了情况，发现不但那些挤奶工，就是跟农场牲畜打交道的人得天花的概率也很小。难道这些牲畜有什么魔力？

英国医生琴纳

他发明了预防天花的牛痘疫苗接种法，为人类的健康做出划时代的贡献。

琴纳跟这些女工深入聊了这个问题，这才知道她们开始从事这个职业时经常染上牛的脓浆，之后就出现了轻微的天花症状，但很轻微，一般都不治而愈。琴纳发现这种身上有脓包的牛其实是患了天花，但死亡的极少，皮上也不会留下麻坑。琴纳忽然悟到了什么，他人为地将牛痘的脓浆接种到一个叫詹姆斯·菲普斯的小男孩身上，小孩发了几天低烧，身上也长了些水泡，但很快痊愈。给这个孩子接种牛痘的那一天是1756年5月14日，菲普斯是人类历史上第一个接种牛痘的人。过了几个月，琴纳又给小菲普斯接种天花病人身上的脓浆，过了一段时间发现他根本没有再染上这种病，同那些得过天花病的幸存者一样获得了某种强大的抵抗力。琴纳成功了，他用事实说明，在健康的人身上接种牛痘，就可以使这个人再也不得天花。多么伟大呀！吞噬了无数生命的恶魔——天花，终于被科学扼住了喉咙。天花肆虐的时代过去了，无数人激动地流下了热泪。

伟大的琴纳给天花这个恶魔套上了绞索，全人类又经过200多年的努力，终于在1980年将它绞死。那一年联合国卫生组织宣布天花已在全世界绝种。

琴纳发明接种牛痘，不仅普救众生，还发现对抗传染性疾病的又一利器，那便是免疫，从而奠定了免疫科学的基础。

✦ 中国古代的"种痘术" ✦

勤劳智慧的中国人民，早在10世纪就发明了自己的"种痘术"。不过，这种预防天花的方法不是源于什么科学实验，而是根据"以毒攻毒"的哲学思想，对疾病以其之道还治其之身。具体操作方法是：取少许天花病患者身上水泡的脓液，用棉棒蘸取些许置入健康人的鼻孔。几天以后这个人会出现轻微的天花症状，但痊愈之后就终生不得天花。这种"种痘术"一度西传至欧美。可惜未能进一步发展，而且这种方法对脓液的摄取量不能准确控制，因此防病的同时风险也很大。

世界上第一辆蒸汽机车

随着瓦特蒸汽机的问世，第一次工业革命迅速展开。这时，动力问题解决了，但由于各行各业都在发展，对材料和燃料的需求量大增。于是，运输的难题又摆在人们面前。

传统的马车运输，由于其速度低、成本高、运量有限，已远远不能满足大工业生产的需要。新的交通工具呼之欲出。在18世纪末到19世纪初的几十年里，许多人投身研制蒸汽动力机车，其中著名的就有耶维安、斯敏顿、莫多克等人。由于他们研制的蒸汽机车有太多的缺点和不足，根本就没有实用价值。最后，研制出具有实用价值、方便快捷、性能稳定的蒸汽机车的历史重任落到了史蒂芬孙肩上。

乔治·史蒂芬孙，1781年出生于英国的一个矿工家庭。贫寒的家境使他根本就没机会接受教育。从8岁起，他便开始放牛贴补家用，一干就是6年。别的孩子还在玩耍时，小乔治已过早地挑起家庭的重担。在别的孩子快要进入花季的年龄，史蒂芬孙却进入了一家煤矿，当了一名见习司炉工，过早地品尝了生活的滋味。但史蒂芬孙毫不为自己出身的卑微而消沉，而是积极地投入到本职工作中去，夜以继日地学习机械、制图方面的知识，并付诸实践，很快成长为一名机械修理工、机械师，最终成为蒸汽机方面的权威。

1807以后，史蒂芬孙开始研究、改造耶维安等人设计制造的蒸汽机车：首先，把笨重的立式锅炉改成轻便美观、更实用的卧式锅炉；其次，为蒸汽机车设计了轨道，这种轨道与传统的马拉车铁轨有所不同，他在

1813年的蒸汽机车，它用蒸汽作为动力。

两条路轨间加装了一条有齿的轨道，目的是防滑；再次，史蒂芬孙将车轮内侧加上了轮缘，可以有效防止出轨。经过一系列努力，史蒂芬孙终于在1814年设计制造了一辆全新的蒸汽机车，取名"布鲁克"。它形态粗笨，自重5吨，最打眼的是车头上的巨大飞轮。在第一次试车中，"布鲁克"牵引重为30吨的8节车厢以7千米的时速行驶。尽管这比以前的机车已大有进步，但仍因为其丑陋、漏气、缓震性能差、易坏等缺陷受到人们的讥讽："喂，史蒂芬孙先生，你那个丑家伙是妖怪，还是魔王，把我们的牛都吓惊啦，你小心从上面掉下来摔着！"史蒂芬孙对此一言不发，他要用事实来回答他们。

乔治·史蒂芬孙花了10余年时间终于完成了对"布鲁克"的改造，于1825年制成了"旅行者"号蒸汽机车，并于当年的9月27日在达林顿至斯托克铁路上试车。那天，斯托克镇人山人海，大家都要亲眼看见"旅行者"号是怎样拖动6节煤车和20节客车的。机车在预定时刻开动了，它不负众望，毫不费力地拖动450名乘客和90吨煤，以时速24.1千米的高速，驶向达林顿车站。试车圆满成功，从此人类运输史上的机车也驶向了新纪元。

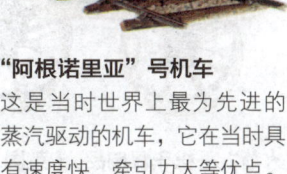

"阿根诺里亚"号机车
这是当时世界上最为先进的蒸汽驱动的机车，它在当时具有速度快、牵引力大等优点。

随着性能优良的史蒂芬孙机车问世，人们很快发现铁路运输的优越性：运费低、速度快、运量大，尤其适用于大宗货物。于是，大规模修建铁路席卷英国，后来又波及美国，继而又波及其他欧美主要国家，蒸汽机车的发明大大加快了西方主要国家工业进程，世界格局也由此发生着日新月异的变化。

很快，火车取代了马车，成为陆上最主要的交通工具。为了适应大规模货运和

◆ **磁悬浮列车** ◆

任何事物的发展都是从无到有，从低级到高级的过程。从史蒂芬孙的蒸汽机车到今天时速达到200千米～300千米的高速铁路，已经是一个不小的飞跃。但人们仍不满足，科学家研究发现，钢轨和钢轮是阻碍火车进一步提速的障碍。可是火车没有轮子和钢轨还能走吗？答案是能。既然两块同性的磁铁能够互相排斥，而不靠近，那么列车本身若是跟路面也存在这种斥力，且足够大，不就可以脱离轨道和地面，在空中滞留吗？再加以推动力，列车就可以悬浮前进。如此一来，既摆脱了车轮与轨道的摩擦力，又消除了轮、轨之间摩擦形成的噪音。这种列车叫作磁悬浮列车，时速可达500千米以上。

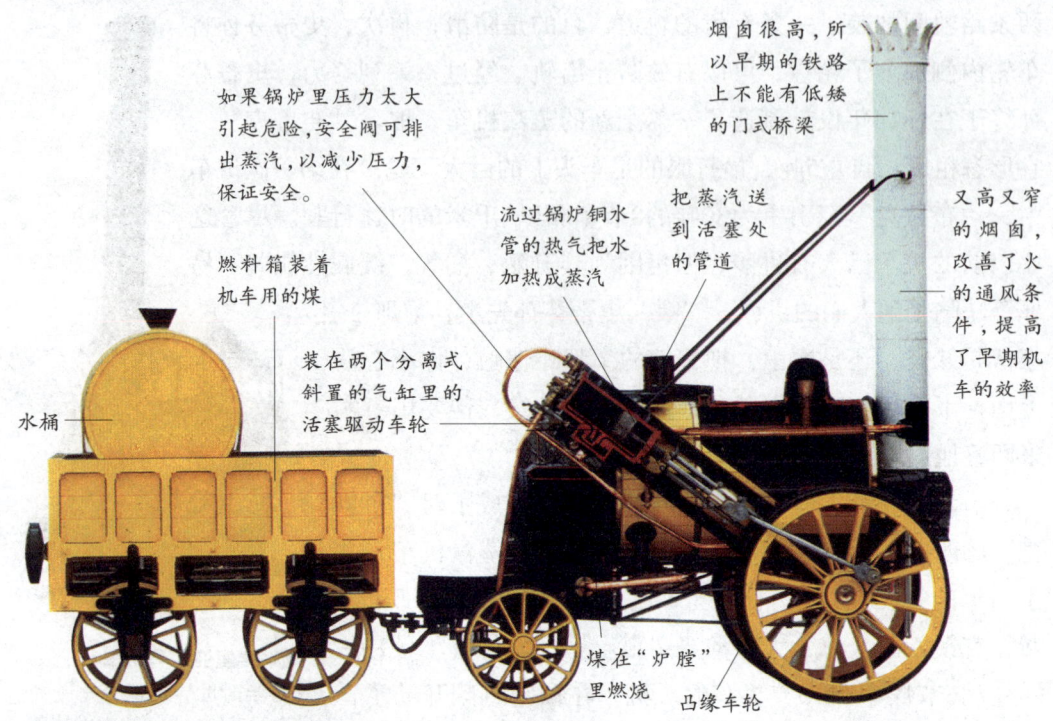

如果锅炉里压力太大引起危险，安全阀可排出蒸汽，以减少压力，保证安全。

流过锅炉铜水管的热气把水加热成蒸汽

把蒸汽送到活塞处的管道

烟囱很高，所以早期的铁路上不能有低矮的门式桥梁

又高又窄的烟囱，改善了火的通风条件，提高了早期机车的效率

燃料箱装着机车用的煤

装在两个分离式斜置的气缸里的活塞驱动车轮

水桶

煤在"炉膛"里燃烧

凸缘车轮

"火箭"号机车复制品 （英国）
1829年，为了挑选从利物浦到曼彻斯特的铁路线最好的机车，人们举行了一次比赛——雷恩希尔选拔赛。"火箭"号主要是由工程师罗伯特·斯蒂芬森制造的。同年，英国人制造的"斯托尔布里雄师"号，成为在美国铁轨上运行的第一台机车。它几乎与下页的"阿根诺里亚"号一模一样，但因太重而不适合在美国铁路上运行。

客运的需要，欧洲和美国加快了铁路的修建速度。到19世纪末，世界上的铁路已超过5万千米。20世纪初，广大的发展中国家也开始修建铁路，到20世纪末，世界上的铁路运营里程已达到近百万千米。世界上绝大部分的货运和客运任务都由火车来承担。美国（超过30万千米）、俄罗斯（超过14万千米）、中国（超过8万千米）、印度（超过7万千米）、英国（超过 2 万千米）、德国（超过 2 万千米）、法国（超过 2 万千米）、日本（超过1.5万千米）和南非（超过1.3万千米）等是世界上铁路较多的国家。

当然，随着技术的改进与提高，火车的速度也远非当初可比。现在，一般火车的时速都在80千米以上。火车的动力也由以前的蒸汽改为内燃机车或电力机车。在我国，更加清洁、高效的电力机车也已开始规模化使用。法国、德国、日本和美国是使用电力机车比较多，技术也比较成熟的国家。现在法国、德国和日本等国又在研究速度更快、更清洁和无噪音的磁悬浮机车，并已取得了初步成功。2003年，我国第一条磁悬浮机车在上海正式投入使用，它的时速高达450千米。

电磁感应产生电流

工业革命的迅速展开促使人类社会的发展进入快车道，在机械、能源等工业蓬勃发展之时，人们也在寻找一种利用效率更高、更清洁的动力，电力理所当然地成为人们的首选，于是电气领域内的革命悄悄地展开了。

先是1820年丹麦的奥斯特发现通电的金属可以产生磁的效应，接着法国人毕奥和萨伐尔发现了毕奥—萨伐尔定律，然后就有德国物理学家欧姆在1825年发现导体具有电阻，并在此基础上提出了欧姆定律，揭示了导线中电流和电位差的正比关系。这些重大的发现为电和磁之间的互相转化铺平了理论基础，法拉第则在实践上解决了电和磁是怎样实现转化的这一难题，为电能的实际应用打开了通道。

法拉第，1791年9月22日出生于英国的一个铁匠家庭，像与他同时代的许多发明家、科学家一样，只接受过几年的小学教育。法拉第从13岁~20岁做了7年的装订工人，但他一直热心于科学研究。后来，在别人的介绍下投到著名物理学家戴维的门下做助手。很快，法拉第得到了施展自己才华的机会。

受到奥斯特电可以产生磁的启发，法拉第从1822年就着手研究把磁转化为电的问题。他先设计了如下实验装置，装置的两端中间以导线连接，并设置一个开关，左端为电源（伏打电池），右端为电流指示器，然后进行实验：接通电源（合上开关），电流指示器指针明显偏转，但很快又恢复到原位。断掉开关，切断电源，指针也同样发生偏转，既而复原。实验表明，在"开"、

电与磁

1820年，汉斯·克里斯蒂安·奥斯特意外发现，当一根磁针被带到电流场附近的时候，它竟然转向与电流形成直角的方向。然而，他只是注意到这个现象，并没有对其进行进一步解释。

"关"的时点，指针各发生一次偏转，但都不能保持。法拉第进而用永久性磁铁加以验证。

1821年10月17日，他完成了一个具有决定意义的实验：取一半径约为11.4厘米、长约为244厘米的圆纸筒，在上面绕8匝铜线圈，再接到安培计上。然后将一条形磁铁以线筒一端放入，发现安培计指针偏转，又将磁铁从另一端抽出，指针再次偏转，只是方向相反。这便是发电机的基本原理，今天各种复杂的发电机都是根据这个原理设计制造的。

在总结实验的基础上，法拉第进行了深入的理论分析：他运用笛卡尔的磁力线概念对所谓的"电磁感应"进行解释——感应电流的产生是由导体切割磁力线所致，电流的方向则取决于磁力线被切割的方向。为了便于现实中的操作，法拉第还以左、右手拇指与其他四指的位置特点为依据制定了左手法则和右手法则，至今我们仍在使用。

这样，法拉第进一步完善了电磁理论。1838年，法拉第又解释了从负电荷或正电荷发出的电力线的感应特点。

法拉第并不满足于已有的贡献，而是进一步将研究领域扩展到电解的规律。在

法拉第的实验室

《电学实验研究》

《电学实验研究》是法拉第在电学领域的集大成之作，介绍了法拉第在电学领域的众多实验，总数在1万以上，涉及电、磁、光等方面。

法拉第在该书的第一卷就阐明了各种电的同一性，他认为无论是摩擦电、动物电、磁感应电、温差电还是伏打电，性质都一样。在以后的三卷中，法拉第向人们介绍了物质在电场中的特性，测定了物质的介电常数，提出了一些新的概念如电力线、磁力线、电磁场等，并且记录了电荷守恒定律的证明过程。

《电学实验研究》中的许多内容都具有首创意义，对后人研究物理学有重要的参考价值和借鉴意义。

这一过程中他发现了两个重要的比例关系：由相同电量产生的不同电解产物间有当量关系，电解产物的数量与所耗电量成正比。这两个规律后来被称为法拉第电解定律，在电学工业领域获得广泛应用。

法拉第发现电磁感应定律和电解定律之后，一时名扬四海，但他仍然孜孜以求，在物理学领域默默耕耘。他澄清了各种关于电的说法，发现贮存电的方法，继而发现法拉第效应。

同时，法拉第试图通过实验发现重力和电之间的关系，寻找磁场对光源所发射的光谱线的影响，寻找电对光的作用等，但由于当时的实验条件有限，他的这些实验都没有成功，但他的思想和观点是正确的。

法拉第发现的电磁感应原理，连同其他贡献共同构成了发电机、电动机发明的基础，使人类从蒸汽时代疾步跨入了电气时代，由于他在电磁学方面做出了伟大贡献，被称为"电学之父"和"交流电之父"。1867年，法拉第离开人世，享年76岁。亲人们按照他的遗嘱举行了简单的葬礼，他墓碑上只刻了三行字：迈克尔·法拉第/生于1791年9月22日/死于1867年8月25日。

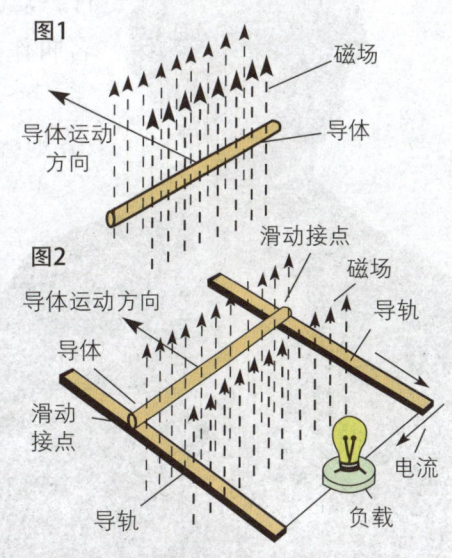

电磁产生电流原理
闭合线圈切割磁力线时就可以产生电流。

莫尔斯发明有线电报

　　因为人类沟通交流的需要，通讯注定要伴随人类始终。从古代的烽火台到近代欧洲的"夏普通讯机"，再到后来的电解式电信机和磁针式电信机，信息传输速度愈来愈快，范围也更广。在通讯事业发展的进程中，具有革命意义的一步则是有线电报的产生。

　　有线电报的发明者莫尔斯与其同时代的科学家、发明家有很大不同。他不仅家境贫困，而且前半生从事的是与发明无关的美术，并且非常成功，从1826年起他担任了16年的美国美术学会主席。可到了41岁那年，画家莫尔斯迷上了发明。这其中还有一段故事。

　　1832年10月1日，从法国勒阿弗尔港出发的"萨丽"号邮轮横跨大西洋驶向纽约。这本是一次极平常的航行，谁也没想到它会激发一项重大发明。航行中，一名叫作查尔斯·杰克逊的医生晚饭后在餐桌上展示了一个实验：他手上拿一块马蹄形的铁条，上面整齐地缠绕着绝缘的铜导线，然后给导线通电，这时铁条骤然产生了磁性。一下子将桌上的铁餐具吸了过来，人们睁大眼睛，伸长脖子看着杰克逊手上充满魔力的铁条。这时，杰克逊忽地切断电源，磁性顿消，人们吃惊不已，而他则略显得意地说道："先生们，这是一种无穷的力量。电流通过线圈时，就会产生磁性，而且无论线圈有多长，电线有多长，电流都会瞬间通

美国发明家莫尔斯
他发明的有线电报使人类第一次远距离通讯变得"近"了许多。

过……"这时人群中的莫尔斯突然问道："先生，那么电的速度到底有多快？"杰克逊一时语塞；"这个……反正是很快，瞬间通过！""要是电能用来传递电磁信号该有多好！"莫尔斯默默地想。

说干就干，莫尔斯很快就找到物理学家亨利并拜他为师，学习电磁基础知识。以前他从没有接触过，现在他已年过不惑，再从零开始，其难度可想而知。然而功夫不负有心人，一年以后他已熟练掌握电磁方面的基础知识，着手研究电报。

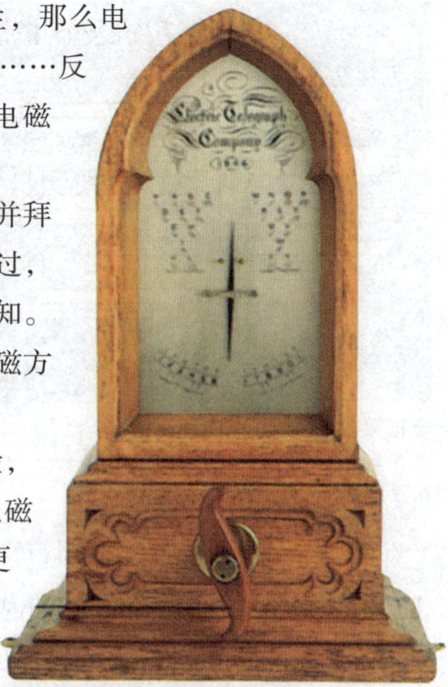

经过夜以继日地实验、思考、总结、再实验，莫尔斯发明了"继电器"，其主体部分是一块电磁铁。他用电磁铁做成电铃，就可以把信号传到更远的地方。正当他准备把这一构思付诸实践时，另一问题向他袭来：他为了做电报实验花完了所有积蓄，而且几乎荒废了美术，没有了收入，生计就成了问题。莫尔斯被迫重拾画笔，为了衣食而作画，但无论如何他也放不下自己的发明事业。

库克和惠斯通电报机
早期的发报机有五根针。后来库克与惠斯通将它简化为一根针，如图所示。

在贫困交加的逆境中，莫尔斯忽然想到了一种新的思路，即利用电流的有无及间隔时间，产生若干种符号，再将其按一定规律排列组合，代表不同的数字和文字。而电流的速度非常之快，可以瞬间将各种符号传递到遥远的地方。有了这一方案，莫尔斯似乎成竹在胸，开始不分昼夜对应字母，编写符号。这时，他前段时间

◀ 莫尔斯电码 ▶

莫尔斯为发明电码煞费苦心。他先是对报纸、杂志、书籍中的常用字进行统计，进而向印刷工人讨教，按照常用的英文字母对应简单的电码、不常用的英文字母对应复杂的电码的原则进行系统编码。电报的具体符号则通过"接通"、"断开"电路的方法，形成"点"、"划"和"空白"等不同组合，用以对应不同的字母、数字、标点等。如字母"A"用一点一划表示，阿拉伯数字"5"用5个点表示，字母"e"用"·"表示，"t"用"—"表示等。各个字符不仅在"点"与"划"的组合上有规定，还对"点"与"划"的长度，以及"间隔"的幅度确定严格的时间比例。这使收、发报的准确性大大提高。

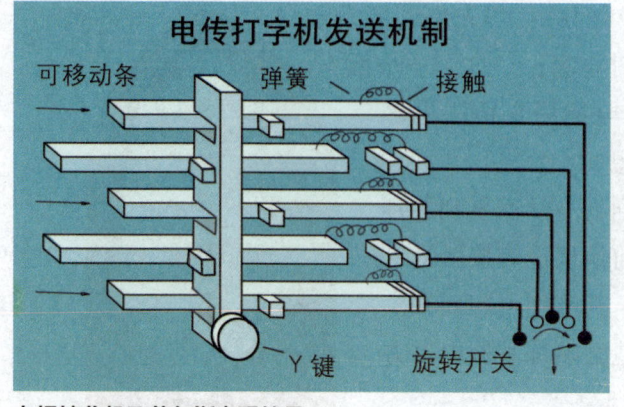

电传打字机发送机制

可移动条　　弹簧　　接触

Y键　　旋转开关

电报接收机及莫尔斯电码符号
莫尔斯电码发出点、划和间隔的组合，代表数字和字母表上的字母。

卖画的积蓄逐步告罄。有时，他的口袋中只有几枚硬币，吃饭一度成了问题。

无论多么艰难，莫尔斯都要把实验坚持下去的精神打动了一位名叫威尔的技师。威尔出身富贵之家，答应为莫尔斯提供购买设备的资金。甚至亲自加入到实验当中，作为莫尔斯的助手，二人一道改进了电报机。

不知不觉中，时间又过去了一年，莫尔斯等人认为电报机已经较为完善，可以为人们的生活服务了。于是他带上电报机的样品，前往华盛顿劝说国会通过议案，对其拨款3万美元，以修建华盛顿到巴尔的摩的电报线路。几经周折和反复，国会最终通过决议。该线路1844年正式完工，并于5月24日进行了试验。莫尔斯亲自操作，在华盛顿向巴尔的摩的威尔发出以下电文："上帝创造了何等奇迹。"从这一时刻起，人类进入了电报时代。

有线电报诞生后迅速推广至欧美各国，并且出现了跨海电报线路。有线电报的出现，使人们在政治、经济、文化等方面交流变得更快捷、准确。

莫尔斯试验接收机
它使用点和划组成的莫尔斯电码，通过断断续续的嘀嗒声将信息记录下来。

细胞学说的创立

任何一门学科的发展，都离不开前人的研究基础。细胞学说的创立同样离不开细胞研究先行者们的努力。

1665年，英国科学家虎克用显微镜观察软木切片时，偶然发现其中的蜂窝状结构，他将"蜂窝"中一个个"蜂房"称为"细胞"。这是细胞概念的首次提出。后来英国植物学家布朗和捷克生理学家普金叶先后观察到植物和动物的细胞核，这使人们对细胞的认识更进了一步。至此，施莱登、施旺等人创立细胞学说的条件基本成熟。

施莱登20岁~24岁曾学习法律，并取得律师资格。但他更热衷于植物学研究，终于在1827年考入耶拿大学专攻植物学。在治学过程中，他独树一帜。在其他植物学家专注于形态分类时，他却惯于用显微镜对各种植物的特征进行观察和描述。施莱登重复了其前人虎克、奥肯、布朗等人的实验，并对他们的实验结果进行了分析和总结。

林耐
瑞典植物学家、探险家，现代植物学的创始人，著有《植物哲学》一书。

在批判地继承前人成就的基础上，施莱登提出了自己的细胞学理论。他认为细胞是构成植物体的基本单位，植物体所有器官、组织均由细胞组成，植物发育、成长的过程就是细胞发育、成长的过程。具体包括细胞的生命特征、生理过程、生理地位等方面。

在论述细胞生命特征时，施莱登指出了细胞生命的两重性，即细胞一方面要维持自身生命过程，另一方面又作为整个机体组织的一部分发挥其功能。这种提法明显带有19世纪初奥肯"两重生命论"的烙印。

施莱登认为，细胞的生理过程就是旧细胞产生新细胞，而这个过程中细胞核是关键：新细胞的生成首先是细胞核的生成，接着便是细胞的其他组成物质从老细胞组织分裂出来，最后新的细胞核与刚分裂出来的细胞组织形成新的细胞。

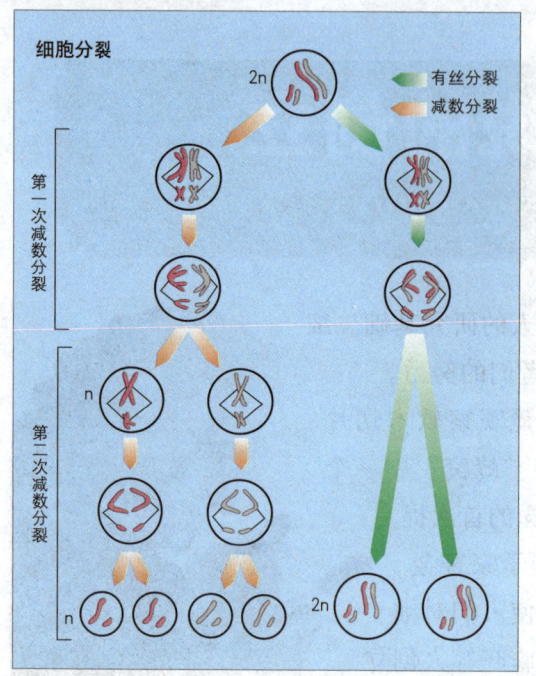

细胞分裂图

细胞分裂是其生命延续和生物生长发育的基本过程。

谈及细胞的生理地位，施莱登明确提出，细胞作为植物体赖以生存和成长的根本依托，是植物生命体的基本构成单位。

以上几个方面的论述，构成了细胞学说基本组成部分。从此，细胞学说建立起来。后来，德国动物学家施旺又把施莱登植物细胞学说引入到动物学，细胞学说从此更加完整。

施旺原来从事动物胚胎学、解剖学研究。19世纪30年代中期，胚胎学与细胞学并驾齐驱，使得施旺有意把二者加以结合。他从另外一个角度解释了细胞的生理过程：新细胞的生成要借助新陈代谢将细胞间物质转化为细胞生成所需物质，借助细胞相互吸引力浓缩和沉淀细胞间质，进而生成新的细胞。

在解释生命发育过程时，施旺直接指出，动物个体发育过程都是从单细胞开始的。单细胞生成之后，不断分化出新的细胞，整个生命个体才不断发育成长。

当施旺把施莱登的细胞学说引入动物学之后，生物学中统一的细胞学说才形成，虽不够完善，但为日后生物学发展指明了通路。

《植物学概论》

《植物学概论》是施莱登1842年完成的植物学教科书，集中阐述了他的细胞学说。在这本书的开始部分，他写了对于植物体所蕴含物质的研究成果，接着便转入了植物细胞学的集中论述。他认为细胞是植物中普遍存在的基本构造，无论如何复杂的植物体都由各具特色的、独立的、分离的个体构成，接着提到植物细胞两重特性，一方面是独立的，进行自身发展的生活；另一方面则是附属的，作为植物整体一部分而存活。然后，施莱登对植物学发展的历程进行了分段，即从古代到中世纪末、林耐时期、林耐以后。最后施莱登论述了形态学和组织学，为后世植物学家开辟了新的研究领域。

《植物学概论》的结构、体例都是全新的，为植物学研究确立了一个全新的角度，提出了植物学领域的新准则，激起了人们对植物学极大的热情。

达尔文的进化论

提起达尔文，你首先想到的是进化论，说到进化论就不能不讲拉马克。拉马克在其《动物哲学》一书中粗略地描述了动物界由简单到复杂的进化过程。这可以称为最早的进化论观点，达尔文正是在这样的基础上创立了成熟的进化论。

达尔文，1809年生于英国的一个医生家庭。达尔文从小就热爱大自然，尤其喜欢打猎、采集矿物和动植物标本，但少年的达尔文学习成绩一般。因此，父亲认为他"游手好闲"、"不务正业"，1828年将他送到剑桥大学，改学神学，希望他将来成为一名"尊贵的牧师"。达尔文在大学期间仍然把大部分时间花在对自然科学的研究上。在22岁那

达尔文像

年，经别人的推荐，他瞒着家人，以"博物学家"的身份加入"贝格尔"号海洋调查船，参加环球旅行。

"贝格尔"号环球航行之旅是达尔文一生中最为快乐的时光，也是收获最大的时期。这期间，青年的达尔文精力充沛、兴趣广泛，沿途细致考察了各地的地质特点和生物分类，比较了化石和当前各种动植物的差别和联系，并且深入研究了多种生物的地理分布，采集了大量稀有生物的标本，发现了许多在书中没有记载的新物种。在这次旅行中，达尔文开始思考人类是怎样起源的，动植物的遗传和变异等问题。在考察的过程中，达尔文根据物种的变化，一直在思考这样一个问题：自然界的奇花异树、人类及其他万物究竟是怎样来的？他们为什么会千变万化？彼此之间会有什么联系？逐渐地，达尔文对神创论产生了怀疑，他决定揭开这其中的谜团。

1831年~1836年，达尔文先后在南美洲海岸考察了5年，收集了大量的标本和事物，尤其是在南美的科隆群岛的考察，使达尔文更坚定高等物种是由低等物种进化而来的想法，物种进化的理论逐渐在他的脑海中形成，并且有了一个清晰的概念。1836年，达尔文还去了澳大利亚考察，了解那里的生物，进一步为他的物种进化理论搜集证据。

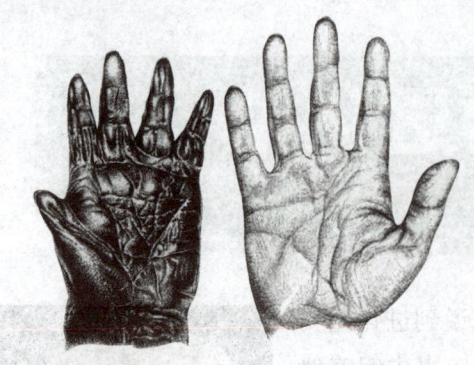

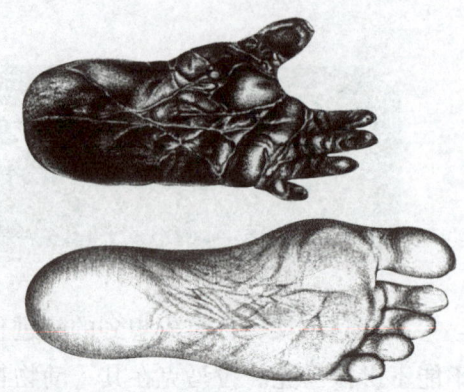

人手与猿手之比较
人手与猿手在结构上具有十分明显的相似性，但人手的拇指比猿手要长，且具有更大的活动范围；猿手的手掌比人手手掌长，这是由于握东西的需要而形成的。

人脚与猿脚之比较
猿脚的长脚趾和拇指分离是抓握东西的需要；人的脚趾短则是为了提高站立的稳定程度；猿脚没有人脚的拱曲——足弓，人类能把每一步的冲压都化解在这种足弓结构中。

　　1836年10月，达尔文结束环球旅行考察回到英国，在随后的时间里忙于整理带回来的标本和笔记资料，于不经意间接触到了马尔萨斯的《人口论》一书。书中提到人口的增长速度要远远快于粮食的增加速度，只有依靠瘟疫和战争等灾难性因素抑制人口过快增长，才能缓解人口与粮食之间的矛盾。这其实言明了种内竞争的必要性，为达尔文进化论思想的形成提供了依据。达尔文在"贝格尔"号环球考察的基础上，又受到马尔萨斯人口论的影响，经过大量的科学推理和综合分析，生物进化思想逐渐成熟起来。1842年，他写出了《物种起源》的纲要，第一次提出了进化论的思想。1859年，他发表《物种起源》一书，在学术界引起轩然大波。《物种起

人类进化模拟图
左页起依次为：南猿〉能人〉直立人〉海德堡人〉尼安德特人〉现代人〉现代智人（下）。

拉马克对进化原因的分析

拉马克认为引起进化演变的有两个互不相连各自独立的原因：第一个原因是谋求更加复杂化（完善）的天赋。"在相继产生各种各样的动物时，自然从最不完善或最简单的开始，以最完善的结束，这样就使得动物的结构逐渐变得更加复杂。"这种趋向于更加复杂化的倾向来自于"上帝所赋予的权力"，或者说是自然"赐予动物生命以这样的权力，即使结构日益复杂化的权力"。在拉马克看来，取得使结构日益复杂化的权力是动物生命的内在潜力，这是自然的规律，用不着特别解释。

引起进化演变的第二个原因是对环境的特殊条件做出反应的能力。拉马克说过，如果趋向于完善的内在冲动是进化的唯一原因，那么就只会有一条笔直的序列引向完善。然而在自然界中我们遇到的却是在种与属中各式各样的特殊适应，并不是笔直的序列。拉马克认为，这是由于动物必须永远与其环境取得全面协调的缘故，当这种协调遭到破坏时，动物就通过它的行为来重新建立协调关系。

源》的问世沉重打击了神权统治的基础，以全新的生物进化的思想，推翻了"神创万物"的理论。

达尔文的进化论思想可以概括为以下几个方面：首先是遗传和变异。他指出，遗传和变异普遍存在于各个物种当中，进而推动各种生物进化或灭绝。而遗传、变异也相互作用，有的变异遗传给后代个体，而有的变异就不能，分别称为一定变异和不定变异。关于变异的诱因，达尔文认为是生存环境的变迁、器官的使用程度等。

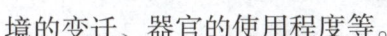

其次是自然选择，即所谓物竞天择，适者生存。其实，"自然选择"概念是受到种畜场"人工选择"的影响而提出的，即人工选择是根据人的需要，而自然选择则是根据自然的需要。达尔文通过观察发现，大多数生物繁殖过剩，而这些新生个体在残酷的生存竞争中，只能接受自然条件的再选择，适应当前环境者才能生存。

再次是性状分歧、种形成、绝灭和系统树生产。生活实践告诉人们，各种动植物可以从一个共同的原始祖先，经过人工选择，从而形成众多性状各异的品种。在自然界中，这个道理依然适用，一个物种会由于生存条件的差异，形成许多变种、亚种和种。时间久了，同一物种内的亲缘关系，会像一株枝杈众多的大树，即称为系统树。

《物种起源》一书从以下几个部分论述了物种的起源和其发展的史略：（一）家养状况下的变异；（二）自然状况下的变异；（三）生存斗争；（四）自然选择，即适者生存；（五）变异的法则；（六）学说的难点；（七）对于自然选择的种种异议；（八）本能；（九）杂种性质；（十）论地质记录的不完全；（十一）论生物在地质上的演替；（十二）地理分布；（十三）生物的相互亲缘关系。

《物种起源》一书近乎完美地表述了达尔文的进化论思想，对日后的生物学发展具有决定性意义。1882年4月19日，达尔文因病去世，人们把他的遗体安葬在牛顿的墓旁，以表达对这位著名科学家的敬仰。

地球上的动物是形形色色的，不同环境中生活的动物具有不同的生活习性、繁殖特性和适应性。

化学家的神奇眼睛——光谱分析法

19世纪的德国化学家本生有个习惯，那就是自制实验仪器如烧杯、试管、漏斗等。没想到，这一习惯引出许多故事。

一个冬日的下午，本生独自待在实验室的角落里，守着一个火炉，耐心地烧着玻璃，等到玻璃变软到一定程度时，他便用事先准备好的气筒把这些玻璃吹成各种各样的形状，再放到特制的模具加工成型，制造出需要的实验器皿。自己制造器具，既节约实验成本，用起来又方便顺手。美中不足的是，火焰的温度不好控制，导致产生了好多废品。于是他开始研制更好的灯来烧制玻璃。

1853年，他成功地发明了本生灯。该灯的火焰可达到2300℃，而且没有颜色，不会干扰对实验结果的观察。在烧制实验器具以及做实验时，本生逐渐发现不同的化学物质被灼烧时会呈现不同的焰色，如灼烧玻璃时，火焰呈黄色；灼烧钾盐时，火焰又变成淡紫色；钠盐则为黄色；钡盐在被灼烧时，火焰为黄绿色；而灼烧铜盐时，火焰又出现蓝绿色。五颜六色的火焰使本生意识到，通过物质被灼烧时火焰的颜色就可以辨明物质的组成。

想到此，他忙碌起来，在最短的时间里灼烧了他所能找到的金属和金属盐，并记录它们的火焰颜

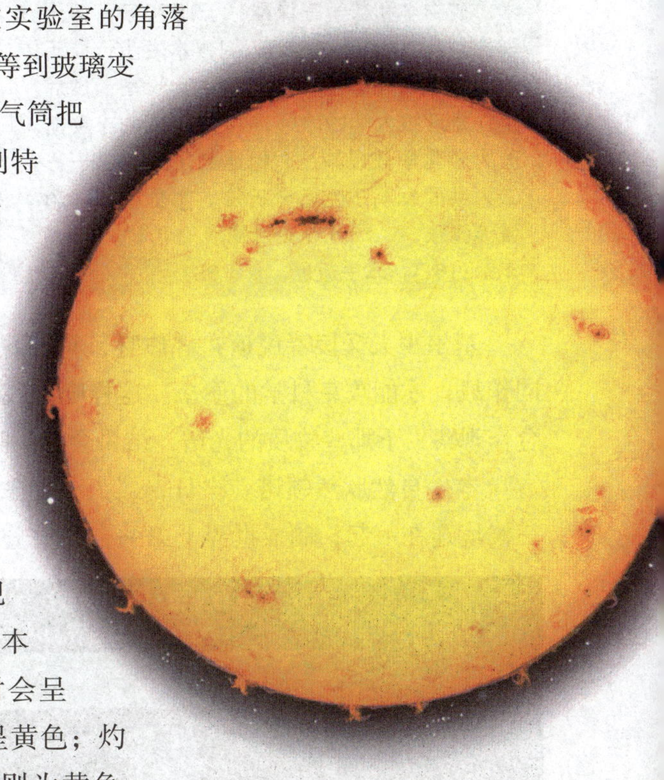

太阳的表面温度高达5500℃，在这样的温度下，会生成可见光中的所有颜色。但阳光经过大气圈时，大气圈中较冷的外层中的原子吸收了阳光中某些频率的光。这样，太阳光谱上就出现了被称为夫琅和费谱线的暗线条。如上图所示：夫琅和费谱线的不同位置，分别表示太阳大气圈中的不同元素。

本生小传

罗伯特·威廉·本生于1811年3月31日。出生在德国哥廷根的书香门第。他从小受到良好的教育，在哥廷根读完小学、中学后，以优异的成绩考入霍茨明登大学预科，又进入哥廷根大学系统学习化学、矿物学和数学等课程，于1830年获博士学位。从1830年~1833年间，本生步行游历欧洲，遍访化工厂、矿产地和实验室；然后担任哥廷根大学的教师，1843年成为布勒斯劳大学化学教授。这时他遇到了基尔霍夫。二人共同发明了光谱分析法。本生在科学领域涉猎很广，成就斐然，却淡泊名利。1899年8月16日，本生逝世，享年88岁。

色。最后他发现，多数金属或金属盐灼烧时火焰呈不同的颜色。这就是著名的焰色反应实验。

通过焰色反应实验，确实可以很轻松地检验、区别许多单质，但遇上化合物时，火焰呈混合颜色，这种方法就显得黔驴技穷。为此，本生大伤脑筋。

正当他一筹莫展之际，一个熟悉的身影出现在他面前，原来是物理学教授基尔霍夫。

基尔霍夫问清缘由之后，笑着对本生说："简单得很嘛，车路不通走马路。我们搞物理的认为仅靠观察火焰颜色来判别物质是不准确的，而它们的光谱更能准确地反映其本质。"

"光谱？"本生一时没反应过来。

基尔霍夫又接着说道："你呀，只盯着化学是不行的，有时需要物理和化学协同作战，才能攻克科学的堡垒。这样吧，我把那块珍藏40多年的石英三棱镜拿来，合作观察一下那些物质的光谱，结果会怎样呢？"

本生自然欣然领诺。次日，二人一起来到本生的实验室，将一架直筒望远镜和三棱境连在一起，制成世界上第一台光谱分析仪。仪器装好后，本生开始在物镜一

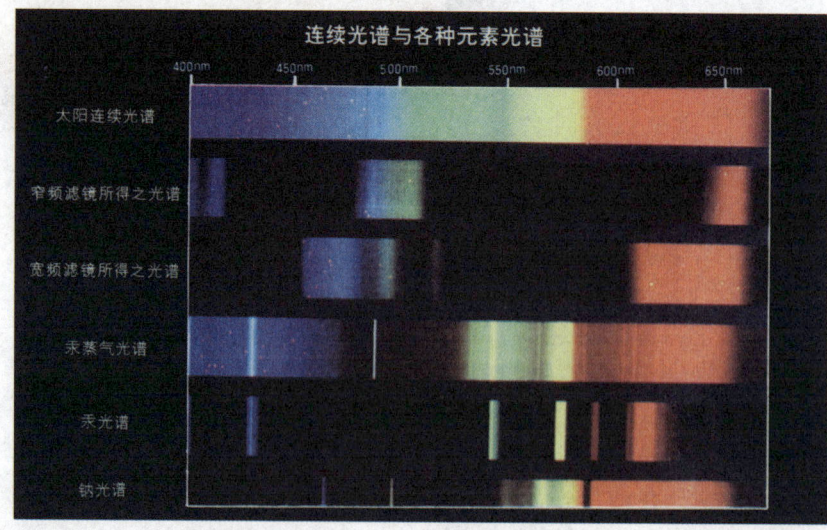

连续光谱与各种元素光谱
因为每种元素都有特定的谱线，所以通过对光谱的分析和确定就可以确定不同的元素。

✦ 铷的发现 ✦

1861年2月23日，本生和基尔霍夫将处理云母矿所得的溶液，加入少量氯化铂，即产生大量沉淀，在分光镜上鉴定这种沉淀时，只看见钾的谱线。后来，他们用沸水洗涤这种沉淀，每洗一次，就用分光镜检验一遍。他们发现，随着洗涤次数的增加，从分光镜中观察到的钾的光谱线逐渐变弱，最后终于消失，同时又出现了另外两条深紫色的光谱线，它们逐渐加深，最后变得格外鲜明，出现了几条深红色、黄色、绿色的新谱线，它们不属于任何已知元素。这又是一种新的元素。因为它能发射强烈的深红色谱线，他们就将它命名为铷。

侧灼烧各种不同的物质，如钠盐、钾盐、锂盐等。基尔霍夫则在目镜另一侧观察、记录，两条黄线；一条紫线和一条红线；一条明亮的红线，一条较暗的橙线。经过系列试验，他们确认，每种元素都有特定的谱线，而化合物混在一起的谱线可通过棱镜把分属各元素的谱线分开，使之射到相应的位置上，最后再加以综合分析。这就是所谓的光谱分析法。

这个新的化学成分分析法诞生后，很快显示出其威力。本生等人用它在1860年发现了新元素铯，又于第二年发现了铷。另外，铊、铟、镓、钪、锗等元素也都是通过该方法发现的。不仅如此，本生和基尔霍夫联合发明的光谱分析法还可以用来分析太阳和其他恒星的化学成分。

1859年，他们让一束阳光射入光谱仪的物镜，在目镜中看到了钠–D双暗线。开始时他们以为太阳上缺少钠元素，稍后考虑到炽热的钠蒸汽既能射出钠–D双线，同时又吸收这种射线，经过与煅烧生石灰的光谱对比分析，最后确定太阳是含有钠元素的。这一年的10月，基尔霍夫向柏林科学院提交报告公布，太阳含有钠、铁、钙、氧、镍等多种元素。

基尔霍夫居然测出1.5亿千米以外的太阳的化学成分，这个消息不胫而走，整个欧洲科学界都被震动了。

光谱分析法的出现，在化学史上有着超乎寻常的意义，这一方法被形象地称为"化学家神奇的眼睛"。

本生在化学上建树极多。他研究过火山、气体，制作过本生电池和镁照明材料，1853年，他发明了利用硫酸对游离碘作容量分析的方法。1868年，他创造了用萃取的办法分离钯、铑、钌、铱的方法。1899年8月16日，本生与世长辞，享年88岁。罗斯科悼念本生时说："作为一个科学家，本生是伟大的；作为一个导师，他更伟大；作为一个人和一个朋友，他是最伟大的。"

诺贝尔和安全炸药

诺贝尔，全名阿尔弗雷德·伯纳德·诺贝尔，1833年10月21日出生在瑞典首都斯德哥尔摩。幼年的诺贝尔家境贫苦，但受作为发明家的父亲的影响，热衷于发明创造。

诺贝尔从小勤奋好学，虽然只接受过一年的正规学校教育，但他精通英、法、德、俄、瑞典等多国语言，甚至可以用外文写作，其自学能力可见一斑。不只在外语，在发明领域小诺贝尔的学习劲头更足，他可以连续几个小时观察父亲的实验。

在诺贝尔9岁的那一年，父亲带他去了俄国，并为其聘请了家庭教师，教授小诺贝尔数、理、化方面的基础知识，为他日后搞发明打下了基础。同时，诺贝尔在学习之余在父亲开的工厂里帮忙，这使他的动手能力进一步增强，并具备了生产和管理方面的知识和经验。

当时由于工业革命的开展和深入刺激了能源、铁路等基础工业部门发展。为了提高挖掘铁、煤、土石的速度，工人频繁地使用炸药，但当时的炸药无论是威力，还是安全性能都不尽人意。

意大利人索布雷罗于1846年合成了威力较大的硝化甘油，可惜安全性太差。那时又盛传法国人也在研制性能优良的炸药，这一切促使诺贝尔的注意力转移到炸药上来。

1859年，在家庭教师西宁那里，诺贝尔第一次见识了硝化甘油，西宁把少许硝化甘油倒在铁砧上，再用铁锤一敲便诱发了强烈的爆炸。

诺贝尔对硝化甘油做了进一步分析，发现无论是高温加热还是重力冲击均可以导致其爆炸，他开始为寻求一种安全的引

瑞典化学家诺贝尔
他发明的安全炸药为人们在生产领域提供了很大的方便，但它的副作用就是促进了战争的升级。

一般焰火
这是最原始的炸药，威力小，几乎没有实用价值。

火箭燃料
它也是炸药的一种，虽然其爆炸威力小，但燃烧充分。

爆装置而忙碌。经过无数次实验，最后他发现若是把水银溶于浓硝酸中，再加入一定量的酒精，便可生成雷酸汞，这种物质的爆炸力和敏感度都很大，可以作为引爆硝酸甘油的物质。

用雷酸汞制成的引爆装置装到硝酸甘油的炸药实体上，诺贝尔亲自点燃导火索，只听"轰"的一声巨响，实验室的各种器物到处乱飞，他本人已被炸得血肉模糊。从废墟中爬出来后用尽最后一点儿气力说："我成功了。"然后他便昏死过去。

科学的进程是如此悲壮！不管怎样，雷酸汞雷管发明成功，他在1864年申请了这项专利。很快，诺贝尔的发明传播开来，用于开矿、筑路等工程项目中，大大减轻了工人们的挖掘强度，工程进度也快了许多。正当人们沉浸在炸药给生活带来的好处之中时，灾难却向诺贝尔一家袭来。

1864年9月3日，诺贝尔的弟弟埃米尔和另外4名工人在实验中被炸身亡，不久年迈的老诺贝尔因经不起丧子之痛含悲而逝。

黑色炸药
它具有威力大的特点，但缺点是体积大、运输不便。

诺贝尔奖

1896年12月10日，伟大的科学家诺贝尔逝世于意大利。遵照其遗嘱，他的大部分遗产（约900万美元）作为设立诺贝尔奖奖金的基金，每年提取基金的利息，重奖为人类进步事业做出重大贡献的人。诺贝尔在他的遗嘱中明确指出，获奖的唯一标准是其实际成就，而不得有任何国籍、民族、肤色、信仰等方面的歧视；奖金每年颁发一次，授予前一年中在物理学、化学、生理学、医学、文学、和平等领域里对人类做出最大贡献的人。该奖于1901年12月10日，即诺贝尔逝世5周年纪念日首次颁发，至今已有超过500人获此殊荣。诺贝尔临终设立此奖，是其对人类科学文化事业的进步的又一重大贡献，永远值得后人景仰。

诺贝尔奖章
诺贝尔奖金质奖章正面（下）、反面（上）

诺贝尔强忍着巨大的悲痛，在斯德哥尔摩郊外采点设厂，开始整批地生产硝化甘油。但世界各地的爆炸事故接连不断，有些国家的政府为此甚至禁止制造、运输和贮藏硝化甘油，这给诺贝尔的事业带来极大的困难。

经过慎重考虑，诺贝尔决定赴美国加利福尼亚就地生产硝化甘油，并研制安全炸药。在试验中，他分析了一些物质的性质，认为用多孔蓬松的物质吸收硝化甘油，可以降低危险性，最后设定25%的硅藻土吸收75%的硝化甘油就可形成安全性很高的炸药。

威力强劲、使用安全的猛炸药的出现，使黑色火药逐步退出了历史舞台，这堪称炸药史上的里程碑。诺贝尔在随后的几年里，又发明了威力更大、更安全的新型炸药——炸胶。1887年，燃烧充分、极少烟雾残渣的无烟炸药在诺贝尔实验室里诞生了。

循着威力更大、更安全和更符合人的需要的原则，诺贝尔在发明炸药道路上坚定不移地走下去，为人类的进步做出了杰出的贡献，受到后人的尊敬。

诺贝尔不仅在炸药方面做出了伟大的贡献，而且在电化学、光学、生物学、生理学和文学等方面，也取得了一定的成就。诺贝尔对于使用硝化甘油的导火线、无声枪炮、金属的硬化处理、焊接、熔接，以及子弹的安定、使用瓦斯的海底装备极其安全性、用于救助海难的火箭等，都有理论与实际的成就。

门捷列夫破解元素之谜

19世纪以来，化学领域重大突破接连不断。继原子—分子论之后，对元素性质和分类的认识也进一步深化。

1864年，德国化学家迈耶尔根据各元素的化学性质，排出"六元素表"，它已初具周期表的轮廓。第二年，英国的化学家纽兰兹发现，若把已知元素按原子量大小顺次排列，相邻的八元素性质相似。由此，他戏称这个规律为"八音律"。这些科学家对化学元素之间关系的描述促成了人类对化学元素认识上量的进步，而俄国的门捷列夫发表的元素周期表则是质的飞跃。

门捷列夫，1834年生于俄国的西伯利亚，由一个政治流放者完成了对他的科学启蒙，后随母亲来到彼得堡，进入中央师范学院自然科学系学

门捷列夫

习，逐步形成了唯物主义世界观。他坚信各种元素的质量和化学性质之间必然存在某种联系，并试图找出这种关系。

大学毕业后，门捷列夫被派往敖德萨任中学教师，为了教学的方便和高效，他决定寻求一种合乎逻辑的方式将当时已知的65种元素进行排列组合，不过尝试了几种方法都失败了。最后，门捷列夫决定按各元素的化学性质分门别类再插入到教科书的各个章节。为此，在仔细研究了各种元素的特点之后，将每一种元素的化学性质、物理性质、化合价、原子量等都记在一张小卡片上，最后60多张卡片构成一副门捷列夫特有的"扑克牌"。他把这副扑克牌时时刻刻拿在手里，不停地翻看、排序，翻了一遍又一遍，排完了又重排一遍，不厌其烦，甚至在吃饭、会客时也不例外。

久而久之，门捷列夫逐渐发现这些元素性质特点的规律：把全部已知元素按原子量递增顺序排列，相似元素就会依一定间隔出现。同时，门捷列夫还预见了

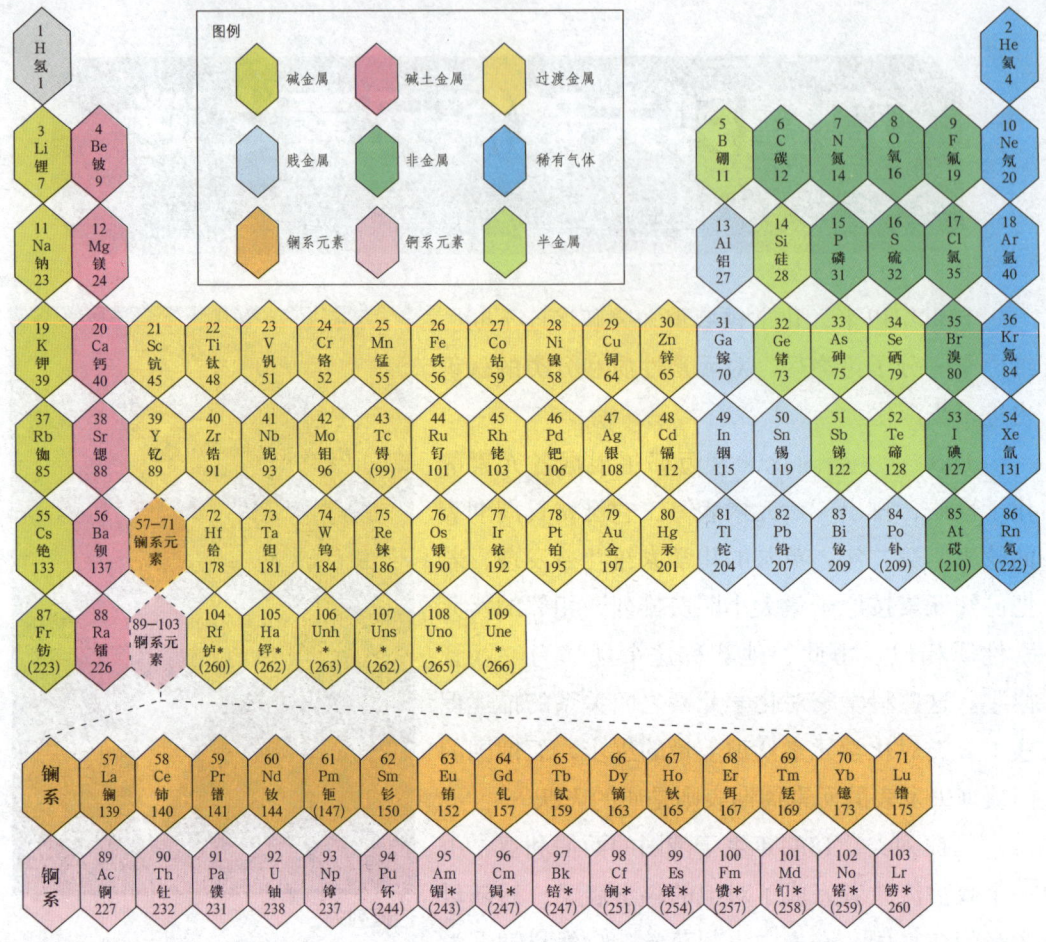

元素周期表

元素周期律表格中的空白应该由尚未发现的元素来填补。他还估计了这些元素的属性。门捷列夫于1869年3月1日完成一份元素周期表，形象具体地解释了元素周期律。

门捷列夫在一篇名为《元素属性和原子量的关系》的论文中将周期律的基本思想阐述为：

（1）原子量的大小决定元素的性质，而其性质呈现明显的周期性。

（2）许多未知元素的同类元素将按其原子量大小被发现。

（3）可以通过元素的性质修正该元素的原子量。

门捷列夫发现的元素周期律说明，化学元素有着系统的分类体系，它们当中存在着一条严整的自然序列。这一发现为化学研究提供了新的理论基础，被称为化学的"圣经"。门捷列夫本人由于发现元素周期律，而被称为"俄国科学的门神"。

天才麦克斯韦

　　成功的百分之九十九要用汗水铸就，但也不可否认天才确实存在。19世纪的詹姆斯·克拉克·麦克斯韦就是一例，但他像一颗划破夜空的耀眼的流星，转瞬即逝。

　　麦克斯韦1831年出生于英国苏格兰的一个名门望族。他出生的那年，法拉第刚刚发现电磁感应。他确确实实是一个天才，10岁左右便在数学上崭露头角。14岁时他发明了用大头针和棉线做出准确椭圆的方法，并将其整理成一篇小论文发表在《爱丁堡皇家学会学报》上，由此获得爱丁堡学院数学奖。很快，他又完成两篇论文——《关于摆线的理论》和《论弹性体的平衡》，交给皇家学会。

　　1850年，麦克斯韦进入剑桥大学的三一学院学习数学和物理。1855年，刚刚毕业的麦克斯韦进入电磁研究领域，这一年法拉第又恰好告退，但二人还是走到一起，看来他们的缘分确实不浅。法拉第富有物理学洞察力，数学一塌糊涂，专攻实验研究。而麦克斯韦长于理论概括和数学方法，他以数学方式准确地表述了法拉第的物理思想。二人珠联璧合，通力合作，联手把近代电磁学向前推进一大步。

　　1855年，麦克斯韦发表了《论法拉第的力线》一文，第一次采用几何学的方法，对法拉第磁力线概念做出准确的数学表述。此举不但直接推进了实验研究，而且暗含了他日后得出的一些重要思想，为其进一步研究扫清了道路。

　　麦克斯韦在1862年发表的《论物理的力线》中提出了"位移电流"和"涡旋电场"等概念，在诠释法拉第相关实验结论的同时，发展了法拉第的思想。这是电磁理论首次较为完整的表述。

　　1873年，麦克斯韦写出了著名的麦克斯韦方程组，以简洁、优美的数学语言对电磁场作了完整表述。此外，他汇总了从库仑、安培奥斯特到法拉第的思想，加上其个人的研究成果，写成《电磁学通

1831年，英国科学家迈克尔·法拉第利用上图所示的电磁设备，证明了磁感应原理，从而把世界引领进电力时代。

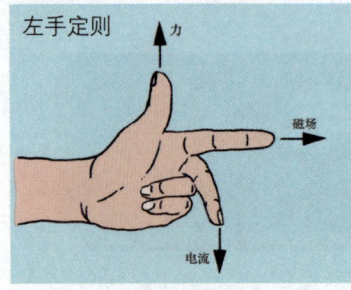

左手定则

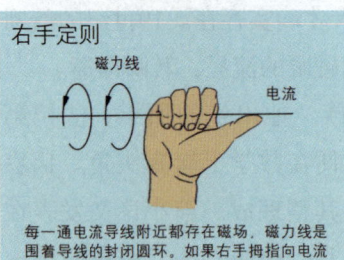

右手定则

每一通电流导线附近都存在磁场，磁力线是围着导线的封闭圆环。如果右手拇指指向电流方向，其余弯曲的四指便指向磁场方向。

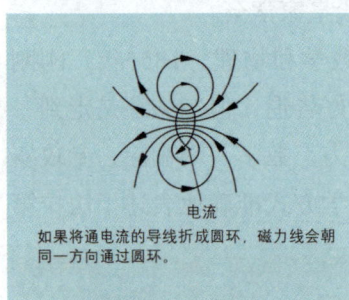

电流

如果将通电流的导线折成圆环，磁力线会朝同一方向通过圆环。

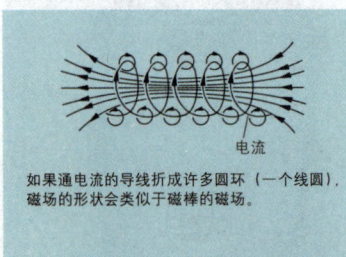

电流

如果通电流的导线折成许多圆环（一个线圈），磁场的形状会类似于磁棒的磁场。

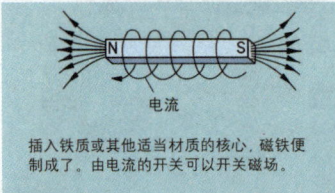

电流

插入铁质或其他适当材质的核心，磁铁便制成了。由电流的开关可以开关磁场。

电磁原理图

上图依次为左手定则、右手定则以及电流产生磁的示意图。

论》一书。该书堪称电磁理论的集大成之作，对麦克斯韦以前的电磁学进行了深刻分析和全面总结，具有极高的学术参考价值。爱因斯坦称之为"物理学自牛顿以来的一场最深刻最富成果的变革"。

麦克斯韦的高明之处在于把电和磁统一起来。他意识到二者之间的相互转化，认为其以波的形式传播扩散。他称这种波为电磁波，并预言了光波的存在。因为电磁波传播的速度与当时测定的光速相等，从而使麦克斯韦方程也成为光学的基本定律。

是金子总有一天会发光的，麦克斯韦逝世10多年后，德国物理学家完成了对电磁理论的验证工作。至此，麦克斯韦理论广为世人所接受。从法拉第到麦克斯韦，再到赫兹，科学的进程如同一场超越时空的接力赛。

无论如何，麦克斯韦的《电磁学通论》揭示了电磁现象的普通规律，标志着电磁理论体系的成熟。

◆ 《电磁学通论》 ◆

《电磁学通论》又译为《电和磁》，是麦克斯韦1873年完成的经典著作。在该书中，他没有发展自己早期提出的电磁模型，而是专门进行他从这一模型所获得的数学方程的研究。他认为自己的方程已经足够清楚，根本不需要任何模型作为补充。该书在结构上以迂回的方式从法拉第的力线概念转到流体场的机械模型，而后又进展到他的数学理论，同时列出一系列的方程组。这些方程概括了各个电磁学实验定律，而且超越了已有的实践认识，升华到更具有普遍性和预言能力的一般性理论。麦克斯韦在这一部著作中，对电磁理论作了全面、系统、严密的论述，并从数学上通过"唯一性定理"证明了方程组的解是唯一的。

贝尔发明电话

电话是一个叫作亚历山大·贝尔的青年发明的。1847年3月3日，贝尔出生在英国的爱丁堡。他的父亲和祖父都热衷于语音学研究，这也许算得上贝尔发明电话的一点渊源吧。但儿时的贝尔可没意识到这些，他像普通的孩子一样不用功学习，后在爷爷的教诲下开始上进，为后来的发明奠定了良好的知识基础。

贝尔17岁时进入爱丁堡大学学习语言学，后又在伦敦大学深造。1870年，全家迁往加拿大，后又转移来到美国，继续从事语言方面的研究和教学。为了使聋人听到别人的说话声，贝尔试图在纸上描出声波细线，让聋人读懂别人的话，贝尔在描绘声波的实验中偶然发现，每当接通、切断电流时，线圈就会发出异样的声响。贝尔又反复开关电源，结果是相同的。他突发奇想，若是使电流的变化与声波变化的

亚历山大·格雷厄姆·贝尔（1847～1922年）在为聋人担任语言教师之后研制了电话机。这个画面是他正在通过纽约到芝加哥的电话线打第一个电话。1876年，贝尔取得了实用电话的发明专利。

频率与强度相同，那么声音不就可以与电流传播的一样快、一样远吗？循着自己的思路，贝尔用薄薄的金属片做成电磁开关，电源也与开关连好。他认为只要对着金属片讲话，金属片就会随着声音的振动，导致开关有规律地闭合，电流也会由此产生相应的波动。但是结果失败了，他就这个问题请教几位电学家，不料他们不以为然。贝尔不是那种轻易放弃的人，1873年的一天，他登门拜访了美国科学院院长约瑟夫·亨利，向他讲了自己的想法：

"先生，您看我是发表自己的看法，由别人去做，还是自己动手去完成它呢？"

"祝贺你，你已有了一项了不起的设想，年轻人。"

"可是……"

"干吧，别担心！"

早期的电话及从事电话交换工作的人
刚开始的时候，电话交换是靠手工来完成的，所以，电话局需要很多工人。

"可是，尊敬的亨利先生，在制作方面还有不少困难，主要是我不懂电学。"

"不懂电学？"

"是的。"

"搞懂它，你一定行的，动手干吧。"

从亨利那里回来后，贝尔开始刻苦攻读电学方面的书籍。一段时间下来，对于一般电学知识，他已了如指掌。贝尔在着手研究电话的过程中，又结识了助手沃特森，更是如鱼得水。贝尔按照原来的思路，做成两部所谓的电话机，分置在两个房间，中间以导线相连。二人一人守一处，反复调试，毫无结果，一直到1875年6月2日事情才有了些转机。

这天早晨，二人来到各自的房间，沃特森开始通过电话向贝尔发信号。贝尔则不停地调整听筒的振动膜，忽然听到话筒发出了一些异样的声音。他仔细加以分辨，最后确认这是沃特森发出的讯号。他疾步冲向沃特森的房间，让他把刚才的一切多次重复，结果证明这种讯号的传播是稳定的。两人最终确认，人的声音首先振动了话筒的膜片，从而使底部的U型磁铁形成的磁场发生有规则的变动，促使缠在磁铁上的线圈产生的感应电流也发生相应的波动。这种波动随电流沿着导线传到另一端的电话。电流传递声音终于成为现实。贝尔终于在1875年的3月10日制成了一部可以清晰通话的电话机，并于第二年2月14日获得专利。

在完成了电话机的发明之后，贝尔充分利用一切机会向公众宣传，并于1877年成立贝尔电话公司，开始电话的商业运作。事实真的如他在给父亲信中说的那样："一切都是我的，我肯定会获得荣誉、财富和成功。"

本茨的汽车

车的历史是悠久的，但汽车的历史却不是很长，它是19世纪末才开始出现的。

1854年，德国工程师奥托试制内燃机，几经挫折，最后制造出一台四冲程煤气内燃机，后又改进为以汽油为燃料的四冲程常规活塞内燃机，为日后的汽车提供了心脏。

到了1880年，发明家戴姆勒萌发了用内燃机改造蒸汽自行车的想法。他先制成了一台小型高效内燃机，然后把它安装在两轮自行车上。这俨然是一辆摩托车，还算不上是汽车，但对于汽车的发明起到了很大推动作用。

有了把内燃机装在自行车上的尝试，就有人试着把它装在马车上，制造所谓"无马的马车"。德国人卡尔·本茨就是其中杰出的一位。他在1886年研制了一台小型汽缸，并用它做成一部链式引擎，与

戴姆勒的汽车发明

戴姆勒将资金和精力投入到他的甘斯塔特别墅花园里的试验工厂。才华横溢的迈巴赫也和他并肩工作。到1884年，他们对奥托的四冲程发动机锲而不舍的开发工作获得了回报，一种能安装在车辆上的更轻、更小的发动机产生了。这种发动机首先安装在一辆自行车上，这就是最早的摩托车。1886年，戴姆勒和迈巴赫在世界上最早的四轮汽车上安装了改进的发动机。与此同时，卡尔·本茨也在曼海姆的工厂发明了他的三轮机动车。

较为成熟的汽车

到20世纪初，汽车已发展到比较成熟的阶段，已基本具备了现代汽车的雏形。

反光镜　挡风玻璃　为后座乘客准备的折叠式挡风玻璃　车篷

备用胎　工具箱　充气的轮胎

本茨汽车
本茨的第一辆汽车还未脱离四轮马车的痕迹,所用的轮胎还是木质实心的。

戴姆勒内燃机相比更为小巧,更为高效。之后,本茨将自己发明的内燃机安装在一辆三轮车上,构成一辆新的先进自行车。鉴于它用汽油内燃机作动力,故人们称之为"汽车"。

第一部汽车重达250千克,功率约为25～29千瓦,时速不超过20千米,当时售价约为2万马克。

开始时本茨的汽车很不完善。它的车轮仍为木质的,外面包裹一层金属皮,9年以后汽车才装上了轮胎,车轮这一部分才有一点儿现代汽车的样子。后来,美国的亨利·福特为提高汽车行驶的稳定性,研制成功了四轮汽车。这时汽车才基本具备了现代汽车的外形。

卡尔·本茨本人对自己发明的汽车,不是十分满意,尤其是点火系统。多次实验后,他才发明出今天普遍使用的高压电火花点火。正当本茨的汽车一步步走向成

德莱斯发明自行车

德莱斯原是一个护林员,每天都要从一片林子走到另一片林子,多年走路的辛苦激起了他想发明一种交通工具的欲望。就这样,德莱斯开始设计和制造自行车。他用两个木轮、一个鞍座和一个安在前轮上起控制作用的车把,制成了一辆两轮车。人坐在车上,用双脚蹬地驱动木轮运动。就这样,世界上第一辆自行车问世了。

1817年,德莱斯第一次骑自行车旅游,一路上受尽人们的讥笑……他决心用事实来回答这种讥笑。在一次比赛中,他骑车4小时通过的距离,马拉车却用了15个小时。尽管如此,仍然没有一家厂商愿意生产、出售这种自行车。

1839年,苏格兰人马克米廉发明了脚蹬,装在自行车前轮上,使自行车技术大大提高了一步。此后几十年中,涌现出了各种各样的自行车,如风帆自行车、水上踏车、冰上自行车、五轮自行车,自行车逐渐成为大众化的交通工具。以后随着充气轮胎、链条等的出现,自行车的结构越来越完善。

熟和完善，准备正式试车时，官方却莫名其妙地阻止他试车。这使他极为懊恼，但又没有办法。最后还是本茨夫人帮了大忙。

她不顾官方禁令，毅然推出车子跳了上去，发动好车，沿着门前的马路疾驰而去。行人望着这位妇女驾驶的奇怪车辆目瞪口呆，本茨夫人旁若无人地开着车兜了一圈，又回到住处。她可能是世界上第一个开车兜风的人，却无意间宣告本茨汽车试车成功。

对于本茨发明的汽车，人们惊诧不已，议论纷纷，媒体也十分关注。当时的一家报纸是这样报道的："大家把这辆车子当作汽车……它不仅可以在笔直的道路上行驶，而且可以在较大的斜坡运输。正如一位推销商可以带上他的样品无拘无束地驾驶这辆车……我们相信，这种车子将有良好的前景，因为这种车使用简便，速度极快，是最便宜的运输工具，甚至也适用于旅游者。"可见，当时的人们充分估计了汽车的发展前景和即将担负的责任。

尽管如此，汽车并没有很快成为实用交通工具。其原因有二，其一是由于它的大部分零部件均系手工完成，制造成本注定很高；其二是工艺不是很精，乘坐舒适度较差，所以在之后的许多年里，汽车仅作为富人们外出备用的交通工具。

但这些不能阻碍汽车前进的步伐。20世纪初，汽车开始规模生产，并很快形成汽车工业，人类由此跨入了汽车时代，本茨也因此被称为"为世界安上轮子的人"。

改进的本茨汽车
在实际使用中，本茨发现实心轮胎既颠簸又不安全，于是改用充气的橡胶轮胎，这样既安全又舒适。

大发明家爱迪生

爱迪生

爱迪生是世界历史上最有成就和最伟大的发明家。他的1000多项发明几乎每一项都与人们的日常生活息息相关。他的发明彻底改变了人们的生活方式。今天，在我们日常生活中所用的每一种电器都有爱迪生的影子。

托玛斯·爱迪生是人类史上最伟大的发明家之一，一个人有1000多项发明在人类历史上实属罕见。

爱迪生，1847年2月11日出生在美国俄亥俄州的米兰镇，在家中是最小的孩子。父亲是木匠，母亲是教师，家境很差。他只受过3个月的学校教育。就这些背景，无论如何与他1000多项发明成果都是不相称的，但这是铁的事实。于是有人说，那是因为他有一位好母亲，她教子有方，才使爱迪生日后有所成就。

确实，爱迪生在小学当了3个月的笨孩子之后，就被母亲带回家，开始了"半工半读"的生活，即白天跟父亲做木工活，晚上跟母亲学文化。爱迪生聪明勤奋，这样的培养方式一方面使他有一定的知识功底，另一方面又提高了动手能力。爱迪生小小年纪，就在自己家中的地窖里搞起各种小实验。后来由于家庭经济条件恶化，他出去为人赶过马车、当过报童，一个偶然的机会使他有幸成为一位火车电报员。不幸的是，由于他在车上做实验引起大火，又被解雇。但任何艰难困苦也不会使这位伟大的发明家有丝毫退缩。

19世纪70年代，第二次科技革命已经展开，各种发明创造层出不穷，但如何记录人类的声音呢？最后爱迪生回答了这个问题——留声机。

启发爱迪生发明留声机的灵感源于他发明碳粒电话受话器的实验过程。在实验中，他偶尔发现随着人说话声音的高低起伏，接触在膜片上的金属

爱迪生发明的灯泡

针也跟着有规则地振颤。这时他突然想到把这一过程倒过来，就可以复制声音。于是爱迪生把锡箔纸卷在带螺蚊的圆筒上，圆筒下有一层薄铁皮，铁皮中央装上一根短针。当他用钢针滑动锡箔纸，果然就发出了声音。爱迪生按照这一原理设计制造了世界第一台"会说话的机器"，后来人们又称之为留声机。经过改进，留声机广泛传播开来，传到中国，老百姓叫它"洋喇叭"。

科学家是不容易满足的，爱迪生更是如此。就在留声机在博览会展出时，他又开始对另一问题着了迷：用电照明。

虽说当时已出现了电弧灯，但它需要2000块伏打电池作电源，而且光线灼眼，照明时间也很短，不适于家用。于是，爱迪生开始了新一轮的攻坚战，他几乎把家搬到实验室，吃饭、睡觉都在那里。他有时连续几天做实验，不断地查阅资料，总结前人的成果，探索自己的道路。最后，他把注意力锁定在灯丝上。他先后试着用铬等金属和碳化的棉线作灯丝，由于氧化作用，这些灯丝均被烧断。爱迪生又实验了1600多种材料作灯丝都归于失败。最后，他发现抽净灯泡中的空气以后，再用碳化棉丝做灯丝可以维持40个小时。爱迪生终于在1879年10月21日发明家用电灯。最终，电灯取代了煤气为广大民众所接受。

爱迪生发明电灯以后，一时声名鹊起，成了公众人物。他却不为所动，又开始考虑如何利用人的视觉暂留现象设计一种可以迅速连续拍照的摄影机，然后把这些照片依次迅速地展现在人的面前，给人的感觉就好像是在看运动的景物。在这一思路指导下，爱迪生又利用他人发明的感光软片，很快制成了摄影机。之后，他又制成了可以连续出现胶片的放映机。至此，爱迪生又完成了他的另一发明"留影机"。

1869年，爱迪生来到了纽约，靠自己娴熟的技术在一家通讯所找到一份工作，不久他就发明了一种新式电报机。1876年，他又改进了贝尔的电话，使之投入了实际应用。

爱迪生一生发明成果极其丰富，除了留声机、电灯、留影机之外，还有1300多项专利。从他的第一项发明起，以后每10天左右就有一项发明问世。爱迪生经过艰苦卓绝的努力，在发明领域做出巨大成就，为人类进步事业做出了巨大贡献。

爱迪生发明的留声机

卢米埃尔发明现代电影

雷诺

雷诺是一个天才的技术专家，出生在一个雕刻徽章的专家和教员组成的家庭。他于1877年在改进"走马盘"的基础上制成了圆鼓形的"活动视镜"。8年后，他研制了"光学影戏机"。进入90年代后，雷诺开始在公众场合放映一些自制的动画片。这些片子做得都很短，一般都在10分钟～15分钟左右，但制作技术已较为先进，如活动形象与布景的分离，画在透明纸上的连环图画、特技摄影、循环运动等。雷诺为电影事业的发展做出了相当的贡献。

《乱世佳人》剧照

提起电影，大家并不陌生。但电影究竟诞生于何时，却存在颇多争议。用事物的影像来表现故事情节的艺术形式（如灯影戏、皮影戏）很早就出现了，而现代电影则产生于19世纪。

像其他许多发明一样，电影的发明经历了漫长的过程。电影的产生与视觉暂留现象是分不开的。1825年，英国人费东和派里斯发明的"幻盘"，以及1832年普拉托等人发明的"诡盘"，还有1834年英国人霍尔纳制成的"走马盘"，都是利用这一现象把转动的静态图像变成连续的动态图像。

视觉暂留的时间大约为1/10秒，因此表现某个事物的动态过程，需要大量的图像。1839年摄影技术产生，以及曝光时间的缩短使现代电影的产生成为可能。1882年以后，生理学家马莱在"摄影枪"的基础上改进制成的"活动底片连续摄影机"，已经具备了现代摄影机的雏形。法国的雷诺于1888年制造出了"光学影戏机"（使用凿孔的画片带），类似今天的动画片技术。从1892年起，雷诺时常在巴黎葛莱凡蜡人馆放映动画片。这些动画片在制作时已经利用了近代动画片的主要技术。几乎是同时，爱迪生造成了每格凿有四组小孔的35毫米影片，并与"电影视

境"同时使用，人们可以通过它看到放大后的影片画面。

爱迪生的发明成果传到法国后，很快被卢米埃尔兄弟采用，并加以改进。他们在1894年制成了第一台较为完美的电影放映机。它可以投射到宽大的银幕上，从而解决多人观看的问题。

卢米埃尔兄弟很早就开始了电影机的研制工作，他们曾制成一架应用"杭勃罗欧偏心轮"的"连续摄影机"。后来结合爱迪生的电影机技术，兄弟二人又于1895年研制出活动电影机，这是一种兼摄影机、放映机和洗印机为一体的复合机器，在当时它是非常先进的。由于它性能上的优越，连俄国沙皇、英国女王、奥地利皇室以及其

电影摄像机
这是卢米埃尔兄弟发明的电影放映机的原型，今天看起来虽然很粗笨，但它确实是当时最为先进的电影放映设备。

他许多国家的元首都要先睹为快。那时的火爆场面可想而知。为了满足各方面的需求，卢米埃尔兄弟培养了上百名摄影师（兼放映师）到世界各地推广这种机器。

卢米埃尔兄弟获得成功还得益于他们的公演活动。1895年，欧美地区的电影放映非常盛行。卢米埃尔兄弟是1895年12月28日开始的，最初的地点选在巴黎嘉布遗路的"大咖啡馆"。当天放映的有《工厂的大门》、《火车进站》、《园丁浇水》和《墙》等短剧，情节极其简单，却吸引了几千观众聚集在大咖啡馆漆黑的大厅里。

随着时间的推移，卢米埃尔兄弟放映的电影质量也有所提高。他们改编了一些当时的动画片，如《可怜的比埃罗》，它主要描写了比埃罗和科降宾娜的爱情，全剧只有短短的12分钟。卢米埃尔等人给它配上了歌曲，使它一下子声情并茂，激起了观众的热情；《更衣室旁》原来只是叙述了海水浴场的更衣室旁发生的一段很无聊

早期的电影拍摄现场

早期的电影拍摄是将设计好的情节排演出来，再用摄像机将它完整拍摄下来，通过剪辑等手段将其制成一部完整的电影。

的故事，而经过卢米埃尔及其助手的改编，风格完全不同了：首先他们在故事开始前加上了海边风景的画面，海鸥悠闲地掠过微微荡动的海面，给人很清爽的感觉，观众觉得耳目一新。另外，情节中低级的动作被删除，代之以较为文雅的举止，让人产生美感。如此一改，情节显得更为巧妙，人物刻画也较为典型，给观众留下极深刻的印象，该剧在同一个剧院就放映了多次。之后，兄弟二人还改编了许多旧作，其中较为成功的有《炉边偶梦》《桑陀教授》《消防员》《贺依特的乳白色旗子》等。

后来，卢米埃尔兄弟开始拍摄影片，初期以记录现实生活为主。他们制作的影片情节曲折生动，而且贴近生活、扣人心弦，一举获得了成功，从而为法国的电影奠定了基础。当英国的电影生产还处于手工阶段时，法国的影片制作已步入工业化轨道。1903年~1909年，世界电影史上出现了所谓的"百代（法国）时期"。

◄ 爱迪生在电影领域的贡献 ►

在19世纪70年代，记录人类说话的声音似乎是件不可想象的事。1877年秋季，爱迪生使之成为现实——他发明了留声机。这留声机的"唱片"是一个包着薄锡铂纸的圆筒，用一个喇叭收音，先把声波的振动转换成电流的变化，再把电流的变化转换成机械振动，使一个钢针在薄锡铂纸上划出沟来，然后再把这一过程倒转，用钢针重新在这些沟里划动，使它放出声音来。你可千万别小看这架简陋的机器，它是世界上第一台有效的留声机。1888年时，爱迪生又将留声机加以改革，使它达到更完美的程度。正是在此基础上，电影事业从无声电影发展到有声电影，以后又进一步发展到立体电影和彩色电影。

无线电报问世

　　纵观科学技术的进程，就如同一场接力赛，科学家们前赴后继，一步步地把科学推向前进。无线电报的问世就是这样一个过程。

　　1888年，赫兹发现了电磁波，使无线通信成为可能，但探索运用电磁波通讯的人却寥寥无几。1894年，赫兹去世了，马可尼刚好20岁。当时他正在意大利的波罗尼亚大学攻读物理学，他在悼念赫兹的讣告中了解到了电磁波的一些特征。当别人还在感叹赫兹一生的光辉时，他却萌发了用电磁波传递信息的想法，并马上行动起来，这充分体现了马可尼对科学的敏锐眼光。

　　他还曾说："当我利用赫兹波开始做第一批实验时，我简直不能想象，一些著名的科学家竟忽略了应用这些理论。"

　　马可尼一头扎进了电磁波实验中，父母的整个住所都成了他的实验室。他在楼房顶层建起无线电发射装置，楼下客厅里安放检波器。当他在楼顶上发出无线电波信号时，客厅中检波器的铃声就响个不停，他的父母开始对此大感不解，并埋怨马可尼把家里搞得一团糟。当他们弄清事情的真相后，非常支持儿子的行动，父亲还资助他买相关的资料和设备，马可尼决心抓住并利用好这些有利条件。

　　初战告捷后，马可尼开始考虑提高设备灵敏度的问题。他在实验中发现收发机的位置越高，接收信号的灵敏度也就越高。

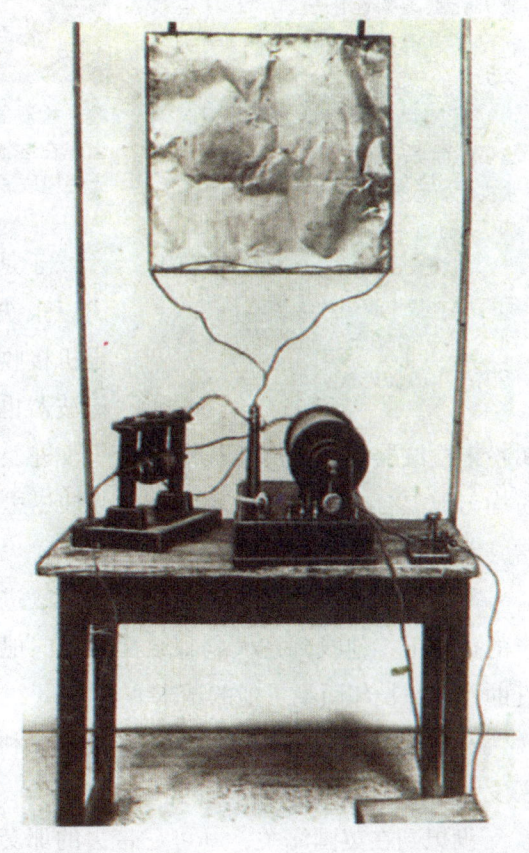

1895 年，马可尼的试验装置
这是马可尼最开始使用的无线电电报发射和接收装置。

波波夫的贡献

波波夫，1859年出生在俄国的一个牧师家庭，与马可尼生活在同一时代，但比马可尼更早制出电磁波接收机。

1888年，波波夫就投身到电磁波的研究中，并于6年后研制出一台原始的无线电报机，而这时的马可尼刚进入电磁波研究领域。在改进无线电报机的实验中，他无意间发现了天线的作用，于是给自己的电报机装上了天线，从此他的机器灵敏度大为提高。1895年5月7日，波波夫在俄国物理化学学会会场当众演示了自己的发明成果，得到了与会人员的一致认可。

随着实验的深入，所需资金越来越多，而保守的沙皇政府拒绝提供资金支持，致使实验的进度受到严重影响，以至于被后起的马可尼赶超。

波波夫最终也没有被世界承认首先发明无线电报机，但俄国物理化学协会却在1908年宣布波波夫享有发明无线电的优先权。

粉末检波器的发明者布朗利（左上）和马可尼（右下）同时出现在这张纪念1907年法国巴黎与摩洛哥卡萨布兰卡利用无线电联通的海报上。

于是，他干脆把一只丢弃的油桶剪开，改造成一张铁板，作为发射天线挂在树梢上。这样收报机接收信号的灵敏度确实提高不少，但他觉得检波器也不够理想——他用的还是洛奇发明的金属粉末检波器。马可尼对其做了一些改进，在玻璃管中加入少许银粉，与原来的镍粉均匀地混合，同时把玻璃管密闭并抽尽里边的空气。如此一来，发报机的功率大增，无线收、发报的距离也达到近3千米。

马可尼在欣喜之余，又想到进一步改进设备所需的大笔资金还没有着落。在父亲的提醒下，他找到意大利邮政部长，向他介绍自己的发明，并请求政府拨款予以资助，但部长却回绝了他的请求。

马可尼无奈之下，悻悻地离开了意大利来到英国。在他的印象中，英国人很重视发明创造。

没想到在英国海关，马可尼带去的那套无线电收发装置竟被怀疑为间谍机器，马可尼为此费了半天口舌才获准进入英国。英国的官员确实好一些，他申请专利时，他们还把他介绍给邮电部的总工程师普利斯。

普利斯的出现，给马可尼带来莫大的希望，他的实验进展很快。1897年，在南威尔士至索美塞得丘陵之间的试发实验中，收发间距已达到10千米～20千米。同一时期，马可尼还在海岸和舰船之间试发电报，都获得成功。而此时，在俄国的波波夫却因为沙皇政府不提供经费，实验几乎停滞。波波夫先于马可尼研制出无线电报机，这时却落在了后面，可见马可尼当初离开意大利去英国确实为自己的事业开辟了一条光明大道。

在普利斯的支持下，马可尼的无线电报事业蓬勃发展起来。通信距离也越来越远，一度可以跨越英吉利海峡，甚至在1901年实现了大西洋两岸的无线通信。而且马可尼的无线电报逐步投入到商业使用，前景无限广阔。

1909年11月，马可尼因发明无线电报而荣获当年的诺贝尔物理学奖。尽管波波夫先发明原始的无线电报，却因后期发展滞后

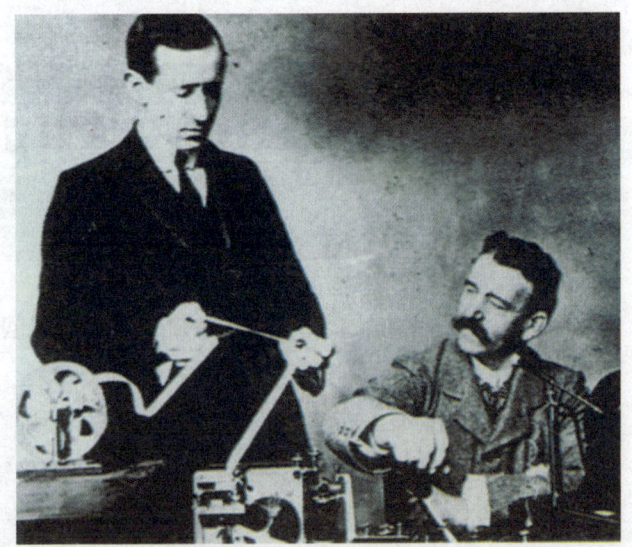

马可尼第一次使用无线电跨越大西洋发报成功
马可尼不断地改进无线电报的装置和提高其灵敏度，终于在1901年实现了跨大西洋发报。

隐藏无线电
图为美军士兵隐藏在装备背包里的无线电。

而无人问津。后来，在英、美、德等国科学家的共同努力下，无线电报技术得到了更为长足的发展，其稳定性和安全性也大大增强。

现在，无线电通信技术已成为军事、民用、通讯等行业最主要的联系方式。相信在以后，它会有更为广阔的发展空间。

居里夫妇的故事

　　玛丽·居里和皮埃尔·居里夫妇二人双双投身科学研究事业，并同时获得诺贝尔奖。这在科学史上是极其罕见的。

　　玛丽·居里，1867年生于波兰的首都华沙，她在中学时代就非常优秀，不仅掌握法、英、俄、德等四门外语，毕业时还获得金质奖章。1891年，玛丽进入巴黎大学学习物理，1893年获得物理学硕士学位，第二年又获得数学硕士学位。

　　皮埃尔·居里，1859年出生在法国，幼时反应迟钝，在家中接受启蒙教育，1875年获学士学位，两年后获硕士学位，随后在索邦学院物理实验室担任助教。

　　1894年，玛丽在巴黎索邦学院与皮埃尔相遇，为科学献身的共同理想使二人走到一起，他们于1895年结婚，从此开始新的生活。同时夫妻二人互助协作，相濡以沫，也迎来了他们科学发现的春天。

　　居里夫人先是证实了贝克勒尔的发现。她用压电石英静电计测定，铀物质辐射的强度与化合物中铀的含量成正比，至于其他化学组成成分则与此无关。而早在1896年，贝克勒尔就断言射线的发射来源于铀原子的性质，可见这一论断是正确的。之后，居里夫人又着手测试各种元素，企图找出与铀一样具有辐射效应的元素，终于在一种沥青铀矿中获得突破性进展。她测得该物质的放射性强度比预计的要大得多。她认为对此唯一合乎逻辑的解释就是，沥青铀矿石中含有一种放射性更强的元素。居里夫人开始想办法找寻并确认这种元素，她把矿石样品溶于水中，再用化学方法将其分解。后来丈

工作中的居里夫妇
居里夫妇在实验室中聚精会神地做实验。

夫皮埃尔·居里也加入进来。他帮助夫人用静电计对放射源——加以测定。终于在1898年7月，他们共同发现并确认这种新元素的存在。

正在夫妇俩为给该元素定名而踌躇之际，居里夫人的祖国波兰被敌国占领而灭亡。这一消息对玛丽·居里震动极大，她为了纪念祖国将该元素命名为"钋"。从此，元素周期表的大家族又添新丁了。但居里夫妇并没有被喜悦冲昏头脑，经过几个月的艰苦劳动，他们在十几吨沥青铀矿石中分离出"镭"——又一种新元素，所以居里夫人素有"镭的母亲"之称。居里夫人还测出其原子量225，镭的存在事实为世人接受。

在发现镭之后，居里夫人的知名度空前提高，人们甚至猜测她会因发现镭而赚多少财富，但居里夫人却淡然处之，她说："没有人应该因镭致富，镭是一种元素，它是属于全世界的。"居里夫人根本就没有申请专利，并且将镭的提取方法公布于众。这一惊人的举措，令当时无数人感动得流下热泪。

居里夫人的实验室
图为玛丽·居里在她的实验室专心致志地做实验，正是在这里，她和丈夫一起发现了放射性元素钋和镭，这些发现将核物理研究大大向前推进了一步。

大学讲台上的居里夫人

作为索邦大学第一位女教授的居里夫人，于1906年11月5日登上讲台。

不仅如此，居里夫人还为开放射性元素应用于医学而奔波，在人类历史上首先开放射性疗法之先河，使千千万万的癌症患者得以重生。1903年，因为在天然放射性研究领域的巨大贡献，居里夫妇二人同时获得了诺贝尔物理学奖。

正当他们在科学的大道上携手阔步前进时，不幸发生了：1906年，皮埃尔·居里因马车车祸不幸逝世，年仅47岁。这对于居里夫人的打击太大了。她几乎承受不住这突如其来的打击。但一想到当年两人为科学而奋斗终生的誓言，她又顽强地承担起生活和工作的重任，并于1911年从钋中分离出镭，再次获诺贝尔化学奖。

玛丽·居里是诺贝尔奖第一位女性得主，同时也是极少数两度获得该奖的科学家之一，她于1934年因白血病逝世于法国。尽管其一生获得无数荣誉，但她始终保持低调。她一门心思把科学推向前进的精神令后人深思。

◆ 皮埃尔·居里的第一项研究 ◆

皮埃尔·居里的第一项研究是在1880年与德斯爱因斯合作进行的，他们采用一种由温差电偶与铜丝光栅组成的新装置来测定红外线的波长。皮埃尔与他哥哥雅克·保罗很亲近，保罗比他大三岁。他们两人共同发现了一些晶体在某一特定方向上受压时，在它们的表面上会出现正或负电荷，这些电荷与压力的大小成正比，而当压力排除之后电荷也消失。1881年，他们发表了关于石英与电气石中压电效应的精确测量。1882年，他们证实了李普曼关于逆效应的预言：电场引起压电晶体产生微小的收缩。利用压电现象，他们还设计了一种压电石英静电计——居里计。这种仪器能把分量极微的电量精确地测量出来，并且成为当代石英控制计时机与无线电发报机的先驱。1883年，雅克·保罗前往蒙彼利埃大学任教，这时皮埃尔生涯中的第一个合作阶段才宣告结束。

想飞的莱特兄弟

美国的莱特兄弟梦想着像鸟儿一样飞上天空。从古至今，想飞的人绝不只他们两个，但是他们兄弟二人第一次圆了人类想飞的梦。

莱特兄弟出生在美国俄亥俄州的代顿市。哥哥威尔伯·莱特生于1867年4月16日，弟弟奥维尔·莱特生于1871年8月19日。

他们的父亲密尔顿·莱特是一名牧师，收入微薄，但为人正派，心地善良，而且知识丰富。兄弟二人从小受父亲的熏陶，喜欢读书和思考问题，动手能力也很强。

一次，父亲从欧洲回来，给兄弟

征服蓝天的兄弟

威尔伯（左）和奥维尔（右）。威尔伯沉默寡言而又灵敏机智，是自学成才、极有天赋的科学家。奥维尔比较开朗，具有做生意的天赋。正是这样一对天才的合作给世界带来了第一架飞机。

俩带回一件直升机玩具，可把他们乐坏了。他们除了读书学习和帮助母亲干活外，便一起拿着玩具飞机来到一片开阔地上玩了起来。飞机是用陀螺制作的，以橡皮筋作为动力。一般总是弟弟把飞机稳稳托在手中，哥哥则拧紧橡皮筋，然后猛地一松手，小飞机便"噗噗啦啦"地飞过头顶，向远方滑翔过去。时间一长，兄弟二人对玩具本身丧失了兴趣，于是把它拆散，两人凑在一处观察它的构造，然后不约而同地到做木匠的爷爷那里找一些边角余料和斧凿等工具，自己动手做起了玩具飞机，一架，两架……一个多月过去了，沙地上整整齐齐摆列一行"直升机"，如同随时准备起飞的战斗机群，蔚为壮观。

谁也没想到，从此兄弟二人与飞机结下了缘。在他们生活的时代，已经出现热气球和飞艇等飞行工具，但都不是很理想。因为热气球升空后飞行速度、方向完全取决于风力、风向，而飞艇自身虽然有动力和方向控制装置，但其体积过于庞大（有时它长达数百米，直径也在几十米），控制起来极为不便。于是人们开

世界上第一架飞机

1903年，莱特兄弟研制的世界上第一架机械动力飞机试飞成功。它标志着一个新的时代的到来。

始研究新的飞行器。

当时在德国已有利林塔尔制造出滑翔机。消息传到美国，莱特兄弟终于按捺不住内心的激动，他们首先通过报纸、杂志和图书资料广泛搜罗有关飞机的情况，同时也学习一些空气动力学方面的知识。

一段时间后，他们尝试着造了一架双翼滑翔机。这架滑翔机居然能飞到180米的高度，还可以在空中转变方向。

莱特兄弟不满足于先进的滑翔机，他们开始考虑给这架滑翔机加上发动机。可是经测定，兄弟二人发现它最多能载重90千克，而当时通用的发动机最轻也得140千克。

为了克服这一难题，他们找到机械师狄拉，三人一起设计制造了一台重70千克的发动机，该发动机具有12马力的功率。莱特兄弟把这台发动机草草安装在自己的飞机上，并且赶制了两叶长为2.59米的推进式螺旋桨，在发

飞机在一战、二战中的"贡献"

莱特兄弟发明飞机，本意是为人类造福。遗憾的是，飞机在诞生后，不出几年便被请到战场上充当杀人利器。在一战中，飞机初露锋芒：各国总共生产了约18万架飞机，种类包括歼击机、轰炸机、强击机、运输机等。整个战争中，这些飞机共投下5万余吨炸弹，同时被击落的飞机达8000架。到了二战，各参战国生产飞机更达70万架，出动飞机在120万次以上，仅在诺曼底登陆一役中，美军就出动了1万多架飞机。苏军在攻克柏林时，投入的飞机也超过8000架。飞机在战争中使用规模之庞大，可见一斑。

莱特兄弟 1903 年的"飞行者 I 号"模型
莱特兄弟制造的第一架飞机看起来更像一架滑翔机，它的结构比
较简单。但它所采用的机械原理却与现代的飞机是一样的。

动机与螺旋桨之间以链条相连。人类的第一架飞机初步完成。

1903年12月17日，莱特兄弟的首架飞机"飞行者I号"试飞。这天早上，他们
先把飞机拖到了海滩，进行了全面的检查。然后由弟弟奥维尔登上飞机，启动了发
动机。

在一片马达的轰鸣声中，飞机向前冲去，滑行速度越来越快。终于在众人的欢
呼中飞离了地面，升到空中约3米的高度，12秒钟以后，"飞行者I号"安全着陆，
飞行距离超过30米。时间太短了，距离太短了，但它标志着一个崭新时代的到来。
稍后，兄弟俩又轮番驾驶"飞行者I号"试飞了几次，其中滞空时间最长为59秒，飞
行距离为260米。

1904年，莱特兄弟又制造出了改进的"飞行者 II 号"。它的滞空时间延长到
5分钟，连续飞行5千米。其后，他们在"飞行者 II 号"的基础上推出"飞行者 III
号"。它可以在空中连续飞行半小时，飞出40千米的距离。

莱特兄弟发明的飞机连创佳绩，逐步引起了美国军方的兴趣。于是，军方组织
了巨大的人力、物力，在他们的基础上研制军用飞机。

其他国家也纷纷仿效，飞机的发展步入快车道。一战前飞机时速已达76千米，
飞行距离已增加到186千米，飞机已具备实用价值。

莱特兄弟一生效力于飞行事业，甚至都未曾结婚，为人类运输工具发展做出了
巨大贡献。1911年，威尔伯染上了伤寒，去世时年仅44岁。1947年的冬天，异常寒
冷。奥维尔大部分时间是卧病在床，许多朋友闻讯前来。尽管医生对他尽心诊治，
但毕竟已是 77 岁的高龄，他在 1948 年 1 月 30 日与世长辞。莱特兄弟的伟大发明
改变了人类的交通、经济、生产和日常生活，甚至改变了军事史。近百年来，飞机
使我们生存的巨大星球成为一个小小的世界。

飞机的 历史

早在莱特兄弟发明飞机前的几千年，人们就在研制能够在太空翱翔的工具。内燃机的发明为机械工具提供了持久、可靠的动力。到了1900年，莱特兄弟依据利林塔尔和夏尼特理论研制出了第一架有机械动力的滑翔机。1903年，他们的第一架真正的机械动力飞机试飞成功。从此，飞行机械进入了快速发展的轨道。下图是二战前在西方各国比较流行的几种飞机，但这些飞机都是战斗机，民用飞机的发展尚未起步。

①

二战前的飞机

Farman F60 Goliath

这是法国产的单引擎后掠翼飞机，它是世界上第一架用于实战的飞机。但它的缺点是速度慢，飞行的高度也比较低，容易受到攻击。

Vickers Vimy

本图展示的是世界上第一架单翼双引擎飞机，这种飞机具有良好的操作性能和一定的安全性能，飞行时的最大速度可达100千米/小时。

Sopwith Camel

本图展示的是世界上第一架单引擎前掠翼飞机，由于它采用前掠翼的设计，能够较好地增加飞机起飞时的升力，可以快速提高飞机的起飞和爬升速度。

Boeing B-17 Rlying Fortress

这是二战前美国制造的最为先进的战斗轰炸机，它被称为"空中堡垒"，在飞行时它可以携带5吨炸药，同时，具有飞程高、长途奔袭等特点。

图中①是莱特兄弟发明的"小鹰Ⅰ号"飞机,它是世界上第一架完全在机械动力的驱动下飞行的飞机,是一架不封闭的飞机。②是桑斯特·杜门飞机,它是世界上第一架采用后掠翼飞机,同时也是第一架相对封闭的飞机。③是"奈良Ⅱ号"飞机,这架飞机创造了世界上第一次飞行记录,它和莱特兄弟发明的"小鹰Ⅰ号"一样,也是不封闭的。

North America P-51 Mustang

这是20世纪30年代美国制造的战斗机,它是世界上第一架采用喷射涡轮引擎的飞机,具有飞行速度快、操作机动灵活等特点。

Supermarine Spitfire

这是二战前日本制造的后掠翼双引擎喷射涡轮发动机飞机,它具有飞行速度快、操作机动灵活等特点。

De Havilland Mosquito

这是二战前日本制造的在二战中被广泛使用的"零"式战斗机,它采用向后变掠翼双引擎喷射涡轮发动机,是当时世界上最先进的飞机之一。

波音237式客机

20世纪20年代出现的第一代客机,它是在战斗机的基础上改装过来的。它只适用于短途和小批量的客运服务,因此,很快就被其他型号的客机取代。

二战后的飞机

第二次世界大战后，商用航空工业蓬勃发展起来，航空技术的发展也日新月异，飞机开始活跃在民用事业中。当然，美苏两个大国也没有忘记将更为先进的技术用在军用飞机上。之后，飞机朝着大型化、多用途、远航程方面发展。可变式后掠翼、后掠翼喷射推进等先进的技术被广泛运用在飞机上。像美国的波音、麦道、F–117、B–52、B–2等和苏联的图–114、安–225、"米格"系列、"苏"系列等都是民用和军用飞机中的佼佼者。

单桨直升机

直升机是飞机家族中一种极为重要的类型，由于它具有机动灵活、不需要专门的跑道以及节省使用空间等优点，在救灾、通讯等工作中发挥了积极的作用。

E-2鹰眼预警飞机

E-2鹰眼预警飞机是世界上最先进的预警飞机，它是在波音客机的基础上改造的，可以同时跟踪300千米范围内的300多个目标。

F-18大黄蜂战斗机

这是美国生产的F-18大黄蜂战斗机，是第三代战斗机。可变式后掠翼、后掠翼喷射推进等先进技术都在它的身上得到了全面的体现。它具有灵活机动、战斗力强等特点。

CL-601商用机

为适应空中快速、短程运输的要求，各国都在大力发展小型、便捷的运输飞机。这种CL-601商用机就是由美国生产的，它具有造价低、方便实用的特点。

C-5A银河军用运输机

这是20世纪70年代美国推出的当时最大的军民两用运输飞机,它有一个足球场那么大,能够携带超过100吨的物资,一次性飞行6400千米。

波音747客机

波音747客机是目前世界上正在使用的最大的客运飞机,它全长71米,翼展60米,每小时能飞行1025千米,可以携带290名乘客和33名机组人员。

波音757客机

这是飞机转入民用后最为成功的典范。它由美国波音公司生产,它的载客量大(满载超过250人),航程远(不加油可飞5000千米以上)。它在世界民用航空市场上占有的份额超过了一半。

协和式飞机

协和式飞机是由英国和法国联合研制的世界上第一架超音速客机,它于1969年投入使用。直到现在,它仍然是世界上巡航速度最快的民用飞机。它的最大巡航速度超过了2250千米/小时。但由于有噪音大、载客量小(100人)等缺点,2004年协和式飞机退出客运市场。

波音大型货运飞机

随着对空运货物要求的进一步严格,飞机的功能也越来越多,图为美国的波音大型货运飞机背着"奋进"号航天飞机在转场。

冥思苦想的爱因斯坦

2000年，爱因斯坦入围"千年风云人物"名单，而且名列前茅。曾经被视为孤僻、迟钝、表达不清的傻孩子是如何成为千年风云人物的呢？故事还得从19世纪70年代末说起。

1879年3月14日，阿尔伯特·爱因斯坦在德国南部乌尔姆城的一个犹太居民家中呱呱坠地。这是一个温馨、和睦的家庭，父亲精通数学，以经营电器为业，母亲温雅贤淑，倾心于艺术。小爱因斯坦的出世为全家带来喜悦和幸福，但很快又给这个幸福之家笼罩了一层忧郁。因为他与同龄的孩子比较起来，智力发育好像有些迟缓。

别家的孩子1岁多时就会说话了，缠着母亲问这问那，而小爱因斯坦只会偎依在母亲怀里呆呆地望着周围的一切，一点学说话的迹象都没有。邻居见此情形，不无担心对他母亲说："这孩子怎么不说话呀？"母亲内心一阵酸楚，却又自我安慰道："他在思考，将来我们的小爱因斯坦一定会成为教授。"一旁的邻居也不好多说什么，倒生出一丝恻隐之情。

爱因斯坦的父母确实是非常优秀的父母，深知旁人对他抱有偏见，自己不能再伤害他。他们发现儿子虽然不苟言笑，却对万事万物表现出强烈的兴趣，于是就买回许多新奇、结构复杂的玩具给他玩，但小爱因斯坦更多的是"研究"这些玩具。

时光匆匆流过，爱因斯坦进入了小学，除了数学之外，其他功课平平甚至不及格，这种状况一直持续到中学。中学时他的兴趣科目多了一门——物理，他不喜欢体育，更讨厌军训。由于严重偏科，爱因斯坦中学毕业时都没拿到文凭，以至于为了上大学，他又补习一年才进入联邦工

爱因斯坦

进行学术讨论

1933 年，爱因斯坦提出能量聚集的新理论，并邀请科学界的精英与记者一起参加他的学术论坛。

业大学师范系，攻读数学和物理。最后，他为自己选定了终生努力的方向——理论物理。四年之后，爱因斯坦大学毕业，尽管专业成绩异常突出，却因为性格的原因找不到一份工作。待业期间，爱因斯坦曾做过家教，有时帮人清理账目。最困难的时候，他甚至以拉小提琴卖艺为生。

1902年，经朋友的大力推荐，爱因斯坦在瑞士专利局找到一份技术员的工作，其职责是审核一份份专利申请。这使他大开眼界，同时他夜以继日地钻研物理学，终于在1905年有所成就。那年，爱因斯坦在德国《物理学年鉴》上发表《论运动物体的电动力学》，从而创立了狭义相对论，开始解释牛顿经典力学所不能解释的现象。

狭义相对论的两条基本原理分别是：

①相对性原理：物理学定律在所有惯性系中的描述形式是相同的，即所有的惯性系是等价的，不存在特殊的惯性系。

②光速不变原理：在所有惯性系中，真空中的光速具有相同的定值。

根据这一理论，时间会随着运动速度的变化而发生迟滞和提前。假如宇宙飞船以光速在太空中飞行一年，那么地球上就已经过了50年。同时爱因斯坦还提出，长度、重量都会

计算机绘制的关于"光会弯曲"理论的图

随着运动速度的变化而变化，并得出质量和能量之间转换的准确表达式：$E=mc^2$（m为物体质量，c为光速，E为能量）。这一方程式向世人昭示，原子核内部蕴含着巨大能量。质能方程式成为核物理和高能物理的基础。

尽管当时极少有人理解爱因斯坦的理论，但他坚信自己理论的正确性，并且将其进一步发展成为广义相对论的基础》一文。这一旷世之作标志着他的研究水平已达20世纪理论物理的顶峰。爱因斯坦曾就相对论解释说："狭义相对论适用于引力之外的物理现象，广义相对论则提供了引力定律以及它与自然界其他力之间的关系。"

几乎是同时，爱因斯坦又做出了涉及光学和天文学的三大预言，这些预言不久一一应验。鉴于他的相对论和预言，人们赋予他极高的荣誉，如"20世纪的牛顿"、"人类历史上有头等光辉的巨星"等。但爱因斯坦淡泊名利，尽量回避吹捧他的公众集会。

1955年4月18日，伟大的爱因斯坦在美国的普林斯顿悄然而逝，并留下一份颇为特殊的遗嘱：不发布告，不举行葬礼，不建坟墓，不立纪念碑。作为20世纪最伟大的科学家如此谦逊，闻之者无不肃然起敬。

❖ 广义相对论 ❖

1915年，阿尔伯特·爱因斯坦发表了他的广义相对论。他解释了引力作用和加速度作用没有差别的原因。他还解释了引力是如何和时空弯曲联系起来的。利用数学，爱因斯坦指出物体使周围空间、时间弯曲。在物体具有很大的相对质量（例如一颗恒星）时，这种弯曲可使从它旁边经过的任何其他事物，即使是光线，改变路径。该理论的两个重点在于：①弯曲光线。广义相对论指出，时空曲率将产生引力。当光线经过一些大质量的天体时，它的路线是弯曲的，这源于它沿着大质量物体所形成的时空曲率。因为黑洞是极大的质量的浓缩，它周围的时空非常弯曲，即使是光线也无法逃逸。②虫洞。理论上，虫洞是一个黑洞，它的质量非常大，把时空弯曲进了它自身之中，它的口开向宇宙的另一个空间及时间，或者也许完全进入另一个宇宙空间。也许能够利用虫洞建立一个时间旅行机器，但许多科学家指出这个机器不可能重返到它自身被创建的时间之前。

摩尔根创立基因说

托马斯·摩尔根，出身美国的豪门大族，但从小养成了良好的生活习惯。他热爱大自然，喜爱户外活动，经常四处游历，最后决定献身于探索自然的科学事业。

1880年，摩尔根考入肯塔基州立学院预科，后转入学院本部。1886年获得学士学位，同年进入霍普金斯大学研究生院进修，主攻生物形态学，4年后获博士学位，此后在该领域颇有建树，成为一名年轻的博物学家。他曾随美国地质勘探队赴野外考察，期间对各种生物的性状发生兴趣，遂逐渐转入实验生物学研究领域。

那时，生物学已发展到一定水平。特别是1904年美国的萨顿证明了可染色体成对存在，每个配子只包含一对染色体中的一条，每条染色体携带多个遗传因子。

到了1909年，丹麦的植物学家约翰逊以"基因"一词替代以前的所谓"遗传因子"一词。

为了进一步探索染色体中基因的存在状态和排列特征，1908年摩尔根开始了著名的果蝇实验，专门研究这一课题。

摩尔根将捕获的果蝇放在实验中

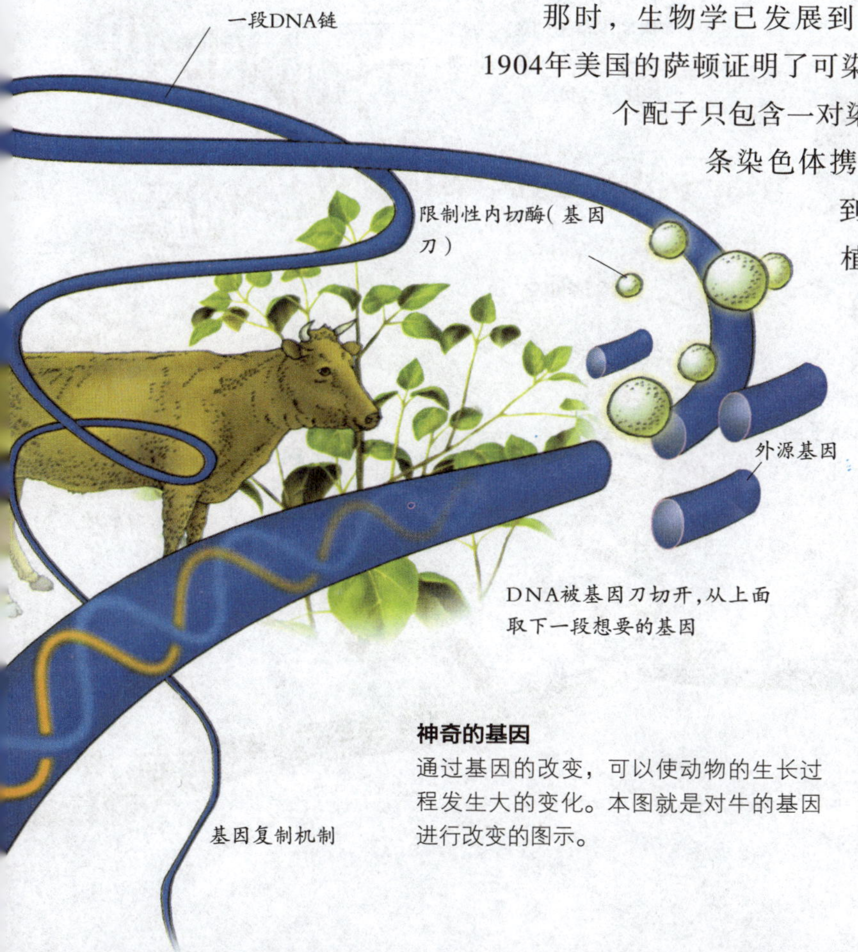

一段DNA链

限制性内切酶（基因刀）

外源基因

DNA被基因刀切开，从上面取下一段想要的基因

基因复制机制

神奇的基因
通过基因的改变，可以使动物的生长过程发生大的变化。本图就是对牛的基因进行改变的图示。

特定条件下加以培养，如让它们吃各种各样带刺激性的食物，让它们的产卵过程以及幼虫的成长分别在较高温和低温环境中完成，必要时则对其进行紫外线照射以促其发生变异。

经过很长一段时间，摩尔根发现果蝇有4对染色体，但雌雄果蝇所产生的配子的染色体状况有所差异：雌配子产生时从母体细胞的4对染色体中各得一条，所以该种配子所含染色体相同，均呈棒状，而雄配子的染色体中只有3条相同，第4条为钩状。

在此基础上，雌雄配子结合发育成的雌性果蝇体细胞中的4对棒状染色体完全成对，雄性果蝇的细胞中则仅有3对棒状染色体成对分布，第4对由1条棒状染色体和另外的1条钩状共同组成。摩尔根将区分性别的染色体称为性染色体。他由此得出结论：生物性别由性染色体决定。

1910年4月，摩尔根的实验又获得突破性进展。一次，他对一群红眼果蝇进行X射线照射，在子一代个体中发现一只白眼雄果蝇。

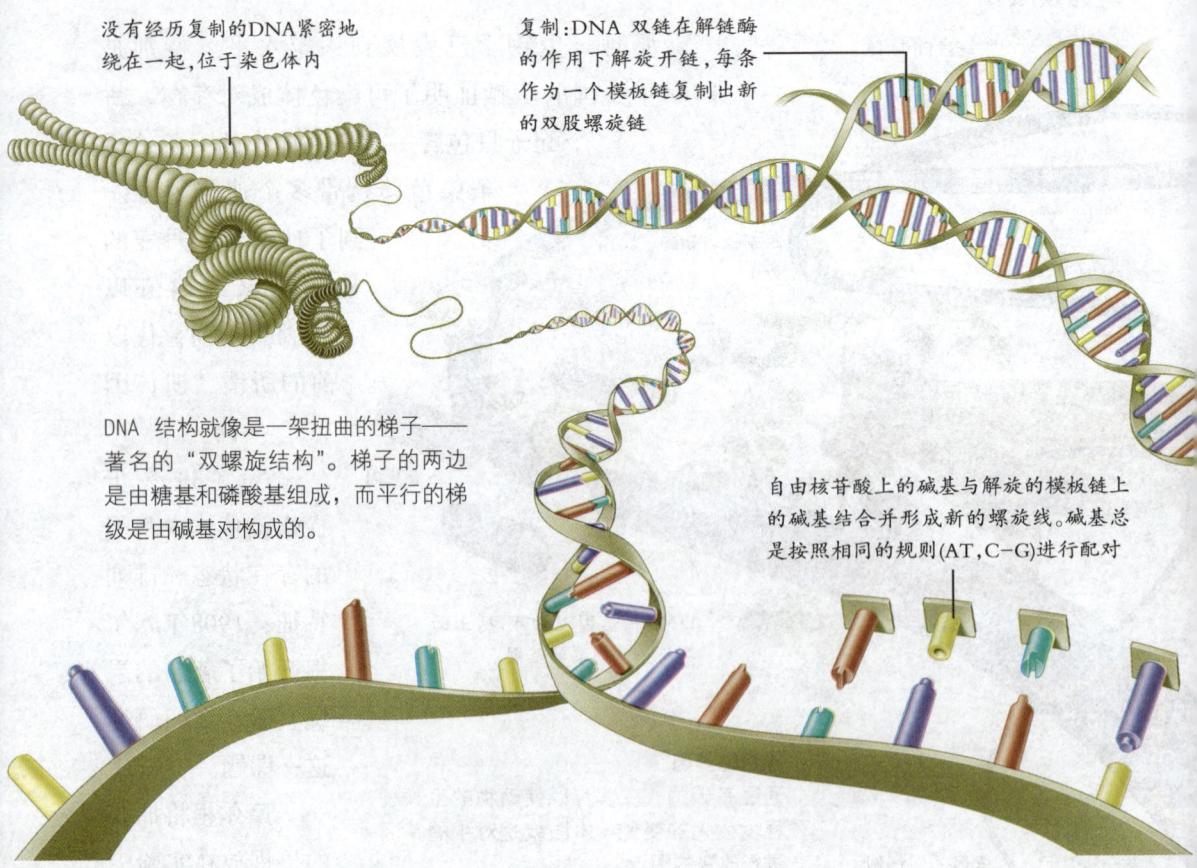

没有经历复制的DNA紧密地绕在一起，位于染色体内

复制：DNA 双链在解链酶的作用下解旋开链，每条作为一个模板链复制出新的双股螺旋链

DNA 结构就像是一架扭曲的梯子——著名的"双螺旋结构"。梯子的两边是由糖基和磷酸基组成，而平行的梯级是由碱基对构成的。

自由核苷酸上的碱基与解旋的模板链上的碱基结合并形成新的螺旋线。碱基总是按照相同的规则(AT,C-G)进行配对

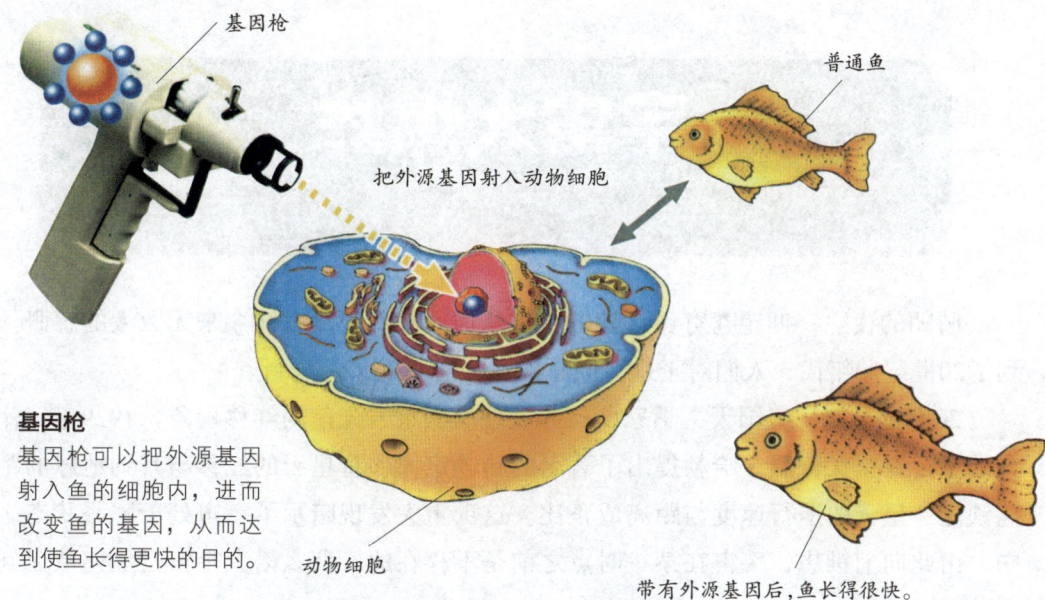

基因枪

把外源基因射入动物细胞

普通鱼

基因枪
基因枪可以把外源基因
射入鱼的细胞内，进而
改变鱼的基因，从而达
到使鱼长得更快的目的。

动物细胞

带有外源基因后，鱼长得很快。

　　他随即让这只白眼果蝇与未经X线照射的红眼果蝇交配，结果完全符合孟德尔法则：子一代全是清一色的红眼果蝇，子二代的个体则出现分化，1/4为白眼果蝇，且全部是雄性，其余的3/4则为红眼果蝇。摩尔根对此分析后认为，眼色由一对基因控制，其中红眼为显性，白眼为隐性。

　　为了清晰地解释这一过程，摩尔根把雌性染色体称为X，称雄性染色体为Y。他认为未经X线照射的果蝇的X染色体携带红眼基因，而Y染色体只携带性别基因，没有决定眼色的基因。

　　在X线的照射下，其中的一只雄果蝇的X染色体生成了隐性白眼基因。子一代中雌蝇的两条染色体分别来自母方的X（带红眼基因）和来自父方的X（带白眼基因），最终显性的红眼基因性状得以表现；雄蝇的染色体组成是来自母方的X（红眼基因）和父方的Y（仅带性基因），也呈现红眼特征。子二代个体的眼色出现分化，按照孟德尔法则揭示的规律，红、白眼果蝇数量比为3：1，而且白眼果蝇均为雄性。

　　在实验的基础上，摩尔根整理出版了《基因论》一书，总结自己在基因领域的研究成果，并且归纳了20世纪以来20多年的遗传学研究成就，标志着孟德尔—摩尔根学派的成熟。托马斯·亨特·摩尔根本人也因创立基因学说，被誉为经典遗传学的泰斗。1945年12月4日，因动脉破裂,摩尔根在帕萨迪纳逝世，享年78岁。

宇宙大爆炸

晴朗的夜空，仰望苍穹，浩瀚的宇宙从何而来，曾是古往今来无数人的感慨。到了20世纪20年代，人们对于这一问题的研究总算有了些眉目。

20世纪早期，美国天文学家斯拉弗发现旋涡星云光谱的红移现象。1929年，伟大的星云专家艾德温·哈勃提出了著名的哈勃定律，将星云的红移与其到地球的距离锁定：星云的退行速度与距离成正比。这项重大发现暗示了宇宙处于膨胀状态之中。由此向前推想，宇宙在某一时点之前是不存在的。那么偌大宇宙是如何从无到有的呢？

1932年，勒梅特首次提出宇宙大爆炸理论构想：整个宇宙最初仅仅是一个"原始原子核"，后来发生了大爆炸，该原子核迅速膨胀，爆炸生成物向周围飞溅、扩散，久而久之形成今天的宇宙。他的惊人设想使许多人眼前一亮，顿感豁然开朗，但其本身还太不成熟，因此不具里程碑式意义。

同一时期，美籍俄国天体物理学家伽莫夫也投入到这个领域的研究中。他在前人的基础上将广义相对论宇宙学和化学元素生成理论联系起来，去研究宇宙的起源。最终于1948年，伽莫夫提出热核大爆炸宇宙学模型。迄今为止，该模型是解释宇宙起源的最有说服力的理论。

伽莫夫提出宇宙大爆炸理论的标志是他1948年在美国《物理评论》杂志上发表的一篇论文。该论文大体思路为：宇宙是由最初温度无限高、密度无限大、体积无限小的"原始原子核"迅速膨胀形成。这个由密到稀、由热变冷的膨胀过程极为迅速，几乎在一瞬，犹如一次规模空前的超级大爆炸。

具体而言，在爆炸的前一刻，约在距今150亿年前，今天的宇宙只集中于一个极小的质点，温度无限高，密度无限大，大爆炸发生后的0.01秒内宇宙的温度约为1000亿度。如此高温下，宇宙的主要成分是轻粒子，如光子、中微子、电子，另外还有微忽其微的质子和中子。

随着原始宇宙的继续膨胀，0.1秒后温度下降至约为300亿度。中子相对于质子而言所占比例减小。1秒钟后，温度进一步降至100亿度，这个温度仍为现在太阳中心温度的一千倍。在温度降低的同时

彭齐亚斯、威尔逊和他们用以测量宇宙温度的接收天线。

密度也在减小，使得中微子不再处于平衡状态，开始外逸，中子与质子的比又下降到0.3。此时的粒子有着极高的能量，它们相互碰撞产生大量正反粒子对，而这些正反粒子对撞到一起又会同归于尽，但产生了许多光子。

大爆炸后的13.8秒，原始宇宙的温度下滑至30亿度，从而为质子、中子形成氧、氦等稳定原子核创造了条件，它们是最原始的化学元素。35分钟后，温度已不足3亿度，这时原子核的形成已告终止，而质子还不能与电子结合而成为中性原子。

从此在很长一度时间里，原始宇宙只是静静地膨胀，其他什么也没有发生。30万年以后，温度陡然降到3000度，化学结合大量存在，把绝大部分自由电子固定在

◆ 《时间简史》 ◆

史蒂芬·霍金著的《时间简史》是有关宇宙理论的集大成之作。它不但涉及了有关宇宙的所有重要理论，而且包括相关的疑问、反论以及悬而未决的问题。全书分为12章，从前至后依次讲述伽利略和牛顿的重大突破、爱因斯坦的广义相对论、微观领域的量子力学、宇宙学、物理学的进展等。该书在最后部分还向读者分析了科学家将理论结合在一起从而构成统一理论的过程。通读全书，会发现作者对有关宇宙学的理论理解极为深刻，而且叙述明晰，论证严密。该书一经出版，广受赞誉，被称为"里程碑式的科普佳作"。

中性原子中。此时的宇宙主要以气体形式存在，随着温度的继续降低，气体云开始形成。约在109年后，星系形成，1010年后恒星系统形成。恒星系统又经过极其漫长的历程，逐步形成今天的宇宙。

这就是著名的宇宙大爆炸理论模型，它较为合乎逻辑和完整地解释了宇宙的产生、发展过程。但它谈到的数以千亿、百亿计的温度，现在的实验室条件根本达不到，人们只能以其他角度寻求支持这一理论的证据。

目前，较为流行、合理的有力证据大致有：

（1）宇宙的年龄测定。近些年，科学家通过各种先进手段测得恒星、星系的年龄，都在几十亿年左右。这与大爆炸宇宙模式约为150亿年是吻合的。

（2）大爆炸的核形成。多年来，科学家们对可及天体范围内氢元素的丰度观测结果与该模型的预言是一致的（氦的丰度为25%，氢为75%）。

（3）微波背景辐射。1964年，彭齐亚斯、威尔逊发现了天空中不同方位却存在不变的，相当于3.5k的黑体辐射背景。这一发现恰好印证了16年前伽莫夫的预言。

宇宙大爆炸理论自诞生到今天，尽管一直存在着诸多的问题和不足，但总体而言却是一步步走向成熟的。相信不远的将来，它会更加完善。

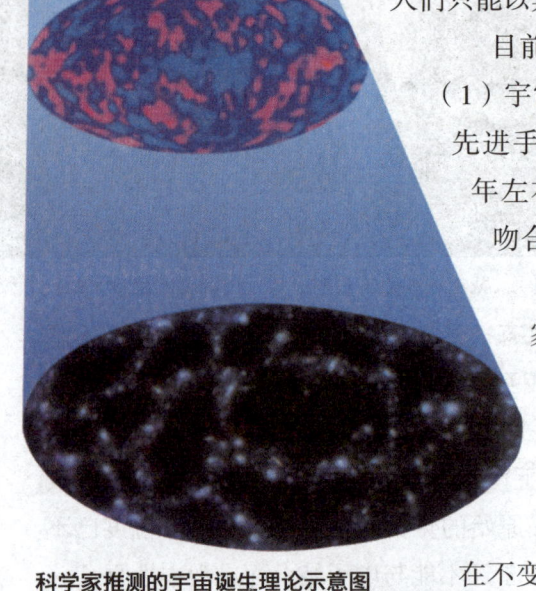

科学家推测的宇宙诞生理论示意图

科学家能够探测到太空中的背景辐射，它们可能是宇宙大爆炸时遗留下来的。20世纪20年代末，天文学家埃德温·哈勃发现，除了银河系之外还有别的星系。地球和每一个星系之间的距离都以不可思议的速度在增大。

哈勃定律

天体物理学是20世纪天文学发展的大潮流，而艾德温·哈勃在1929年发现的哈勃定律为这门学科的进一步发展奠定了雄厚的理论基础。

哈勃定律又称红移定律，旨在阐明星系移动的规律，而相关探索很早就开始了。1912年，专注于恒星光谱研究的美国天文学家斯里弗发现，河外星云的光谱线广泛存在着向红端移动的现象。两年后，他又在其他人测得数据的基础上，确认了13个星系的视向速度，为当时研究太阳活动规律的科学家提供大量依据。1916年，特鲁曼发现扣除太阳运动速度后的星系移动速度值仍为很大的正数。同年，为了更好地表述星系的退行，维尔茨引入了K项。接下来的两年中，德西特在前人的基础上建立一种较新的宇宙学，他认为星系的光谱可能被错误地认为向红端退行，原因是随着距离的增加原子振动在变缓。这一理论在爱丁顿1923年发表的《相对论的数学理论》一书中有较为详尽的介绍。

艾德温·哈勃

哈勃是当代世界著名天文学家，星系天文学的奠基人和现代观测宇宙学的主要创始人。1917年，哈勃获得博士学位，以后在天文学领域建树颇多：1924年发现3M33、M31、NGC6822中的造文变星，从而解决了"旋涡星云"的本质问题，认识到它们就是日后称为"河外星系"的遥远恒星系统。1922年~1926年，提出星云的分类体系，进而建立了星系形态的哈勃序列。1929年，他发现"哈勃定律"，该定律的发现导致宇宙膨胀观念的形成。由于在天文学研究领域的巨大成就，哈勃受到后人缅怀和尊敬。

这一领域经过一系列的量变之后，终于在1929年发生了质的变化。这一年哈勃根据24个已知距离和视向速度的星系，正式提出，星系红移的快慢不是杂乱无章的，而是与星系离开地球的距离成正比。之后，他又用正比于距离的k项去解条件方程，确立了退行速度与距离间的线性关系。

艾德温·哈勃提出红移定律很大程度上得益于他在威尔逊山天文台的观察。他根据在那里观察得到的大量资料，给出了红移定律的公式：$V=H0 \times D$，其中V表示视向速度，D则为星云距离，H0是哈勃常数。整个公式表明了星系视向速度与其距离的正比线性关系。

公式的逻辑关系很简单，但其中的常数确定极为关键。该常数在1930年被哈勃本人

哈勃定律与爱因斯坦相对论共同奠定了现代宇宙学理论

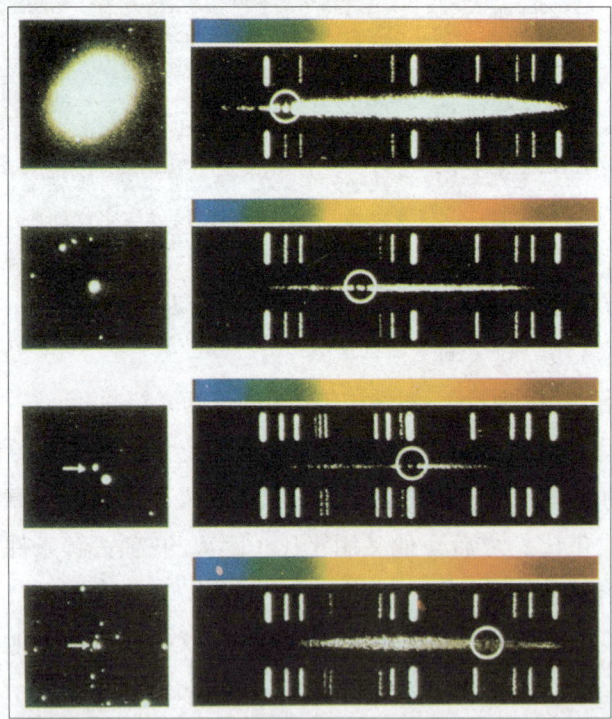

红移现象

科学家通过红移现象来确定其他星球与地球的距离，以及它们远离还是接近地球。红移速度越快，说明星体离地球越远。

确定为150千米/秒。以后，他又反复测量该值以期提高精确度。事实上，每一次测量结果都使哈勃常数逐渐变小。现在，哈勃常数值是每百万光年17千米/秒。

哈勃发现的这一重要规律，表明宇宙中的星系正在不断远离我们，即宇宙处于不停膨胀状态，这一规律反映了整个宇宙的基本特征。

哈勃定律的重要价值，首先在于它有力地支持了星系"红移"理论。以前，许多科学家试图把红移现象敷衍过去。如曾有人认为红移并不意味着较大的速度（如哈勃曾根据多普勒效应推算出处女座星云的速度达到每秒1000千米），而是意味着光经过很大一段距离后丧失了部分能量，该理论就是著名的"疲劳光"论。该理论着实很有道理，却从根本上违反公认的物理规律。

但人们仍然对此抱怀疑态度。他们认为，如果其他的星系都在逐渐远离我们，那必然意味着地球处于膨胀的中心，哈勃是不是犯了常识性错误——要知道认为地球是宇宙中心的观点早被否定几百年了。如果是这样的话，最基本的宇宙原则就要被推翻。

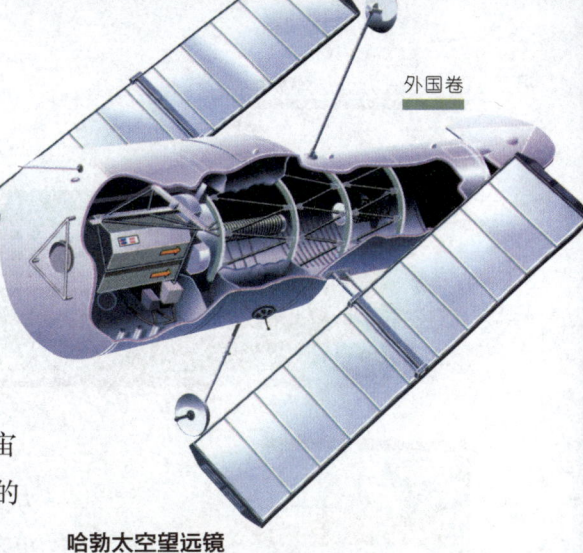

哈勃太空望远镜

1990年，它由美国航空航天局发射升空。它是迄今为止人类拥有的最为先进的望远镜。它在太空中可以避开大气的阻挡，对整个宇宙进行系统地观测。

后来，人们发现所有的星系都远离我们并不一定意味着地球就是宇宙的中心，举个例子：当你把一个上面画着米老鼠的气球逐渐吹大时，米老鼠脸上各个器官会渐渐散开。这时另一个人把左眼贴定气球一点，会发现其他部位都会距离左眼愈来愈远，换一个点仍然是这个样子，而且离左眼越远的部位，看起来离开速度越快。根据哈勃定律，宇宙就如同那个被吹起的气球一样，地球就是上面一点。当它膨胀时，我们就会发现离我们越远的星系退移的速度越快。

哈勃定律将观测和理论结合在一起，为宇宙学研究提供了新方法，从而形成一门新的学科——观测宇宙学，这在天文学史上的具有重大意义。

◆ 哈勃望远镜 ◆

哈勃望远镜是以美国已故著名天文学家"艾德温·哈勃"的名字命名的，是人类迄今送往太空的最大的望远镜。

哈勃望远镜总长12.8米，镜筒直径4.28米，主镜直径2.4米，连外壳孔径则为3米，全重11.5吨。它是一个完整的性能卓越的空间天文台，借助它可以观测到宇宙深处140亿光年远处发出的光；它能够单个地观测到星群中的任一颗星；它能够研究和确定宇宙的大小和起源，以及宇宙的年龄、距离标度；它还能分析河外星系，确定行星部、星系间的距离，它能对行星、黑洞、类星体和太阳系进行研究，并画出宇宙图和太阳系内各行星的气象图。哈勃望远镜包括全部自动化仪器设备：主镜、副镜、成像系统、计算机处理系统，中心消光圈、主副镜消光圈、控制操作系统和图像发送系统，以及两个长11.8米、宽2.3米，能提供2.4千瓦功率的太阳电池板，两部与地面通信的抛物面天线等。它所携带的最先进的设备有6种：宽视场行星照相机、暗弱天体摄谱仪、高分辨率摄谱仪、高速光度计、精密制导遥感器。

改变世界的电视

贝尔德发明电视

1923年，贝尔德意识到，既然马可尼能够远距离发射和接收无线电波，那么发射图像也应该是可能的，他决心完成用电传送图像的任务。他将自己仅有的一点财产卖掉，收集了大量资料，并把所有时间都投入到研制电视机上，最后完成了电视机的设计工作。但要把设计图纸变成实物样机，可不是容易的事。一间小小的屋子既是卧室又是工作室，疾病一直在折磨着他，但他仍然夜以继日地工作，饿了吃几口面包，困了和衣睡一会儿。没有钱买试验器材，就以旧茶叶箱、旧帽子盒盖、编织针等代替。经过长时间的艰苦奋斗和无数次失败之后，贝尔德终于用电信号将人的形象搬上了屏幕。1929年，英国广播公司允许贝尔德公司开展公共电视广播业务。这一年的1月26日，当英国人第一次看到电视图像时，无不兴高采烈，奔走相告，人群之中的电视发明者贝尔德激动地流下了热泪。30年代以后，贝尔德又转向了彩色电视的研究，并有所成就。

贝尔德和他的电视发射机
电视从其理论成熟到实用的电视机出现，经历了大约50年的时间。

电视机的出现，改变了人们的生活乃至工作方式。由于它本身较为复杂，所以电视机的发明也不能一蹴而就。

电视的工作机理就是以有线或无线的方式即时传送活动的图像。在发送的一端需要对景物或场面摄像，并转换为电讯符号传输出去，在接收端再将这些符号还原为图像。这一过程看起来很简单，但完成它人类花了半个世纪的时间。

1884年，德国的尼普科夫根据视觉暂留原理，发明了螺盘式旋转扫描仪，使最原始的电视传输和显示成为可能。1925年左右，英国的贝尔德和金肯斯等利用尼普科夫发明的扫描仪，设计出影像粗糙的机械扫描电视系统，并进行了初步

实验。同时，美国著名的贝尔实验室也在进行电视系统的研究。

1928年，美国科学家兹沃雷金发明光电摄像管。它可以使影像保留在感光镶嵌幕上，然后再以电子扫描发射信号。这一发明使得传送电视影像的光电管进入实用阶段。1930年，范斯沃斯发明的电子扫描系统和DCA公司生产的电子束显像管，使得电视的主要构件已基本齐备。同年，英国人率先试播有声电视。1936年的11月，英国广播公司成立世界上第一个电视台。美国则在1935年成立纽约电视台。这时的电视台播放的电视节目数量少、质量差，画面也只是黑白的，却引起人们的极大兴趣，短短6年时间，纽约电视机数量就增加到1000台。

早期成型的电视机

早期的电视像计算机一样体积庞大，它的收视效果很差，只能接收和播放黑白电视节目。

新事物总是蕴含强大的生命力。电视机在美、英等国问世后，很快向其他国家扩散，如德国、苏联、法国、日本很快也在20世纪30年代实现了电视实验和播出。我国在这一领域内起步较晚，1958年才出现黑白可视电视。

尽管30年代许多国家就能播放电视节目，但仍有许多问题亟待解决。第二次世界大战爆发后，电视机的改进工作一度受到冲击，甚至中断。但战争期间及稍后的一段时间里，各式各样的新技术、新发明层出不穷。当中有些技术为电视机的改进起到很大推动作用。1946年，罗斯和威玛等人研制出高灵敏度直线型光电摄像管，使电视节目的制作能力大为提高。战后，日本在一片废墟上得以重建，并且在某些

◆ 有线电视 ◆

有线电视是一种运用光缆或电缆来传输和分配声音、图像及相关数据信息的电视系统。这种电视的优点在于信号稳定、抗干扰能力强，而且画面清晰，但架设光缆、电缆需要耗费大量的人力、物力，且受到地理条件的限制，较为不便。

这种电视系统出现较早，美国在20世纪50年代初便出现有线电视，中国则在70年代中期才掌握这项技术。经过几十年的发展，有线电视的发展方向逐渐趋于明朗。一方面体现在频带上，为了传输更多的电视节目和提高传输节目的质量，频带逐渐被加宽；另一方面则表现在传输分配方面，干线采用光纤和数字技术可以提高传输的质量和效率。目前，有线电视正呈现出蓬勃发展的势头。

领域取得技术上的突破。如八木秀次发明了家用电视专用天线，提高了电视画面的清晰度。

50年代以后，人们不再满足于黑白电视。1953年，美国联邦电视委员会率先推出彩色制式，翌年正式播出。几年后，安培公司又制成一种更为先进的四磁头磁带录像机，从根本上转变了电视节目的制作方式。到60年代，世界形成了PAL、SECAM、NTSC三种主要彩色电视制式。此后，卫星和电子计算机也成为人们制作和转播电视节目的有力工具，人们待在家里便可以轻松自在地观看卫星直播节目。

电视机诞生后没过多少年，就由广播领域扩展到其他生产领域。最初的工业电视主要有摄像头、传输线路和监视器等几部分构成，用来对生产过程实行有效监控。70年代以后，工业电视与其他多种现代技术相结合，成为不可或缺的测量、分析、处理系统。后来又出现了观察监视电视、教育电视和特殊环境电视等。

电视机从诞生到现在，经历了不到一个世纪的时间，就已经成为人们生活、工作不可缺少的一部分。它不但使我们真正做到"秀才不出门，便知天下事"，而且让我们的许多工作做起来更加得心应手。

瘟病的克星青霉素和链霉素

青霉素和链霉素在今天看来是最普通不过的药物。而20世纪前半叶，发明这两种药物的科学家在当时却被顶礼膜拜。

青霉素和链霉素虽然性质类似，其被发现的方式却迥然不同，先说青霉素。青霉素是由一个叫作亚历山大·弗莱明的英国人发现的。他是一位细菌学家，致力于抗菌物质的研究。

1928年9月的一天，弗莱明同往常一样信步走进实验室，开始一天的工作。他想用一下培养皿，向四周找了一圈，发现上次做葡萄球菌实验都占上了，也没洗，凌乱地堆在墙角，不得已他只得拿起一个培养皿去洗。可他突然发现葡萄球菌培养液周围生了青色的霉菌，而凡是与霉菌接触的葡萄球菌全被消灭了，他意识到这种青色霉菌是一种神秘物。接下来的几天，弗莱明进一步实验，发现青霉菌的培养液也极具杀菌能力。他

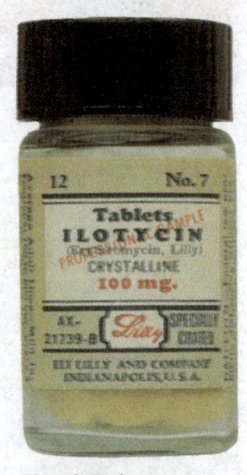

药用青霉素

青霉素是用途最广的抗生素，它能有效治疗梅毒、淋病、猩红热、白喉以及某些类型的关节炎、支气管炎、脑膜炎、血液中毒、骨骼感染、肺炎等许多疾病。青霉素的另一个优点是使用的安全范围大，虽然有少数人对青霉素过敏，但是对大多数人来说，它是既有效又安全的理想药物。

弗莱明在实验中

这位出身于平民家庭的医学家凭借自身的努力发现并提取出了青霉素，拯救了无数人的生命。至今，青霉素仍发挥着重要的作用。

电子显微镜下的青霉素

正在进行中的用青霉素对抗细菌的实验

终于明白真正的杀菌物质是青霉菌的代谢物，他将其称为青霉素。

其后的几年，弗莱明进入局部实验，证明青霉素对许多导致严重疾病的细菌具有抑制和杀灭作用，而对人体或动物的危害却很小，这为成千上万的传染病患者带来福音。但美中不足的是，弗莱明不懂生化技术，无法提纯青霉素，使之被大范围、大规模地使用。到了20世纪中后期，弗洛里和钱恩等人组成专门研究小组，最终分离出像玉米淀粉似的黄色青霉素粉末，并把它提纯为药剂。这种药剂药性极强，比弗莱明的青霉素粉末强1000倍，且几乎无副作用。1940年起，青霉素开始大量投入使用，从此人类抗拒传染病的历史进入了一个新阶段。而为发现、发展青霉素做出突出贡献的弗莱明、弗洛里和钱恩也被授予1945年的诺贝尔生理和医学奖。

如果说青霉素的发现是出于偶然的话，那么链霉素的发现则是有目的、有组织、有步骤地进行的。

链霉素的发现是与结核病分不开的。19世纪中叶结核病肆虐，当时欧洲有1/4的人口死于该病，人们视之为洪水猛兽。但这种病菌有一个显著特点，即只要被埋入土壤就消失得无影无踪。鉴于这一点，1924年美国结核病防治

青霉素第一次投入使用

1941年2月，一名警官由于面部受伤感染而患上了败血症。病情很快恶化，病人全身浮肿，体温达到41℃，生命垂危。但关键时刻磺胺类药物一律无效。这时弗洛里和钱恩向院方推荐他们的新药——青霉素。院方一开始怀疑其药效和安全性，后来因实在找不到好办法，就死马当活马医，给病人注射了青霉素。奇迹发生了，病人有所好转，随着该药剂接连不断地注入，患者的病情稳定下来。不料钱恩等人先前培养的青霉素却很快用完了，制备新的时间上来不及。结果病人眼看就要康复了，却因为供药停止而病情恶化，最终被死神夺去了生命。这件事深深刺痛了弗洛里、钱恩等人的心。之后，他们夜以继日地工作，终于在最短的时间内改进了青霉素的提取方法，使之实现大规模的生产。

协会委托美籍俄裔土壤学家瓦克斯曼一项庄严而神圣的任务：研究土壤中的结核菌是如何被消灭的。瓦克斯曼经过大量试验，认定进入土壤的结核菌被土中的微生物给"吃掉"了。而土壤中含有至少10万种微生物，要找出谁是这个

大功臣犹如大海捞针一般。但顽强的瓦克斯曼竟然真的一种一种地去实验。从1939年到1943年，他验过了10000多种微生物，终于找到了灰色放线菌（即后来的灰色链霉菌），发现其对结核菌的强烈抑制作用。几个月后，瓦克斯曼就与其助手一道提炼出专克结核菌的抗生素——链霉素，并在1944年1月将之公布于众。

1952年，瓦克斯曼因为发现链霉素而荣获诺贝尔生理学和医学奖。至此，链霉素和先前发现的青霉素成为人类对抗瘟病的有力武器，被誉为瘟病的克星。

弗莱明和他的学生在一起
青霉素的发明为弗莱明赢得了世人的尊敬和无上的荣誉。

战争时期的救命药
青霉素（盘尼西林）的价值在第二次世界大战的战场上充分体现出来。它有效地防止了那些能够使受伤的士兵丧命的感染。在战争结束之后，这种药物被大规模地生产。

雷达的发明和应用

汉语中的"雷达"一词是由英语中"radar"音译过来的，原意为无线电检测和定位。雷达的发明是20世纪30年代无线电技术领域的重大突破。

雷达的工作原理很容易理解：雷达发射机向空中发射一束电磁波，如果有物体在空中飞过或滞留，那么它就会把一部分电磁波回射回去，被雷达接收器侦测到，进而经过分析确定目标物体的准确方位和运行速度。简而言之，就是发射，反射。然而人们从发现电磁波的反射现象到发明雷达，却经历了几十年的时间。

19世纪末，物理学家在做电磁波的实验时，经常会发现发射出去的电磁波会被一些物体反射回来。当时他们认为这是理所当然的事，谁也没有想到这个简单的反射现象会派上大用场。不过，有心人还是有的。到了1897年，俄国科学家波波夫在游弋在波罗的海的"非洲"号军舰和"欧洲"号练习船之间做无线电通信实验时，发现当有舰船在二者之间通过时，通讯会立即中断，稍后又很快恢复正常。他在实验总结报告中详细记录了这一现象，并预言将来电磁波的这一特征会被用于舰船的导航。这是最早关于雷达的假想。

时光流过了20世纪的门槛。20世纪对于人类而言，既是一个多灾多难的世纪，

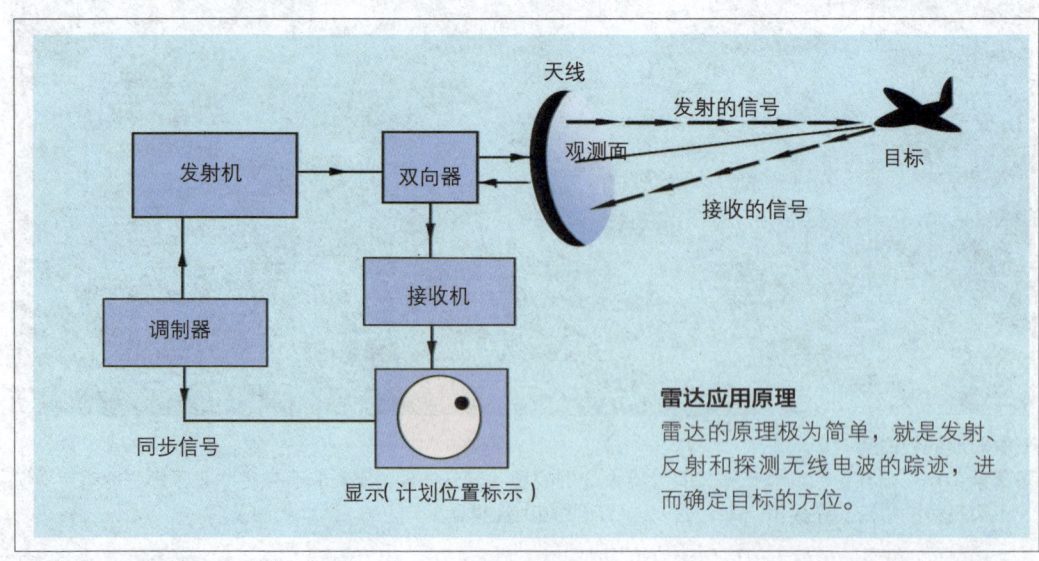

雷达应用原理
雷达的原理极为简单，就是发射、反射和探测无线电波的踪迹，进而确定目标的方位。

又是一个取得长足进步、飞跃发展的世纪。1934年，英国的R.W.瓦特正在主持一项对地球大气层的研究，正当他和助手们忙得焦头烂额、感到疲惫不堪的时候，忽然间瞥见了测控器的荧光屏上出现一系列闪动的光点。这一新的发现引起了他极大的兴趣，就连疲劳感也顿时消失得无影无踪了。瓦特抑制住内心莫名的激动，定了定神，对光点的亮度距离进行细致入微的分析。他惊奇地发现，它们竟然不是被大气电离层反射回来的无线电波信号，这更触动了他那敏感的神经。实验又反复做了多次，他终于发现这些光点是发射出去的无线电波信号被实验室附近的一栋大楼反射回来的信号。瓦特由此意识到，这种无线电波既然可以被建筑物反射回来，那么空中的飞行物不也可以同样反射电磁波，在测控器的屏幕上有所反映吗？

说干就干，瓦特很快着手研制用于侦测飞行物的雷达系统。由于当时战争的阴云逐渐笼罩欧洲和世界，早期研究雷达的目的仅仅在于军事。1935年，瓦特取得成功，其他各国也出于自身利益的考虑，竞相研制雷达，不过都是秘密进行的。

阵控雷达

阵控雷达可以监测空中的人造飞行物或来自外太空的信息。

从某种意义上讲，战争真是科技进步的推动器，雷达的发明和发展就是极好的证明。1935年~1939年，在短短4年时间内，西方主要国家的雷达探测技术就已发展到非常实用的程度，因为大家都认为这玩意儿会在战场上发挥重要作用。

1939年9月1日，纳

◆ 中国的雷达 ◆

鉴于雷达的重要作用，中华人民共和国成立后党和政府高度重视此事，组织专门力量研制雷达。经过努力我国不仅研发成功了对空雷达，而且发明了探地雷达，目前已被广泛用于城市建设、水利事业、考古和国防等领域。中国科学院电子所的专家成功研制出星载合成孔径雷达，在1998年长江流域特大洪涝灾害的抗灾抢险中，及时获取受灾地区的清晰图像和准确数据，为挽救受灾群众的生命财产做出贡献。

在1945年第二次世界大战接近尾声的时候，雷达天线与移动防空探照灯连在一起使用证明非常有效。当雷达"锁定"接近的飞机时，探照灯就立即打开并让飞机现形。

粹德国悍然发动入侵波兰的战争，第二次世界大战爆发。英国人出于自身防卫的考虑，沿英吉利海峡的海岸线布设雷达防御网，这在英德开战初期起到一定作用。但随着战争的深入，双方都在雷达方面花了很大心思。由于英国布下的地面雷达网频率很低，测角和跟踪精度不够，防空高炮在它的指挥下打飞机屡屡失误。德国的飞机在英伦三岛频频得手，伦敦也遭受惨重损失。血的教训逼迫专家夜以继日地研究如何提高雷达的性能，终于研制出多腔磁控管。这使得新式雷达机可以发出更高频率的电磁波，功率也提高很多，现代雷达由此产生。

旷日持久的战争使得英国在20世纪40年代研制出机载3兆赫轰炸微波雷达。稍后美英又联合研发了10兆赫的轰炸雷达。同盟国的雷达技术很快超越了德国，这对加速战争的结束起到了一定作用。

二战结束后，像其他许多技术一样，雷达从军用转向民用，开始主要用于航空、航天领域，如星载雷达使卫星更准确观测地面的目标，进而又应用于国民经济和科学研究的众多领域，造福了人类。

从核裂变到反应堆

20世纪早期放射性元素的发现，以及量子物理、相对论的进展，最终导致了30年代末40年代初"裂变"理论的出现。

1925年～1926年，美籍意大利人科学家费米根据鲍利不相容原理与他人合作导出"费米—狄拉克统计"。在此基础上，费米又开始进行有关原子核反应的研究，逐步形成热中子扩散理论模型。实验中，他用中子轰击铀原子核，结果生成一种新元素，他称之为"超铀"元素（其实不是真正的超铀元素），从而创立了β衰变定量理论。这一理论成为原子能研究的关键基础，在当时轰动整个物理界。德国科学家哈恩与斯特拉曼得到消息后，立即动手检验费米的实验。他们用慢中子轰击铀核，发现一种放射性物质，其性质与钡类似，后又经过多次实验和化学分析确认有镧和钡同时生成。他们二人把这一结论发表在《自然科学》杂志上，引起了奥地利女物理学家迈特纳的注意。她在对整个过程进行仔细研究后，提出铀原子核在俘获一个中子后分裂为2个大致相等的原子核，即所谓的核裂变。迈特纳还根据$E=mc^2$计

1942 年，科学家在芝加哥大学正在观察原子核反应堆中的可控裂变链反应情况。因为辐射无法拍下当时的情景照，这是一位画家描绘的当初的情景。

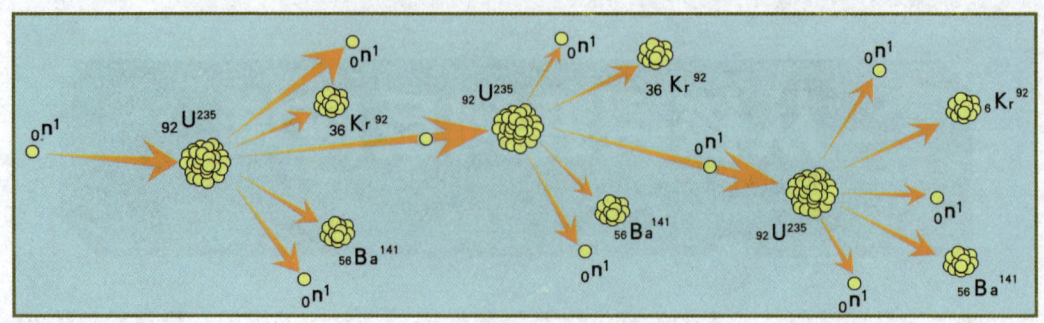

链式反应图

原子裂变的发现，使人们看到了质能方程式在实际中应用的可能性。

算出每次裂变要释放200MeV的能量，后经弗里希实验证实，裂变理论逐步形成。

核裂变理论的不断成熟催生了人们的另一设想：链式反应。其一般原理为，先是让中子轰击铀核，使之发生裂变，释放大量能量，同时又产生新的中子，这些新产生的中子又被用于轰击别的铀核，如此环环相扣，持续不断就会在短期内释放出超乎想象的巨大能量。那么怎样实现整个过程，获此能量呢？于是建立核反应装置（俗称反应堆）便成为必然。

反应堆依据核裂变的链式反应原理设计建造，它的主要功能有：一是促成核裂变的链式反应，即防止高速中子大量飞散，使之减速增加与原子核碰撞的机会；二是及时输散链式反应释放的热能，以防止系统过热烧毁，这主要采用循环水（或其他物质）带走剩余热量。所以说，反应堆的一般结构设计为，核燃料（经过精选、碾碎、酸浸、浓缩的铀棒）+慢化剂+热载体+控制设施和防护设备。

1942年10月，在费米的指导下，美国的芝加哥大学秘密建起了世界上第一座反应堆。它高达6米，主体结构由石墨层和铀层相间堆砌构成。其中的石墨层就是用来减缓铀原子核释放的中子的速度，以保证其有效地引发下一级的核反应。而控制核反应强度的任务由插入其间的镉棒来完成，当镉棒被抽出时，核反应装置就启动了。同年的12月2日，该反应堆试运行，它在10天内运行功率从0.5瓦上升至200瓦。它的运行成功使人类进入了利用核能的时代。

◆ 反应堆的主要类型 ◆

按照用途的不同，我们可以把反应堆分为如下几类：①用于推进船舰、火箭、飞机的推进堆。②生产核裂变物质的生产堆。③为发电提供热能的发电堆。④提供取暖、海水淡化、化工等领域所需热量的目的堆。⑤生产放射性同位素的核反应堆。⑥生产用于实验中子束的研究堆。

核反应堆建成后，首先是用于军事，如美国在1945年造成原子弹，并用它轰炸了日本的广岛和长崎。战后的50年代～60年代，世界上一些国家也制造出了原子弹以及威力更大的核武器。

待两极格局形成后，世界局势趋于缓和，反应堆的用途才扩展到军事以外的其他领域，如作为热源。反应堆可以持久地低温供热，这在缓解供应和动力紧张、减少环境污染等方面都具有积极的意义。具体地讲，反应堆既可用于居民采暖，又可以用于煤的气化、钢铁冶炼等耗热较高工业部门供热。另外，核反应堆还是良好的动力能源。首先，它无须空气助燃便可以工作；其次，可以在各种复杂的环境下运行，如地下、水中甚至是太空；再次，它能量密集，具有耗料少、能量高的优点，装填一次燃料可以维持很长时间。反应堆还有一大功绩就是可以大量生产各种放射性同位素，可广泛用于工业、农业、医学等领域。

总之，反应堆是一个巨大的能量库。随着科学、技术的不断进步，它在各个领域的潜力将被进一步挖掘。

核裂变
由核裂变所产生的中子帮助研究者进一步探索物质和生命科学的奥秘。

人造地球卫星升空

　　嫦娥奔月，敦煌壁画中的飞天，天外来客，无不寄托了人类飞向太空的美好愿望。这一梦想从20世纪50年代起逐步变为现实。1957年10月4日，苏联成功地发射了世界上第一颗人造地球卫星，太空时代由此开始。

　　人造地球卫星升空需要两个重要条件：第一，成熟、稳定、可靠的火箭技术；第二，人造卫星自身功能的完备。作为人造卫星升空的推动器——火箭，其实早在第二次世界大战中就已经出现，这可以说是先进科学技术军转民的典型。纳粹德国1936年就秘密建起了火箭试验基地，并于1942年10月3日成功发射了由酒精和液态氧作为推进剂的V-2型火箭。它长达14米，重为13吨，飞行高度可达80千米，航速为7.5千米/秒，有效射程为300千米。这种火箭在二战中投入使用，纳粹曾用它袭击英伦三岛。

　　先进的火箭技术并没能挽救德意志第三帝国，在盟军完成了对德国的占领后，美军俘获了包括核心火箭专家冯·布劳恩在内的100多位专家，苏联则将德国火箭基地的设备和剩余专家一股脑儿运往苏联，这使得两国战后航天事业蓬勃发展起来。

　　二战刚刚结束，美苏两国出于各自政治和军事利益的考虑，争相以掠夺的德国火箭技术和专家为基础，极力发展射程更远、动载能力更强、性能更为优良的火箭。二者进展都很迅速，但最终还是苏联走在前面，这与苏联政府的高度重视是分不开的。

　　1947年，斯大林在听取了有关专家的建议后，就在苏联党政军高级干部参加的联席会议上多次强调要让苏联的军事航空科

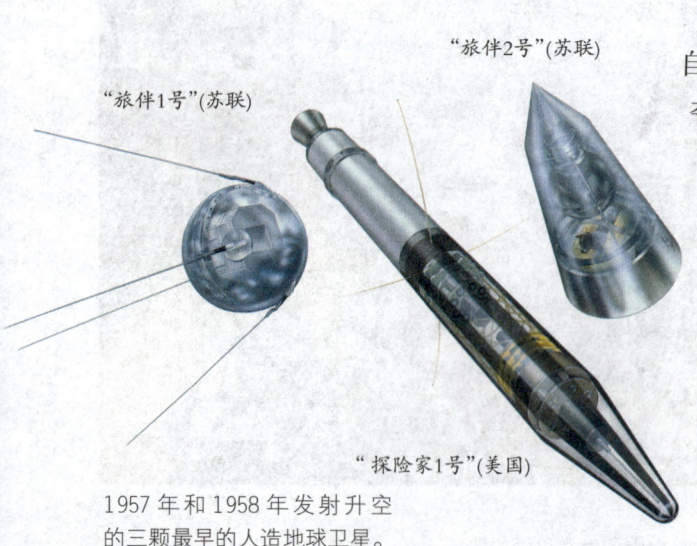

"旅伴2号"(苏联)

"旅伴1号"(苏联)

"探险家1号"(美国)

1957 年和 1958 年发射升空的三颗最早的人造地球卫星。

什么是人造卫星

　　人造卫星是环绕地球在空间轨道上运行（至少一圈）的无人航天器，是发射数量最多、用途最广、发展最快的航天器。人造卫星发射数量约占航天器发射总数的90%以上。完整的卫星工程系统通常由人造卫星、运载器、航天器发射场、航天控制和数据采集网以及用户台（站、网）组成。人造卫星和用户台（站、网）组成卫星应用系统，如卫星通信系统、卫星导航系统和卫星空间探测系统等。

　　人造卫星主要由两种仪器设备系统组成，即专用系统和保障系统两类。专用系统是指卫星执行任务的系统，大致可分为探测仪器、遥感仪器和转发器三类。科学卫星使用各种探测仪器（如红外天文望远镜、宇宙线探测器和磁强计等）探测空间环境和观测天体；通信卫星经过通信转发器和通信天线传递各种无线电信号；对地观测卫星使用各种遥感器（如可见光照相机、侧视雷达、多光谱相机等）获取地球的各种信息。保障系统有结构系统、热控制系统、电源系统、无线电测控系统、姿态控制系统和轨道控制系统。

技走在世界的前列。之后，苏联政府加大了空间技术研究的投入，使得其空气动力学、波动力学水平很快提高，其他学科，如地球物理学、计算机科学也取得相当高的成就，并于50年代中期先后成立国家科学院天文研究所空间科技组和国家宇宙探测委员会，直接负责远程火箭和人造卫星事宜。

　　经过长期筹备，1951年，苏联宣布用于发射卫星的火箭和卫星系统的研制工作已完成。这一年的10月4日，苏联在拜科努尔航天发射场成功发射了世界第一颗人造地球卫星"旅行者Ⅰ号"。这颗卫星自重184磅，直径为22.8英寸，外部有4根折叠式天线，由一枚USSR-1型三级火箭送入预定空间轨道，每96.2分钟绕地球一周，其功能主要有测量温度和压力、发射无线电信号等。人类第一颗人造地球卫星仅在太空游弋92天，便坠入大气层烧毁，却开辟了一个新的时代。

　　苏联人造地球卫星升空，极大地刺激了美国。1958年1月，美国的"探险者Ⅰ号"也被送上太空。之后，美国又将两颗人造卫星分别于该年的3月17日和第二年的2月17日送入轨道。其他国家，如法、日、中、英也纷纷发射自己研究的卫星。

　　中国的第一颗人造地球卫星"东方红Ⅰ号"在1970年4月24日发射升空。此后，

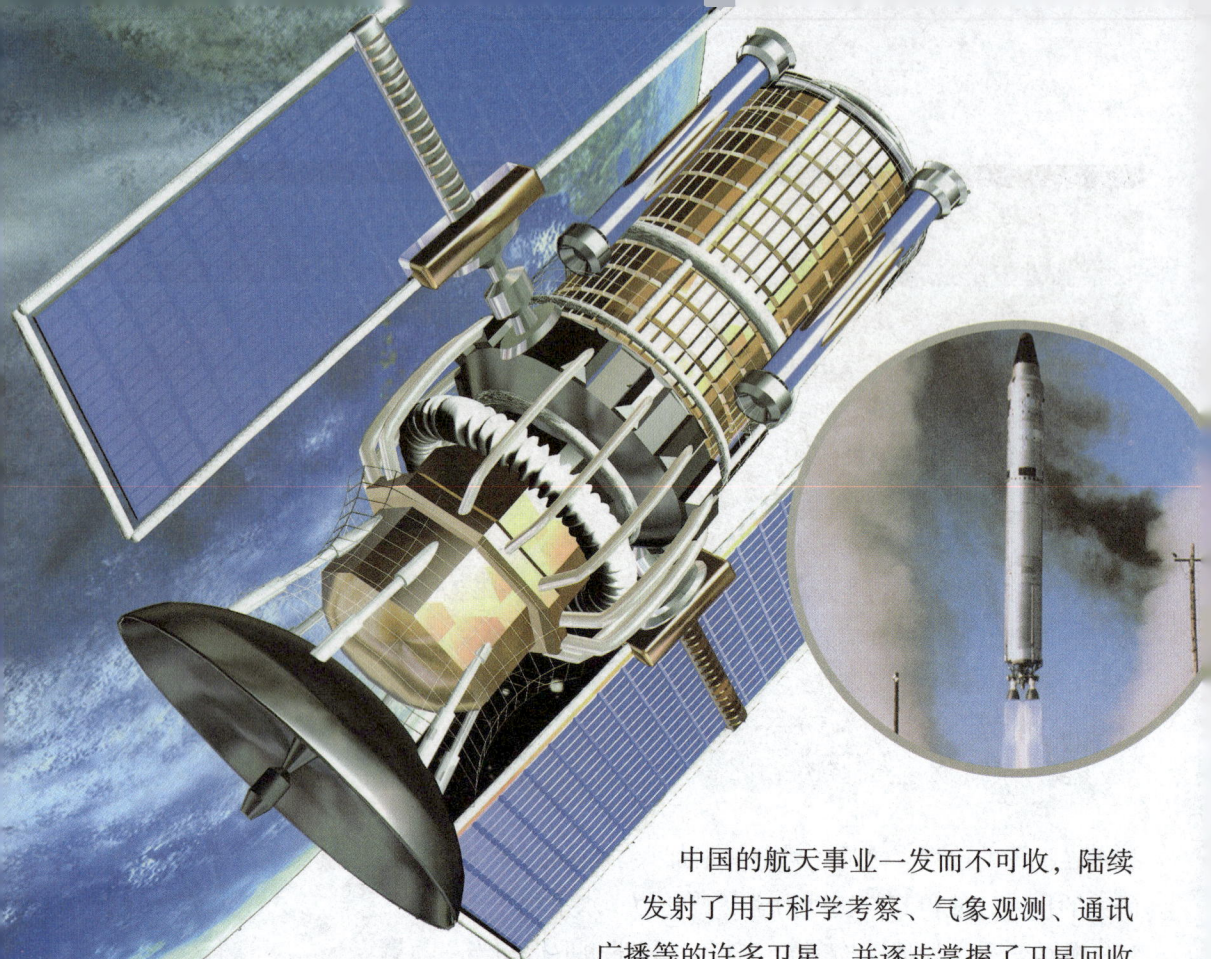

中国的航天事业一发而不可收，陆续发射了用于科学考察、气象观测、通讯广播等的许多卫星，并逐步掌握了卫星回收技术。进入80年代以后，我国接连向太空发射了4颗静止轨道通信卫星，成为世界上少数几个航天工业先进国家之一。1999年11月20日，我国自行研究的第一艘无人宇宙飞船"神舟号"试飞成功；2001年1月10日，我国自行研究设计的"神舟1号"成功发射；2002年3月25日，"神舟3号"发射成功；2003年10月15日，"神舟5号"载人飞船在酒泉卫星发射中心发射升空。中国首位宇航员杨利伟搭乘该飞船在绕地104周、飞行21小时后安全返回地面，中华儿女终于圆了自己的飞天梦。中国成为世界上第三个掌握载人宇宙飞船技术的国家。

一些国家先后地把自己的人造卫星送入太空。那么，这些卫星的作用在哪里呢？第一，用于观测气象，卫星"登"高望远，可以随时观察到地球的每一个角落；第二，用于通信领域，比如卫星电话、电视转播；第三，也是后来发展起来的，即用于军事侦察。随着技术的进步，卫星的用途也越来越广泛，现在卫星几乎应用于国民经济的各个领域。

总之，人造地球卫星的诞生，是人类向外空间迈出的第一步，有着划时代的意义。如果人们合理利用它，必将为人类带来深远的福利。

激光诞生记

激光，是20世纪60年代人类引以为豪的重大发明之一。

激光也是一种光波。人们对光波、光线并不陌生，对光的研究也有一定的历史。我国古代春秋战国时期《墨子》一书中就记载了"小孔成像"的实验，以后历代不乏对光的认识和研究。到了近代，在自然科学领域我们才逐渐落后于西方。在光学研究领域，西方开始了系统地实验科学研究。牛顿就在这一时期提出了光波流动的微粒说，时隔不久，惠更斯发表了他的波动说。进入20世纪后，爱因斯坦等人科学论证了光的波粒二象性。

20世纪许多重大物理学的突破都离不开一个人，他就是阿尔伯特·爱因斯坦。激光的发明同样如此。1917年，爱因斯坦在研究黑体辐射的过程中提出受激发射的理论。他认为受激发射和自动发射是自然界客观存在的两种基本发光方式。在此，爱因斯坦的主要功绩是诠释了受激发射的概念和机理：微观粒子（包括原子、分子、离子等）处于不同的分立能级。处于高能级的粒子在一定频率的辐射量子作用下会跃迁到低能级，同时释放出与射入量子相当的辐射量子。射出的量子与射入的量子拥有相同的位相、偏振、频率和传播方向。爱因斯坦同时指出，粒子的受激发射总是与受激吸收同时发生。这就是说，粒子不仅可以从高能级跃迁到低能级，也可以从低能级跃迁到高能级，这时发生的便是受激吸收。根据该原理，就可以做出如下设计思路：一个粒子受

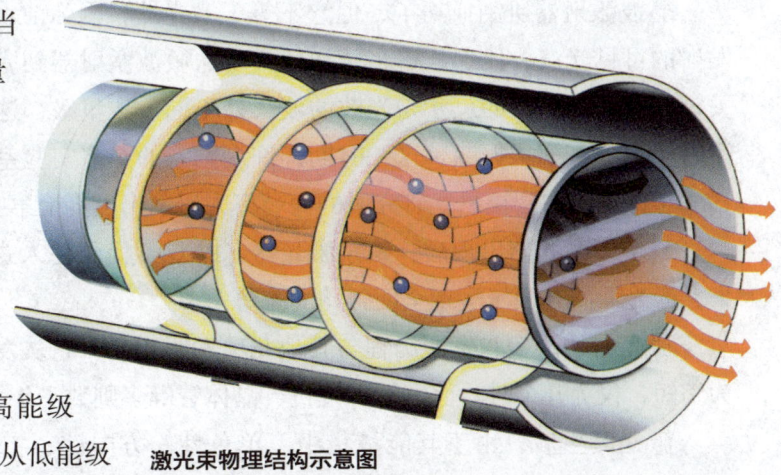

激光束物理结构示意图
某些物质原子中的粒子在光或电的激发下，从低能级原子升级为高能级原子，当升级后的数目大于原来的数目，并由高能级跃迁回低能级时，就放射出相同的相位、频率、方向的光，这种光叫激光，它的亮度极高。

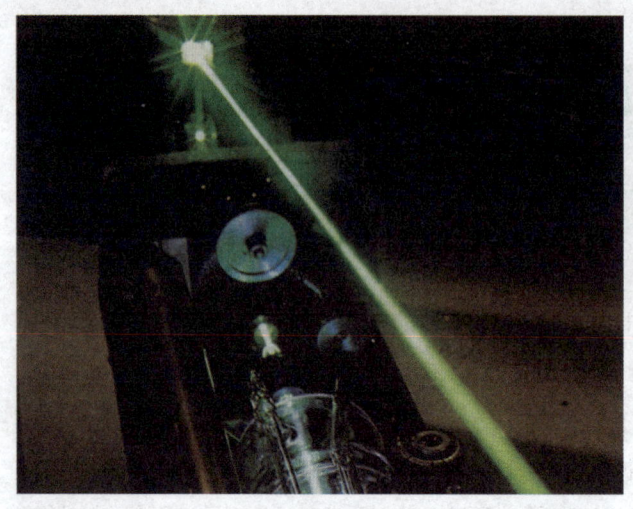

激光

激光是一种方向性极强而且不易散射的特殊人造光。

激发射出一枚光子，经过谐振腔的加强作用，形成光振荡，从而实现光的放大，继而发射出激光。这便构成激光发明的理论基础。

几十年以后，美国的珀塞尔等人才在实验中实现了粒子反转，观测到约为50千赫的受激辐射信号，印证了爱因斯坦的受激发射理论。其后量子力学的建立，更使得研究激光的科学家如虎添翼。

在珀塞尔实验设计的基础上，科学家们制成了微波激射器，用以实验受激发射的微波放大，继而演变为更加完善的激光器，激光的研究已进入实质阶段。1954年，美国科学家汤斯及其学生戈登提出要实现分子或原子的受激辐射和微波放大，并制成一台用氨分子作为工作物质的微波激射器。这台机器的设计输出功率为9～10瓦，波长为12.5毫米。3年之后，他们又对其进行了改制，制造出世界上第一台较为完备的微波激射器。同一时期的苏联科学家也不甘落后，巴索夫和普罗霍络夫很快也造出了微波激射器。

微波激射器研制成功了，但它不等于激光器，因为前者发射的是微波，而后者发射的可见光波要比它长得多。如何实现从微波激射器到激光器的跨越呢？问题的关键在于，谐振腔的尺寸与光波的波长处于同一数量级，这样才能保证腔内激光反馈时产生单一模式振荡。这一时期，许多国家的众多实验室投入这一研究。最终在1960年，美国加利福尼亚研究所的梅曼率先研制出世界上第一台红宝石激光器。

红宝石激光器出现后，氦氖激光器、PN结载流子注入式激光器等相继被研制出来，激光器研究领域呈现全面开花的态势。

激光器的产生和发展历程与其他几项发明相比，它从发明到投入使用的周期大为缩短，仅为几个月。而电话、飞机、晶体管等多则数十年，少则也要几年。

激光诞生后，由于其能量集中、单色性、方向性、相关性等优点，很快在测距、制导、全息照相、视盘、武器等军事和经济领域迅速推广，进一步加快了人类科学的脚步。

加加林的首次宇宙之旅

人类在实现人造地球卫星升空的愿望之后，立即着手载人航天飞行的研究和实验，并且在20世纪60年代初获得成功。苏联的尤里·加加林作为全人类的使者首飞太空，被永远地载入史册。

从1957年10月4日第一颗人造地球卫星升空开始，被用于各种用途、形形色色的卫星被送入太空，为人们提供大量经济、军事等方面的有效信息。于是，人们进一步畅想：如果能把宇航员送入太空，让他亲自在外空间进行实验和观测，那该多好啊。

为了实现这一目的，载人航天被提上日程。而要想实现载人航天，必须有过硬的航天器回收技术。

1960年8月11日，美国第一次成功回收了从一颗卫星弹射出的回收舱。这一技术为制造载人宇宙飞船奠定了基础。同时，载人宇宙飞船重达几吨，需要大推力火箭系统，并且必须具备极高的稳定性和安全系数。此外，搭乘飞船的宇航员要经过特殊的训练，具备丰富的相关知识和技能，以及强壮的身体。

综合以上几方面，20世纪60年代初苏联的宇航事业要略优于美国。1961年4月，苏联完成了载人航天飞行的各项工作，在该月的21日上午9时7分将载有宇航员加加林的宇宙飞船"东方1号"发射升空。

整座飞船船体采用了高密度、耐烧蚀材料，

科罗廖夫

科罗廖夫是苏联运载火箭和宇宙飞船的总设计师，航天计划的主要制定者之一，也是"东方1号"的主要策划者和组织者。他于1907年1月12日生于乌克兰，幼年以半工半读的形式读完中学和高专。22岁时，科罗廖夫毕业于莫斯科高等技术学校空气动力学系，投身于航空航天事业，1933年成为喷气推力研究所的主要成员。1938年，他受到迫害，一度被关押在西伯利亚的古拉格监狱。两年后，他被转入图波利夫领导的监狱工厂KB-29。1944年，科罗廖夫获释，旋即被派往东德研究V-2导弹，随后着手研究本国的弹道导弹，并于1947年10月试射成功。接下来的几年，他一直致力于开发运载火箭、卫星、行星探测器和宇宙飞船，为苏联航天事业做出了巨大贡献。1966年1月14日，科罗廖夫在一起医疗事故中不幸逝世。

首次进入太空

苏联宇航员加加林是世界上第一个乘坐宇宙飞船进入太空的人，他乘坐的飞船环绕地球一周后返回到地面。

以防止发射过程中和飞行时与空气摩擦所产生的大量热量损坏飞船。该飞船的形状也较为特殊：它是一个圆锥和圆台的结合体。这个造型有点儿像科幻片中外星人乘坐的飞行物。飞船的舱内装有许多高压氮气和氧气瓶，以便为航天员提供与地球大气层类似的气体环境。气瓶下方是仪器舱，再下边则是反推发动机和推进剂储箱。舱中的宇航员便是尤里·加加林，他于1934年3月9日出生在莫斯科近郊的格扎茨克镇。青年时期的加加林当过冶金工人，业余时间学习飞机驾驶。1955年他加入空军，1960年被选为首位航天员。

尤里·加加林所搭乘的"东方1号"9时7分正式升空。两分钟以后运载火箭助推级和第一级脱落，经过一分钟火箭头部整流罩被抛掉。9时12分，第二级火箭

"先驱者号"行星探测器

1973年4月6日，发射"先驱者11号"，并于1979年9月接近土星，第一次完成了对土星的考察。1973年12月4日，"先驱者10号"飞临木星，对其进行考察。这个木星探测器携带有11件仪器，用以测量木星周围的辐射带和分析木星的稠密大气层。它于21个月后飞越了木星，然后飞向太阳系的边缘，最后脱离了太阳系。在这个控测器上系有一块镀金的铝板，其上画有象征性的信息（地球相对于14个脉冲星的位置以及人类男女的形象），以便向旅途中可能遇到的具有智力的生命形式传达人类存在的信息。1973年11月3日，发射"水手10号"，并于1974年3月29日第一次访问了水星。1977年8月20日，发射了"旅行者2号"。1979年3月7日发射的"旅行者"还带上了115种照片、35种自然界的声音、近60种语言的问候、27种著名的乐曲等资料，向太阳系以外可能存在的高级智慧生物送去人类存在的信息，1986年1月30日到达天王星，1989年又访问了海王星。旅行者飞船作为地球上第一次派出的使者，不断地在茫茫的宇宙中寻求着知音。

分离，同时第三级火箭点火，经过大约9分钟的加速飞行，三级火箭连同飞船同步进入距地180～230千米的轨道。9时49分，"东方1号"飞船进入地球阴影区，20分钟后脱离阴影区。此间，加加林有幸在太空鸟瞰地球的身影："我第一次亲眼见到了地球表面形状。地平线呈现出一片异常美丽的景色，淡蓝色的晕圈环抱着地球，与黑色的天空交融在一起。天空中群星灿烂，轮廓分明。但是，当我离开地球的黑夜时，地平线变成一条鲜橙色的窄带；这条窄带接着变成蓝色，继而又变成深黑色……"

正当加加林陶醉于太空美景时，他的飞船缓缓降低轨道准备进入大气层。10时35分下

这是一幅画家画的关于苏联宇航员阿历克塞·列昂诺夫太空行走的情景的想象图。

降舱分离后进入大气层，此时航天飞行进入回收阶段。在设计回收方案过程中，总设计师科罗廖夫考虑到航天员的安全，提议采用海上回收的方式。可时任苏共第一书记的赫鲁晓夫为了加强保密，坚持要陆地回收。尽管陆地回收技术还不成熟，专家们还是想出了一个变通的方法，那就是只回收航天员而放弃返回舱，具体过程是：在返回舱降至离地7000米的高度时，航天员和座椅被一道弹出舱外，再用降落伞回收。10时55分，尤里·加加林安全降落在萨拉托夫地区恩格尔城西南26千米处。

加加林的首次飞天之旅共持续108分钟，绕地球一周，实现了人类飞向太空的夙愿，轰动了全世界。

美国历次登月

　　登上月球一直是人类的美好愿望。在这方面美国人走在了世界的前列。1961年，美国总统肯尼迪宣布美国要在10年内实现登月。随后，美国政府启动了"阿波罗"计划，整个工程从1962年5月到1972年12月，历时11年，耗资255亿美元，参加工程的美国企业有2万家、大学200多所和80个科研机构，参加这一工程的总人数超过了30万。先后将6批12名宇航员送上了月球。

指挥舱与登月舱的汇合。在完成登月任务的过程中，登月舱载着宇航员登上月球，而指挥舱则留在空中，完成考察任务后，宇航员再乘坐登月舱离开月球，并在空中与指挥舱会合，指挥舱就带着宇航员返回地球。

"阿波罗17号"宇宙飞船在月球表面共活动22小时5分。他们采集了55千克多的月岩标本。这是地质学家斯密特在塔尔斯山的利特罗地区装置实验仪器。这些仪器可以对月球上的岩石、光照、温度和太阳辐射等进行测量，同时还可以对地球的某些情况进行有效的监测，并把监测结果发回地球。

1

2

1972年7月16日～7月24日，美国宇航员塞尔南、伊文思和地质学家斯密特乘坐"阿波罗17号"宇宙飞船经过110小时的飞行，安全降落在月球表面的利特罗山脉，这是人类最后一次登月。塞尔南和伊文思在月球表面共活动22小时5分。他们采集了55多千克的月岩标本。整个登月过程飞行了301小时52分，飞行236.8万千米。

1969年7月16日，美国宇航员尼尔·阿姆斯特朗和巴兹·奥尔德林和朗斯科林乘坐"阿波罗11号"宇宙飞船经过102小时的飞行，于7月20日安全降落在月球表面静海西南角，这是人类第一次登上除地球外的另一个星球。阿姆斯特朗第一个走下登月舱，踏上了月球。正如他所说，这是他个人的一小步，却是整个人类的一大步。阿姆斯特朗在月球表面活动2小时14分，奥尔德林在月球表面活动1小时33分，他们采集了30多千克的月岩标本。整个登月过程飞行了195小时19分，飞行153.2万千米。

"阿波罗11号"宇宙飞船上的宇航员尼尔·阿姆斯特朗和巴兹·奥尔德林在月球表面安置测量月球震动的月仪。通过这些装置可以测量月球对地球的影响，进而加深对月球的研究，为人类定居月球打下基础。

3

6

进行太空作业是经常进行的太空科研活动之一。图为一名太空人正在利用太空船内一名同事所操作的遥控手臂向货舱运动。自己单干或与同事合作在现代太空航行中十分普遍，例如，在修复哈勃太空望远镜时就是在几名宇航员的合作下完成的。

阿波罗登月

　　20世纪60年代，美苏两国在天空领域的争霸赛愈演愈烈，苏联1961年完成了首次载人航天飞行，美国便提出一定要第一个登上月球。

　　著名的"阿波罗"登月计划就在这样的背景下诞生了。1961年5月，美国总统肯尼迪正式签发总统令批准这一计划，并于6月2日向外界公布：美国要在10年内，把一个美国人送上月球，并使他重返地面。

　　"阿波罗"登月其实是一组计划，它包括"水星"计划、"双子座"计划和"土星"计划。前两个计划只是为登月做准备，做一些试探性工作，第三个计划才是真正的登月，但若是没有前两个计划的铺垫，第三个计划也就失去了意义。"水星"计划要求把宇宙航天员送入太空，以测试人在太空中生存、活动的能力，美国于1963年5月15日成功发射"水星1号"载人飞船，取得人在太空生存的基本经验和数据，标志"水星"计划的圆满完成。"双子座"计划相对较为复杂，它首先要进行两个航天器太空对接实验，其次要及时发现和解决人在太空中长时间滞留可能引起的生理、心理问题。经过近两年的筹备，美国在1965年成功发射"双子座3号"、"双子座6号"和"双子座7号"宇宙飞船。其中"双子座6号"和"双子座7号"在太空完成对接，从而奠定登月的技术基础。"双子座"系列飞船在太空滞留两周，宇航员没有出现异常反应。由此"双子座"计划成功结束。最终就只剩下

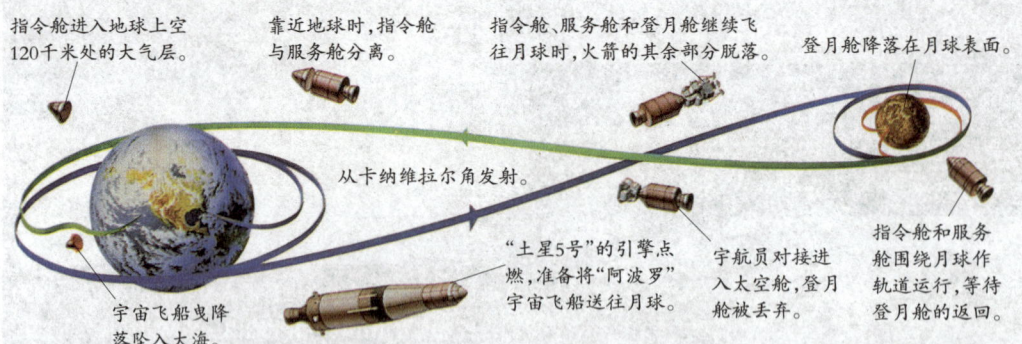

指令舱进入地球上空120千米处的大气层。
靠近地球时，指令舱与服务舱分离。
指令舱、服务舱和登月舱继续飞往月球时，火箭的其余部分脱落。
登月舱降落在月球表面。
从卡纳维拉尔角发射
宇宙飞船曳降落坠入大海。
"土星5号"的引擎点燃，准备将"阿波罗"宇宙飞船送往月球。
宇航员对接进入太空舱，登月舱被丢弃。
指令舱和服务舱围绕月球作轨道运行，等待登月舱的返回。

登月示意图
这是"阿波罗"宇宙飞船登月到返回的全过程示意图。科学家在20世纪50年代就掌握了这个理论，但把它变为现实则是1969年7月的事。

担当完成登月这一神圣任务的"土星"计划。

完成"土星"计划的任务由1965年4月发射的"土星5号"火箭担任，它是在冯·布朗主持下设计完成的。这绝对是一个庞然大物，它的长度达到85米，立起来相当于30层楼高，其推动力分为三级，仅第一级就达3500吨。"土星5号"承载的阿波罗飞船分为指令舱、服务舱、登月舱三个主要构件。

历经9年数百万人艰苦卓绝的努力，耗资250亿美元，美国终于在1969年7月21日将"阿波罗11"号宇宙飞船发射升空，开始了人类历史上第一次登月之旅。这次飞行涉及地球、月球间的轨道切换，因而比一般人造卫星的绕地飞行复杂得多。

"土星5号"发射后，第一级火箭以强大的助推力很快使箭体升到62千米的高度。此时，它的燃料也耗尽，与箭体脱离，旋即二级火箭点火。几分钟后，二级火箭在距地174千米高度耗尽并自动脱落。然后由第三级火箭把飞船送上近地轨道，完成从近地轨道向月球轨道的切换。尽管这时三级火箭的燃料已耗尽但还不能立即脱落，而是指令—服务舱先与火箭分离，继而翻转与登月舱完成对接。这一对接确认成功后，宇航员才能抛掉第三级火箭。

何为"阿波罗"

1967年7月，美国首次完成登月之旅的计划称为"阿波罗"计划，那么阿波罗为何物？

原来阿波罗是古希腊神话中诸神之一，他神通广大。他掌管许多事情，但主要角色还是太阳神，也称为光明之神。神话中的阿波罗还英勇善战，杀死巨蟒和巨人提提俄斯，曾获得赫耳墨斯发明的七弦琴，所以又被奉为战神和音乐之神。他曾为行路人、航海者提供庇护，广受人们爱戴。阿波罗在人们心中的形象是手执七弦琴、方箭、神盾，极为英俊、勇武。罗马帝国的皇帝奥古斯都宣称自己为阿波罗的儿子，还下令建造了供奉阿波罗的庙宇。

现代流传下来的还有古希腊雕刻家以阿波罗作为男性美象征创造的艺术品，其中许多都是极具珍藏价值的极品。

在月球上，登月舱就是宇航员的家。图为登月舱的上部返回地球时发射升空

"阿波罗15号"宇航员吉姆·埃尔

月球车是一个类似吉普车的电动车

"先驱者号"行星探测器

空间站是环绕地球运行的半永久性的空间实验室,用来进行长时间的科学和应用研究,世界上第一个空间站是"礼炮1号",它是1971年4月19日苏联发射的小型实验性空间站。4月23日,由"东方"号火箭把载有三名宇航员的"联盟10号"飞船送上天空,24日飞船和空间站对接成功,五个半小时后飞船与空间站分离,然后飞船载着宇航员安全返回地面。6月7日,空间站又与"联盟11号"飞船对接,飞船中的两名宇宙员顺利地进入到空间站工作,经过24天后宇航员又回到飞船并与空间站分离,但在返回地球的途中,三名宇航员因飞船爆裂而牺牲。1977年9月29日,苏联又成功发射了"礼炮6号",这是最早的正式空间站。

这时飞船已进入月球区,但要在月球轨道上运行,还要完成一次机动减速,否则就会越过月球进入外空间失去控制,再也无法返回地球。但事实上这次机动减速很成功。飞船平稳进入月球轨道。然后登月舱与指令—服务舱分离,单独滑入下降轨道,最后在月球表面降落,时间是1969年7月21日4时17分40秒。航天员阿姆斯特朗走出登月舱,踏上月表,激动万分,他说:"这一步,对我个人而言只是一小步,而对于整个人类而言却是一大步。"

宇航员依次踏上月球表面,他们把一枚具有特殊纪念意义的金属牌和以前几位殉难航天员的像章放在月球地面上,接着安放好几种科学实验仪器,采集了60磅月球的石块和土壤标本,然后向地球传回了月球的照片。

在完成既定任务后,航天员驾驶登月舱离开月球,与空中的指令—服务舱会合对接,返回地球。

至此,"阿波罗"登月计划大功告成。之后,从1970~1972年,美国又先后发射了"阿波罗12号"到"阿波罗15号"4艘登月宇宙飞船,除"阿波罗13号"登月失败外,其余的几次都获得了成功。

"阿波罗"系列登月飞船先后将12名宇航员送上了月球。他们在月球做了许多非常有意义的科学实验,最终实现了人类"奔月"的梦想。

月球车

神通广大的计算机

在真正的计算机诞生以前，人们很早就制造出一些计算工具，并不断地加以改进。我国早在春秋时期就出现"算筹"，到唐代又有了算盘，使计算的效率大为提高。近代西方则出现了较为系统的计算机械。如1642年法国人帕斯卡发明机械式8位加法器。莱布尼茨最早提出二进制法则，并于1671年研制出可做四则运算的运算器。1822年，英国人巴贝吉制成"差分机"，可以用来计算多项式。1888年，美国人霍勒里斯研发出更为先进的数据处理机，该机械1890年被用于美国人口普查，第一次显示了计算机的高效率。从此，计算机的发展进入快车道，每隔几年就有一种新的计算机器问世。进入20世纪40年代以来，人们已探索使用电器元件制造计算机。同时，英国人弗莱明发明的电子管和美国人德福雷斯特发明的真空三极管也为电子计算机的发明准备了必要的物质条件。

在电子计算机出现的基础技术、物质条件都已具备的时候，第二次世界大战又对计算提出了更高的准确度和速度的要求，这使得电子计算机的发明成为必然。

1942年8月，专门负责为美国陆军提供准确数据的阿伯丁弹道实验室会同宾夕法尼亚大学莫尔学院电工系，提出了电子计算机的设计方案——《高速电子管计算装置的使用》，简称ENIAC。这项伟大的工程由年轻的埃克持领导，经过20次挫折与失败，历时数年，耗资50万美元，终于在1945年底宣告竣工。1946年2月15日，人类第一台真正的电子计算机（ENIAC）举行正式揭幕典礼。ENIAC是一个庞然大物，它占据6个厂房，体重超过30吨，但脑子反应并不算快（每秒运算5000次），

帕斯卡计算器复原模型

法国人帕斯卡在17世纪设计的计算机是世界上最早的可用于计算的一种机器，但它还不是真正意义上的计算机，只能说是一种计算器。

现在计算机已成为人类工作生活中最有效的助手
随着科技的进步和计算机的普及，它已经成为人们工作和学习的重要助手，尤其是在航空航天、天气预报、可控核聚变、可控核裂变等领域都离不开计算机。

稳定性也不济。但相对于过去的计算机，ENIAC取得了很大的进步，可以说开创了一个新的时代。

第一台电子计算机诞生后，以强大的生命力迅速发展。依据计算机硬件的逻辑单元的不同，在短短的几十年里，经历了电子管、晶体管、中小规模集成电路、大规模、超大规模集成电路等发展阶段。

第一代计算机（1946年～1957年），基本线路采用电子管结构，程序主要用机器代码和汇编语言。它主要用于科学计算。第二代计算机（1958年～1964年），采用分立元件晶体管，减小了机器的体积和能耗，使在飞机上安装计算机成为可能。很快，计算机发展到了第三代，即集成电路、大规模集成电路计算机。这时的计算机已开始使用半导体存储器，性能更为优良。新式武器、航空航天技术等都需要先进的计算机控制。与此同时，IBM公司意识到计算机在商业领域的巨大潜力，投入巨资设厂生产出IBM360集成电路系列机。从1970年开始，计算机进入第四代，在器件方面，使用大规模、超大规模集成电路。1976年，美国科学家用计算机证明了困扰数学界百余年的四色定理。随后，人们又开发出下棋系统、自然语言理解和翻译系统、机器人控制系统等针对各种问题的专家系统。进入80年代以后，精确制导导弹、飞机、舰船等复杂系统，如果离开计算机简直寸步难行。

90年代后，随着多媒体技术、互联网的出现和发展，计算机把整个世界缩小成了"地球村"，一场新的信息科技革命正在蓬勃展开。

中国卷

神农尝百草——农业的起源

神农，是传说中远古时代的"三皇"之一。他勇尝百草，教民农耕，是我国医药业和农业的始祖。

远古时期，五谷和杂草长在一起，药材与百花开在一处，哪些植物可以做粮食、哪些药草可以治病，谁也分不清。随着人口的不断增长，人们需要更多的食物。

当时，科学发展水平十分落后，人们对满山遍野的植物不是十分了解，经常因为饥饿而误食有毒的植物，又因为没有药来治疗而死掉。

伟大的神农看到了黎民百姓的疾苦，他下定决心要亲口尝一尝各种野生植物的滋味，以确定哪些植物可以吃、哪些植物不能吃；哪些植物好吃、哪些植物不好吃。虽然他心里非常清楚，他很有可能会吃到有毒的植物而死掉，但是为了百姓从此不再忍饥挨饿，为了人民以后不再吃到有毒的植物，他挺身而出。

神农尝百草图
相传神农在尝百草的过程中发现可以食用、药用的植物。

关于神农尝百草，民间流传下来许多美丽的传说。据说有一次，他把一棵草放在嘴里一尝，不一会儿就感到天旋地转，栽倒在地上。随从慌忙把他扶起来，他心里知道自己中了毒，可是嘴巴却不能说话，于是他就用最后的力气，指了指身边一棵红亮亮的灵芝草，又指了指自己的嘴。随从就摘了灵芝放在嘴里嚼了之后，喂到他嘴里。神农吃了灵芝草，毒就解了。从此，人们都说灵芝草能够起死回生。

神农每天不停地尝百草，不可避免要中毒，他一天之内最多曾遇到70多次毒，所以他的身边也备有一种解毒的药草，叫作茶。他一吃到有毒的植物，就马上服茶，让茶叶顺着肠胃一路清理下来，然后就可以把毒排出体外。神农最后一次尝到了一种叫断肠草的剧毒植物，中毒而亡。相传他死的时候120岁。

从这些动人的传说中，我们也可以体会到神农尝百草所经历的种种艰辛和危险。他攀山越岭，尝遍百草。功夫不负苦心人！他尝出了稻、麦、黍、稷、豆能够充饥，这就是后来的"五谷"；他还尝出了各种能吃的蔬菜和水果，都一一做了记录；他也尝出了365种草药，写成了《神农本草》。

在尝百草的过程中，神农通过细心的观察发现，植物随季节变化枯荣交替以及不同的植物喜欢不同的土壤。于是他利用天气的变化指导人们种植农作物，这样就可以

半坡遗址（新石器时代）

有计划地收集果实、种子作为食物，这就是我国农业的起源。

事实上，神农是生活在我国原始种植业和畜牧业发生初期的一个人物。所有有关神农的传说，都是中国农业从发生到确立的整个历史时代的反映。

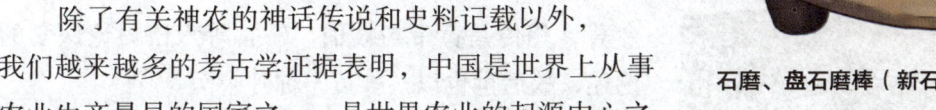

石磨、盘石磨棒（新石器时代）

除了有关神农的神话传说和史料记载以外，我们越来越多的考古学证据表明，中国是世界上从事农业生产最早的国家之一，是世界农业的起源中心之一，也是世界农作物的起源中心之一。早在七八千年前的新石器时代早期，我们的祖先就在长江流域种植水稻，在黄河流域种植耐干旱的粟。到了新石器时代晚期，在中国已有苎麻、大麻、蚕豆、花生、芝麻、葫芦、菱角和豆类等农作物种植。中国新石器时代的农业遗址更是星罗棋布，不胜枚举，分布在从岭南到漠北、从东海之滨到青藏高原的辽阔大地上，尤其以黄河流域和长江流域最为密集。

中国农业产生之初是以种植业为中心的，主要方式是对野生植物进行栽培。人们在长期的采集生活中，对各种野生植物的利用价值和栽培方法做过广泛试验，逐渐选育出了适合人类需要的栽培植物。中国农业早期的耕作方法是"刀耕"，后来进入以"锄耕"或"耜耕"为主的"熟荒耕作制"。为确立农业经济，需要相应的农业工具。原始农业的工具有石锛、石铲、石耜和骨耜等翻土工具，石锄、蚌锄和有两翼的石耘田器等中耕锄草工具，还有骨镰、石镰、蚌镰、穿孔半月形石刀等收割工具，以及石磨棒之类的谷物脱壳工具。

中国早期农业生产的出现，使人们找到了稳定可靠的衣食之源。人类几千年以农业为传统经济的时代序幕就此拉开。

◆ 原始耕作技术 ◆

刀耕火种是原始农业的耕作技术。我国长江流域在唐宋以前还保留着这种原始的耕作方式，称为"畲田"。刀耕火种的方法特别简单，人们一般在初春时选择森林边缘隙地或是树木稀疏的林地，将林木砍倒，然后在春雨来临之前，纵火焚烧，灰烬用作农田肥料，第二天乘土热下种，以后就等着收获。种植两三年后，土肥就已枯竭，需要另觅新地重新砍烧种植，农史学家称之为"游耕"。

黄帝与中医的起源

黄帝
我国古代部落联盟首领。

《黄帝内经》是我国现存最早的一部中医理论专著，相传是黄帝与岐伯、雷官等六臣讨论医学的论述，故后世也以"岐黄"称呼中医。

《黄帝内经》这部著作，并不是出自一人之手，也不单是一个时代、一个地方的医学成就，而是在相当长的历史时期内，中国各医家的经验总结汇编。加上"黄帝"的名字，不过是后人伪托而已。一般认为该书成于战国时期，编成书后，两汉或更晚一些时期的学者又作了补充和修订。

传世的《黄帝内经》实由《素问》和《灵枢》两部独立著作组成，各有9卷81篇。以此两书当作《黄帝内经》，肇始于晋人皇甫谧，他撰《针灸甲乙经》时称："按《七略》、《艺文志》，《黄帝内经》十八卷，今有《针经》九卷、《素问》九卷，二九十八卷，即《内经》也。"（《针经》即《灵枢》）后人信而从之。宋之后，《素问》、《灵枢》始成为《黄帝内经》的两大组成部分。

《黄帝内经》将阴阳五行等哲学思想用于解释人体之生理、病理，形成了人与自然紧密关联的基本认识。在解释具体问题时，以脏腑、经脉为主要依据；在治疗方面，针灸多于方药。

首先，我们谈一谈《黄帝内经》的基本理论，即阴阳五行说。阴阳五行说是我国古代的哲学思想，认为宇宙间万事万物都存在着对立统一的两个方面，可以用"阴阳"二字概括。例如日为阳、月为阴，男为阳、女为阴，气为阳、血为阴，热的为阳、寒的为阴等等。阴阳代表着一切事物或现象中相互对立而又相互统一的矛盾的两个方面，从这种意义上讲，阴阳学说是符合辩证法的。五行就是金、木、水、火、土，它渗透在医学领域之后，就和人体的五脏相配合，肝属木，心属火，脾属土，肺属金，肾属水。五行学说认为，五行之间既有相互推动的作用，即"五行相生"；又有相互制约的作用，即"五行相克"。运用五行说说明人体内部脏器的联系时，处于正常的生理状况下，便是有规律性的；处于生病的状况下，规律性便会遭到破坏。阴阳五行说表现了我国古代医学中的朴素唯物主义哲学思想。

然后，我们再从以下三个重要方面谈谈《黄帝内经》的科学成就。

一、宣布与巫术决裂。在商周时期，我国医学中鬼神观念占据统治地位，人生病之后，求神问鬼，治病也用巫术驱除。直到春秋战国时期，这种错误认识才被医者抛弃；他们在实践中渐渐明白，人体病因与鬼神无关。名医扁鹊和《内经》的著作者鲜明地反对鬼神说。《史记·扁鹊仓公列传》记载扁鹊行医"六不治"，其中之一就是"信巫不信医不治"。《内经》里《素问·五脏别论》中也强调："拘于鬼神者，不可与言至德；恶于针石者，不可与言至巧。"

二、高明的医疗技术。《内经》虽然是一部理论著述，但也涉及医疗技术方面的知识。如书中介绍了灌肠技术、水浴疗法和截肢术等，而且还记载了用筒针（中空的针）进行穿刺放腹水的医疗技术。筒针穿刺放腹水技术虽然不能从根本上治疗腹水，但是它作为一种医疗技术在后世继续得到发展和广泛的应用。

三、生理研究以及人体解剖的成就。《黄帝内经》中对于消化系统功能、血液环流周身功能、泌尿生殖系统功能的记述，也不乏科学的论断。例如血与脉的关系，不但将血管分为经脉（大血管）、络脉（大血管之分支血管）和孙脉（细小血管），并且指出血脉是运行人体饮食消化产生的营养精气等物质的，强调血液运行的周而复始。从《黄帝内经》的记述中，我们发现其著作者很可能直接参与了对人体的解剖研究，并且实地进行了对人体体表与内脏的解剖。

从以上的论述我们不难发现，《黄帝内经》作为中医学基础理论与针灸疗法的奠基之作，当仁不让地成为我国中医发展的理论源头，历代医学家论述疾病与健康理论，莫不以《黄帝内经》作为立论的准绳。

《黄帝内经》在我国中医史上，以其不可替代的四个"最早"（最早建立医学理论体系，最早研究和描述人体的解剖结构，对人体血液循环有最早认识，最早总结针灸、经络的理论和实践），为我国的中医发展做出了杰出的贡献。

明拓《黄帝阴符经》

多姿多彩的中国古陶

　　早期的人们经常和泥土打交道，逐渐发现黏土遇水之后具有黏性和可塑性，于是就把它塑造成各式各样的器物，干燥之后经火焙烧，产生了质的变化，就形成了陶器。

　　陶器是早期人类的一项了不起的发明，它是人类第一次利用天然物并按照自己的意志创造出来的一种崭新的东西。陶器的发明，是人类文明发展的重要标志之一；陶器的出现，标志着新石器时代的开端。

　　陶器的产生是和农业经济的发展紧密地联系在一起的，一般是先有农业，然后才出现陶器。比较普遍的观点认为，陶器是农业社会的需要和人类技术积累到一定时期的必然结果。

　　进入新石器时代，由于农业和畜牧业的出现，人们开始过着定居、半定居的生活。特别是农业的产生和发展，为人类提供了比较可靠而稳定的供食用的谷物。谷物都是颗粒状的淀粉物质，不像野兽的肉体可以直接烧烤食用，与此同时，剩余的食物也需要用器皿储藏起来。正因为如此，随着农业的发展和定居生活的需要，人们对于烹调、盛放和储存食物以及汲水之类器皿的需求变得越来越迫切，陶器也就

烧制陶器的工序
①洗料：淘洗需用的陶泥
②做坯：用泥条盘筑陶器粗坯
③拉坯：在陶轮上加工
④装窑：将晒干的泥坯放进陶窑中焙烧

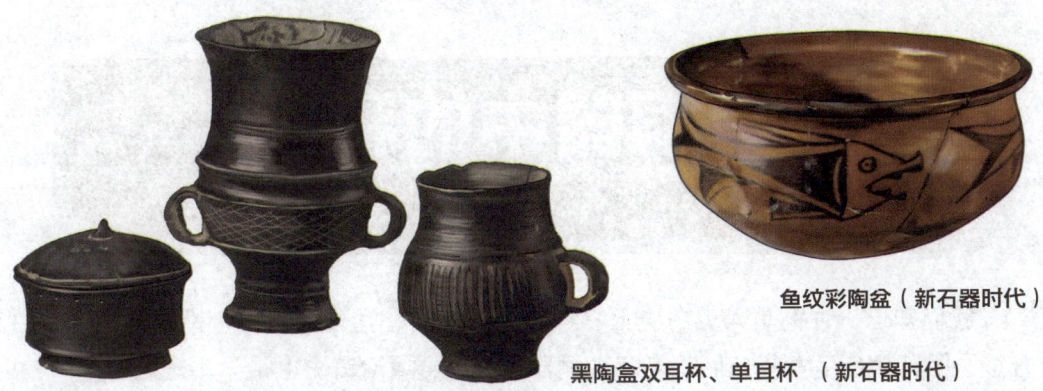

鱼纹彩陶盆（新石器时代）

黑陶盒双耳杯、单耳杯 （新石器时代）

应运而生了。陶器的产生，不仅大大改善了人类的生活条件，而且在人类发展史上开辟了新纪元。

陶器的制作过程大体分为三步，即选土、成形和烧结。

制陶首先是选择陶土。一般具有较好黏性的土即可做陶。黏土广泛分布于各地，黄土地区河漫滩上冲积来的黄土黏度适中，直接可以制陶，在黄河流域的考古发掘中发现的许多陶器用的就是这种陶土。如果黏土的颗粒大小不均，通常要先进行淘洗，除去太大的颗粒。对于质地太细的黏土，为了防止在烧制过程中裂开，需加入羼和料（通常是砂粒、植物茎叶、稻壳等）；其次是制陶成形，最早的方法是手捏，然后发展为泥条盘筑法，即把泥土先搓成条，然后自下而上一层层盘筑起来，再将里外抹平。有时也将坯泥做成一个个圆圈，再把圆圈叠起来，称为圈筑法。用这两种方法制成的器形不可能规整，器壁上常留有指纹。后来人们又发明了陶轮来修整陶坯。把泥料放在陶轮之上，凭借着转动的力量，以捻拉的方式使它成形。从出土的陶器来分析，我国新石器时代的轮制又分为快轮和慢轮两种。轮制法的使用，标志着我国古代制陶技术的发展和成熟。

制陶的最关键一步也是最后一步：烧结。烧结的温度对陶器质量影响很大。我国新石器时代最常见的烧结方法是陶窑烧制。陶窑分为横穴和竖穴两种，其中横穴陶窑的火膛在窑室前面，火经火道直接到达放置陶坯的窑室；竖穴陶窑的火膛在窑室下面，有几条火道通往窑室，将要烧制的陶坯放在窑算上。

随着制陶技术的不断发展，工艺随之不断改进，人们开始对陶器加以装饰美化。为了追求美观与实用，人们用赭、红、黑、白等色绘制陶器，诞生了纹饰美观、色泽鲜艳的彩陶。

在新石器时代的古陶大家族中，有红陶、彩陶、黑陶、灰陶、白陶和硬陶，每一种器物都古朴美观，充满着艺术的审美和生活的情趣。多姿多彩的中国古陶所带给人们的不仅仅是视觉上的震撼，更多的是对我国古代劳动人民智慧的无限惊叹！

青铜器中的科学

我们知道，青铜是人类历史上一项伟大的发明，它是铜与锡、铅等化学元素的合金，因其颜色呈青灰色而得名。青铜器是我国金属冶铸史上最早出现的合金。

青铜器文化在中国历史久远，我们一般将其分为三个阶段，即形成期、鼎盛期和转变期。形成期是距今4500年~4000年的龙山时代，相当于尧舜禹所处的时代；鼎盛期包括夏、商、西周、春秋及战国早期，延续约1600余年，即中国的青铜器文化时代；转变期是指战国末期到秦汉时期，这时青铜器正逐步被铁器所取代，数量骤减，形式上也由在礼仪祭祀和战争活动等重要场合使用的礼乐兵器变为日常用品，随之而来的是器制种类、构造特征和装饰艺术的转变。

在青铜器文化的鼎盛期，特别是夏、商、周时代，青铜器被赋予丰富的文化内涵，可以用来制造各种变化多端、优美典雅的器物。"国之大事，在祀在戎"，代表当时冶铸技术最高水平的青铜器，也被广泛用在战争和祭祀礼仪上，其功能为武器和礼仪用器以及围绕二者的附属用具。此时的青铜器遍及各个领域，包括青铜兵器、青铜礼器、青铜乐器以及青铜工具、青铜饮食器具等。

青铜器纹饰是青铜文化的一朵奇葩。商代的青铜器上以饕餮纹、云雷纹和夔龙纹为主，到了商后期和西周时期，各种各样的动物纹饰也出现了。青铜器文化的另一个价值体现在铭文上。为

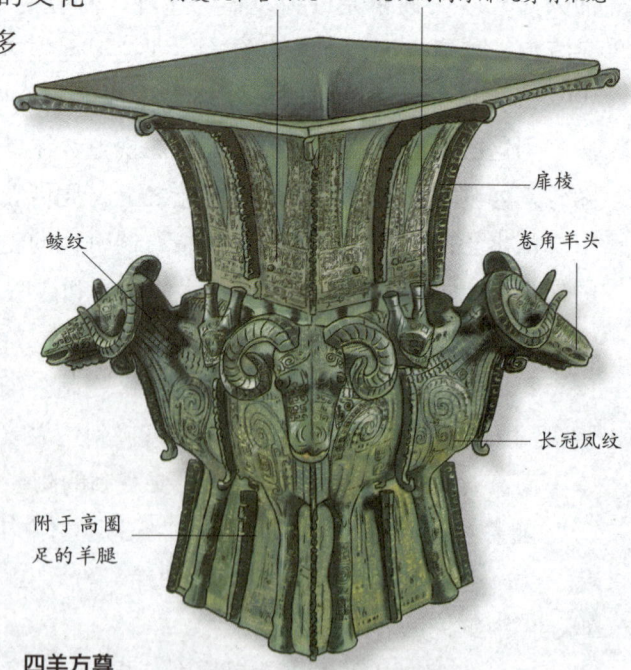

三角夔纹和兽面纹　　　蚰蜒的高浮雕蛇身有爪龙

扉棱

鲹纹

卷角羊头

长冠凤纹

附于高圈足的羊腿

四羊方尊

四羊方尊花纹分为三层，有地纹、主纹，还有一层高浮雕的装饰，其制模、浇铸工艺都十分复杂，而且造型生动逼真，是商朝铸造工艺的杰出代表。

了颂扬先人和自己的功业，或是为了纪念某一重要事件，就在青铜器上铸造纹文，以求流传不朽。这些铭文对于历史学者而言，起着证史、补史的作用。

千姿百态、精美绝伦的古青铜器，全面反映了我国青铜冶炼铸造技术的杰出成就。在商周时代，我国的青铜冶炼铸造技术更是达到了前所未有的高度，令当时其他各国望尘莫及。

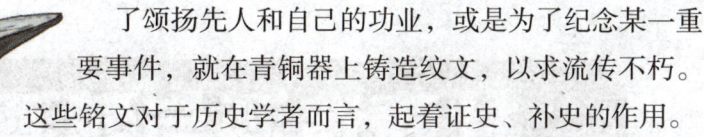

铜爵　二里头　夏

青铜器的制作工艺大体分为冶炼和铸造两大部分。

我们先说说青铜器的冶炼。冶炼是制造青铜器的一道重要程序。我们知道，合金里面要加的主要是锡和铅。加锡的作用是降低合金的熔点，提高青铜的强度和硬度，减少金属线收缩量；加铅则是为了减少枝晶间显微缩孔的体积和改善金属的切削加工性能。首先要选取原料，孔雀石是用来冶铜的矿物原料，锡矿石和方铅矿分别用来冶炼纯锡和纯铅。紧接着就是熔炼，先分别炼出铜、锡、铅，然后再将三者按照一定的比例混合，进行第二次熔炼。

最后是青铜器的铸造，铸造是最后成型的关键一步。夏商周时代，铸造器型复杂的铜器都是采用多范铸造的方法。最早的范是石范，大约商中期以后，陶范迅速取代了石范。陶范的基本铸造法就是先用泥制出模型，再在泥模上筑一层泥，作为外范。在外范之上刻出花纹来，然后将泥模刮去一层，刮出的厚度就是铜器的壁厚，将刮过的泥模作为内范，最后在内、外范之间空隙中浇铸铜液，冷却后拆除范，铜器就铸成了。对于复杂的器型，主要采用分铸法。分铸法分为三种：一是分别铸出主、附件，然后用钎焊连接；二是先铸主件，在主、附件连接部分留出榫卯结构，然后将附件范与主体结合，浇铸附件；三是先铸附件，再将附件与主件范连接，再浇铸主件，这是一种非常巧妙的方法。

铸造青铜器
商代的中国人把熔化的青铜液体倒进模子中。到约公元前1650年，中国人已经发展出青铜铸造技术，并利用青铜器制造盘子与其他物品。当时，有专门的官员来管理这事。

杜康造酒与酿酒技术

　　酒在我们生活中随处可见，它已经深深根植于中华民族的血脉之中。逢年过节、婚丧嫁娶等重要的场合都少不了它的身影。

　　我国酿酒起源很早。《说文解字》中说："古者仪狄作酒醪……杜康作秫酒。"最普遍的说法就是杜康作酒。

　　杜康，传说是黄帝手下的一位大臣，主要负责保管粮食。那个时候还没有仓库，所以杜康就把丰收的粮食堆在山洞里。尽管杜康很负责任，但是由于没有科学的保管方法，山洞过于潮湿，粮食全霉坏了。黄帝知道这件事情后，十分震怒，降了杜康的职，还警告他说，如果再让粮食霉坏，他就会被处死。

　　杜康经历了这件事情非常伤心，但是他还是想把这件事情做好。有一天，他看

工人推着装满酒瓮的车，准备运酒出售　　工人在准备酿酒原料　　酿酒槽　　工人用酒瓮承接从酒槽滤出的酒

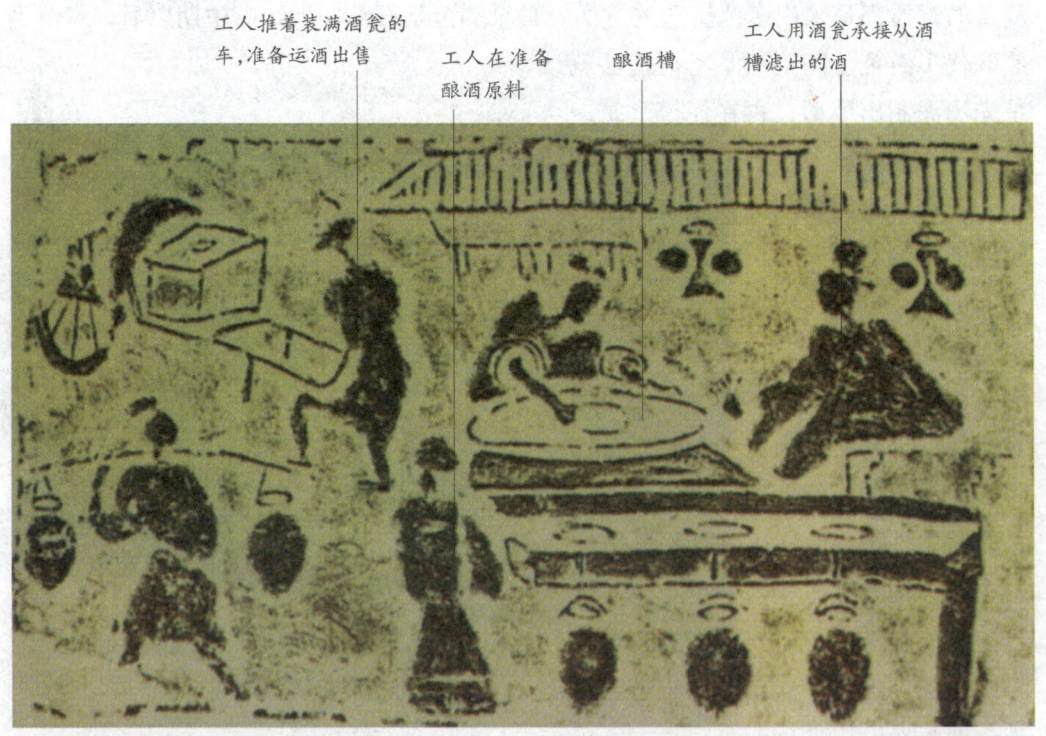

酿酒画像石

见森林里有几棵枯死的大树，就想，如果把树掏空，用来储存粮食该多好。他这样一想，马上就付诸实施了。可是没想到，两年以后，装在树洞里的粮食经过风吹雨淋，慢慢发酵了。时间一长，就从里面渗出一种闻起来特别清香的水，喝上一口，味道辛辣而醇美。但喝多了就会头晕目眩，昏昏沉沉。

杜康没有保管好粮食，却意外发现了粮食发酵而来的水，他不知是福是祸，可还是如实报告了黄帝。黄帝召集群臣商议，大臣认为这是粮食的精华，无毒。就命仓颉取名曰"酒"。后人为了纪念杜康，就尊他为酿酒始祖。

杜康造酒的故事，表明了酿酒技术在我国起源极早。

在农业产生以前，人们在采集野果时，发现成熟落地的果实，在微生物作用下，经过一段时间，会产生酒的醇香，口感很好。人们自此开始接触到天然的果酒。

在农业产生后不久，人们才开始酿酒，我国人工酿造最早的酒是谷物酒。我们从前面章节知道，新石器时代就有了农业，储藏在陶器中的谷物，因受潮发芽，再经过发酵，就会变成天然的谷物酒。

在这个过程里，人们通过观察实践，模仿自然酒的产生过程，有意识地制造谷物酒。酿酒技术的时代到来了。

①将酿酒原料蒸煮，加上酒曲（人工培植的酵母）。

②将煮好的酒料放在大口罐中，待其发酵。

③酿成酒，用漏斗装进储酒器内。

中国古代酿酒工序图

"五齐"之法

《周礼·天官·冢宰》记载："酒正，掌酒之令……辨五齐之名。一曰泛齐，二曰醴齐，三曰盎齐，四曰醍齐，五曰沉齐。"五齐可能指酿酒的五个阶段，表明在西周时代，酿酒技术已经有了很大提高。

陶渊明饮酒图（元 钱选）

从化学的观点来看，从谷物生产出酒来，实际上需要两个过程：第一个过程就是淀粉转化为糖类的糖化过程，第二个过程就是糖类变成酒的酒化过程。我们也知道，第一个过程需要催化剂作用才能发生，后一个过程有微生物参与，所以很容易发酵成酒。所以制造酒的关键就在第一个过程。

这个过程所需的催化剂也就是酶，有两种方法可以获得酶：其一，利用人口中的唾液淀粉酶，咀嚼过的谷物在天然状态下非常容易发酵，日本就有少女嚼谷粒造酒的方法；其二，利用植物体中的糖化酶，谷物受潮发芽后含有这种酶，古巴比伦人就用此法酿造啤酒。

我国在商代就已经掌握了用麦芽做反应酶酿酒的方法。《尚书·说命》中记载说："若作酒醴，尔惟曲蘖。"蘖就是谷物的芽。商代人们还使用了"曲"。曲也是利用微生物发酵，将稻米、大小麦和豆类分解而成的有益霉菌。酿酒过程使用酒曲，糖化和酒化可以同时进行，不仅大大节省了工序，而且能酿造出更醇美的酒来。

商代酿酒所用的"曲蘖"，实质就是由谷物芽和生霉谷物所组成的"散曲"。曲与蘖在酿酒中的区别是：曲是酿酒中的发酵剂，酿出的酒酒精成分多而糖的成分少；而蘖本身就是原料，酿出的酒里酒精成分少而糖分多。我国最初酿酒以蘖为原料，到了商代既用曲也用蘖，到西周时就基本只用曲了。

中国科学第一书——《考工记》

《考工记》是先秦的一部重要科学技术著作，是一部手工业技术规范的总汇。

西汉刘歆在校理典籍的时候，发现《周礼》中"冬官司空"篇已亡佚，便把《考工记》补入，所以《考工记》得以存载儒家经典《周礼》之内。

一般认为，《考工记》是春秋末年齐国人记录官府手工业工艺技术的官书，主要反映的是春秋时期官府手工业工艺技术的总体水平。

《考工记》主要记载了有关百工之事，分为攻木之工、攻金之工、攻皮之工、设色之工、刮摩之工、搏埴之工六种，共有30项专门的生产部门。轮、舆、弓、庐、匠、车、梓，被称为"攻木之工七"；筑、冶、凫、栗、段、桃，被称为"攻金之工六"；函、鲍、韗、韦、裘，被称为"攻皮之工五"；画、缋、钟、筐、㡛，被称为"设色之工五"；玉、楖、雕、矢、磬，被称为"刮摩之工五"；陶、瓬，被称之为"搏埴之工二"。《考工记》内容涉及车辆、兵器、冶金、乐器、酒器、玉器、量器、陶器、染色、皮革、建筑、水利、农具等门类，是研究中国古代科学技术的重要文献。

下面，我们从以下几个方面来介绍《考工记》的内容。

一、在车辆的

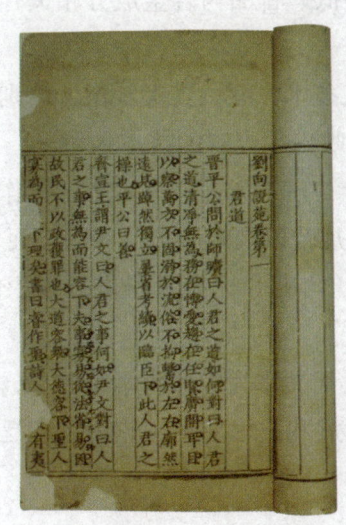

《考工记》书影

蔡侯申方铜壶　春秋

《考工记》对圭长的记述

制造方面，《考工记》记述了一套比较完整的官府制车技术和规范。它针对车辆的关键部件车轮提出了10项准则，是商周以来长期制车和用车经验的总结。其技术要求之高，检验方法之合理，考虑之周全，实在是令后人叹服。如第一项，"欲其微至也，无所取之，取诸圜也"，"不微至，无以为戚速也"，即校准轮子为正圆，若不是，则轮与地的接触面不可能最小，也就转不快。简短的语言包含了科学的合理性，即轮子与地面相切时，可使滚动摩擦阻力降到最低限度。除此以外，《考工记》还专门论及车舆材料的选择及连接方法，车架、车辕的制作，不同用途的车辆的不同技术要求等方面。

二、在弓箭的制作方面，《考工记》对"弓人"、"矢人"和"冶氏"进行专门分工，对其制造程序有详细规范的技术规定。在弓方面，《考工记·弓人》分别对弓的各个部件弓干、弓角、弓筋和起连接或保护作用的胶、丝、漆等材料进行了深入的考察研究，尤其注重材料的选择。在箭矢方面，《考工记·矢人》分述了5种不同用途的箭矢的差别和杀伤力，还探索了箭矢在飞行中的重心平衡和定向等问题。

三、在钟、鼓、磬等乐器的制作及发音机理的探索方面，《考工记》也作了详细的记述。《考工记》不但记载有钟、鼓、磬等乐器的制作技术规范（内容包括尺寸、形制和结构等），而且对发音机理进行了可贵的探索，得出了理论性结论：钟声源自钟体的振动，其频率的高低、音品与合金成分相关，也与钟体的厚薄、大小、形状相关。

四、在练丝、染色和皮革加工技术方面，《考工记》分别作了记述，内容涉及处理工序及应注意的事项，真实反映出了当时的技术水平。

五、在城市和宫室的规划设计与建筑方面，《考工记》作了初步的总结。内容涉及都城建设的制度、城市建设的规范以及南北定向等诸方面。

六、《考工记》还涉及分数、角度和标准量器以及容积的计算等数学方面的知识。

综上所述，不难看出，《考工记》作为中国科学第一书，全面反映了春秋以前以及春秋时期我国手工业生产的发展和技术成果，它内容广泛、科学规范，是研究我国古代科技的珍贵文献。

春秋战国时期的天文学

春秋战国时期，各个诸侯国为了自身生存、发展以及争霸的需要，都十分重视天文学的观测和研究，尤其是其中的星占术和关于节令的安排。由于政治的需要，一批世代以天文历算为业的星占家，在各自的诸侯国里大显身手。《晋书·天文志》记载说："鲁有梓慎（活动年代约在公元前570年~前540年）、晋有卜偃（活动年代在公元前676年~前650年）、郑有裨灶（约与孔丘同时）、宋有子韦曾（公元前480年左右）、齐有甘德、楚有唐昧、赵有尹皋、魏有石申（后4人活动年代均在公元前4世纪~前3世纪），皆掌著天文，各论图验。"

在这些天文星占家之中，最著名的当推甘德和石申。甘德著有《天文星占》、石申著有《天文》，均为8卷，这些是我国最早的天文学专著。这里需要提一下的是，《甘石星经》非甘德和石申所著，是后人托名而已。

早期的人们一直努力想把天空恒星背景划分为若干特定的部分，建立一个统一的坐标系统，以此作为确定、描述日月五星和诸多天象发生位置的依据。春秋时，人们的努力已经有了成果，沿黄、赤道地带将邻近天区划分成28个区域的二十八宿体系，分别为：角、亢、氐、房、心、尾、箕、斗、牛、女、虚、危、室、壁、奎、娄、胃、昴、毕、觜、参、井、鬼、柳、星、张、翼、轸。每一宿中取一颗星来作为这个宿的量度标志，人们称之为该星的距星。这样一来就建立起了一个便于描述某一天象发生位置的较准确的参考系统。

前面提到的甘德和石申在这项工作上做出了卓有成效的努力。他们都对全天恒星做了各不相同的命名与星官分划工作。分别取一颗或多颗恒星构成一座星官，并描述星官之间的相对位置，构建成各自的星官系统。他们的工作不仅为一系列天象

关于哈雷彗星的最早记载

《春秋·文公十四年》中记载，鲁文公十四年（公元前613年）"秋七月，有星孛入于北斗"。此后，自秦王嬴政七年（公元前240年）起，到清宣统二年（1910年），哈雷彗星总共回归29次，每次回归在我国古籍中都有详细记录。

紫薇垣星图 （唐）

发生的位置提供了更广泛的参照系，而且为后世统一的星官系统的建立奠定了基础。值得一提的是石申，他对二十八宿距离和其他一些恒星入宿度的测量，是我国早期恒星观测的重大成果；他还给出了12颗恒星的赤道坐标值和黄道内外度，这就是世界上最早的星表之一——"石氏星表"。

除了恒星研究之外，甘德和石申在行星的观测和研究上也颇有建树。他们两人率先发现了火星、金星的逆行现象。《开元占经》中载，甘德曰："去而复还为勾……再勾为巳。"石申曰："东西为勾……南北为巳。""勾"和"巳"是用来描述行星从顺行到逆行再到顺行这段运行弧线的状况。并且，他们都发现火星和金星在顺、逆行转换之间经历了停止不动的现象。石申曰："不东不西为留。"石申和甘德通过观测，对于行星晨见东方、夕伏西方所经的时间，每天运行的度数等，都有定量的描述。例如，甘德明确给出了木、金、水星的会合周期，石申给出了火星的恒星周期为1.9年（实应为1.88年）。

春秋战国时期占星家们的工作不仅为我们留下了十分珍贵的天文学遗产，而且也为后世天文学的发展奠定了基础。

《山海经》中的古代地理

《山海经》是一部内容丰富、风格独特的古典著作，全书共计3.1万多字，记录了我国古代地理、历史、民族、神话、生物、水利、矿产、医学和宗教等诸多方面的内容。

《山海经》由三部分组成，包括《五藏山经》（以下简称《山经》），共计5卷26篇，约2.1万字；《海经》，计8卷8篇，约4200字；《大荒经》并《海内经》1卷，计5卷5篇，约5300字。

有关《山海经》的作者和成书年代，众说纷纭，东汉刘向《上山海经表》中，主张该书出于唐虞之初，系禹、益所作，后来《尔雅》《论衡》《吴越春秋》等都从这个说法。目前学界的看法是，《山海经》成书并非一时，作者亦非一人。其中《山经》成书最早，大约在春秋战国时期；《海经》稍晚，成于西汉；《大荒经》及《大荒海内经》大约成于东汉至魏晋时期。

《山海经》里有关山川和河流湖泊的描述，具有很高的地理学价值，为研究中国古代地理提供了丰富的资料。东汉时期，明帝送给治水专家王景的参考书中就有《山海经》。北魏郦道元写《水经注》时，引用《山海经》达80余处。到了近代，顾颉刚作《五藏山经试探》，发表了精辟的见解。其后谭其骧写作《"山

《山海经》书影

《山海经》中的矿物描述

《山海经》是我国第一部矿物岩石著作。所记矿物岩石达89种，产地400余处。在矿物命名上，《山经》把矿物分为金、玉、石、土四类，是世界上最早的矿物分类法。

经"河水下游及其支流考》，利用《山海经》里丰富的河道资料，将《北山经》中注入河水下游的支流一一梳理，考证出一条最古的黄河故道。

《山海经》里所描述的地域范围非常之广，几乎覆盖全国：其中《南山经》东起浙江舟山群岛，西达湖南西部，南至广东南海，包括今浙、赣、闽、粤、湘五省；《西山经》东起山、陕间黄河，南抵陕、甘秦岭山脉，北达宁夏盐池，西北至新疆阿尔金山；《北山经》西起今内蒙古、宁夏腾格里沙漠贺兰山，东达河北太行山东麓，北至内蒙古阴山以北；《东山经》包括今山东和苏皖北境；《中山经》则指中部山脉。

《山海经》里还记载了许多原始的地理知识，例如南方的岩溶洞穴，北方河水的季节性变化，以及不同气候带的景物与动植物分布等特点。

《山海经》作为中国最早的地理著作，在世界地理学史上也占有一定的位置。《山海经》以中部的"中山"为中心，四周为"南山"、"西山"、"北山"和"东山"所构成的大陆。《山海经》认为大陆被海包围着，在海之外还有陆地和国家。这种认识虽有其局限性，但在当时无疑还是很先进的。

后羿射日图
《山海经》中记载了不少古代的神话，但更多的是地理学方面的知识。在中国的历史上，有不少地理学家不仅在国内进行地理考察，有的甚至前往南亚、东南亚各地，这为扩大中国人的地理视野，加强中外科学文化的交流，做出了不可磨灭的贡献。

李冰父子与都江堰

　　美丽富饶的成都平原，被人们称为"天府"乐土，从根本上说，这是李冰父子修建都江堰的功劳。

　　这个距今2200多年的水利工程，使"蜀人旱则借以为溉，雨则不遏其流，水旱从人，不知饥馑"。

　　都江堰位于成都平原西部灌县的岷江上。大家都知道，岷江是长江的一条支流，发源于四川西北部。岷江的上游是高山峡谷，水流湍急，挟带大量沙石，一到成都平原，地势平缓，流速也随之减缓，沙石就沉积下来，日积月累，淤塞河道。每逢夏季雨水季节，由于河床抬高，水就会泛滥成灾，暴发洪水。雨季一过，枯水季节又会造成干旱。在这种不是洪水就是干旱的情况之下，早期的人们很难发展农业生产。

李冰父子塑像

　　为了彻底治理岷江的水患，治理开发好西蜀，公元前256年，秦昭襄王任命很有才干的李冰为蜀郡守。有关李冰的生平，因为秦始皇焚书坑儒和秦汉战争的毁坏，很难找到相关记载，我们只能从民间传闻中知道，他是战国时期秦国人，"能知天文地理"，是一位杰出的科技专家，同时也是一个勤政爱民的地方官。

　　李冰到达蜀地之后，在其子二郎的协助之下，广泛召集有治水经验的人，然后对岷江的地形和水形进行了实地勘察。经过充分的论证和研究，李冰

二王庙是世界文化遗产都江堰的重要组成部分。该庙是为纪念都江堰的开凿者、秦蜀郡太守李冰及其子二郎而修建的。

决定开建都江堰水利工程。

在战国时期，科技还不发达，营建都江堰这么浩大的水利工程，李冰凭借他的聪明才智，克服了许多困难。例如要凿穿玉垒山，因为当时还没有炸药，难度非常大，李冰就让人们把木柴堆积在岩石上，放火点燃，岩石被烧得滚烫，然后再浇上冷水，岩石就在急骤的温度变化中炸裂了。

再例如在水流湍急的岷江中，修筑堤堰十分困难，石块很容易被水冲走，李冰就让人从山上砍来竹子，并编成竹笼，里面装满鹅卵石，层层叠放在一起，这样就不容易被冲走了，分水堤也就修筑起来了。

李冰依靠当地人民群众的帮助，克服了各种困难，终于筑成了一座集防洪、灌溉、航运功能于一体的综合性水利工程——都江堰。

都江堰由鱼嘴、"人"字堤、飞沙堰、宝瓶口、内外金刚堤和百丈堤等构成，是一个有机的整体。其中鱼嘴、飞沙堰和宝瓶口作为都江堰渠首的三大主体工程，是整个工程的核心。

鱼嘴，又叫"都江鱼嘴"或"分水鱼嘴"，因其形如鱼嘴而得名。它昂首于岷江江心，将岷江一分为二。西边叫外江，俗称"金马河"，是岷江的正流，主要功能是排洪；东边沿山腰的叫内江，是人工引水渠，主要功能是灌溉。鱼嘴的设置非常巧妙，不仅能够分流引水，而且能在洪、枯水季节起到调节水量的作用，这既保证了灌溉又防止了洪涝灾害。

春秋战国时期的主要灌溉工程

（1）期思陂、芍陂（孙叔敖主持修建）
（2）引漳十二渠 （西门豹主持修建）
（3）白起渠 （白起主持修建）
（4）都江堰 （李冰主持修建）
（5）郑国渠 （水工郑国主持修建）

飞沙堰，又叫"金堤"或"减水河"，因其具有泄洪排沙的功能而得名。它长约180米，主要功能是把多余的洪水和流沙排入外江。飞沙堰的设计高度能使内江多余的水和泥沙从堰上自行溢出；若遇特大洪水，则自行溃堤，洪水沙石也可直排外江。"深淘滩，低作堰"是都江堰的治水名言。内河在岁修时深淘是为了避免河道淤塞，保证灌溉。低作堰则为了恰到好处地分洪排沙。

宝瓶口，宽20米，高40米，长80米，是前山伸向岷江的长脊上人工开凿而成的控制内江进水的咽喉，因其形似瓶口且功能奇特得名。它是自流灌溉渠系的总开关。内江水流经宝瓶口后通过干渠。

这三大主体工程虽看似简单，却包含着系统工程学和流体力学等处于当今科学前沿的科学原理，它所蕴藏的科学价值备受人们推崇，连外国水利专家看了整个工程设计之后，都惊叹不已。

都江堰，作为全世界迄今为止年代最久、唯一留存的以无坝引水为特征的水利工程，以其千载传承的科学性和实用性，当之无愧成为一座丰碑！

都江堰全景

独步世界的中国漆器

美丽的纹饰、亮丽的色彩、别致的造型，它那风情万种而又变化多端的风格，总能让人为之着迷。它是生活中的日用品，也是理想的装饰物，更是颇具收藏价值的艺术品。它的名字叫作漆器。

漆器在中国的产生和发展可谓历史悠久，工艺先进。

漆器的使用，可追溯到新石器时代。到了尧、舜、禹时代，漆器工艺有了长足发展，已经有了特定的着色规定，如在漆里加进黑或红色颜料。《韩非子·十过》中记载有："尧禅天下，虞舜受之，作为食器……流漆墨其上……舜禅天下而传入禹。禹作为祭器，墨染其外而朱画其内。"到了商代，漆器工艺更是日趋成熟，制作的漆器相当精美。考古出土的漆器残片上绘有精美的花纹，有的还镶着绿松石。

春秋战国时期，漆器工艺已达到很高水平，艺术性也大大提高了。这时的漆器大都胎质坚挺、形象精美，加上细腻的花纹，鲜艳调和的色彩，简直就是美轮美奂的艺术精品，到了战国时候，人们已经认识到荏油的性能，并且把这种特殊的干性油作为稀释剂掺加到漆里面。通过两者结合，既改善了绘饰的性能，又降低了成本，真可谓一举两得。从大量出土的文物中，我们看到战国的漆器彩绘中，遍布红、黄、蓝、白、黑五色以及各种复色。而且人们所用颜料的来源也极其复杂，包括蓝靛等植物性染料以及丹砂、雄黄、雌黄、石黄、红土等矿物性染料。将漆器上好油漆之后，人们通常会把它放置在专门的较为阴湿密闭的荫室里，以使油漆在器物表面聚合成膜，达到干后不出现裂纹的目的。春秋战国时期的漆器精品，以1984年在湖北省随县出土的大型编钟架和1957年、

漆豆（战国）

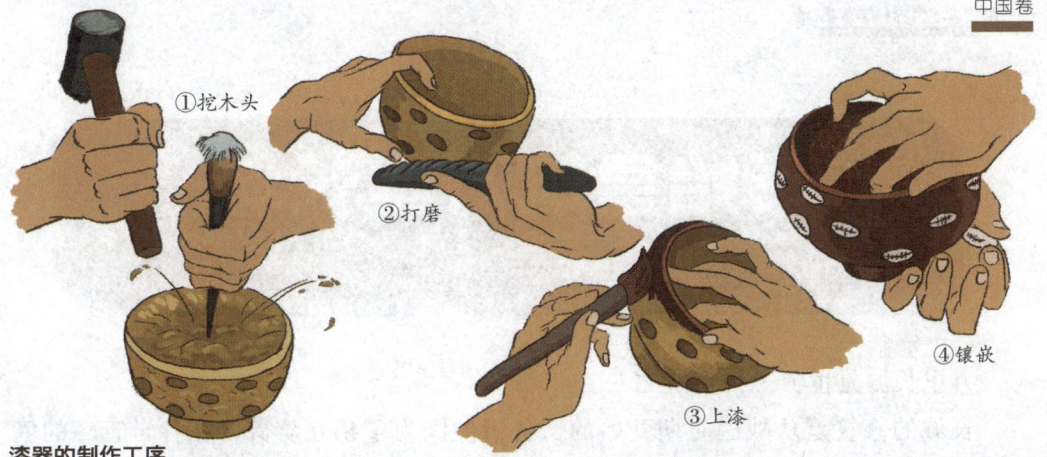

①挖木头
②打磨
③上漆
④镶嵌

漆器的制作工序

西周漆器制作要经过制胎、施漆灰、髹漆、装饰等工艺流程。木胎制作多结合斫制与挖制的方法，有些器物的木胎，例如缶、壶等，要用雕、凿等方法制作。木胎制成后，经过打磨，先在表面上施一层漆灰（这种工艺一直沿用至今），然后再在漆器表面髹上褐、黑、朱三种颜色的油漆，最后以彩绘、镶嵌、贴金箔、雕镂等手法装饰。

1958年在河南省信阳市长台关楚墓出土的漆木鼓架最具有代表性。

秦汉时期，漆器工艺发展到了高峰，无论是其制作工艺，还是生产规模，较之前都更上了一层楼。由于漆器业的兴盛，无论是官方还是私人都加入到了这个行当，漆园的规模与财富等同而论。司马迁说，"陈、夏千亩漆"，业者"富与千户侯等"。在汉代，朝廷在10个郡县设立漆器工官来专门从事漆器的制作，其兴盛可见一斑。汉代漆器的制作工序如下：素工（做内胎）、髹工和上工（上油漆）、黄涂工（在铜质附饰件上鎏金）、画工（描绘油彩纹饰）、泪工（雕刻铭文等）、清工（最后修整）。分工精细，井然有序，形成一条漆器制作的生产线。另外，除了制作的工人之外，还有供工（负责供给材料的人）、造工（负责全面管理的工师）以及各种监造的工官，各尽其能，保证了生产过程的有序进行，真可谓"一杯桊用百人之力，一屏风就万人之功"。秦汉时期的漆器精品，以湖南省长沙市马王堆汉墓出土的精美漆器为代表。

秦汉以后，作为实用物品的漆器逐渐被随后发展起来的廉价耐用的瓷器所取代，但是作为工艺品其技术仍然向前发展。如魏晋南北朝时期完善的脱胎工艺、唐代的剔红技术、唐宋时用桐油替代苼油做稀释剂的工艺，都是漆器工艺上的发展和进步。

◆ 漆器制作中的"物勒工名" ◆

"物勒工名"即在漆器不显眼处标明有关工种匠人和工官的姓名，以此来保证产品的质量，并便于事后检验。这种做法也与一定的奖惩制度相挂钩。产品出了问题，追查责任，自然要惩罚署名者；如果产品上乘，自然也会表彰署名者。这一举措大大提高了工匠、工师和工官的责任感，同时也督促其在技术上更加精益求精。

秦始皇筑万里长城

万里长城是世界七大奇迹之一。

长城的修筑是从战国时期开始的，各诸侯国为了相互防御，在各自管辖的境内修筑起高大的城墙。秦始皇于公元前221年兼并其他六国，建立起第一个统一的中央集权制封建国家。当时我国北方的游牧民族匈奴和东胡，常常侵犯中原地区，危害甚大。为了防范起见，秦始皇便派大将蒙恬和太子扶苏统率30万大军击退匈奴，然后将原有的各诸侯国的长城连接起来，并加筑新城，历时10余年，西起甘肃临洮，沿黄河到内蒙古临河，北达阴山，南到山西雁门关、代县、河北蔚县，经张家口东达燕山、玉田、辽宁锦州并延至辽东，长达12000华里（6000千米），至此，我国就有了闻名于世的万里长城。

秦朝万里长城的修筑耗费了大量的人力、物力，动用民工达30万之多；这些人力的来源，主要有以下三类：一是戍边的官兵，二是被充军的罪犯，三是被征来的民夫。这是一项浩大又艰苦的工程。建筑所用的大量土方、石方等，都是就地取材。在崇山之间，开山取石垒墙；在平原黄土地带，取夯土筑城；在沙漠地带，用芦苇或柳枝层层铺沙。建筑材料的运输主要也靠人力解决，抬、挑、扛；当然附带用一些简单机械或畜力。当时科技不发达，生活条件也十分恶劣，修长城的艰辛可想而知。

秦始皇像
秦始皇统一六国后，将原来秦、赵、燕三国的长城连接起来，形成了"万里长城"。

修建长城

长城是作为防御入侵的屏障而修建的。它也是交流的网络，官员们通过烽火通知对方，而传信的人可以沿着城墙的顶部骑马前进。

秦万里长城的修筑虽然对国家安全起了重要作用，有力抵御了匈奴的侵犯，但是由于秦始皇急于求成，造成因苦役而死于长城脚下的民夫不计其数。孟姜女哭长城的传说就是这一现象的反映。相传孟姜女是范喜良的妻子，秦始皇修筑长城时，把范喜良征去当民夫。结果范喜良在工地之上因不堪劳累而死。孟姜女送寒衣到长城，得知丈夫死讯后，悲痛难忍，放声大哭，一下就哭倒了800里长城。

秦始皇修筑万里长城之后，其后历代统治者出于安全方面的考虑，都对长城进行过一定程度的维修或扩建。其中最为著名的就是汉长城和明长城。汉武帝时，为了防范匈奴对西域地区的侵扰，同时也为了保证丝绸之路，特别是河西走廊的畅通，修筑了凉州西段长城。汉长城包括北自今内蒙古自治区额济纳旗的居延河起始，大体沿额济纳河向西南方延伸，经今甘肃省境内的大方盘城到金塔的北长城；从金塔经破城子、桥弯城到安西的中长城；由安西经敦煌城北达大方盘城、玉门关，进入今新疆维吾尔自治区境内的南长城。朱元璋推翻元朝在中原的统治之后，为防范残元势力，开始大力修筑长城，历时200多年，修成后的明长城西至甘肃嘉峪关，东至辽宁鸭绿江口，全长6000多千米。

万里长城作为我国古代一项防御性军事建筑，凝聚了无数劳动人民的血汗和智慧，它已经远远超出了统治阶级所赋予的安全防范的内涵，它更体现了中华民族的坚强意志和磅礴气魄。

提花机的发明与汉代的纺织技术

美丽的绮罗、柔软的绡纱、丰富多彩的花纹，这些古老美观的纺织品都是由纺织机织出来的。

我国早期简单的纺织机械有纺车和布机。纺车用来纺纱，布机用来织造一般布帛。我国汉代的纺车是由一个大绳轮和一根插置纺锭的锭子组成。轻轻摇动绳轮，锭子就被迅速转动起来，既可加捻或合绞纱料，又能随即把加捻或合绞的纱料绕在纺锭上。这种纺车跟后世纺车已基本相同。布机是由经轴、卷布轴、马头（提综杆）、蹑（脚踏木）和综框等主要部件加上一个适于操作的机台组成。脚踏蹑来提沉马头和综框，经纱上下交换梭口，进而投梭引纬、再打纬。布机的作用，提高了织布的速度和质量。

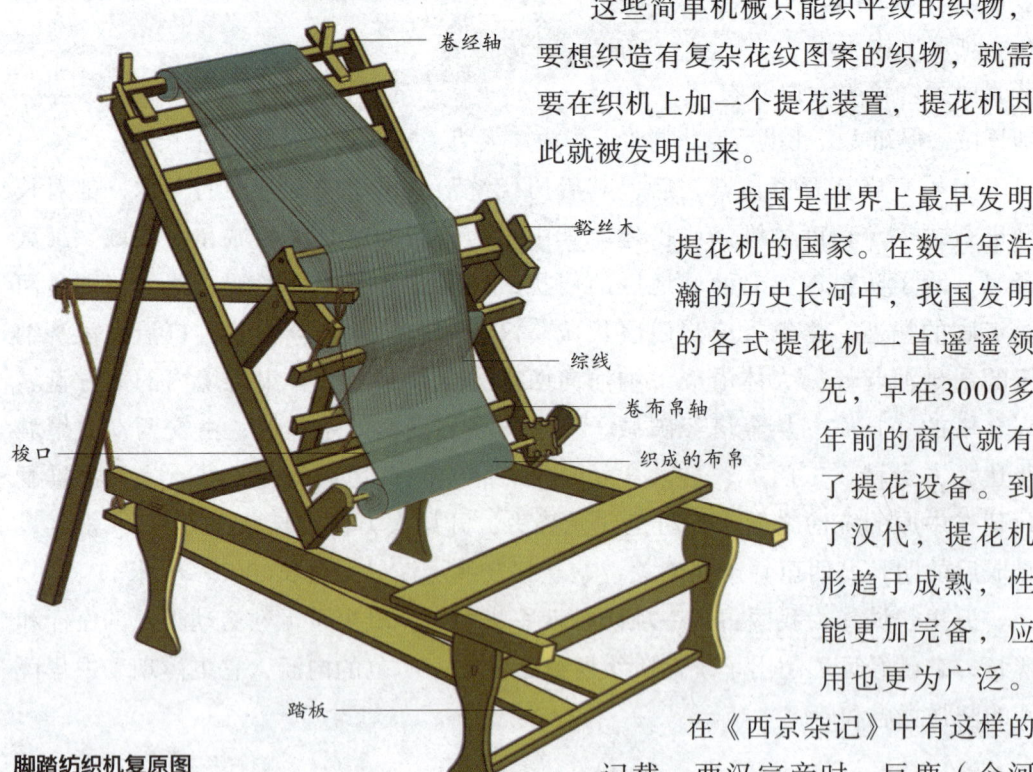

卷经轴

豁丝木

综线

卷布帛轴

织成的布帛

梭口

踏板

脚踏纺织机复原图

这些简单机械只能织平纹的织物，要想织造有复杂花纹图案的织物，就需要在织机上加一个提花装置，提花机因此就被发明出来。

我国是世界上最早发明提花机的国家。在数千年浩瀚的历史长河中，我国发明的各式提花机一直遥遥领先，早在3000多年前的商代就有了提花设备。到了汉代，提花机形趋于成熟，性能更加完备，应用也更为广泛。

在《西京杂记》中有这样的记载，西汉宣帝时，巨鹿（今河

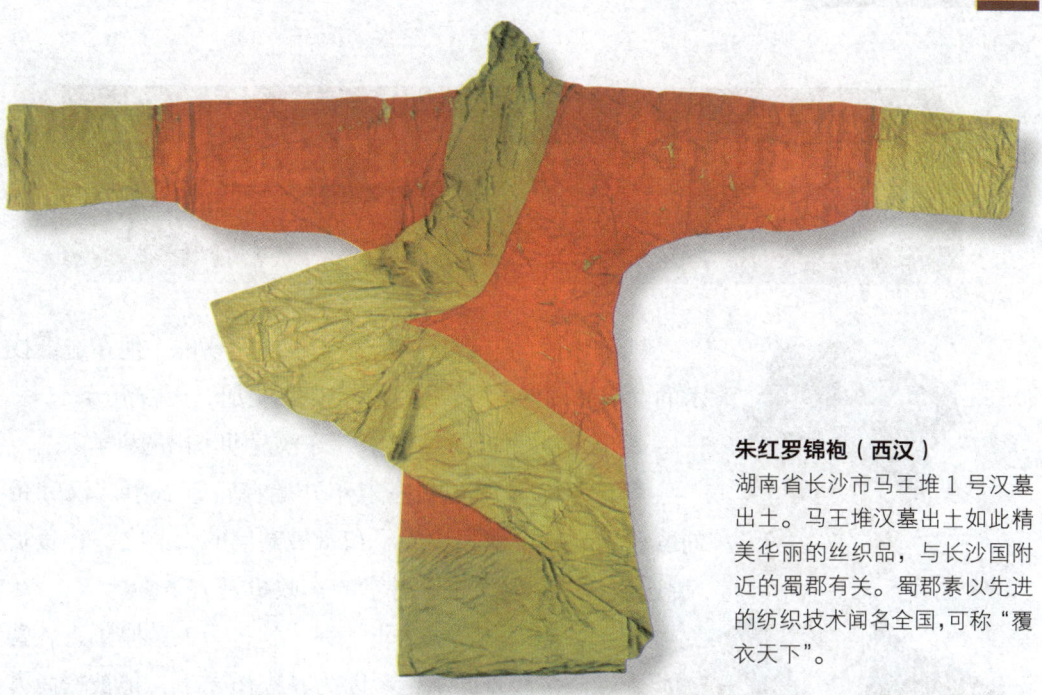

朱红罗锦袍（西汉）
湖南省长沙市马王堆1号汉墓出土。马王堆汉墓出土如此精美华丽的丝织品，与长沙国附近的蜀郡有关。蜀郡素以先进的纺织技术闻名全国，可称"覆衣天下"。

北省巨鹿县）陈宝光之妻发明了一种新提花机，用120蹑，60天就能够织成一匹散花绫，"匹值万钱"。这种提花机用多蹑多综来提沉经纱，能织造出花纹各异的织品。

汉代的提花机已经是具有机身和织造系统的联合装置，各种主要部件已具备，完全可以织造出任何复杂变化的纹样来。汉代王逸在《机妇赋》中这样描绘提花机："狡兔耳伏，若安若危。猛犬相守，窜身匿蹄。高楼双峙，下临清池"，形象而生动地描绘了提花机织造的全过程。

上述所提及的纺织机械，在当时是世界上最先进的机具。欧洲直到7世纪才从中亚、西亚辗转得到中国提花机，到了13世纪才在织机上安装蹑。中国的提花机对欧洲的提花技术发展产生了极其深远的影响。

在湖南省长沙市马王堆汉墓出土的大量纺织品，从一个侧面反映了汉代的纺织技术水平。在马王堆一号汉墓中，出土了高级成衣50余件，单幅丝织品46卷，还有各种绣枕、巾、袜、香囊等等，种类繁多，精美绝伦。其中有一种平常织物——绢，其经线密度在80～100根之间，最密的情况下达到164根，纬线的密度是经线的1/2~2/3。这组数据表明当时已有了很先进的织机。

马王堆汉墓中也出土了不少素色提花的绮和罗，以及各色的锦。花纹图案相当丰富，有菱纹、矩纹、对鸟纹、杯形纹、孔雀纹、茱萸纹、花卉纹，等等，配色自然而得体，可见当时的纺织技术是非常高超的。

文明的曙光——蔡伦的造纸术

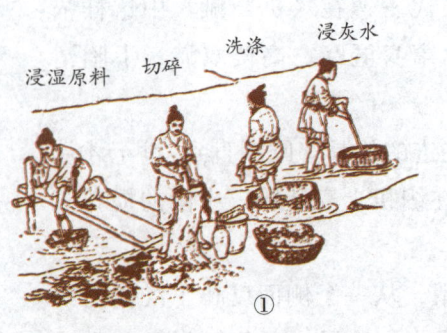

蔡伦像

蔡伦，东汉桂阳郡人。他在改进造纸术上做出了巨大的贡献。

谈到中国的造纸术，就不能不说到蔡伦。他在造纸技术的发明和发展上的卓越贡献将彪炳史册，万古流芳。

蔡伦，字敬仲，桂阳人，是东汉时期杰出的科学家。

蔡伦从东汉明帝刘庄末年开始在宫禁做事。汉和帝刘肇登基之后，他很快成了和帝最宠信的太监之一，负责传达诏令，掌管文书，并参与军政机密大事。

史载蔡伦非常有才学，为人敦厚正直，曾多次直谏皇帝。因为其杰出才干，他被授尚方令之职，负责皇宫用刀、剑等器械的制造。在他的监督之下，这些器械都制造得十分精良，后世纷纷仿效。

在做尚方令期间，蔡伦系统地总结了

造纸流程示意图

浸湿原料　切碎　洗涤　浸灰水

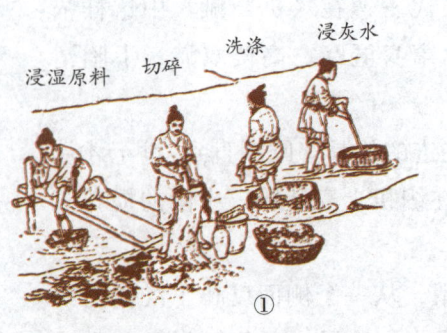

架火

①

②

蒸煮　春捣

洗涤　打浆

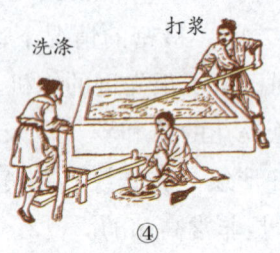

抄纸　晒干　揭下压平

③

④

⑤

已知最早的印刷书籍是 868 年出现的中国佛教经典《金刚经》。书中的图案是用木版印刷在手工制成的纸张上的。图中表现的是众神膜拜菩提祖师的场景。

西汉以来造纸方面的经验，并进行了卓有成效的试验和革新。在原料的利用方面，他不仅变废为宝，大胆取用麻头及敝布、渔网等废品为原料，而且独辟蹊径，开创了利用树皮的新途径。此举使造纸技术从偏狭之处挣脱出来，大大拓宽了原料来源，降低了造纸的成本，使纸的普及应用成为可能。更值得一提的是，他用草木灰或石灰水对原料进行浸沤和蒸煮的方法，既加快了麻纤维的离解速度，又使其离解得更细更散，大大提高了生产效率和纸张的质量，这也是造纸术的一项重大技术革新。

元兴元年（105年），蔡伦将自造的纸呈给汉和帝，受到大力赞赏，朝野震动。人们纷纷仿制，"天下咸称'蔡侯纸'"。

安帝年间（114年），和帝的皇后邓太后因蔡伦久侍宫中，做事勤恳且颇有成绩，封他为龙亭侯。

东汉时期旱滩坡带字纸
从公元前2世纪到18世纪初，中国造纸术一直居于世界先进水平。中国古代在造纸技术、设备、加工等方面为世界各国提供了一套完整的工艺体系。现代机器造纸工业的各个主要环节都能从中国古代造纸术中找到最初的发展形式。

后来蔡伦被卷入一起宫廷事件。起因是窦后（汉章帝刘旭后）让他诬陷安帝的祖母宋贵人。等到安帝亲政，着手调查这件事情，让蔡伦自己到廷尉处接受惩罚。蔡伦觉得很受屈辱，就自杀了。

蔡伦虽然死了，但是他对造纸技术的贡献将永存史册。蔡侯纸的出现，标志着纸张取代竹帛成为文字主要载体时代的到来。廉价高质量的纸张有力地促进了知识、思想的大范围传播，使古代大量文字信息得以保存，促进了人类文明的进步。

在造纸术没有发明以前，我国古代使用龟甲、兽骨、金石、竹简、木牍、缣帛作为书写材料。龟甲、兽骨、金石对书写工具要求很高，需要刻。简牍笨重不便，而且翻阅起来中间串的绳很容易断裂，造成顺序混乱。缣帛虽轻便，可是价格十分昂贵，一般人消费不起。纸的发明满足了人们对轻便廉价书写材料的迫切需求，引发了书写材料的一场空前的革命。

造纸术一经发明，就被人们广泛使用。在以后的朝代里，人们对造纸术进行不断的改良和提高，工艺越来越先进，纸的质量也越来越高，品种也越来越丰富。造纸的主要原料也从破布和树皮发展到麻、柯皮、桑皮、藤纤维、稻草、竹以及蔗渣等等。

我国发明的造纸术对世界文明影响深远。造纸术大约在7世纪初传入朝鲜，隋时传入日本。8世纪，唐朝工匠将造纸术传入阿拉伯，在撒马尔罕办起造纸厂。此后又传入巴格达。10世纪传入大马士革、开罗，11世纪传入摩洛哥，13世纪传入印度，14世纪传入意大利，然后传到德国和英国，16世纪传入俄国和荷兰，17世纪传入美国，19世纪传入加拿大。

潘吉星在《造纸术的发明和发展》一文中这样总结道："我国古代在造纸技术、设备、加工等方面为世界各国提供了一套完整的工艺体系。现代机器造纸工业的各个主要技术环节，都能从我国古代造纸术中找到最初的发展形式。世界各国沿用我国传统方法造纸有1000年以上的历史。"

从上述论述中，我们不难看出，我国的造纸术在公元前2世纪～18世纪的2000多年里，一直处于世界领先水平。

与哥白尼、伽利略齐名的张衡

在世界自然科学史上，中国有一位国际上公认的能与哥白尼和伽利略齐名的科学家，他的名字叫张衡。

张衡是世界十大文化名人之一。他多才多艺，是我国古代伟大的科学家、发明家、文学家、史学家和画家。他的才能世所公认。

张衡，字平子，南阳西鄂（河南省南阳市石桥镇）人，出生于一个官僚家庭。他的祖父张堪曾做过多年的太守，但为官清廉，没有什么财产留下，再加上他父亲早死，所以家境比较清贫。

张衡从小就天资聪敏，好学深思。他不仅熟读儒家经典，而且还花了很多时间去读司马相如和扬雄等人的赋，表现出对文学的强烈兴趣。

青年时代的张衡已经不再满足于闭门读书，他渴望游历，多接触实际，从而开阔眼界，增长见识。94年，16岁的张衡远游三辅。他在游览名山大川的时候，不忘考察古迹，采访民情，调查市井交通等等。此行不仅大大增长了见识，而且为他后来创作《二京赋》积累了大量的素材。

离开三辅，张衡来到京都洛阳。在洛阳求学的五六年里，张衡结识了一批青年才俊，如经学大师马融、政论家王符以及科学家崔瑗等。在此期间，张衡写了《定情赋》、《七辩》等文学作品，名噪一时。随后，他接受南阳太守鲍德的邀请，担任掌管文书的主簿官。

在工作之余，张衡创作了著名的《二京赋》，轰动一时。任职9年后，张衡回到家中，开始研读

张衡像

在1700多年前，中国杰出的天文学家张衡发明了测定地震方位的仪器，这无疑是一项伟大的创举。张衡在洛阳制造出的外形似酒樽的候风地动仪，是世界上第一台地震仪。"候风"据考应是测候之意，与地动相连，实指测震的功能。候风地动仪未能保存下来，据史学家推测遗失于战乱。候风地动仪的原理实质上是惯性运动定律。直到17世纪，在西方惯性运动定律才被牛顿发现。

扬雄的《太玄经》。这是一部研究宇宙现象的哲学著作。通过研究《太玄经》，张衡的兴趣从文学创作转向对宇宙哲学的探索，经过不懈的努力，他最终在天文历算方面取得了巨大的成就。

111年，张衡被征召做了郎中，后来又做过太史令。张衡为人耿直，升迁很慢。他曾两次出任太史令，先后长达14年之久。太史令的工作让张衡在天文历算方面做出了杰出的贡献。

后来，张衡因弹劾奸佞不成，被迫到河间任太守。在职期间，他打击豪强，颇有作为。138年，张衡被调回京师，出任尚书。此时东汉政权已越来越腐败，张衡感觉回天乏力，于139年在悲愤与绝望中死去。

张衡最杰出的成就主要在天文方面，他留下了两部天文名著《灵宪》和《浑天仪图注》，里面记载了他在历法、天文仪器和宇宙理论等诸多方面的研究发明。他还亲自创制了著名的浑天仪和地动仪。

张衡对于地震的观测和研究，使他成为世界科技史上制作并利用仪器来观测和记录地震第一人。138年，他制造的候风地动仪曾准确测出远在甘肃临洮一带发生的一次地震，使朝野"皆服其妙"。

张衡在实际的天文观测中，还做了许多卓有成效的工作。如在恒星的观测方面，他区分和命名了444个星官、2500颗恒星。

张衡还制造了许多奇巧的器物，如候风仪、指南车和能在空中飞的木鸟等等，可惜都已经失传了。他还计算出圆周率是3.1622，虽然现在看来不准确，但在当时还是十分精确的。

张衡以及他的天文学成就谱写了东汉科学史绚烂的华章，也构筑了我国古代天文学史上一座熠熠生辉的丰碑。

地动仪模型
地动仪由青铜铸成，直径8尺，形状像一个酒樽。里面设计精巧，主要有竖立在仪体正中的"都柱"和"都柱"周围同仪体连接的"八道"，它们分别处于东、西、南、北、东南、东北、西南、西北8个方向上。外面相应设置8条口含钢球的龙，下面对应8只张口向上的蟾蜍。一旦发生地震，触动机关，钢珠即落入蟾蜍口中发出声响。人们就可以知道地震的时间和方位了。

人工呼吸第一人——医圣张仲景

张仲景,名机,约生于150年,卒于219年,东汉南阳郡涅阳(今河南南阳)人,是东汉末年著名的医学家,被后人尊称为"医圣"。

史载张仲景自幼聪颖好学,喜欢研究岐黄之学,对名医扁鹊很是推崇,并以其为榜样。他拜同乡著名中医张伯祖为师,因其刻苦,很快便尽得真传。

汉灵帝时,张仲景被举为孝廉,继而出任长沙太守。他虽身居要职,却淡泊名利,不屑于追逐权势。他心里所关心的是百姓的疾苦。传说他为太守之时,每逢初一、十五停办公事,亲自到大堂之上为百姓诊病,号称为"坐堂"。至今药店仍称作"堂",应诊医生被称为"坐堂医生"。

东汉末年,战乱频繁,瘟疫横行,民不聊生。张仲景虽然也在居官之暇行医,但是所救治之人毕竟有限。他在做官与行医的利弊权衡之间犹豫不决。这时,南

张仲景像

张仲景,东汉著名医学家。他在中医临床治疗和病理学方面成绩非常突出,为中医的发展做出了巨大贡献。

◆ 《伤寒杂病论》失而复得的两个关键人物 ◆

一是晋朝太医令王叔和。当时世面上流传的都是断简残章。王叔和全力搜集各种抄本,并加以整理,命名为《伤寒论》。他不仅整理了医书,而且还留下了关于张仲景的文字记载。

二是宋仁宗时翰林学士王洙。他无意间在翰林院书库里发现了一本虫蛀的竹简,书名为《金匮玉函要略方论》,与《伤寒论》相似。后经名医林亿、孙奇等人校订,更名为《金匮要略》刊行于世。

青铜鎏金冷却盆

这是由三件器物组成的医疗冷却器。使用时将药液置于平底器皿内，放在三足器中。然后不停地用勺盛冷水由浇口注入三足器，而水由管状流排泄盘内。如此循环，使药液冷却，达到适合饮用的温度。

阳病疫流行，他的家族在10年之内，竟死去2/3。面对这种打击，张仲景决定辞官行医，悬壶济世。

张仲景在行医过程中，不仅潜心学习汉代以前的医学精华，而且虚心向同时代的名医学习，博采众家之长。他向王神仙求医的传说在民间广为流传。

张仲景听说当时襄阳有个很有名的王姓外科医生，治疗疮痈很有一套，人称"王神仙"。于是就整装出发，为了学到本领，他隐姓化名，自愿给"王神仙"做药店伙计。他的勤奋聪明很快就获得了"王神仙"的欣赏和信任。有一次，"王神仙"给一个患急病的病人看病，所配的药方里有一味药剂量不够。张仲景觉得有问题，但还是照方抓药。结果，病人病情加重，"王神仙"束手无策。张仲景挺身而出，自告奋勇一展身手，果然手到病除。"王神仙"很吃惊地看着眼前这位年轻人，知道他大有来历，一问才知他是河南名医。"王神仙"深受感动，遂将其技艺倾囊相授。

张仲景"勤求古训，博采众方"，凝聚毕生心血，于3世纪初，著成《伤寒杂病

黑漆描金云龙药罐柜

金医针

这是用于针灸疗法的医针。

论》16卷。原本在民间流传中佚失，后人搜集和整理成《伤寒论》和《金匮要略》两部书。

《伤寒杂病论》是中医四大经典之一，它系统地总结了汉朝及其以前的医学理论和临床经验，是我国第一部临床治疗学的专著。

《伤寒论》是一部阐述多种外感疾病的著作，共有12卷，著论22篇，记述397条治法，载方113个，总计5万余字。《伤寒论》论述了人体感受风寒之邪而引起的一系列病理变化，并把病症分为太阳、阳明、少阳、太阴、厥阴、少阴"六经"，进行辨证施治。

《金匮要略》是一部诊断和治疗各种疾病的书，共计25篇，载方262个。《金匮要略》以脏腑脉络为纲，对各类杂病进行辨证施治。全书包括了40多种疾病的诊治。

在《伤寒杂病论》中，张仲景还创造了世界医学史上的三个第一：首次记载了人工呼吸、药物灌肠和胆道蛔虫的治疗方法。

《伤寒杂病论》成书之后，成为中国历代医家研究中医理论和临床治疗的重要典籍，隋唐以后，更是远播海外，在世界医学界享有盛誉。从晋朝开始到现在，中外学者整理研究该书的专著超过1700余家，可见其影响之深远。

医圣张仲景以及他所创立的学术思想，已成为全人类的共同财富。他当之无愧受到万世千秋的景仰！

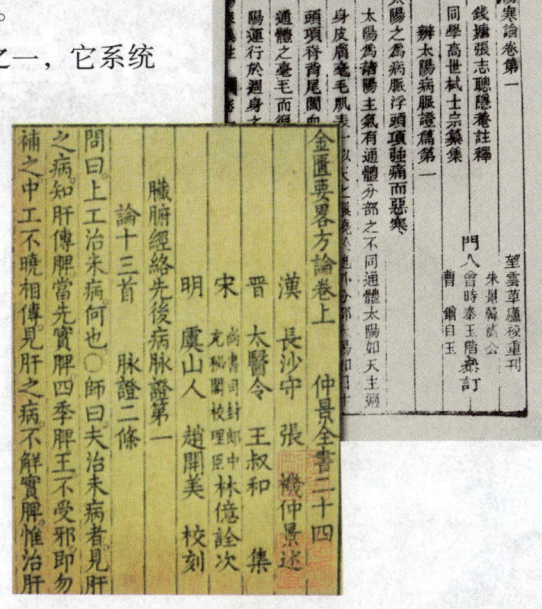

《伤寒论》、《金匮要略》书影
张仲景著《伤寒杂病论》，被后人整理成《伤寒论》和《金匮要略》两部书。

银漏斗
银制的医疗器皿属于高级用具。这种配套使用的漏斗是在急救危重病人时，向鼻或喉部灌药时使用的。

神医华佗与颅脑手术

华佗像

华氏家族本是望族，但到华佗时已经衰微了。幼年的华佗在攻读经史的时候，就很留心医药。他从古代名医济世救人的事迹中获得启发，树立了解救苍生于苦难的理想。

华佗行医，并无师传。他主要是通过精研前代的医学典籍，在继承前人的基础之上，结合自己的实践，加以归纳总结，从而创立新的学说，自成一派。由于他天资聪颖，加上学习得法，理论联系实际，他的医术迅速提高，成为远近闻名的医学家。

中年的华佗因中原动乱而"游学徐土"。他坚持深入民间，为百姓治病，足迹遍及当时的徐州、豫州、青州、兖州各地。根据他行医地名查考，大抵是以彭城为中心，东起甘陵（今山东临清）、盐渎（今江苏盐城），西达朝歌（今河南淇县），南至广陵（今江苏扬州），西南则到谯县（今安徽亳州），也就是在今天的江苏、河南、山东、安徽等广大地区。华佗学识渊博，医术高超，创造了许多医学奇迹，其中最突出的就是用麻沸散进行外科手术。

华佗的医术仁心，受到了广大人民的热爱和尊崇。他高超的医术常为人们所津津乐道。民间关于他的传说故事不胜枚举。像《三国演义》里关公刮骨疗伤，就是华佗做的手术。传说有一位郡守患病，百医无效。郡守的儿子找到华佗，对他详述病情，恳求施治。华佗到后看过，问病的时候，语气很不好，说话也很狂傲，索要的诊费非常高。这还不算，华佗压根就没有治病，临走的时候还留信大骂郡守白痴。郡守大怒，吐黑血，老毛病一下就好了。

经过数十年的医疗实践，华佗的医术已到了炉火纯青的地步。在临床诊治方面，他灵活运用养生、针灸、方药和手术等手段，辨证施治，疗效极好，被誉为"神医"。他精通内科、外科、妇科、小儿科和针灸科等，尤擅外科。

华佗的医名远播，使得曹操闻而相召。原来曹操患有头风病，找了很多医生都不见效。华佗只给他扎了一针，曹操头痛立止。曹操为了自己看病方便，强把华佗留在

虎戏图　　　　鹿戏图　　　　熊戏图　　　　　　猿戏图　　　　鸟戏图

五禽戏
一套使全身肌肉和关节都能够得到舒展的医疗保健体操，模仿虎、鹿、熊、猿、鸟的动作姿态创作而成。华佗的学生吴普循此锻炼，活到 90 余岁，还"耳目聪明，齿牙完整"。

自己府里。但是华佗立志为民看病，不肯专门侍奉权贵，于是就请假回家。曹操催了几次，华佗都以妻病为由不去。曹操大怒，专门派人将他抓到许昌，仍请他治自己的头风病。华佗直言要剖开头颅，实施手术。曹操以为华佗要谋害自己，就把他关进牢中准备杀掉。有谋士进谏相劝，曹操不听，还是处死了华佗。华佗临死，将所著医书交给狱吏，希望可以救济百姓。狱吏胆小，怕担责任，不敢要。华佗无奈之下，一把火烧了医书。后来曹操爱子曹冲患病，百医无效，曹操才后悔杀了华佗。

　　华佗晚年著有《青囊经》《枕中灸刺经》等多部著作，可惜都已失传。他发明了一套"五禽戏"来强身健体，还培养了许多弟子，其中广陵吴普、西安李当之和彭城樊阿都是有名的良医。

华佗纪念馆

汉代的冶炼技术

错金铁书刀

西汉时期，铁器迅速取代了铜、木、石等器具，占据了农业和手工业生产中的主导地位。铁器优良的性能和功用使它成为人们生活中不可或缺的工具。

随着社会对铁器需求的激增，汉代的冶铁业得到了空前发展。汉武帝时，朝廷采取了由国家统一经营冶铁业的政策，共在全国设立了49处铁官。冶铁业的官营对钢铁生产的发展起到了积极作用，它不仅推动了生产技术在较大范围内的交流和传播，而且集中了人力、物力和财力来从事钢铁生产。冶铁业的繁盛，使得西汉中期以后铁器得到迅速普及。

与冶铁业空前发展相应的是钢铁冶铸技术的巨大进步。同时期，有一系列的技术革新和进步。

首先，在采冶程序与工艺方面较之以前更趋完善。与之相关的，在炼炉、耐火材料、鼓风技术和熔剂方面都有很大的改进。汉代的冶炼工序已相当完备，包括选矿、配料、入炉、熔炼、出铁以及随后的热处理、锻造等步骤。整个过程从选矿到冶炼再到最终制出成品，环环相扣，协调合理。为满足不同工艺要求，冶炼炉也呈多样化，有炼铁炉、低温炒钢炉、退火炉、锻铁炉、熔化炉和窑炉等等。这些冶炼炉，上部用耐火

冶铜竖井遗址

图中是湖北大冶铜绿山十一号矿体。图上方的是平巷，用来运输，图中的木架结构是矿井支架，图下方形或圆形的是竖井的井口。

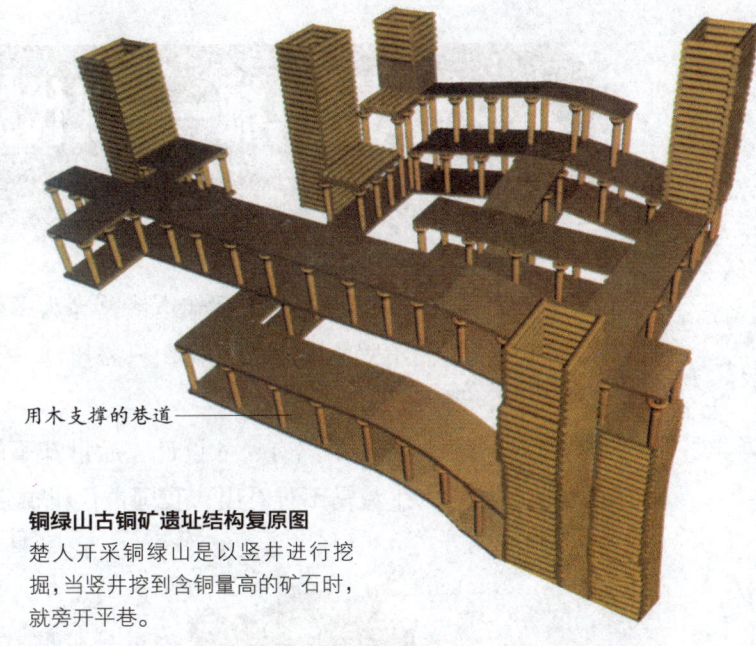

砖垒砌，并抹拌草泥在炉壁之上，炉底垫耐火土。耐火砖种类多样，因炉而异。鼓风设备先进，鼓风动力有人力、畜力和水力。尤其是水力鼓风技术的发明，不仅提高了冶铁的效率，而且降低了生产成本。

其次，炒钢技术的发明，随之而来的百炼钢工艺的成熟，两者成为汉代冶炼技术发展的主要标志。炒钢技术，古代称作"炒铁"或"炒熟铁"。它以生铁作为原料，经

用木支撑的巷道——

铜绿山古铜矿遗址结构复原图
楚人开采铜绿山是以竖井进行挖掘，当竖井挖到含铜量高的矿石时，就旁开平巷。

过加热成为半熔状态之后，通过鼓风、搅拌（"炒"）的工序，利用空气中的氧和铁矿粉里已有的氧，把生铁中的碳氧化掉。通过"炒钢"既可以炒成熟铁，然后再经过锻打渗碳成钢；也可以有控制地把生铁含碳量炼到某一指数，直接成钢。欧洲18世纪才出现"炒"的技术，比中国晚了1900多年。百炼钢，顾名思义，就是以炒钢为原料，经过反复多次地加热、锻打，达到既去除杂质，又渗入碳质，从而得到百炼钢的目的。汉代百炼钢工艺的成熟，使铁兵器完全取代铜兵器，铁制农具也得到更广泛的普及和运用。

再次，铸铁热处理技术获得长足发展。铸铁通过热处理，可以改变或影响铸铁的组织及性质，从而获得更高的强度与硬度，达到改善其磨耗抵抗力的目的。铸铁通过脱碳热处理后可以获得黑、白心，可锻铸铁或铸铁脱碳钢件。黑心可锻铸铁，多用于要求耐磨的农具等；白心可锻铸铁，多用于耐冲击性高的手工工具。考古出土的汉代铁器中带放射状球状石墨的铸铁件，代表着我国古代铸铁热处理技术的杰出成就。

最后，在金、银、铜、锡、铅、汞和锌7种有色金属的冶炼上，冶炼工艺有了较大的突破，生产规模也有所拓展。汉代已经能够很巧妙地制造出金粉和银粉来，湿法炼铜术也有所发展。汉代已大量生产铜，生产规模已趋扩大。

综上所述，在汉代我国的冶炼技术已经发展到比较成熟的阶段。钢铁冶炼的重大技术发明和突破，带来了铁器的大规模普及和推广。铁制农具被广泛应用于农业生产，铁制兵器被应用于军事，不仅增强了综合国力，而且也促进了社会生产力的大发展。

木牛流马话机械——现代机器人的先声

看过《三国演义》的人，大概都知道诸葛亮为了解决山道运粮困难的问题，发明了木牛流马。它们不喝水，不吃食物，只需扭动一下机关，便能在山道上行走如飞，比现代的机器人还要好使。

木牛流马已经失传，虽然有尺寸设计，后世却不能组合复原成功，至少在功能上存在着差异。从木牛流马不难看出，我国古代机械发明的高超。

我国是世界上机械发展最早的国家之一。早在2.8万年前就发明了弓箭，这也是机械方面最早的一项发明。公元前18000年～前2800年，出现了陶轮；公元前6000年～前5000年，出现了农具。这些都是较早的机械。

什么叫机械呢？在我国古代典籍中没有一个确切的定义。"机械"这个词最早见于《庄子》："有机械者必有机事，有机事者必有机心。机心存于胸中，则纯白不备。"机械在这里含有一些贬义。随着人类社会的进步，人们逐渐认识到机械对我们的生活所起的巨大作用，人们所使用的机械也越来越复杂，涉及的层面也越来越宽

木牛复原模型
蜀军创制，用来运送军用物资，适合山地使用。

◆ 《三国演义》造木牛法 ◆

方腹曲胫,一股四足,头入领中,舌着于腹,载多而行少,独行者数十里,群行者二十里,曲者为牛头,双者为牛脚,横者为牛领,转者为牛足,覆者为牛背,方者为牛腹,垂直为牛舌,曲者为牛肋,刻者为齿,立者为牛角,细者为牛鞅,摄者为牛仰双辕,人行六尺,牛行四步。每牛载十人所食一日之粮,人不大劳,牛不饮食也。

泛；想要给机械一个简明精确的定义，确实有点费周折。我们只能简单笼统地说，利用力学原理来实现某些任务的装置，叫作机械。

机械始于最简单的工具，像人类早期制造的石器，如石刀、石斧和石锤等。后来，随着社会的发展和科技的进步，工具的范围逐步扩大，种类越来越丰富。

我国古代的机械发明，五花八门，不一而足，涉及社会生产的各个行业和部门。举例而言，有缫车、纺车、织布机、提花机等纺织机械；有浑天仪、水运仪、地动仪以及铜壶滴漏等天文观测和计时机械；有辘轳、翻车、筒车等提水机械，也有锄、犁、耧车等农业机械；还有指南车、计里鼓车以及各类车船等交通机械；还有冶炼、锻造、加工等加工机械，更有弓、弩、发石机等军事机械。这些机械在社会生产中起着巨大的作用，反映了古代劳动人民的杰出智慧。

在三国两晋南北朝时期，由于战争的需要，机械发明在攻防器械、兵器以及造船等方面有了很大进步。

首先在攻防器械和兵器制造方面，有了很大程度的发展。这一时期，在攻守器具方面，有火车、发石车、虾蟆车、钩车等，还有飞楼、撞车、登城车、钩堞车、阶道车和火车等。攻防器械的制造在战争中发挥了巨大的作用。在兵器方面，各种兵器的质量和数量都大大提高。在三国两晋时期，弩机趋向大型化。三国时，诸葛亮改进了连弩，"以铁为矢"，"一弩十矢俱发"，威力陡增。晋《舆服志》记载："中朝大弩卤簿，以神弩二十张夹道……刘裕击卢循，军中多万钧神弩，所至莫不摧折。"

在造船方面，这一时期技术也有了巨大的发展。晋在攻吴时，发明"连舫"，就是把许多小船组装成一艘大船。这一时期水上重要的运输工具是由两只单船构成的舫船。在必要时，舫船可以拆开。南北朝时，祖冲之造"千里船"。梁朝时，侯景军中还出现160桨的高速快艇，是历史上桨数最多的快艇。机械的发明创造大大促进了文明的进步，推动了社会向前发展，已经深深地融入我们的生活之中。

广元明月峡古栈道（三国）
蜀国四围皆山，地势极为险峻，许多地方只能以狭窄的栈道通行。木牛、流马就是为了适应这种环境而制造的。

马钧发明龙骨水车

灌溉农田的翻车图

三国时期，曹魏有一个叫马钧的人发明了龙骨水车，这是我国古代最先进的排灌工具，也是当时世界上最先进的生产工具之一。

龙骨水车，在当时叫翻车。东汉时期，有个叫毕岚的人做过"翻车"，但是它只是用作道路洒水，跟后来的龙骨水车不同。马钧制造的"翻车"，就是专门用于农业排灌的龙骨水车。它的结构很精巧，可连续不断提水，效率大大提高，而且运转轻快省力，连儿童都可以操作。

由于马钧发明的龙骨水车具有很多优点，故而一问世就受到普遍欢迎，并迅速推广普及，成为农业生产的主要工具之一，并沿用了1000多年。

通过龙骨水车的发明，我们知道马钧是一个多么了不起的人！他是这一时期伟大的机械发明家，他的发明革新对后世产生了深远的影响，后人称颂他"巧思绝世"。

马钧，字德衡，三国曹魏时扶风（今陕西兴平东南）人，曾任魏国博士。他非常喜欢研究机械，刻苦钻研，在机械制造方面取得了杰出成就。但是因为当时的统治集团对机械发明非常不重视，所以他一生都受到权贵们的歧视，郁郁不得志。推崇马钧的傅玄这样感慨地说道：马钧，"天下之名巧也"，可与公输般、墨子以及

◆ 翻车 ◆

翻车，也叫龙骨水车、踏车，是一种木制的提水灌溉器械。它的基本结构包括木槽、一条带有龙骨板叶的木链、大轮轴、小轮轴以及木架等。它的工作原理是，人扶在木架上，通过双脚踏踩来驱动轮轴旋转，从而带动木链板叶上移，将水提升起来。

张衡相比，但是公输般和墨子能见用于时，张衡和马钧一生未能发挥特长。

马钧在手工业、农业、军事等诸多方面都有革新和创造。

马钧改进了古代旧式织绫机，重新设计了新织绫机。三国时的织绫机虽经简化，仍然是"五十综者五十蹑，六十综者六十蹑"，用脚踏动，非常笨拙，生产效率极其低下。马钧设计的新织绫机简化了踏具（蹑），改造了桄运动机件。将"五十蹑"、"六十蹑"都改成十二蹑，这样使新织绫机操作简易方便，大大提高了生产效率。新织绫机的诞生是马钧最早的贡献，它大大促进了纺织业的发展。

在军事方面，马钧改进了连弩和发石车。当时，诸葛亮改进的连弩一次可发数十箭，威力已很大。马钧在此基础上进行了再改进，威力又增加了5倍以上。马钧还在原来发石车的基础上，设计出了新式的攻城器械——轮转式发石车。它利用一个木轮，把石头挂在上面，通过轮子转动，连续不断地将石头发射出去，威力相当大。

马钧还制成了失传已久的指南车。指南车是一种辨别方向的工具。远古传说中，黄帝大战蚩尤之时，在雾气中迷失方向，于是制造指南车，辨明方向，打败了蚩尤。东汉时张衡制造过指南车，可惜失传了。马钧想把指南车重造出来，遭到了许多人的嘲笑和诘问。马钧苦心钻研，反复试验，终于运用差动齿轮的构造原理，制造出了指南车，"天下皆服其巧"。

马钧研究传动机械，发明了变化多端的"水转百戏"。他用木头制成原动轮，用水力来推动，使上层陈设的木人都动起来，而且木人能做各种动作，十分巧妙。

指南车

指南车通过传动机构或连或断的设计，使车上木人手臂始终指向南方。当车辆偏离正南方向时，如向左转弯，车辕的前端向左移动，而后端就向右移动，即会将右侧传动齿轮放落，从而使车轮的转动带动木人下大齿轮向右转动，恰好抵消车辆向左转的影响。木人手臂始终指向南方。

翻车模型

翻车又称龙骨车，是一种农业灌溉用具。东汉灵帝（168年～189年）时毕岚发明，三国时马钧予以完善、推广。它由手柄、曲轴、齿轮链板等部件组成，初以人力为动力，后进而利用畜力、水力和风力。由于制作简便，提水效率高，很多地方一直沿用至今。

贾思勰与《齐民要术》

贾思勰是我国南北朝时期杰出的农学家，他所编撰的《齐民要术》是一部内容丰富、篇幅较长的有关农业生产技术的著作，是我国古代著名的"四大农书"之一。

贾思勰，齐郡益都（今山东寿光南）人，生卒年不详，北魏末曾任高阳（今河北高阳）太守。

贾思勰出生在一个世代务农的家庭，祖辈们对农业生产技术知识的热衷让他饱受熏陶。此外，家里拥有大量藏书，让他能够广泛汲取各方面的知识，从而为他以后编撰《齐民要术》打下了坚实的基础。

成年后的贾思勰走上仕途，担任过很多地方的官职，足迹遍及山东、河北、河南等地。他非常重视农业生产，到达地方之后，都会认真考察当地的农业生产技术，并向老农咨询经验，做好记录。中年之后，贾思勰回到家乡，自己经营农牧业，这种对农业生产的亲身体验，让他获益匪浅，积累了大量的生产经验。在东魏初期左右，贾思勰"采捃经传，爰及歌谣，询之老成，验之行事"，写成《齐民要术》。

可以说，在《齐民要术》里，贾思勰全面吸收了前人的精典和农书的精华，也大量搜罗了有关农业生产的农谚歌谣，并且很注重考察和征询同时代有经验人的生产经验，有的甚至亲自在生产中实践检验。其准确程度相当的高，历经1500多年，仍被人们奉为古农书的经典著作。

《齐民要术》分为10卷，共92篇，算上卷前的"序"和"杂说"，共计11.5万余字。其中正文7万多字，注释4万多字。如此宏大的篇幅在中国

贾思勰像

《齐民要术》中的育骡方法

《齐民要术》第一次记载了马驴杂交培育骡的方法和技术原则："以马覆驴，所生骡者，形容壮大，弥复胜马。然必先七八岁草驴（母驴），骨目（骨盆）正大者：母长则受驹，父大则子壮。草骡不产，产无不死。养草骡，常须防勿令杂群也。"

古代农书中也属罕见。

《齐民要术》内容涉猎广泛，从耕种到制造醋酱，凡是有关农业生产和农民生活的，都有详细的记录。用贾思勰的话来说是："起自耕农，终于醯醢，资生之业，靡不毕书。"具体涉及农艺、林木、园艺、畜牧、养鱼、农副产品加工以及其他手工业等。

《齐民要术》的序是全书总纲，交代了写作的缘由和意图。正文10卷的前3卷讲大田作物和蔬菜的种植；第4、5卷讲果树和林木；第6卷讲动物的饲养；第7、8、9卷讲副业，包括酿造、食品加工、荤素菜谱以及文化用品等；第10卷主要记述南方的植物资源。

响铜酒器 南北朝

《齐民要术》对我国农业科学技术的贡献表现在以下几个方面：

一是建立了比较完整的农业科学体系，内容涉及农业生产各个方面，并且对以实用为特点的农学类目以及该类目在农业生产中所占比重做出了合理的划分。二是精辟地揭示了黄河中下游地区农业技术的关键，详尽探讨了抗旱保墒的问题，并对农作物耕培、农田管理进行了规范。三是记载了许多植物生长发育以及有关农业技术的观察资料。四是保存了许多古代的农书，像《氾胜之书》等，也保存了许多的古籍，为后人研究提供了重要的史料。五是大大推进了动物养殖技术。书中涉及了家禽牲畜的饲养。六是叙述了农产品的加工、酿造、贮藏和烹调的技术，内容很全面。综上所述，《齐民要术》是一部总结我国古代农业生产经验的杰出著作，内容完整而系统，是一本具有高度科学价值的"农业百科全书"。

古代耙糖图

在农业中，必须面对如何减少土壤水分流失，以及如何解决翻耕后平整地面和破碎土块等问题。早在汉代，人们就采用了耕糖结合的方法，即在翻耕后用"糖"来磨平地面和磨碎土块，以减少土壤水分的流失。魏晋时期则在耕糖之间又加上了"耙"，形成了耕、耙、糖三位一体的旱地耕作技术体系。

虞喜、何承天发现岁差

　　东晋时期，虞喜发现岁差现象，并提出赤道岁差概念，这是我国天文学史上一件极其重要的事情。大家知道，地球是一个非匀质的圆球，赤道周围有多余物质的环，由于日、月、行星的引力影响，造成了地球的自转轴绕黄道缓慢移动，相应的春分点也沿黄道以每年50″24的速度向西移动，约60年～70年西移1度。春分点的移动分量，就被称为"岁差"。

　　限于当时的科技条件，虞喜并不知道个中的道理。他只是从古代冬至点位置的实测数据中，发现冬至点逐年西移。他分析得出，冬至一周岁要比太阳一周天差一小段，虞喜将它命名为"岁差"。虞喜提出"岁差"概念之后，又由《尚书·尧典》中记录的"日短星昴，以正仲冬"，知道尧帝的时候测得昴星在冬至日黄昏正好位于南中天。而此时昴星在冬至日黄昏处于南中天之西若干度，用这个度数除以尧帝距今的年代，就得到每50年退1度的结论。

　　南朝宋天文学家何承天肯定和拥护"岁差说"，他结合自己的观测数据，运用与虞喜类似的思路，得出了赤道岁差每100年差1度的新观测值。何承天测得的值略优于虞喜的观测值，相对比较准确。

　　岁差的发现和肯定，反映了我国的天文历法在三国两晋南北朝时期的不断进步和发展。在这一时期，一系列的天文历法上的成就和

何承天雕像

日食

突破，都来源于古代天文工作者长年累月不懈的观测和记录。

在三国时期，曹魏立国之初，韩翊便献上黄初历。黄初历采用的朔望月长度为29.53059日，误差为0秒～4秒，差不多达到了历史上的最高水平。

东晋时期，与东晋对峙的北方16国中后秦和北凉政权也有新历法颁行。姜岌于384年制成三纪甲子元历，在后秦颁用。赵厞于412年制成元始历，在北凉使用。其中姜岌所提出的月食冲法，成为冬至点位置测定的经典方法，为历代名家广泛采用。赵厞则打破了已采用约800年的19年7闰的旧闰法，提出了600年间置入221个闰月的新闰法，开辟了提高回归年长度值准确度探索的新方向。

到了南北朝时期，天文历法取得长足的发展。在南方，443年何承天制成元嘉历，463年祖冲之制成大明历。北方历法前期并无起色，直到北齐张子信等出现，才后来居上。其中元嘉历所取五星会合周期值的平均误差为69分钟，比前代历法有明显提高；大明历所取五星会合周期的平均误差为43分钟，较元嘉历又有较大进步。大明历是这一时期成就最大的一部历法。大明历首次把岁差引入历法之中，是一个重大的成就。另外祖冲之还发明了由晷影观测、计算冬至时刻的新方法，成为冬至时刻的经典算法。

北方以北齐张子信在历法上的贡献最为突出。他在一个海岛之上，坚持30余年认真观测和研究，终于在570年取得三项重大的天文发现，即太阳、五星运动的不均匀性和月亮视差对日食的影响。

在太阳运动不均匀性上，张子信指出："日行在春分后则迟，秋分后则速。"即太阳在春分到秋分间每日运动的速度小于1度，而在秋分到春分间每日运动速度大于1度。对于五星运动的不均匀性，他指出，五星晨见东方的时间超前或滞后，其多少与二十四节气有密切而稳定的关联。张子信观察发现，当合朔发生在黄白交点附近的食限以内的时候，如果月亮位于黄道之北，则必定发生日食现象；如果月亮位于黄道以南，就可能没有日食现象的发生。

综上可知，天文历法在三国两晋南北朝时期取得了一系列的成就，这些科技的进步为后来天文历法的进一步发展铺平了道路。

圆周率的计算

祖冲之像

在三国两晋南北朝时期，有两位杰出的数学家在计算圆周率上做出了非常杰出的贡献，他们是曹魏、西晋时期的刘徽和南朝宋时期的祖冲之。

人们最初计算圆面积的时候，大都采用"周三径一"，即圆周率 π=3 来计算，这样一来，误差还是挺大的，不够精确。刘徽经过研究发现，"周三径一"实际上是圆内接正六边形的周长和直径的比值，而不是实际的圆周长与直径的比值。因此，用这个数据所计算的结果是圆内接正十二边形的面积，而不是圆的面积。

刘徽不满足这一发现，他继续深入研究，得出结论：圆内接正多边形边数越多，其面积越趋近于圆面积，即"割之弥细，所失弥小。割之又割，以至于不可割，则与圆合体而无所失矣"。当圆内接正多边形边数无限多时，其周长的极限也就是圆周长，其面积的极限也就是圆的面积，这就是著名的"割圆术"。割圆术是我国古代最早用极限思想解决数学问题的有力证明。

刘徽计算时，从圆内接正六边形算起，然后边数逐倍增加。假设圆内接正 $2n$ 边形边长为 $L2n$，内接正 $4n$ 边形边长为 $L4n$，那么选择一个直角三角形，利用勾股定理，r、$L2n$、$L4n$ 三者存在这样的运算关系：

三个未知数，已知两个数值，便可求得第三个。刘徽算得 $π ≈ 3.14$ 或 $π ≈ 3927/1250$。这个数据是当时世界上 π 的最佳数据。

刘徽首创"割圆术"，开创了圆周率研究的新纪元。祖冲之则是将其发扬光大者。在刘徽研究和计算的基础之上，祖冲之将圆周率的计算推进了一大步，他求出了精确到小数点后第 7 位有效数字的圆周率：$3.1415926 < π < 3.1415927$。

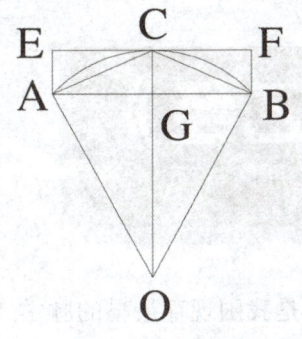

$$OA = OB = OC = r$$

$$AB = L2n \qquad OG = \sqrt{r^2 - \left(L2n/2\right)^2} \qquad CG = r - OG$$

$$AC = BC = L4n \qquad L4n = \left\{\left[r - \sqrt{r^2 - \left(L2n/2\right)^2}\right]^2 + \left(L2n/2\right)^2\right\}^{1/2}$$

这一结果需要付出巨大的努力和辛勤的劳动。可以试想一下，在当时算筹运算的条件下，需要对9位数字的大数目进行各种运算至少130次以上，还包括乘方、开方的计算，这是一项非常艰巨而又极需耐心的工作。

为了计算的方便，祖冲之还求出两个分数来表示圆周率：密率是355/113，约率是22/7。其中密率是分子、分母都在1000以内表示圆周率最佳的数值。

祖冲之对圆周率计算的贡献，足以使他名垂不朽。对于圆周率的计算他走在了全世界的前列，直到1000年以后，才有人求出更精确的值。

刘徽在数学方面的贡献还有很多。他对求圆面积、球体积、圆锥体积、解方程等，都有深入的研究。他撰写《九章算术注》和《重差》（后改为《海岛算经》）等数学著作。其中《重差》被列为唐初"十部算经"之一，内容是测量目的物的高和远的计算方法，代表着古代测量数学的杰出水平。

祖冲之的研究涉及三次方程求解问题，他注释《九章算术》，撰写《缀术》10篇。《缀术》唐初被列入"十部算经"之一，内容精妙，可惜已佚失。

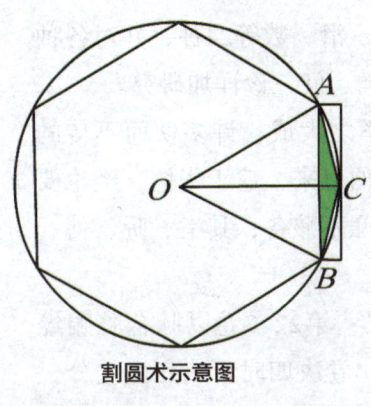

割圆术示意图

随着电子计算机的发展，人类对 π 的计算越来越精确。日本科学家已经将 π 计算到小数点后的 2.0132 亿位。

《脉经》与《针灸甲乙经》

在西晋时期，有两部很出名的医学著作问世。它们分别是我国现存最早的脉学专著《脉经》和第一部针灸学专著《针灸甲乙经》。

《脉经》共10卷，98篇，将脉象归纳为浮、芤、洪、滑、数等24种，并对各种脉象加以简明扼要的解释，阐明其所主病症，结合望、闻、问三诊详加研究。

《脉经》收集了魏晋以前的脉诊旧论，集古代脉学之大成，许多佚而不传的古医书因之得以存录。其《自序》中所说："今撰集岐伯以来，逮于华佗，经论要诀，合为10卷。百病根源，各以类例相从，声色证候，靡不赅备，其王、阮、傅、戴、关、葛、吕、张，所传异同，咸悉载录。"

《脉经》第1卷论三部九候、寸口脉及二十四脉象；第2、3卷以脉合脏腑经络，举阴阳之虚实、形证之异同，作为治疗的依据；第4卷决四时百病死生之分，论脉法；第5卷述张仲景、扁鹊脉法；第6卷列述诸病症；第7、8、9卷讨论脉证治疗各种病症；第10卷论述奇经八脉以及右侧上下肢诸脉。

《脉经》的作者是西晋的王叔和，名熙，高平（今山西高平）人。他出生官宦之家，为避战乱，移居荆州。受张仲景医学熏陶，立志钻研医道。他潜心学习，博采众家之长，医术日精。后来，他投效曹魏政权，做过曹操的随军医生，之后担任过王府侍医、皇室御医等职。在西晋时官做到太医令。王叔和在中医学发展史上做出了两大贡献，一是编著了《脉经》，另一个就是收集整理了散佚的《伤寒杂病论》。没有王叔和的收集整理，今人恐怕难以知道张仲

诊脉

景的杰出成就。

《针灸甲乙经》原名《黄帝三部针灸甲乙经》，简称《甲乙经》。全书起初共10卷，南北朝时改为12卷、128篇，系将《素问》、《灵枢》和《明堂孔穴针灸治要》3本书分类合编而成。

《针灸甲乙经》根据天干编次，内容主要是论述医学理论和针灸技术，故而得名。《甲乙经》的主要内容包括脏腑生理、经脉循行、腧穴走位、病机变化、诊断要点、治疗方法以及针灸禁忌，等等。该书对古代针灸疗法进行了系统的归纳和整理，推动了针灸学的发展。

艾灼

艾灼是针灸中的一种。让草药燃烧后，灼烧在中国古代医学家们描绘的经脉上。

《针灸甲乙经》共记载了全身穴位649个，其中考订出的人身孔穴名称350个，单穴51个，双穴299个，对各个穴位都有明确定位，凡是前人记载有误的都予以纠正。

《脉经》与《针灸甲乙经》的成书，标志着我国传统医学在三国两晋南北朝时期的发展和进步，为医学的专门化研究提供了重要的参考文献。

在这一时期，医学主流不注重阴阳五行、四时之序等哲理性作用，而是偏向务实，大力研究方剂、药物和针灸技法，具体体现在《脉经》和《针灸甲乙经》的编撰上。另外在本草、药物的研究上，也保持着这一原则。

药物学在两汉之后，得到迅速发展，典籍数量和种类非常之多，其中最有影响的是陶弘景所撰的《本草经集注》。《本草经集注》是继《神农本草经》之后对药物知识的大总结，其数量在《神农本草经》的基础上增加了1倍，对药物的解说内容也大大增加。

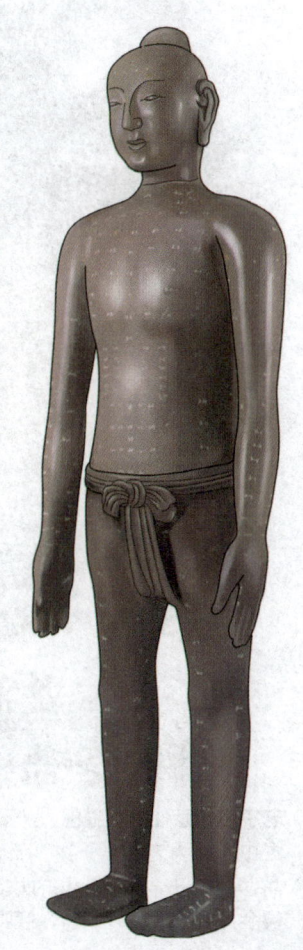

针灸铜人体模型

北宋医官王惟一在1026年铸造了两个空心铜人体模型，其全身标注559个穴位，其中107个是一名二穴，故全身共有666个针灸点。铜人既是针灸医疗的范本，又是医官院教学与考试的工具。

魏晋炼丹家与化学

魏晋南北朝时期，炼丹活动盛行，炼丹术得到了极大发展。

这一时期，战乱频繁，社会动荡，统治者感觉地位不稳固，为了寻求精神的慰藉或解脱，纷纷求取丹药，妄图成仙。另一方面，由于自身的堕落，为了强身纵欲，也需借助丹药。一大批士人隐居山林，闲来无事，也纵酒谈禅，采药炼丹。炼丹已成为当时的一种社会时尚。

葛洪和陶弘景是这一时期两大著名的炼丹家，他们对炼丹术的发展起着举足轻重的作用。

葛洪，字稚川，自号抱朴子，丹阳句容（今江苏句容）人，是早期道教的代表人物。由于家庭环境的关系，葛洪从小就受到正统儒家思想和神仙方术的熏陶。

13岁的时候，家道中落，但葛洪自强不息，努力学习，终"以儒学知名"。后来拜从祖葛玄的弟子郑隐（字思远）为师，开始学习炼丹术。青年时期遭逢"八王之乱"，葛洪产生了出世思想，专注于道学。

晚年入罗浮山炼丹修行，并且著书立说，直到去世。葛洪著述颇丰，有《抱朴子内篇》20卷，《抱朴子外篇》50

老子传铅汞仙丹之道图
图中所绘为老君坐于崖下石台之上，面前有一炼丹用的三足鼎，鼎中开一圆孔，孔内放出一道黄色光柱，黄光中浮着一粒金丹。弟子立于炉前，倾听炼丹之道。

卷，《神仙传》10卷以及医书《玉函方》、《肘后备急方》等等。

陶弘景，字通明，号华阳真逸，谥贞白先生，丹阳秣陵（今江苏南京）人，是继葛洪之后的又一大炼丹家。他出身名门望族，自幼聪明好学，10岁读葛洪的《神仙传》，颇受启发，开始专注于道教。19岁时，齐高帝萧道成聘他为诸王侍读。

在这期间，他谒僧访道，学习炼丹术和医药学。37岁时，他厌倦官场，辞官隐居茅山（即句曲山，在今江苏句容、金坛之间）。在茅山，他一边修道炼丹，一边为人治病、著书，直到逝世。陶弘景著述多达60多种，现存仅有《神农本草经集注》以及收入《道藏》的《真诰》和《养性延命录》。

葛洪的《抱朴子内篇》是著名的炼丹著作，陶弘景的《神农本草经集注》虽为医药著作，实际上包含了很多炼丹术的内容。他们两人都对炼丹化学做出了杰出的贡献。

炼丹活动的盛行和炼丹术的发展，带来了炼丹化学的巨大进步。在炼丹家长期烧炼的药物中，有一种叫作九转还丹，就是利用了丹砂的分解和化合作用。丹砂，化学名称叫硫化汞（HgS），经过煅烧，其中的硫会被氧化成二氧化硫（SO_2），分离出来金属汞。然后，再使汞与硫化合，生成黑色的硫化汞，黑色的硫化汞经过加热升化，再经过冷却结晶，还原为比烧制之前的丹砂更纯净的红色的硫化汞。炼丹家称之为还丹，每经过一次这样的过程，就叫作一转。葛洪在《抱朴子内篇·金丹》里这样总结道："丹砂烧之成水银，积变又还成丹砂。"

中国古代道士内丹修炼图
内丹修炼是道教修炼方法之一，与外丹相对，以人体比作炉鼎，循行一定的经络，通过炼养，使精、气、神在体内凝聚为"圣胎"，即是"内丹"。

葛稚川移居图局部　（元　王蒙）

随着炼丹术的发展，炼丹家对铅化学的认识有所提高。葛洪指出，胡粉（碱性碳酸铅）和黄丹都是"化铅所作"，其冶炼过程为"铅性白也，而赤之以为丹；丹性赤也，而白之以为铅"。陶弘景在《神农本草经集注》中也说，黄丹是"熬铅所作"，胡粉是"化铅所作"。

炼丹家已经能够制取单质砷。葛洪在《抱朴子内篇·仙药》中共记载了6种处理雄黄的方法，最后一种方法是在雄黄中添加硝石、玄胴肠（猪大肠）和松脂"三物炼之"，就能还原得到纯净的单质砷。这是世界上最早制取单质砷的方法。

对于铁与铜盐的置换反应，炼丹家也深刻认识到了。葛洪在铁的表面涂抹硫酸铜溶液，表面会析出铜来，"铁赤色如铜"，"外变而内不化也"。陶弘景扩大了铜盐的范围，用碱性硫酸铜或者是碱性碳酸铜参与反应。

在炼丹活动中，炼丹家对化学物质的特性和化学反应有了深入的认识。他们用汞溶解金属制作汞齐，用水银或氢氰酸溶解黄金，用火焰法来鉴别钾盐，等等。他们的发现有许多都是首次记录，处于世界化学的领先地位。魏晋炼丹家为我国古代化学的发展做出了杰出的贡献！

郦道元和《水经注》

在北魏时期，有一本地理学巨著叫《水经注》，他的著者郦道元是我国古代最卓越的地理学家之一。郦道元，字善长，北魏范阳郡涿县人。

郦道元出生在官僚世家，青少年时代随父亲在山东生活。对当地的风土人情深入了解后，逐渐对地理考察产生兴趣。父亲去世后，道元袭爵永宁侯，在孝文帝身边做官。后来外调，做颍川太守、鲁阳太守和东荆州刺史等职。在辗转各地做官的过程中，他博览群书，并进行实地考察，对当地的地理和历史有了深入的了解和研究。

神龟元年（518年），郦道元被免职回到洛阳。在这期间，他感觉以往的地理著作如《山海经》《禹贡》《汉书·地理志》都太过简略，《水经》只有纲领而不详尽。于是，他花了大量心血，广泛参考各类书籍，结合多年的实地考察经验，历时七八年，终于完成地理学名著《水经注》。

因为郦道元做官时得罪了小人，被他们设下陷阱，派去视察反状已露的雍州刺史萧宝夤的辖区。孝昌三年（527年）十月，郦道元在阴盘驿序（今陕西临潼东）时，遭到萧宝夤部队袭击，被残忍杀害。

《水经注》共40卷，约30万字，是原书《水经》文字的20倍，共记有1252条河流。《水经注》这部在当时世界地理文献中无与伦比的著作，成就巨大，主要表现在以下四个方面。

其一，在水文地理方面。《水经注》共记载了1252条大小河流，按一定次序对水文进行了详细的描述。如河流的发源、流程、流向、分布、水量的季节变化以及河水的含沙量和河流的冰期等。在河源的描述上，有陂池、泉水、小溪以及瀑布急流。全书共记载峡谷近300个，瀑布64处，类型名

郦道元雕像

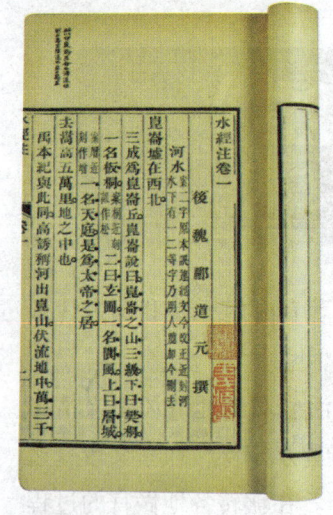
《水经注》书影

称15个；记载了伏流22处，其中有石灰岩地区的地下河和松散沉积孔隙水；记载的湖泊总数超过500个，类型名称13个；记载了泉水几百处，其中温泉31处。这些为后世研究古今水文变迁提供了重要的参考文献。《水经注》还记载了无水旧河道24条，为寻找地下水提供了线索。

其二，在生物地理方面。《水经注》记载了大约50种动物种类，不仅明确记载了动物的分布区域，而且记载了各地所特有的动物资料。特别是黄河淡水鱼类的洄游，是世界上该方面现存最早的文献记载。《水经注》还记载了约140种植物种类，描述了各地不同类型的植物群落，尤其注重植被状况。

其三，在地质地貌方面。《水经注》记载了31种地貌类型名称，山近800座；记载了洞穴46个，按不同性状结构取不同名称。《水经注》还记载了许多化石，包括古生物残骸化石；记载了矿物约20余种，岩石19种；记载了山崩地震10余处，其中关于流水侵蚀、搬运和沉积作用的解释，是古代最早的流水地貌成因理论。

其四，在人文地理方面。《水经注》中记载的农业地理，包括农田水利、种植业、林业、渔业、畜牧业和狩猎业等；工业地理，包括造纸、纺织、采矿、冶金和食品等；运输地理，包括水上运输和陆上运输以及水陆相连的桥梁、津渡等。《水经注》还记载了地名约17000多个，有全面阐释的2134个。

黄山

綦毋怀文发明灌钢法

在汉代炒钢和百炼钢技术的基础之上，南北朝时期炼钢技术出现了新的突破，发明了灌钢法。

灌钢法就是把含碳量高的熔融状态的生铁和含碳量低的熟铁合炼，让碳分散均匀，成为含碳量较低的优质钢。灌钢法是我国冶金史上的一项伟大创造，在世界冶金史上也有着突出的地位。文献上有关灌钢法的记载，在汉代和晋代都语焉不详，使后人难以知道其具体的方法。到了南北朝时期，綦毋怀文对灌钢法的发展做出了无与伦比的贡献！

鎏金莲花烛台 （南北朝 北齐）

綦毋怀文虽然可能不是灌钢法的最早发明者，却是灌钢法最早的革新者。他对这一炼钢工艺进行了重大的改进和完善，从而使这种新的炼钢方法趋于稳定，使操作更加简便和实用。綦毋怀文，复姓綦毋，名怀文，是我国南北朝时期著名的冶金家。具体的生卒年代历史上没有记载，只知道他生活在6世纪北朝的东魏、北齐年间。他喜欢"道术"，曾经做过北齐的信州（今四川奉节）刺史。

綦毋怀文在我国冶金史上的划时代贡献，在于他对灌钢法突破性的发展和完善以及他在制刀和热处理方面的独特创造。

綦毋怀文在信州做刺史期间，制造了一种"宿铁刀"，采用的技术就是灌钢法。

◆ 明宋应星《天工开物》中的灌钢 ◆

"凡钢铁炼法，用熟铁打成薄片如指头阔，长寸半许，以铁片束包尖紧，生铁安置其上（广南生铁名堕子生钢者，妙甚），又用破草覆盖其上（粘带泥土者，故不神化），泥涂其底下。洪炉鼓鞴，火力到时，生钢先化，渗淋熟铁之中，两情投合。取出加锤，再炼再锤，不一而足，俗名团钢，亦曰灌钢者是也。"

生铁炒钢

《北史·艺术列传》中记载："怀文造宿铁刀，其法烧生铁精，以重柔铤，数宿则成刚。以柔铁为刀脊，浴以五牲之溺，淬以五牲之脂，斩甲过三十札。"这里"生"是指"生铁"，"柔"是指熟铁，把含碳量高的生铁熔化，然后浇灌到熟铁上，降低熟铁的含碳量，这是明确的灌钢法记载。

这种灌钢法较之以前的百炼法和炒钢法有着明显的优点。运用灌钢法，在高温下，液态生铁中的碳及硅、锰等与熟铁中的氧化物发生氧化反应，这样就能达到去除杂质、纯化金属组织的目的，从而提高金属的质量。灌钢法明显减少了锻打的次数，提高了劳动生产率。这种方法操作简便，特别容易推广。

綦毋怀文制作"宿铁刀"时，在热处理方面，使用动物尿和动物油脂作为冷却介质。动物尿中含有盐分，作为淬火冷却介质，冷却速度比水快，得到的钢较坚硬；动物油脂冷却速度比水慢，得到的钢有韧性。在此之前，人们一直用水作为淬火的冷却介质，直到三国制刀能手蒲元等人也没能突破水的范围。綦毋怀文对钢铁淬火工艺的重大改进，不仅扩大了淬火介质的范围，而且也能通过不同冷却速度获得不同性能的钢。

綦毋怀文还可能使用了双液淬火法，即先使用动物尿淬火，然后再使用动物油脂淬火，这样就能得到性能较好的钢。在工件温度比较高的时候，选用冷却速度比较快的淬火介质，主要是为了保证工件的硬度；在温度比较低的时候，选用冷却速度比较慢的淬水介质，是为了防止工件开裂和变形，保证工件的韧性。双液淬火法是一项比较复杂的淬火工艺，要求操作者有很高的技术水平和丰富经验，而綦毋怀文早在1400多年前就掌握了这种技术，这是热处理技术史上一项了不起的成就。

綦毋怀文对灌钢法突破性的发展和完善，标志着这一时期我国冶金技术的重大进步，使我国冶金技术遥遥领先于世界。

越青、邢白、唐三彩

千姿百态的造型，变化多端的装饰，融合了山水、人物、大自然的灵气，交织着宗教、哲学、艺术的理念，这就是唐代的瓷器。它的制作已经发展到非常成熟的阶段。

瓷器是我国古代独创的一项重大发明。原始瓷器在商周时期已经出现，经历了1500多年，制瓷技术到东汉后期已基本成熟，后经三国两晋南北朝进一步成熟和完善，唐代烧制瓷器的技术已达到炉火纯青的地步。

青瓷水注（三国 吴）

唐代最著名的烧制瓷器的窑为越窑和邢窑。越窑在南方浙江绍兴，主要烧制青瓷；邢窑在北方河北邢台，主要烧制白瓷。

越窑的青瓷，胎质坚实，通体施釉，明彻如冰，晶莹温润如玉，色泽是青中带绿。瓷器的颜色主要由釉中所含的金属元素决定，尤其是铁元素的含量。铁的氧化物一般有氧化亚铁和三氧化二铁等，只有氧化亚铁呈绿色。青瓷就是利用还原焰产生氧化亚铁烧制而成。掌握氧化亚铁的含量是烧制青瓷的关键。唐代，氧化亚铁的含量一般都控制在1%～3%之间，标志着青瓷的生产技术已经达到了一个新的高度。越瓷始于汉，盛于唐，尤其是唐中后期，瓷器烧制技艺非常纯熟。唐代的越窑瓷器，外形美观，品种繁多，工艺一流，堪称精品。其

白瓷象形烛台（五代）

217

唐三彩　载乐伎骆驼俑

中尤以"秘色窑瓷器"（青瓷）最为著称。晚唐著名诗人陆龟蒙在《秘色越器》中盛赞越瓷道："九秋风露越窑开，夺得千峰翠色来。如向中宵承沆瀣，共嵇中散斗遗杯"，并赞美越瓷"类冰似玉"。越瓷从唐代开始就出口到日本、巴基斯坦、伊朗、埃及等国家。

邢窑的白瓷，胎质细润，器壁坚而薄，釉色洁白，光润晶莹。白瓷的呈色剂主要是氧化钙，它要求铁的含量越少越好。邢窑还在实践之中不断创新，首创匣钵烧法，即将坯体盛于匣钵之中与火分离的操作法，从而使器形端正，坯胎减薄，对精美瓷器的烧制成功起着关键性的作用。精细白瓷的出现，是邢窑发展阶段的必然产物，说明了当时制瓷工艺已经达到了纯熟的地步。邢窑始烧于北朝，盛于唐朝，衰于五代，终于元朝，烧造的时间大约有900多年。邢窑白瓷的出现，结束了自魏晋以来青瓷一统天下的局面，到了唐代迅速崛起，与越窑平分秋色，形成南青北白、相互争妍的两大体系。

中唐是邢窑的鼎盛时期，具有高透影性能的细白瓷，堪称精品，有"类银"、"类雪"的美誉。唐代著名诗人皮日休写诗赞道："圆似月魂堕，轻如云魄起。"邢窑细白瓷也是进献皇室的贡品，在唐代就远销海外。

唐三彩是继青瓷之后出现的一种彩陶。它烧制于唐代，主要是用黄、绿、白三色釉彩涂胎，故称唐三彩。唐三彩实际上是唐代彩色釉陶的总称。它有二彩的，也有四彩的，其他的色彩还包括蓝、赭、紫、黑等。它是在继承汉代低温铅釉陶工艺的基础上，对含有有色金属元素的各种原料有了新的认识之后，经过实践创新烧制而成的。它的制作工艺是用白色黏土做胎，然后用含有铜、铁、锰、钴等有色金属元素的矿物做釉料着色剂，再在釉料中加入铅作为助熔剂，最后经低温（800℃左右）烧制成功。唐三彩从开始烧制到工艺成熟，经历了一个由粗到精、由少到多的发展过程。大约在盛唐时代，经济的发展和兴起的厚葬之风，使得唐三彩达到了鼎盛时期。唐三彩主要用于明器和俑，样式多样，内容丰富，被誉为唐代社会的"百科全书"。

越窑青瓷、邢窑白瓷以及唐三彩，代表了唐代陶瓷技术的杰出水平，标志着唐代陶瓷工艺的纯熟。

雕版印刷术

印刷术是我国古代四大发明之一。它的发明和推广，推动了社会的进步和人类文明的发展，被称为"文明之母"。

雕版印刷术是印刷术最早的印刷模式，它的出现标志着印刷术的产生，不愧是人类历史上一项划时代的发明。

关于雕版印刷技术发明的年代，学界有好几种说法，有东汉说、东晋说、魏晋南北朝说、隋朝说、唐朝说、五代说、北宋说。但是根据考古研究，有一点是可以肯定的，那就是雕版印刷技术发明在隋末唐初。在发现的唐代雕版印刷品中，最具代表性的是868年雕印的《金刚经》和韩国发现的武则天时代的《无垢净光大陀罗尼经》。

雕版印刷术的发明有着深刻的历史背景。伴随着物质基础的充裕和技术条件的成熟，雕版印刷术的产生已成为历史发展的必然。隋唐以前，造字、镂金、制笔、研墨、造纸等奠定了物质基础，制陶、印章、刻石、捶拓、模像、凸版印花等提供了技术条件，这是一个不断积累、由量变到质变逐渐完善的成长过程。

在物质基础方面，主要是指对雕版印刷术发明起决定作用的纸、笔、墨。造纸术发明后，经过蔡伦、左伯和张永等造纸专家的改进和推广，迅速取代了竹帛。到魏晋南北朝时期，发明了帘床抄纸器，造出了匀细的薄纸；采用涂布技术，提高了纸张的吸墨性能；广泛采用染潢技术，使纸的质量不断提高。造笔和制墨技术均发明于先秦，经过近1000年的改进，魏晋时期已经十分成熟。造纸、造笔和制墨技术的成熟，为雕版印刷术的发明奠定了坚实的物质基础。

在技术条件方面，主要是捶拓与石碑拓本技术和镂花模板、刺孔漏印及凸版印花技

雕版印刷工具 （唐）

时期	时间	标志特征	考古实物
奠基时期	6世纪	捶拓与石碑拓本 镂花模板、刺孔漏印 及凸版印花 印章与佛像模印	敦煌石室遗书中三件珍贵的佛教文献拓本：欧阳询写刻于631年的《化度寺故僧邕禅师舍利塔铭》，唐太宗李世民撰书的《温泉铭》，824年刻的柳公权书《金刚经》
形成时期	7世纪	佛像雕印	1906年，在新疆吐鲁番发现刻印的《妙法莲花经》卷五、《如来佛寿品第十六》残卷及《分别功德品第十七》全卷。1966年，在韩国发现的《无垢净光大陀罗尼经》
成长时期	8世纪	密宗咒语	1944年，成都市东门外望江楼附近的唐墓中出土《陀罗尼经咒》印本；1967年，陕西西安西郊张家坡西安造纸厂工地唐墓中出土梵文《陀罗尼经咒》
成熟时期	9世纪	图文并茂的佛经	咸通九年（868年）的《金刚经》印本，敦煌木刻佛经印本《佛说观世音经》

雕版印刷术的发展概况

术，以及印章与佛像模印技术这三种技术方法的成熟。其一，捶拓与石碑拓本这种方法在印刷术发明以前，是一种较简便的复制文字的方法，具体操作方法是将洇湿的纸平铺于石上，用软刷将纸刷匀，经过捶打使纸紧贴在石面上，然后再用细布包裹棉花做成拓包，蘸上墨汁，在纸面上轻轻拓刷，因为石上的字是凹进石面的，所以有文字的部分受不着墨，把纸揭下来，便成为一件黑底白字的复制品，这就是拓本，也称拓片。其二，镂花模板、刺孔漏印及凸版印花这些方法，这是古代纺织业的印染技术。镂版印花是用两块雕镂成同样花纹的木板或油纸版等，将织物置于两块花版之间，将其夹紧，然后在雕空处注以色浆，印上花纹；刺孔漏印，是在硬纸板上刺孔成像，然后再进行描画或直接从孔透墨印刷；凸版印花，又称木版印花，其花版不镂空，花纹图案呈阳纹凸起状，印花时将色浆或染料涂在花版的凸纹线条上，然后铺上丝织物加压，织物上便显出花纹。其三，印章与佛像模印。印章是对镌刻甲骨、金石这一传统的继承。印章有阳文和阴文两种，阳文刻的字是凸出来的，阴文刻的字是凹进去的。

中国四堡雕版印刷展览馆

雕版印刷是我国古代应用最早的印刷术，其工作原理是：首先把木材锯成一块块的平木板，把要印的字写在薄纸上，反贴到木板上，然后根据每个字的笔画，用刀一笔一笔雕刻成阳文，使每个字的笔画都凸起在木板上。木板雕好以后，就可以印书了。

印书的时候，先用一把刷子蘸了墨，在雕好的板上刷一下，接着，用白纸覆在板上，另外拿一把干净的刷子在纸背上轻轻刷一下，把纸拿下来，一页书就印好了。一页一页印好以后，装订成册，一本书就做成了。对于雕版印刷的版材，古人最初一般选用梓木，因此后人所以称刻版为"刻梓"或"付梓"。以后也广泛使用梨木和枣木，故刻版亦被称为"付之梨枣"。

雕版印刷术具备工艺简单、费用低廉、印刷快捷的显著优点，比之早先的手写传抄要优越百倍，所以一经发明，便受到人们的普遍欢迎，迅速得到推广和传播。

雕版印刷在唐代民间广泛应用于以下三个方面：一是宗教活动。大量佛教、道教经典典籍被印刷出版；二是刻印诗集、音韵书和教学书籍。白居易和元稹的诗集被"模勒"出版，受到百姓喜爱；三是历法、医药等科学书籍的印刷。

雕版印刷术是中国的一项独特的发明，它是无数劳动人民集体智慧和经验的结晶。

李春建赵州桥

古老的赵州桥像一条美丽的彩虹横卧在赵州（今河北赵县）城南洨河之上。唐朝文人赞美它如同"初云出月，长虹饮涧"。它结构坚固、雄伟壮观，历经1400多年的风霜，依然屹立不倒，可以称得上是我国桥梁建筑史上的奇迹。

赵州桥，又名安济桥，也叫大石拱桥，是我国现存最早的大型石拱桥，也是世界上现存最古老的跨度最长的敞肩圆弧拱桥。它全长50.83米，宽9米，主孔净跨度为37.02米。赵州桥全部用石块建成，共用石块1000多块，每块的重量达1吨，整个桥梁自重约为2800吨。大桥自建成到现在，期间经历了10次水灾、8次战乱和多次地震，承受了无数次人畜车辆的重压，都没有被破坏，让人不能不佩服其施工的精巧和科学。

赵州桥建于隋代开皇中期（605年～618年），是由隋代著名的桥梁工匠李春设计和主持建造的。隋时的赵县是南北交通的必经之路，由此北上可到重镇涿郡（今河北涿州市），南下可抵东都洛阳，交通十分繁忙。可是这一要道却被洨河所阻断，严重影响了南北交通。到了洪水季节，甚至不能通行。在洨河上建造一座大型石桥成为人们的迫切需要，朝廷授命李春负责大桥的设计和施工。

李春是隋代的无数普通工匠中一位杰出代表，身份的普通使他在史书中没有记

赵州桥桥石雕刻

载，有关他的文字记载仅见于唐代中书令张嘉贞为赵州桥所写的"铭文"中："赵郡洨河石桥，隋匠李春之迹也，制造奇特，人不知其所为。"

李春率领工匠来到赵县，对洨河及两岸地质等情况进行了实地的综合考察，在认真总结了前人建桥经验的基础上，提出了独具匠心的设计方案。然后再按照设计方案组织施工，出色地完成了赵州桥的建造。

赵州桥不仅设计独特，而且建造技术也非常出色，在我国桥梁技术史上有许多创新和贡献，表现在以下几个方面：

（1）采用坦拱式结构，改变了我国早期拱桥半圆形拱的传统。赵州桥的主孔净跨度为37.02米，而拱高只有7.23米，矢跨比（拱高和跨度之比）为1:5左右，这样就实现了低桥面和大跨度的双重目的。这种结构不仅使桥面平坦，易于车马通行，而且还有节省用料和施工方便的优点。

（2）开敞肩之先河。李春把以往桥梁建筑中采用的实肩拱改为敞肩拱，即在大拱两端各设两个小拱。其中一小拱净跨为3.8米，另一拱净跨为2.8米。这

1991年，赵州桥获得世界上第十二块国际土木工程历史古迹纪念铜牌。

◆ 赵州桥的桥基调查 ◆

1979年5月，中国科学院自然史组等4个单位组成了联合调查组，展开了对赵州桥桥基的调查，发现其根基只是有5层石条砌成高1.55米的桥台。桥基之浅令人叹为观止。

梁思成在1933年对赵州桥进行考察时，认为那并不是承纳桥券全部荷载的基础。他在考察报告中写道：

"为要实测券基，我们在北面券脚下发掘，但在现在河床下约70～80厘米，即发现承在券下平置的石壁。石共五层，共高1.58米，每层较上一层稍出台，下面并无坚实的基础，分明只是防水流冲刷而用的金刚墙，而非承纳桥券全部荷载的基础。因再下30厘米～40厘米便即见水，所以除非大规模的发掘，否则无法进达我们据学理推测的大座桥基的位置。"

种设计的好处有三：一是可节省材料，二是减少桥身自重，三是能增加桥下河水的泄流量。这种大拱加小拱的敞肩拱设计不仅增加了造型的优美，而且符合结构力学理论，提高了桥梁的承载力和稳定性。

（3）单孔设计。建造比较长的桥梁，我国古代一般采用多孔形式。李春采取了单孔长跨的形式，河心不设立桥墩，石拱跨径长达37米之多。这在我国桥梁史上是一项空前的创举。

（4）合理选择桥基址，设计了独具特色的桥台。李春选择洨河两岸较为平直的地方建桥，地层都是由河水冲积而成，表面是粗砂层，以下是细石、粗石、细砂和黏土层。

（5）基址特别牢固。赵州桥桥台的特点是低拱脚、短桥台、浅桥基。李春在桥台边打入许多木桩，目的是为了减少桥台的垂直位移（即由大桥主体的垂直压力造成的下沉）；采用延伸桥台后座的办法，目的是为了减少桥台的水平移动（即由大桥主体的水平推力造成的桥台后移）。另外，为了保护桥台和桥基，李春还在沿河一侧设置了一道金刚墙。这种设计不仅可以防止水流的冲蚀作用，而且使金刚墙和桥基以及桥台连成一体，增加了桥台的稳定性。

赵州桥的敞肩圆弧拱形式是我国劳动人民的一个伟大的创造，西方直到14世纪才出现敞肩圆弧石拱桥，比我国晚了600多年。赵州桥建筑结构奇特，融科学性和民族特色为一体，是我国古代建筑的精品。1991年，赵州桥被美国土木工程师学会选定为世界第12处"国际土木工程历史古迹"。

赵州桥

开凿大运河

举世闻名的京杭大运河与万里长城并称为中国古代最伟大的工程，是世界上开凿最早、最长的一条人工河道。它始凿于春秋末期（公元前5世纪），后经隋朝（7世纪）和元朝（13世纪）两次大规模扩展，成为北起北京、南至杭州的南北交通大动脉。它跨北京、天津以及河北、山东、江苏、浙江四省，沟通海河、黄河、淮河、长江、钱塘江五大水系。

经隋朝数次开凿形成的南北大运河，是世界上最长的运河。它全长1794公里，水面宽50多米，最窄的地方也有30米～40米。运河修通后，隋炀帝杨广率领数达几千艘、长达200里的船队，从洛阳出发，一路浩浩荡荡前往扬州游玩。杨广乘坐的龙舟，高4.5丈，宽5丈，长达20丈。由此不难看出大运河的规模和通航能力。

隋炀帝像

南北大运河是由广通渠、通济渠、山阳渎和永济渠以及江南运河连接而成。其开凿的时间前后不一，共有20多年之久。

开皇四年（584年），隋文帝杨坚为了改善漕运，命宇文恺率水工凿渠，"引水自大兴城（即长安）东至潼关三百余里，名曰广通渠"，历时3个月。

开皇七年（587年），杨坚出于军事上的需要，下令调集民工，开挖江淮河段，"于扬州开山阳渎"。山阳渎长约300里，疏导了春秋时吴王夫差所开的邗沟，引淮河水入长江。

大业元年（605年），隋炀帝杨广调集河南诸郡民工百余万人，开挖通济渠。自洛阳西苑引穀、洛水入黄河，又从洛阳东面的板渚引黄河水与汴水合流，然后又分流，折入淮水，直达淮河南岸的山阳。通济渠、山阳渎连接后，淮河南北漕运畅通。

大业四年（608年）春，杨广又调集河北诸郡民工百余万人开挖永济渠。这个工程先引沁水入黄河，又自沁水东北开渠，到达临清合屯氏河。主要用途是通舟北巡，所以称之为御河。

大业六年（610年）冬，杨广下令修江南运河。工程从京口（今江苏镇江）开始到

余杭入钱塘江，全长800余里，河宽10余丈。

隋朝修筑的南北大运河以洛阳为中心，北通涿郡，南达余杭，西至长安，把钱塘江、长江、淮河、黄河、海河5条大水系联系起来，形成了一个四通八达的水运网络。这是一项举世闻名的水利工程。

南北大运河开凿的原因，演义小说中都归结为杨广醉心游乐。事实上，主要是当时社会经济发展和政治方面的客观需要。从经济方面来说，当时政治中心长安和洛阳人口激增，粮食供应严重不足；而江浙一带"有海陆之饶，珍异所聚，故商贾并凑"，资源丰富，十分繁华。南北的经济需要交流，水运方面的状况尤其需要改善，漕运南方的粟米丝帛到中原地区来，促进了南北之间的贸易往来。从政治军事方面来说，南方广大地区大小起义始终不断，隋王朝鞭长莫及。为了进一步控制南方，隋王朝也需要修建一条运河来及时运兵，以镇压当地的反隋活动。因此，开凿南北大运河是经济、政治和军事的需要，也是时代的需要和历史发展的必然，当朝统治者的个人好恶并不是最主要的原因。

隋朝南北大运河的开凿，功在当时，利在千秋。大运河自从凿通以后，就成为我国南北交通的大动脉，运河中"商旅往返，船乘不绝"。唐代诗人皮日休在《汴河铭》说："今自九河外，复有淇汴（即运河），北通涿郡之渔商，南运江都之转输，其为利也博哉！"在运河两岸，商业都市日益繁荣。自隋唐以后，运河两岸的杭州、镇江、扬州、淮安、淮阴、开封等地，都逐渐成为新兴商业都会，这些城市历经宋、元、明、清而不衰，成为繁盛一方的大都市。

开挖大运河，要穿越复杂的地理环境，从设计施工到管理都需要解决一系列科学技术上的难题。工程涉及到测量、计算、机械、流体力学等多方面的科技知识。这一工程的完成反映了我国古代劳动人民的聪明才智和创造精神。

中世纪最大的城市——长安城

　　唐代的都城长安城是当时全国的政治、经济和文化中心，也是亚洲各国经济、文化交流的中心，人口超过100万，称得上是当时世界上规模最大的国际性都市。

　　长安城始建于隋朝建立的第二年（582年）六月丙申（7月29日），于583年基本完成，三月迁入使用，初名"大兴城"。唐代在隋大兴城的基础上，经过修建和扩充，建造成规模宏伟的长安城。

　　长安城周长36.7千米，面积83平方千米，是明代西安城面积的8倍。比50多平方千米的北宋开封、元大都和70多平方千米的明清北京城都大，是6世纪～9世纪东亚乃至世界第一大城。在古代世界著名的大城市中，罗马的面积为13.68平方千米，巴格达的面积为30.44平方千米，拜占廷的面积为11.99平方千米，它们都比长安城要小得多。

　　长安城分为宫城、皇城和外郭城三部分。宫城就是宫殿区，是帝王后妃居住的地方。宫城中部为大明宫，是皇帝起居、听政的地方；东部为东宫，是专供太子居住和处理政务的地方；西部为掖庭宫，是安置宫女学习技艺的地方。皇城又称子城，为中央衙署区，是军政机构和宗庙所在，是长安城的核心。外郭城中，分布着108坊（住宅区），由11条南北大街和14条东西大街分割而成。还有东、西两市，对称地坐落在皇城外的东南和西南部，是商业场所。整个城市依照中轴对称的原则设

西安古城墙

唐长安城大明宫复原图

计修建，布局严谨，街衢修直，殿堂宏大，楼阁栉比，四通八达，交通便利，是我国古代都城规划和建设中的创举。

唐长安城为人类建筑文化提供了一种特殊的见证，堪称同时代世界建筑中的杰作。从城市规划来看，长安城气势恢宏，多重格局，博大开阔。唐长安沿用隋代大兴城的"创制"规划，把皇室、官署和居住区严格分开，将宫城和皇城建在居中偏北，更突出了周天之内群星环拱紫微垣的思想。

从建筑类型来看，唐长安城造型多样，极富变化，建筑类型成熟完备。其垣门宫阙、离宫行馆、宫殿楼阁、寺院道观、府邸住宅、园林造景、别墅亭池等均有自己的特色。尤其是道观，沾了道教祖师爷李耳与唐皇室同姓的光，不但数量巨增，建筑艺术也获得长足发展，逐渐形成了与佛教建筑迥乎不同的风格与特色。

从建筑组群来看，唐长安城组群布局复杂。无论是庭院、宫殿，还是寺观和衙署的廊院，院落重叠并纵横双向扩展，构成了参差错落、变幻莫测的群体建筑。这种大规模的建筑组群，既有层次、深度又富有变化，颇具艺术审美性。

从环境建设来看，唐长安城开掘有龙首、清明、永安三条水渠，引河水入城，既解决了排水问题，又可运输物资。水渠两岸种植柳树，风景宜人。城东南辟有曲江风景区，"花卉周环，烟水明媚，都人游赏盛于中秋节。江侧菰蒲葱翠，柳荫四合，碧波红蕖，湛然可爱"。

唐长安城作为精心规划、气象宏伟的大都城，在隋唐以前的中国不曾有过。长安城既具有典型的东方建筑风格，也吸纳了许多中亚、西亚和南亚建筑的精华，特别是有些石构建筑甚至完全吸纳了外来建筑的优点。可以说唐代长安城兼具中西建筑的特色。这种有中国特色的古代东方伟大建筑的风采辐射世界，对之后朝鲜、日本的都城建设都有重要影响。

药王孙思邈

孙思邈，京兆华原（今陕西耀县孙家塬村）人，是我国隋唐时期伟大的医药学家，后世尊之为"药王"。

孙思邈的医学造诣很高，是隋唐时期医药界的佼佼者。宋代林亿称道："唐世孙思邈出，诚一代之良医也。"

孙思邈出生于一个普通的农民家庭。他自幼聪颖好学，敏慧强记，7岁时每天能背诵1000多字，人称神童。

孙思邈幼年多病，家中为他治病几乎倾家荡产。他经常见到老百姓生病没有钱医治而死去，加上自己的切身体会，孙思邈10岁时已决心要当一名医生。他花了整整10年的时间来刻苦攻读医书，钻研医学，20岁时已能给亲朋邻里治病，他本人所患的疾病最后也由自己治愈。

30岁时，孙思邈离开家乡，长途跋涉到太白山隐居，边行医采药，边研究炼丹术。这期间他成功地炼成了太一神精丹（即氧化砷）。孙思邈用它来治疗疟疾，疗效非常好。后来这种方法经阿拉伯传入欧洲，引起较大反响。40岁时，孙思邈在切脉诊候和采药制丹等方面已经卓然成家，医术也日臻成熟。

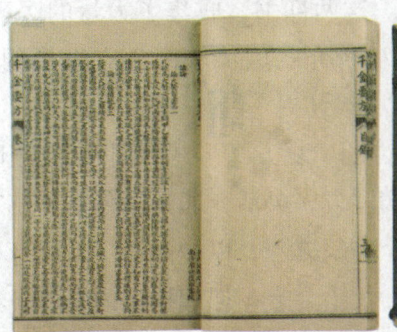

孙思邈

在民间治病救人的同时，晚年的孙思邈主要从事著书立说。70岁时，孙思邈积50年医疗实践之经验，编写了《千金要方》，30年后，又写成《千金翼方》。《千金要方》和《千金翼方》相辅相济，成为中医学史上极有实用价值的医学手册。除此以外，

《千金要方》书影

孙思邈扎针图

针灸包括针法和灸法，起源于新石器时期的砭石疗法，后世不断地加以发展和完善。针法和灸法所依据的理论、施行的体位基本相同，并常常配合应用，故一般合称为针灸。灸法是指将艾叶（或其他药物）揉碎，加工成艾绒，再制成艾条或艾柱，点燃后熏烤，烧灼体表的特定部位，如穴位、患处等来治疗疾病的方法。

孙思邈还著有《枕中素书》《福禄论》《会三教论》《老子注》《庄子注》《明堂图注》《孙真人丹经》《龟经》《玄女房中经》《摄生真录》《千金食治》《禁经》等。

孙思邈一生淡泊名利，隋文帝、唐太宗、唐高宗多次请他出来做官，他都托病辞而不受。他一生大部分时间生活在农村，为百姓治病。病人来向他求医，不论其贫富贵贱、亲近生疏，他都能做到一视同仁。遇到患传染病的危险病人，他也不顾个人的安危，及时为病人诊治。他高尚的医德颇受世人敬重，当时的大学士宋含文、名士孟诜和初唐四杰之一的卢照邻等均以"师资之礼"待他。擅长针灸的太医令谢季卿，以医方针灸著名的甄权、甄立言兄弟，长于药性的韦慈藏，唐初名臣魏征，都是他的好友。

《千金方》是孙思邈的代表著作。书名取自"人命至贵，有贵千金；一方济之，德逾于此"之义。《千金方》是《千金要方》和《千金翼方》的合称。《千金要方》又称《备急千金要方》，共30卷，分医学总论、妇人、小儿、七窍、诸风、脚气、伤寒、内脏、痈疽、痔漏、解毒、备急诸方、食治、养性、平脉、针灸等法，总计232门，收方5300个。《千金翼方》是对《千金要方》的补编，也是30卷，其中收录了大量唐代以前本草书中所未有的药物，补充了很多方剂和治疗方法。这两部书，收集了大量的医药资料，是唐代以前医药成就的系统总结，对学习和研究我国传统医学有重要的参考价值。后人称《千金方》为"方书之祖"。

《千金方》首创"复方"形式，是医学史上的重大革新。孙思邈在《千金要方》中发展为一病多方，灵活变通了张仲景《伤寒论》中一病一方的体例。有时两三个经方合成一个"复方"，以增强治疗效果；有时一个经方分成几个单方，以分别治疗某种疾病。《千金方》把妇科列为临床各科之首，为中医妇科和儿科的发展做出了重要的贡献。

一行测量子午线

唐代高僧一行，俗名张遂，魏州昌乐（今河南南乐）人，是唐代著名的佛学家和数学家，也是我国古代杰出的天文学家之一。

一行的曾祖父张公谨是唐太宗李世民的开国功臣，他的父亲张檀曾做过县令，但是张氏家族在武则天时期已经衰微。一行出生在唐高宗永淳二年。

一行自幼聪颖过人，读书过目不忘；稍长，博读经史书籍，对于历象和阴阳五行尤其感兴趣。那时的京城长安玄都观藏书丰富，观中的主持道长尹崇，是远近闻名的玄学大师。一行前往拜谒，尹崇对于他的虚心求学极为嘉许，耐心地给予指导。

有一次，尹崇借给一行一部汉代扬雄所作的玄学名著《太玄经》。可是没过几天，一行就把这部书还给了尹崇。尹崇很不高兴，严肃地对他说："这本书道理深奥，我虽已读了几遍，论时间也有几年了，可还是没有完全弄通弄懂，年轻人，你还是拿回去再仔细读读吧！"一行十分郑重地回答说："这本书我的确已经读完了。"然后，取出自己读此书的心得体会《大衍玄图》和《义诀》等交给尹崇，尹崇看后赞叹不已，称赞他是博学多识的"神童"。从此一行就以学识渊博闻名于长安。

武则天执政时，梁王武三思图谋不轨，四处网罗人才。一行为逃避武三思的拉拢，跑到嵩山，拜高僧普寂为师，剃度出家，改名敬贤，法号一行。普寂为了造就他，让他四处游

一行像

◆ 什么叫本初子午线 ◆

本初子午线是通过伦敦格林尼治天文台原址的经线，亦即0°经线。从0°经线算起，向东向西各分180°，以东的180°属于东经，以西的180°属于西经。

僧一行测量子午线示意图

724 年，一行命人在河南地区测量日影长度和北极高度，并根据实测结果得知子午线 1° 的长度为 351.27 唐里，即现在的 123.7 千米。这是世界上第一次地面实测子午线的记录。

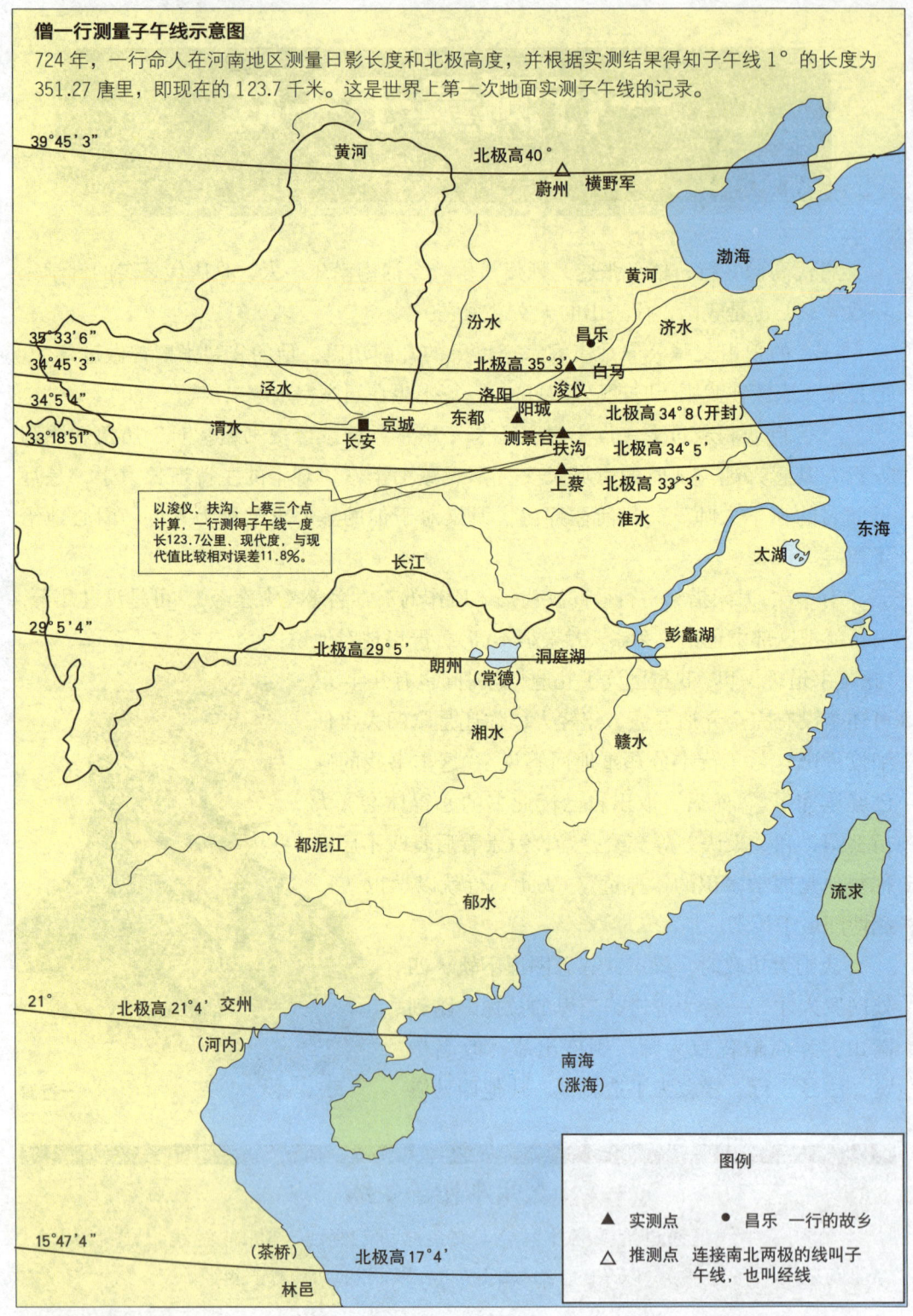

以浚仪、扶沟、上蔡三个点计算，一行测得子午线一度长123.7公里、现代度，与现代值比较相对误差11.8%。

图例

▲ 实测点　● 昌乐　一行的故乡

△ 推测点　连接南北两极的线叫子午线，也叫经线

学。从此，他走遍了大江南北的名山古寺，到处访求名师，一边研究佛学经义，一边学习天文历法、阴阳五行以及地理和数学等。唐代郑处诲的《明皇杂录》中记载了一则故事，说一行不辞千里，访师求学，受到在天台山国清寺驻锡的一位精通数学的无名高僧的指导，为他以后编制《大衍历》打下了良好的数学基础。

唐玄宗李隆基即位后，多次征召一行，他均以身体欠佳为由婉辞。717年，唐玄宗特地派他的族叔张洽去接，他才回到长安。一行一到京城就被召见，唐玄宗问他特长，他说只是记忆力好些。唐玄宗当即让太监取宫人名册。一行看过一遍，就将宫里所有人的姓名、年龄、职务依次背出，唐玄宗大为叹服，恭称"圣人"，并让他做了自己的顾问。在长安期间，一行住在华严寺，有机会和许多精通天文和历法的印度僧侣交往，获得了许多印度天文学方面的知识。他与印度高僧一起研讨密宗佛法，翻译了很多佛教经典。

为了观测天象，一行在机械制造家梁令瓒的援助之下，创制出了黄道游仪和水运浑象等天文仪器。通过实际的观测，一行重新测定了150多颗恒星的位置，发现与古代典籍所载的位置有若干改变，现代天文学称之为"恒星本动"。

724年～725年，一行主持了规模宏大的天文大地测量，测得了子午线1°的长，这是世界上首次实测子午线。

从725年起，一行历经两年时间编制成了《大衍历》（初稿）20卷，纠正了过去历法中把全年平均分为二十四节气的错误，是我国历法的一次重大改革。

开元十五年（727年）十一月二十五日，一行陪同唐玄宗前往新丰（今陕西临潼东北新丰镇）时病倒，当晚即与世长辞，时年44岁。玄宗敕令将他的遗体运回长安安葬，并为他建筑了一座纪念塔。

实测子午线时，一行基本上按照隋朝刘焯的设计方案，派太史监南宫说在黄河南北选定四个地点（今河南的滑县、开封、扶沟、上蔡）进行实地测量，推翻了过去一直沿用的"日影千里差一寸"的谬论。一行根据测量的结果，经过精确计算，得出了"大率五百二十六里二百七十步而北极差一度半，三百五十一里八十步，而差一度"的结果。就是说，子午线每1°为131.11公里（近代测得子午线1°长110.94千米）。这实际上是世界上第一次实测子午线长度的活动，英国著名的科学家李约瑟一再称："这是科学史上划时代的创举。"

黄道游仪

黄道游仪由唐一行和梁令瓒合制。由三重环圈组成：最外面的是固定的，包括地平（水平方向）、卯酉（东西方向）和子午（南北方向）三个环圈；中间一重也有三个环圈，包括赤道、白道和黄道，均可绕极轴转动；最里面是夹有窥管的四游环，可绕机轴转动，通过窥管对准天体即可测得其坐标值。

震天雷与突火枪

　　史载，北宋末年，中国的火器专家们制造出了陶制和铁制的"震天雷"和竹质管形"突火枪"。这两种火器在战争中主要用于攻坚或守城。其爆炸威力较大，声音巨大，不仅能杀伤敌人，而且能在声势上起到威吓敌人的目的。

　　1126年，宋朝大将李纲守开封时，就曾用震天雷等火器击退金兵的围攻；1132年，陈规守德安，抵御李横时就使用了以"火药炮"制造的"长竹杆火枪"二十余条，长竹杆火枪稍加改进就是突火枪。据记载，在1259年，今安徽寿春地区就有人制成突火枪。在《宋史·兵志·器甲之制》中说，突火枪"以巨竹为筒，内安子窠，如烧放，焰绝石子窠发出，如炮声，远闻百五十余步"。攻金的蒙古军队唯畏惧震天雷和突火枪二物。

　　震天雷是一种火炮，是陶或铁壳类的爆炸性兵器。点燃火药后，蓄积在炮内的气体压力增大，爆炸时威力巨大，能穿甲铁。《金史》这样描述道："火药发作，声如雷震，热力达半亩之上。人与牛皮皆碎迸无迹，甲铁皆透。"震天雷就是今天炸弹的前身。

　　突火枪又名突火筒，一般由竹筒制成，内置子窠。火药点燃后产生强大的气体压力，把"子窠"射出去。"子窠"就是原始的子弹。突火枪开创了管状火器发射弹丸的先例，是现代枪炮的前身。

　　突火枪等管状火器的发明是武器史上的一大飞跃。震天雷和突火枪这些火器都离不开火药，火药的出现促成了这些火器的诞生。

　　火药是中国四大发明之一，它的起源与炼丹术有着非常密切的关系。唐代药王孙思邈在他的著作中明确给出了用硫磺、硝石和木炭混合的火药配方，也是最早的火药配方。

　　硫磺、硝石都是用来治病的药

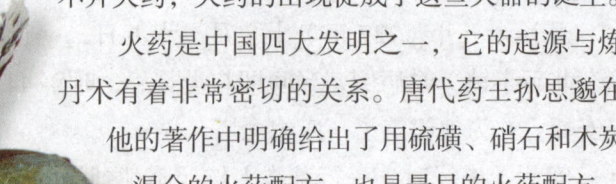

水底龙王炮模型

将装有火药的铁雷密封在牛尿泡中，绑缚在竹木排上，下坠石块使其悬浮在水中，水面有雁翎做的浮，浮与雷之间有羊肠相连通气。雷用信香引火起爆。

（《神农本草经》里列为重要药材），这两种药和木炭混合在一起就能着火，因而将其称为"火药"。硫磺的化学性质很活泼，很容易起化学反应。硝石的主要成分是硝酸钾，受热产生氧气，有很强的助燃作用。火药是古代炼丹家在炼丹时无意中配制出来的。

黑火药，又叫褐色火药，是由硝酸钾、硫磺和木炭粉末混合而成。这种混合物很容易燃烧，而且烧起来相当激烈。大家都知道火药燃烧时能产生大量的气体，主要是氮气和二氧化碳。假如是在密闭的容器内燃烧，体积突然猛增至几千倍，这时容器就会爆炸。火器就是利用火药燃烧产生爆炸的性能制造出来的。

唐代的火药配方中硫和硝的含量是1:1；宋代为1:2，甚至接近1:3。已经和后世黑火药中硝占3/4的配方相近。在制造和使用时，火药中还可加入少量的辅助性配料，以达到易燃、易爆、放毒和制造烟幕等效果。

两宋时期，阶级矛盾十分尖锐，战争连绵不断。火药和火药武器在这一时期得到了巨大的发展。政府设置军器监，专门生产火药和火器，制成了作战用的烟球、蒺藜火球和火炮等火器。宋代的农民起义军也自行制造火药武器，并有很多创造。像前文中的突火枪，就是在战争中发明的。

火器被用于战争之中，具有划时代的意义。火药兵器在战场上的出现，带动了战场从冷兵器阶段向使用火器阶段的过渡，预示着军事史上将发生一系列的变革。

火药和火器随着成吉思汗的西征首先传入中东。阿拉伯人仿照中国的突火枪，造出了木质管形射击火器，称为"马达发"。1260年，阿拉伯人掌握了火药的制造和使用方法，用火药推动的弩箭被称作"中国箭"。而英、法等欧洲各国则直至14世纪中期才有应用火药和火器的记载。

恩格斯明确指出："火药和火器的使用，决不是一种暴力行动，而是一种工业，也就是经济的进步。"此言非虚。

神火飞鸦模型

神火飞鸦，是一种长56厘米，是以扎制风筝的形式，结合火箭推动的原理发明的燃烧弹。用竹篾扎成乌鸦形状，内装火药，由4支火箭推动，可飞行300多米，多用于火战。

北宋喷火兵器猛火油柜模型

毕昇发明活字印刷术

众所周知，印刷术是我国古代的四大发明之一。隋唐时期出现的雕版印刷术是最初的印刷模式。雕版印刷虽然比手抄书写要快很多倍，质量也提高很多，但还存在着不少的缺陷。

雕版印刷要花费大量的木材，而且用版量很大，不仅存放不便，不好管理，出现错字也不易更正；而且雕版用过之后就变成废物，造成资源的浪费。

北宋庆历年间（1041年～1048年），印刷术取得了重大突破。布衣发明家毕昇发明了活字印刷术。活字印刷术弥补了雕版印刷术的不足，大大节省了人力、物力和财力，非常方便快捷。活字印刷术的发明是印刷术发展史上一项具有划时代意义的创造。

关于活字印刷术的发明者毕昇，历史缺少记载，仅能从沈括的《梦溪笔谈》中知道他是庆历年间的一介布衣，生平籍贯均付阙如。毕昇死后，他的活字印被沈括的"群从所得"。

《梦溪笔谈》里记载，活字印刷的程序为：首先选用质地细腻的胶泥，刻成一个个规格统一的单字，然后用火烧硬，即成胶泥活字；把活字分类放在相应的木格里，一般常用字，如"之"、"也"等字要备用几个至几十个，以备重复使用。其次，排版的时候，在一块带框的铁板上面敷上一层用松脂、蜡和纸灰之类混合制成的药剂，接着把需要的胶泥活字从备用的木格里拣出来，按文字顺序排进框内，排满就成为一版；排好后再用火烤，等药剂开始熔化的时候，用一块平板把字面压平，等到药剂冷却凝固后，就成为固定

毕昇塑像

泥活字版模型
毕昇发明的泥活字印刷术，成为近代活字印刷术的滥觞。

的版型，这样就可以涂墨印刷了；印完之后，再用火把药剂烤化，用手一抖，胶泥活字就可以从铁板上脱落下来，下次可以再用。

　　毕昇首创的泥活字版，使书籍的大量印刷更为方便。《梦溪笔谈》说"若印十百千本，则极为神速"。活字印刷，还可以一边印刷，一边排版，胶泥活字还可重复使用，实在是既节省了时间，又节省了材料，活字印刷术的方便快捷由此可见一斑。

　　毕昇之所以能够发明活字印刷术，来源于他对于生活的细心观察、思考和体悟。有记载说，毕昇发明活字印刷是受了他两个儿子玩过家家的启发。他的师兄弟们不明白为什么毕昇那么幸运地发明了活字印刷术，师傅开口了："毕昇是个有心人啊！你们不知道他早就在琢磨改进工艺了。冰冻三尺，非一日之寒啊！"

　　毕昇在发明泥活字印刷的过

转轮排字盘模型

237

程中，还研究过木活字排版。但是由于他所选用的木材的木质比较疏松，刷上墨后，受湿膨胀不均，干了还会缩小变形，加上不能和松脂药剂粘连，因此没有采用。后来经过人们的反复试验和研究，木活字印刷最终获得了成功。元代的农学家王祯造木活字3万多个，排印自己编撰的书。可以说，毕昇的早期探索在某种程度上启发了木活字的发明者。

毕昇的创造和探索，开了后世一系列材料活字的先河。南宋时，出现了铜活字。南宋末或元初，有人使用铸锡活字。明代出现了铅活字。清代，山东徐志定使用瓷活字印刷。这些活字都是在毕昇的胶泥活字基础上进行的改进。

活字印刷术的发明和使用，不仅大大推动了中国印刷业的发展，而且对世界文明的发展产生了巨大的影响。从13世纪开始，活字印刷术开始由中国传入朝鲜、日本等地，后来又经由丝绸之路传入波斯和阿拉伯，再传入埃及和欧洲。大约在1450年左右，德国人古登堡受活字印刷的影响，发明了铅、锡、锑的合金活字印刷。

活字印刷术的传入，为欧洲的文艺复兴和近代科学的兴起提供了重要的物质条件。活字印刷术的发明，促进了人类文化知识广泛的传播和交流，大大推动了世界文明的发展。

电脑排版替代了古老的印刷方式，一些印刷软件的使用使人们能够在计算机屏幕上直接编排，且图像清晰，内容丰富，快速高效。

光照千古的苏颂

苏颂，字子容，泉州（今福建一带）人，后迁居润州丹阳（今江苏镇江一带），是我国宋代著名的药学家和天文学家。

苏颂自幼聪颖过人，5岁就能背诵经书和诗文。10岁随父入京，学习勤奋刻苦。宋庆历二年（1042年），22岁的苏颂与王安石同榜中进士。

苏颂开始被授予汉阳军（今湖北武汉市汉阳）判官职，没有去赴任，后来改补宿州（今安徽宿县）观察推官，之后又调江宁任知县。苏颂在任内为官清廉，合理征收赋税，积弊为之一清。

宋仁宗皇祐三年（1051年），苏颂出任南京留守推官等职。他办事谨慎周密，很受当时任南京留守的欧阳修赏识。

宋仁宗皇祐五年（1053年），苏颂调到京城开封，任职馆阁校勘和集贤校理，负责编定书籍。在这段大约9年多的时间里，苏颂不仅博览了各种藏书，而且还每天背诵二千言。他对诸子百家、阴阳五行、天文历法、山经本草和训诂文字，无所不通，成为一位学识渊博的学者。

宋神宗熙宁三年（1070年），苏颂主持礼部贡举。王安石要越级提拔秀州判官李定到朝中任太守中允，神宗让苏颂起草诏令，苏颂认为不合任官体制，断然拒绝，结果被罢免了知制诰的职务，外放婺州为官。元丰四年（1081年），苏颂受命搜集整理邦交资料，历时2年，写成《华戎鲁卫信录》250卷。

元丰八年（1085年），宋哲宗即位，十一月，诏命苏颂制作

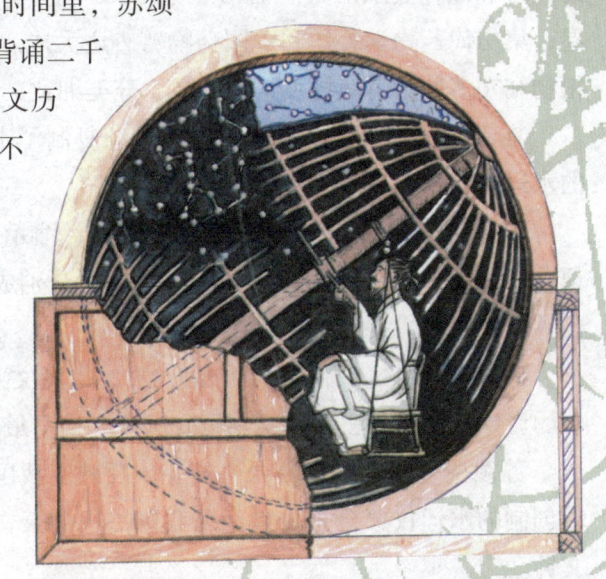

假天仪（北宋）

苏颂根据古人"地在天中，天转而地静"的观点，造成大型天文演示仪器——假天仪。他在假天仪的黑暗球体内，按照星星位置穿凿小孔，当人进入假天仪球体内，自然光就会透过小孔，造成模拟的天空星象。

北宋擒纵器时钟

水运浑仪，费时6年制成。绍圣初年（1094年～1096年），苏颂又与韩廉全撰写《新仪象法要》3卷。在这十几年的时间里，苏颂被擢升为刑部尚书和尚书左丞，后来官至宰相。元祐八年（1093年）苏颂辞去官职，绍圣四年（1097年）又被启用，封太子少师。徽宗建中靖国元年（1101年）五月夏至后一日，苏颂在丹阳家中病逝。次年葬于丹徒王洲山，赠司空，后追封魏国公。

苏颂不仅一生政绩卓著，而且他的科学成就更为突出。他在药物学和天文学以及机械制造学方面取得了杰出的成就，被英国科技史家李约瑟称赞为"中国古代和中世纪最伟大的博物学家和科学家之一"。

在药物学方面。苏颂与张禹锡、林亿等编辑、校正出版了《备急千金方》、《神农本草》、《灵枢》、《素问》、《针灸甲乙经》等8部医书，对于医药知识的整理和保存贡献巨大。嘉祐二年（1057年），苏颂还独立编著了《本草图经》21卷，集历代药物学著作和中国药物普查之大成。《本草图经》共记载了300多种药用植物和70多种药用动物及其副产品，分类细致，图文并茂。

在天文学和机械制造学方面，苏颂复制了水运浑仪，并创制了一座大型综合性的水运仪象台。

仪象台以水力为动力，集天象观察、演示和报时三种功能于一身。其活动屋顶、每昼夜自转一周的"浑象"和擒纵器分别成为现代天文台的圆顶、转仪钟和现代钟表的起源。

苏颂还写了《新仪象台法要》3卷，以图文并茂的方式，详细地介绍了水运仪象台的设计及使用方法，并绘制了我国现存最早最完备的机械设计图。

苏颂撰写的《新仪象台法要》，反映了我国古代天文仪器制作的最高水平。苏颂创制的水运仪象台是11世纪末我国杰出的天文仪器，也是当时世界上最先进的天文钟。

沈括与《梦溪笔谈》

沈括，字存中，钱塘（今浙江杭州）人，是北宋时期杰出的政治家和军事家，也是我国历史上一位卓越的科学家。

沈括自幼勤奋好学，14岁就读完了家中所有的藏书。少年时代的沈括随其父沈周四处宦游，增长了许多见识。沈括12岁时，沈周在泉州为他延请老师，对他进行专门辅导。18岁时，沈括在南京学习医药学，并产生浓厚的兴趣。1051年，沈周在杭州去世。沈括守孝3年期满，以父荫做了海州沭阳县主簿，开始步入仕途，以后历任东海、宁国、宛丘等县县令。

沈括

治平元年（1064年），沈括考中进士，被任命为扬州司理参军。治平三年（1066年），沈括入京，任职昭文馆编校，致力于天文历算的研究。熙宁五年（1072年），兼任提举司天监，职掌观测天象。这段时间，他修订新历，创制天文仪器。

沈括入仕后成为王安石变法的忠实支持者，是变法的骨干。他积极参与变法，做了大量的重要且具体的工作，深受王安石的器重。

元丰三年（1080年），沈括出知延州（今陕西延安），成为军事统帅。在次年

◆ 沈括的科学思想和治学方法 ◆

沈括很重视对事物的观察。在他早年宦游的地方，都进行了认真的考察和研究，并做了详细的记录。沈括还重视科学的实验和验证。关于凸、凹面镜成像和小孔成像以及声音共振的研究都是他经过亲自实验得来的。实事求是、谦虚谨慎是沈括的治学态度。如果研究之后，还不明白其中道理的话，他也会如实做记录，并注明不明白的原因。即使是自己的推测和猜想，他也会说明。

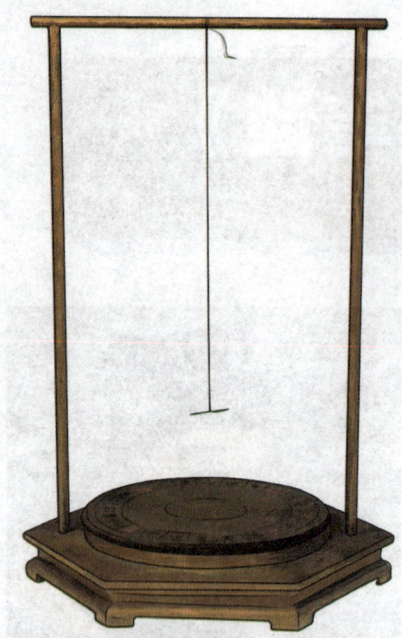

缕悬法指南针复原模型

缕悬法指南针复原模型高38厘米、底盘各边长21.5厘米。将磁针用蜡粘接在独根蚕丝上，悬挂于木架正中；架下放置方位盘，盘上用八天干、十二地支与四卦标示二十四方位。磁针垂直于方位盘正中上方，因地磁作用，静止时两端分指南北。这种指南针非常灵敏，缺点是只能在平静或无风处使用。

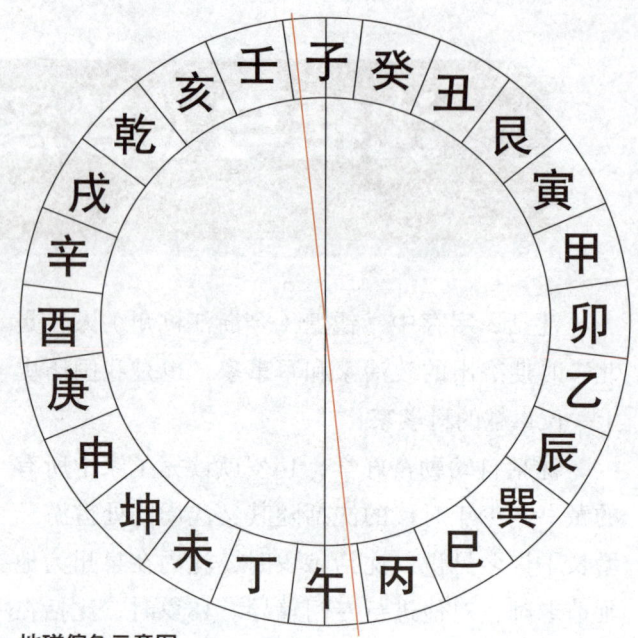

地磁偏角示意图

沈括以缕悬法指南针做试验时，观察到磁针的指向并不是正南正北，而是南端微微偏东，从而在世界上首先发现了地磁偏角。

的西夏军的侵袭中，沈括机智地挫败了西夏7万大军，稳定了边境的局势。

元丰五年（1082年），由于徐禧没有采纳沈括的建议，强行修筑永乐城。结果，九月永乐城被西夏军攻破，宋军损失1万多人。虽然沈括保住了绥德，阻止了西夏军的前进,但还是遭到保守派的构陷，于同年十月被罢官。

沈括被罢官后，做过均州团练副使，实际上等于被软禁，没有自由；直到元祐三年（1088年）八月进投《天下州县图》，才重获自由。嗣后沈括退居润州，筑梦溪园，汇集平生见闻，撰写《梦溪笔谈》，约于1095年病卒，终年64岁。

沈括所著的《梦溪笔谈》，是笔记体著作，共26卷，分为故事、辨证、乐律、象数、人事、官政、权智、艺文、书画、技艺、器用、神奇、异事、谬误、讥谑、杂志、药议17个门类，共609条，内容涉及天文学、数学、地理、地质、物理、生物、医学和药学、军事、文学、史学、考古及音乐等诸多学科。

《梦溪笔谈》是中国科学技术史上的重要文献、百科全书式的著作，其杰出成就表现在以下几个方面：

在天文历法方面：作者改造了浑仪、浮漏、圭表等天文仪器，并利用改进的仪器，连续观测3个月，绘制星图200余幅，得出了极星离天极3°有余的结论；利用改进后的浮漏，进行10余年的测量，第一次从理论上推导出冬至日长度"百刻而有余"、夏至日长度"不及百刻"的结论。另外，书中还记载了作者首创的"十二气历"。

在数学方面：记载了作者首创的隙积术和绘圆术，开辟了我国传统数学新的研究方向。

在地质地理方面：记有浙江雁荡山的地貌特征，并指出是流水侵蚀作用造成的；又记述了河北太行山的山崖间发现蚌壳之化石，从而推断出华北平原乃泥沙淤积而形成。

在物理学方面：记有指南针发明和应用以及地球磁偏角的发现等重要事件；关于球面镜成像的实验；还记述有演示月亮盈亏的模拟实验以及演示声音共振的实验等。

在化学方面：记载有利用钢铁离子置换反应；记载有湿法冶铜方法"胆铜法"，以及灌钢法和冷锻铁甲法。

在医药学方面：记述有人体解剖生理学，还论述了人体新陈代谢的原理。也记述有大量植、矿药物的特征、性味和功效等。

沈括是一位学识渊博和成就卓越的自然科学家。日本数学家三上义夫称赞沈括说："沈括这样的人物，只有在中国才会出现。"英国著名科技史家李约瑟也认为沈括是"中国科学史上最奇特的人物"，而《梦溪笔谈》是"中国科学史上的坐标"。

雁荡山

《清明上河图》中的东京城

建筑学名著《营造法式》

《营造法式》，北宋李诫所著。是我国古代最全面、最科学的建筑学著作，也是世界上最早、最完备的建筑学著作。全书有36卷、357篇、3555条，是当时中原地区官式建筑的规范。《营造法式》的问世，是宋代建筑技术向标准化和定型化方向发展的标志。

传世名画《清明上河图》是真实反映北宋风俗的一件绘画作品。作为国家一级国宝，该画现藏于北京故宫博物院。作者张择端，字正道，东武（今山东诸城）人，是宋徽宗时著名的宫廷画家。

《清明上河图》形象地描绘了北宋京城汴梁以及汴河两岸的繁华景象和自然风光。其可贵之处在于真实记录了当时东京城的概况，使后人能历经千载，在历史的尘埃里，依稀窥见其风采与辉煌。

东京城也叫汴梁城、汴京城，是北宋经济、政治和文化的中心。从宋仁宗时开始，东京城取消夜禁，百业兴旺，成为"富丽天下无"的大都会。东京城人口最多时达130万，是10世纪～12世纪世界上最大的城市。

东京创建于春秋时期（公元前770年～前476年）。公元前362年，魏国迁都于此，称为大梁。到了唐代成为中原地区的一座州城，经过改筑扩大，周回达到20里150步（一步5尺），后来成为东京城的内城。五代时期（907年～960年）曾成为地方政权的都城，称为汴京。后周显德三年（956年）对汴京又进行了较大规模的改建，开拓街坊，展宽道路，加筑外城。

北宋统一全国后，认为汴京建筑基础好，地理位置优越，于是定都在此，号

◆ 《清明上河图》里东京城的桥梁 ◆

东京城的桥梁很多，在《清明上河图》里，城东门外数里之外的汴河上有一座有名的木桥，名叫"虹桥"。它横跨在汴河之上，结构精巧，形式优美，宛如飞虹，是一座规模宏大的木质拱桥。为了便于船只通行，设计为单孔，中间不立柱。这种设计反映出了我国古代桥梁建筑的超高水平。

《清明上河图》中的东京城的桥梁

称东京。嗣后建隆三年（962年），"广黄城东北隅，命有司画洛阳宫殿，按图修之"，再往后又经过数次扩建，周回达到50里165步。

北宋的东京城整体平面呈南北略长的方形，其中东墙长7660米，西墙长7590米，南墙长6990米，北墙长6940米。东京城的中心部分为皇城，又叫宫城，是皇宫大内。东南西北各有四道门。内城环卫在皇城四周，其南北各为三道门，东西为两道门。最外面的是外城，又称为罗城。外城城垣

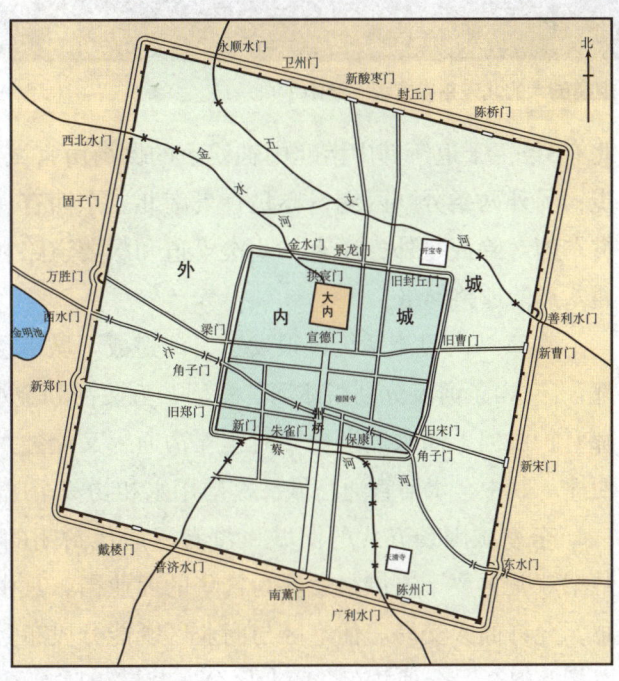

北宋东京的示意图

"坚如蜒埴，直若引绳"，护城濠宽达10余丈，其东西南三面皆为三门，北面为四门，共计13门。此外还有专供河流通过的水门6座。

全城道路从市中心通向各城门，主干道称为御街。总体采用经纬式布局。南

规模庞大的北宋东京宫殿（绘画）

北有3条主干道，其中南北中轴线上的御街由宫城正南门直达外城正南门，宽200多步；另外两条分列两侧，亦是直贯南北。东西有一条主干道，位于皇城的南侧，直贯东西。除此之外，还有一些次干道和次要道路和大道相连，构成了纵横交织、四通八达的道路网络。

东京城的河流系统也很发达，河道成了城市重要的经济供给线，史称"四水贯都"。这4条河流分别指汴河、蔡河、五丈河和金水河。外城、内城和宫城的城墙外都有护城河，四水通过护城河相互沟通，又能独立互不干扰，水运网络非常科学和便捷。其中金水河直通宫城，宫廷用水和物资运送都很方便。

东京城因袭五代的旧城，没有了唐代封闭的里坊，取而代之的是开放的坊巷骨架。其主要干道御街发展为繁华的商业街，其中南北中轴线的御街两旁还设有御廊，允许商人交易。住宅区与商业区既能分段布置，以州桥为界，泾渭分明；又可以相互混杂，合理并存。商业区分布甚广，反映了北宋经济的繁荣。

东京城代表了宋代建筑的特色。宋代对内加强中央集权，重文轻武；对外采取和亲纳币的妥协政策。此时理学盛行，大力鼓吹"扬理抑欲"。在这种文化政治背景的影响之下，宋代的建筑丧失了汉唐建筑雄浑的气势，体制和规模随之变小，仅仅在建筑结构上追求绚烂而富于变化，呈现出细致柔丽的独特风格。

五大名窑的"千峰翠色"

瓷器是中国独创性的发明创造，中国被称为"瓷器的国度"。瓷器发展到宋代，进入了一个全面发展的辉煌时期。

宋瓷有官窑和民窑之分。所谓官窑，就是国家办的窑，专门为皇宫、王室生产用瓷；所谓民窑，就是民间办的窑，生产民间用瓷。官窑瓷器，不计成本，精益求精，窑址和生产技术都严格保密，工艺上精美绝伦，传世的瓷器多是稀世珍品。民窑瓷器看重的是实用和使用价值，生产者要考虑成本，没有官窑讲究，虽然普通也不乏珍品。两宋时期，民窑与官窑交相辉映，蔚为奇观，堪称"千峰翠色"。

宋瓷窑场首推五大名窑，即汝、官、钧、哥、定。闻名于世的五大名窑，说明我国的陶瓷制造业在宋代已经达到了顶峰。

白釉莲纹龙首大净瓶 （定窑）

五大名窑之说，始见于明代皇室收藏目录《宣德鼎彝谱》的记载："内库所藏柴、汝、官、哥、钧、定名窑器皿，款式典雅者，写图进呈。"清代许之衡在《饮流斋说瓷》中说："吾华制瓷可分三大时期：曰宋，曰明，曰清。宋最有名者有五，所谓柴、汝、官、哥、定是也。更有钧窑，亦甚可贵。"因为柴窑至今没有发现窑址，又没有实物传世，所以通常把钧窑列入，与汝、官、哥、定并称为宋代五大名窑。

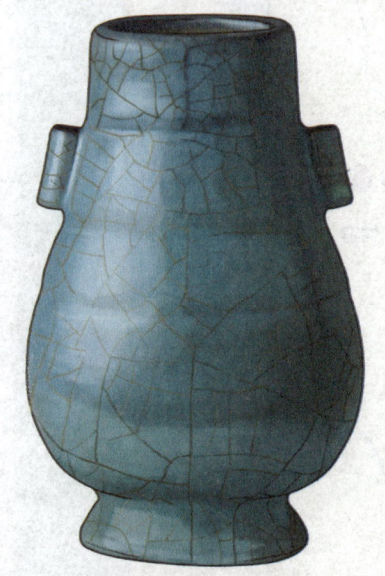

贯耳瓷瓶 （官窑）

汝窑是宋代的五大名窑之一，以地处汝州（今河南宝丰）而得名，是官窑。北宋后期，汝窑专为宫廷烧造御用瓷器，即"汝官窑"。陆游《老学庵笔记》中曾有"故都时，定窑不入禁中，惟用汝器"的记载。南宋时周辉在《清波杂志》说："汝窑宫中禁烧，内有玛瑙为釉，唯供御拣退，方许出卖，近尤难得。"汝窑所烧的陶瓷精美绝伦，在中国陶瓷史上享有盛誉。可惜很多汝瓷毁于宋金战乱，宋代汝瓷传世品全世界仅有60余件，被北京故宫博物院以及英国、日本等国的博物馆收藏，是举世公认的稀世珍宝。汝瓷的特点是胎质细腻，俗称"香灰胎"。其工艺考究，用名贵玛瑙入釉，

汝窑窑址遗迹

宋元瓷器主体格局依旧是北白南青两大体系，但实际上则是交汇融合，更趋丰富多彩。南方的瓷器在瓷土的选用上有了很大的进展，胎体相当洁白，远胜于以往。北方的窑炉小，于是就有"覆烧工艺"的发明。

宋朝著名瓷窑分布示意图

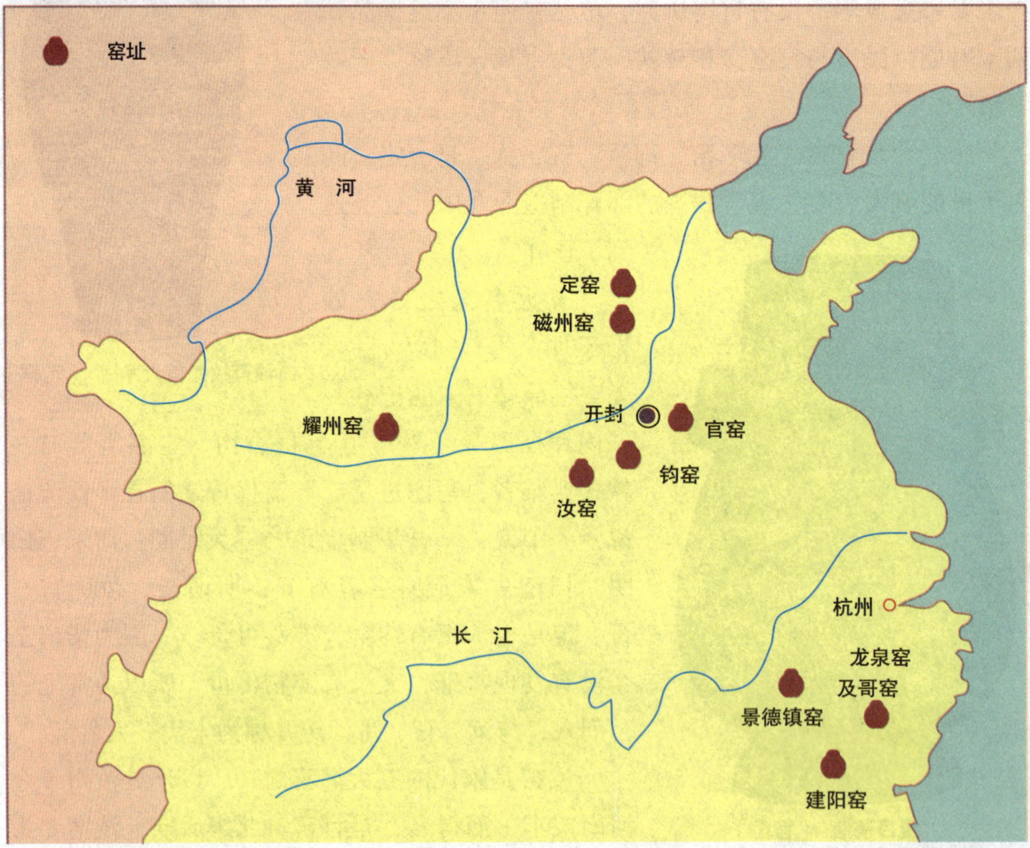

窑址

黄河

定窑

磁州窑

耀州窑

开封　官窑

钧窑

汝窑

杭州

龙泉窑
及哥窑

景德镇窑

建阳窑

长江

❦ 北宋五大名窑及其产品特色 ❦

钧窑　主要生产青瓷。以釉色晶莹著称,瓷器上没有特别的装饰,十分清雅。

汝窑　主要生产印上花纹的青瓷。

官窑　生产宫廷瓷器,不流入市场。财力雄厚,产品十分精巧。

哥窑　主要生产黑胎瓷器,瓷器的表面有很多裂纹。

定窑　主要生产白瓷,并在瓷器上印上或刻上各式花纹,如动物、花鸟等。

色泽独特,能够随光变幻。

官窑分为北宋和南宋官窑,窑址先在开封,后迁杭州。考古发现,北宋的官窑在河南汝州张公巷,南宋的官窑在杭州市老虎洞下层。宋代官窑瓷器胎骨坚薄,追求质朴无华,釉色翠美清新,腴润如脂;其特色是釉面布满纹片,这种釉面裂纹原是瓷器上的一种缺陷,

鱼耳瓷炉 （哥窑）

后却成为别具一格的装饰方法并名噪一时。历代对官窑评价很高,清代陈浏在《陶雅》中赞美道:"宋官窑者绝不经见,世人罕有识之者。"

钧窑是宋代异军突起的名窑,以古钧台（今河南省禹州的钧台及八卦洞）而名,属官窑。钧窑烧造一种复杂的花釉瓷,宋徽宗将之定为御用珍品。钧瓷胎质细腻坚实,造型端庄古朴。其釉色五彩斑斓,通过"入窑一色,出窑万彩"的"窑变",形成丰富多彩的图画。钧瓷贵在窑变画,画为天然,故有"钧瓷无双"之誉。

哥窑是宋代著名的民窑,至今窑址尚未确定,有三种观点,分别认为在龙泉、杭州和景德镇。据史料记载,浙江龙泉章氏二兄弟各建一窑,哥哥建的窑称为"哥窑",弟弟建的窑称为"弟窑",也称章窑或龙泉窑。哥窑瓷器胎骨较厚,胎质细腻,里外披釉,釉面浑厚滋润。其最显著的特征是大开片中套小裂纹,即"金丝铁线"。传世者弥足珍贵,现主要藏于北京、上海等地博物馆。

定窑被列为宋代五大名窑之首,在五大名窑中是唯一烧造白瓷的窑场,以宋属定州（今河北曲阳）而得名,是著名的民窑。定窑始烧于唐而终于元,主要以烧白瓷为主,兼烧黑瓷、酱釉瓷和绿釉瓷等品种。白釉以刻花、印花等装饰手法来美化器物,可谓独步一时。定窑工匠采用覆烧法（一个匣钵内利用多层垫圈可放数件器物）,烧成的瓷器盘碗口无釉,俗称"芒口"。采用"覆烧工艺"是定窑的首创。

元朝科学第一人——郭守敬

郭守敬，字若思，邢台（今属河北）人，是我国元代伟大的天文学家、数学家、水利专家和仪器制造家。

郭守敬自幼跟随祖父郭荣学习天文、算学和水利。史载郭荣"通五经，精于算数水利"。郭荣还让郭守敬拜当时的天文和地理专家刘秉忠为师。青年时期的郭守敬在求学时结识了张文谦、张易和王恂等当世学者，通过切磋学习，在学术上取得了突飞猛进的进步。

1262年，郭守敬经张文谦推荐，受到元世祖忽必烈的召见。郭守敬提出了兴修6项水利工程的建议，其中5项是关于华北地区的农田灌溉工程，1项是关于大都漕运工程。每奏一项，忽必烈都感叹说："任事者如此，人不为素餐矣。"郭守敬先后担任提举诸路河渠、副河渠使等职，因势利导地兴修了许多水利工程。

浑天仪
原由郭守敬设计制造，明代仿制，现存南京紫金山天文台。

1264年，郭守敬随张文谦视察宁夏古渠和查泊兀郎海（今内蒙古乌梁素海一带），修复了很多古渠。在此期间郭守敬被提升为都水少监，后又任都水监。

1265年，郭守敬提出了修复金口河的建议。这项工程兴修后，对于西山物资东运和京西农田的灌溉发挥了巨大的作用。

1275年，郭守敬在今河北、河南、山东、江苏的广大地域修建了一个庞大的水运交通网，整个工程具有很高的科学价值和实用价值。

1276年，忽必烈下令王恂和郭守敬领导设立太史局，修订新历法。《授时历》的编制工作于1280年完成。期间，郭守敬创制近20件天文仪器，主持了大规模的天文测量。在主要参与者隐退或去世的情况下，郭守敬还用了4年时间，圆满完成了《授时历》的最后定稿。此后，他又完成了7部天文学著作。

1291年～1293年，郭守敬设计和实施了通惠河水利工程。工程解决了通州到北京间繁忙的漕运。其科学性、合理性和实用性方面都堪称水利工程的杰作。

1303年，元成宗颁布命令：凡72岁的官员都去职返乡，唯独郭守敬以纯德实学和为世师法得以继续留任。1316年，郭守敬因病去世，享年86岁。

郭守敬在我国古代科学技术史上贡献巨大，被誉为元朝科学第一人，他一生的贡献主要在水利、仪象和历算三个领域。

在水利方面，郭守敬设计兴修了以通惠河水利工程为代表的一系列大型水利工程。这些水利工程设计的科学合理性、施工的复杂性均建立在郭守敬实地勘测、科学规划的基础之上，对于农田灌溉和南北漕运发挥了巨大的作用，功在当时，利在千秋。他在水利实践中总结出了一些科学概念和方法。他在世界测量史上首次运用"海拔"概念，比德

宋代的星图、星表

宋代星图出名的有苏颂星图和苏州的石刻星图，均采用元丰年间的恒星观测结果。苏颂星图共5幅，分为两组全天星图。苏州的石刻星图是一幅圆形全天星图，现存于苏州文庙。

宋代星表有杨惟德星表、周琮星表和无名氏星表。星表记载了300多颗恒星的入宿度和去极度值。

仰仪（元代）

仰仪，现存于河南登封观星台。外形似平放的锅，又称碗暑，郭守敬利用针孔成像原理发明制造。用以测定日蚀发生的时刻、方位角、蚀分多少和日蚀全过程，还能测定月球的位置和月蚀。

圭表（元代）
郭守敬设计制造的天文仪器，现存河南登封观星台。

国数学家高斯提出的海拔概念早了560年。

在仪象方面，他在主持大都天文台工作期间，设计研制出简仪、圭表、候极仪、浑天象、玲珑仪、仰仪、立运仪、证理仪、景符、窥几、日月食仪以及星晷定时仪等天文仪器。其中简仪是最早制成的大赤道仪，比丹麦天文学家第谷制成的同类仪器早了310年；仰仪是世界上第一架太阳投影的观测仪。

在历算方面，他主持修订了《授时历》。按照《授时历》，一年的长度是365.2425天，仅与真实数值相差26秒，3300多年才有一天的误差，和我们现在使用的日历在精确度上完全一致。《授时历》还给出了每经1黄道度的昼夜时间变化表格，其平均误差为0.77分钟。《授时历》在测算方法上更加精确：它创用了三次差内插法用于对日月五星运动不均匀改正等的计算上；创用了类似球面三角的方法用于对太阳视纬、黄赤道宿度及白赤道宿度变换的计算。

另外值得一提的是，为了修订精确的《授时历》，郭守敬组织了规模空前的全国范围内的天文测量工作，无论是从测点的数量，还是从分布的范围上，都远远超过了唐代的僧一行。

郭守敬在水利、天文历法、数学等方面做出杰出贡献，不仅仅是因为他具有出众的天资，更重要的是他勇于实践、敢于革新。

◆ 我国历史上使用的三种纪年法 ◆

（1）干支纪年。干支就是天干（甲乙丙丁戊己庚辛壬癸）和地支（子丑寅卯辰巳午未申酉戌亥）的合称。天干和地支循环相配，可配成60组，统称为"六十甲子"。

（2）谥号纪年。齐宣王和鲁隐公均为帝王或诸侯的谥号，这就是帝号纪年。

（3）年号纪年。公元前141年，汉武帝刘彻即位，使用年号"建元"，首创年号纪年。此后历代帝王都仿照他建立自己的年号。

黄道婆改进棉纺技术

宋元时期，棉纺技术的普及和发展是我国纺织史上重大的成就。我国元代民间纺织女工黄道婆，在这一方面做出了非常重大的贡献。元代陶宗仪《南村辍耕录》卷24记载了她的事迹。

黄道婆，又名黄婆，生卒年不详，松江乌泥泾镇（今上海华泾镇）人，是我国元代著名的女棉纺织革新家。黄道婆大约出生于南宋末年，传说她小的时候给人家做童养媳，因为不堪忍受屈辱，在18岁左右逃脱出来，流落到海南岛崖州。

黄道婆到了崖州，在黎族地区生活了将近30年。当时海南岛盛产木棉，黎族人民的棉纺织技术非常精湛。黄道婆向黎族人民虚心学习，掌握了先进的棉纺织技术；经过她30年的刻苦努力，终于成为一位技艺精湛的棉纺织家。

中年的黄道婆开始思念自己的家乡，此时元朝已经取代南宋，江南开始恢复生产，经济状况好转。黄道婆回到了自己的家乡，为故乡人民带回了先进的纺织工具和她精湛的纺织技艺。

黄道婆一边向人们无私地传授纺织技艺，一边利用她的聪明才智，对棉纺织工具和技术进行全面的改进和革新。

其一，黄道婆改革了擀籽工序。开始人们都是用手剥去籽，既麻烦又费时。她就教人用铁杖来擀尽棉籽。后来又引进搅车（轧车），利用机械轴间的空隙辗轧挤出棉籽来，大大提高了生产效率。擀籽工序的改革是当时皮棉生产中一项重大的技术革新。

其二，黄道婆在弹松棉花的操作

《梓人遗制》与纺织机械

《梓人遗制》是元代河中万泉（今山西万荣县）人薛景石所著。书中记载的7项机械中，除第1项是关于车辆制造，其余6项都是关于纺织机械。纺织机械里华机子、罗机子和立机子有很高的史料价值。

元代的棉纺织品

耕织图局部（南宋）

上，把小弓改成1米多长的大弓，弓弦由线弦改为绳弦，木椎击弦代替手指拨弦。通过改造，弹出的棉花均匀细致，不留杂质，大大提高了纱线的质量。

其三，在纺纱这道工序上，黄道婆创造出三锭脚纺车，代替原来的单锭手摇纺车。改进后，以脚踏代替手摇，能够腾出双手握棉抽纱，同时纺三根纱，纺织效率提高了两三倍，操作也省力；这是棉纺织史上的又一次重大革新。这种纺车是当时世界上最先进的纺织工具。元初著名农学家王祯在其著作《农书》中就介绍了这种纺车，其中的《农器图谱》还对木棉纺车进行了详细的绘图说明。这种新式纺车以其优异的性能受到人们的广泛欢迎，在江南一带得到迅速推广和普及。

其四，在织布工序上，黄道婆改进了以前的投梭织布机。在借鉴我国传统丝织技术的基础上，她汲取黎族人民织"崖州被"的长处，研究出了错纱配色、综线挈花等先进的棉织技术，纺织出鲜艳多彩的"乌泥径被"，驰名全国，其绚丽灿烂的程度能与丝绸相媲美。

黄道婆辛勤地向人们传授先进的棉纺织技术，不辞辛劳地进行技术改进和革新，极大地推动了江南一带棉纺织业的发展，使其一度成为全国棉纺织业的中心，历数百年而不衰。黄道婆一生刻苦研究和辛勤实践，有力地影响和推动了我国古代棉纺织业的发展。黄道婆对于棉纺织技术的改进，反映了宋元时期我国的棉纺织业达到了高度发展的水平，在当时世界上处于先进地位。

宋元时期的纺织技术，在继承汉唐纺织技术的基础之上，又有很大的提高。在制造技术和提花工艺上，都有不少创新。

宋元时期纺织技术的突出成就是棉纺织技术的普及和发展，黄道婆在其中所做的贡献尤为巨大。棉纺织技术的发展是建立在棉花的广泛栽种和普及上的。在宋元以前，棉花产地主要是在新疆等边境地区；棉花作为纺织原料，也集中在新疆、云南、海南岛和福建等地。棉花在元代得到了广泛的推广和种植，元政府对棉纺技术大力提倡，这些条件都促进了棉纺织技术的普及和发展。

金元医学四大家

在12世纪～14世纪的金元时代，医学理论有了很大发展，产生了金元时期四大医学流派，就是所谓的"金元医学四大家"。

在这四大家里，刘完素认为伤寒的症状多与"火热"有关，因而在治疗上多用寒凉药物，后世称之为"寒凉派"；张从正认为病由外邪侵入人体所生，在治疗上多用汗、吐、下三法以攻邪，后世称之为"攻下派"；李杲提出"内伤脾胃，百病由生"，治疗时重在温补脾胃，因为脾在五行学说中属土，所以后世称之为"补土派"；朱震亨认为人体"阳常有余，阴常不足"，治疗疾病以养阴降火为主，后世称之为"滋阴派"。

金元医学四大家在继承我国传统医学经典理论的基础之上，从不同的侧面进行理解和发挥，使得我国古代医学出现了前所未有的开放局面。

刘完素

刘完素，字守真，自号通玄处士，别号守真子，金代河间（今河北河间）人，人称"河间先生"或"刘河间"。他自幼聪慧，特别喜欢读医书。传说他母亲生病，三次请医生都没有来，导致其母病逝，所以他就立志学医。他对古代的医书独好《素问》，朝夕研读，终得要旨。他根据《内经》"病机十九条"，提出伤寒火热病机理论，主张寒凉攻邪，名盛当世。金世宗曾三次征聘，他都坚辞不就。刘完素影响甚广，弟子众多，他所开创的寒凉攻邪医风，形成金元时期一个重要学术流派——"河间学派"。

刘完素医学理论的核心是火热论。他在阐述《内经·素问》"病机十九条"时，结合北方地理和北方人民体质强壮的特点，发展了北宋徽宗赵佶提倡的运气学说，深入阐述了火热病机等有关理论，即所谓"五运主病"和"六气为病"。在治疗方面，刘完素重视以寒凉药物治疗外感火热病。他创制了"防风通圣散"和"双解散"等辛凉共用的方剂，有效地解决了外受风寒、内有邪热的矛盾病症。

金彩龙纹团药盒

"医"字，《说文解字》解释为"治病工"。古代医生有官医和民医，官医最早见载于《周礼》。《周礼》里有食医、疾医、疡医、兽医，还有医师。这里的医师是指主管卫生行政事务的官吏。秦代始有太医令和太医丞等医官职称。汉代有"医工长"，是主管宫廷医药的一种医官，在宫廷中也有女医，称为"乳医"。唐代已有"医生"一词，是太医的一种。宋代时，我国南方称医生为"郎中"，北方称医生为"大夫"，还有些地方将医生称为"衙推"；民间为表示对医生的尊敬，称之为"先生"。

元代医疗器具

北宋医学已分9科，即大方脉（内科）、风科、小方脉（儿科）、产科、疮肿兼折伤（外科）、眼科、口齿兼咽喉、针灸、金镞兼书禁（金链也属外科，书禁指祝由科等类）。元代增加为13科，即大方脉、风科、小方脉、产科、正骨科、眼科、口齿科、咽喉科、针灸、金疮科、杂医科、祝由科、禁科。

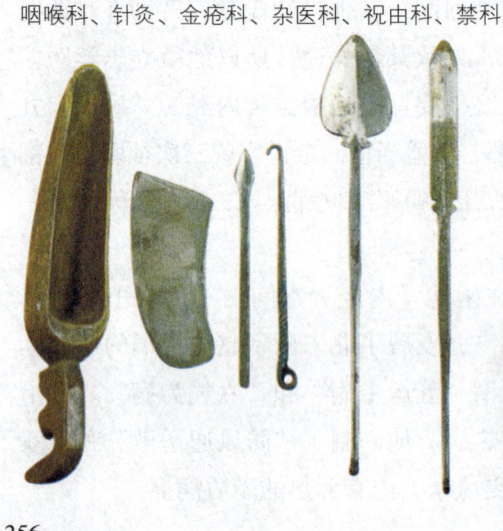

张从正，字子和，号戴人，金睢州考城（今河南兰考）人。他出生于医学世家，自幼酷爱读书，尤其喜欢作诗，性格豪放。他师从刘从益，深受刘完素学说影响，大定、明昌间以高超的医术闻名于世。兴定年间，张从正被征召入太医院。因与时医医风不合，不久辞职回乡，继续行医。当时已具盛名的文人麻知几与其交往甚密。

他在麻氏和常仲明等的协助下，于1228年撰成《儒门事亲》15卷。张从正秉承《内经》、《难经》之宗旨，发展张仲景的汗、吐、下三法，创立了以"攻邪论"为中心的理论学说，形成金元医学一大学术流派"攻下派"。

张从正的主要医学思想，最重要的是"邪气"说。他认为人生病是因为邪气"或自外而入，或由内而生"，提倡采用汗、吐、下三法攻邪，治疗峻猛，与当世医用温补之法迥异。他还主张食补，即祛病之后，还需要用平日的食品进补，补法有六种，即平补、峻补、温补、寒补、筋力之补、房室之补。

李杲，字明之，晚号东垣老人，金真定（今河北正定县）人。他出身富贵之家，自幼好读医书，兼通经史子集，为人守信，能急人所困。20多岁的时候，因为其母患病死于庸医之手，所以开始立志学医。李杲捐资千金，拜易水名医张元素为师，仅数年即尽得所传；后避战乱，到达汴梁（今河南开封）以及鲁北东平、聊城一带。1244年，李杲回乡著述立说，创立了以"内伤脾胃"为主体的理论学说，形成了一大学术流派"补土派"。

李杲在医学理论上，建立了内伤学说，发扬了扶护元气和温养脾胃学说。他认为脾胃为元气之本，人之百病皆由脾胃虚弱所生，故而在治疗方面十分重视脾胃。外感热病，用刘完素寒凉之法；内伤热症，就要升举清阳，温补脾胃，潜降阴火。他还创制了补中益气汤、升阳散火汤等名方，以治疗脾胃内伤疾病。

朱震亨，字彦修，号丹溪，婺州义乌（今浙江义乌）人，人称"丹溪翁"。他自幼聪明好学，为考科举，曾从理学家许谦

朱震亨雕像

学习，对理学很有造诣，后专注于医学。朱震亨于泰定乙丑（1325年）拜刘完素的再传弟子罗知悌为师，学成后返归乡里行医。他博采刘完素、张从正、李杲三家学说之长，结合自己的体会及理学造诣，提出"阳有余、阴不足"的理论，形成金元时"滋阴"一派。

从金元医学四大家身上，我们可以看到金元医学开拓、创新、争鸣的繁荣景象。在短短100多年间，诸多名家不仅在理论上各有建树，而且在实践中互相补充，在取长补短中不断进步，促进了金元医学迅猛发展。

漕运和海运

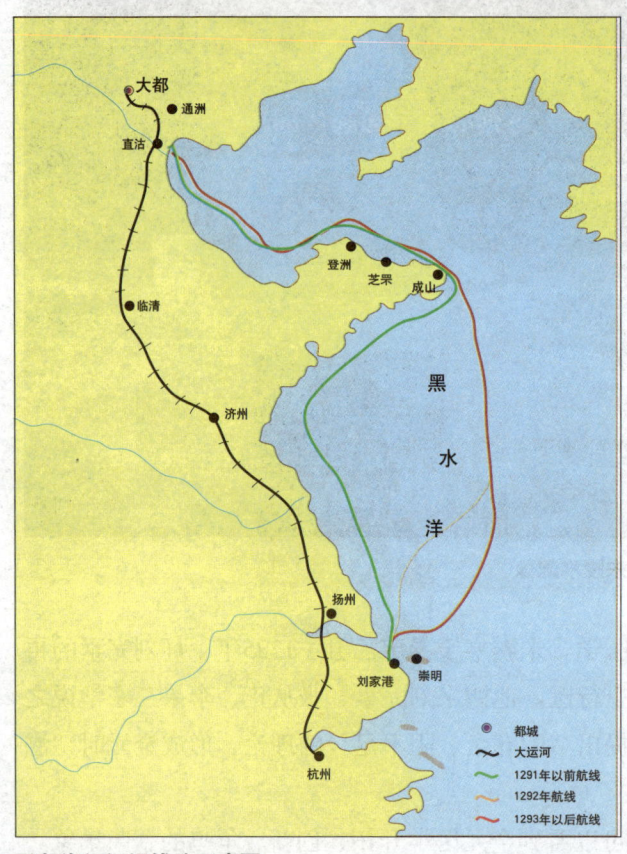

元朝海运河运线路示意图

我国历代的封建王朝都需要把征自田赋的部分粮食运往京师或其他指定地点，用于宫廷消费、百官俸禄和军饷支付以及民食调剂等，这种粮食称为漕粮，漕粮的运输方式称为漕运。

广义的漕运有河运、水陆递运和海运三种运输方式。狭义的漕运仅指通过运河沟通天然河道转运漕粮的河运。

漕运的起源很早，秦始皇北征匈奴时，百姓"万里从军，千里输粮"，从山东沿海一带运军粮抵达北河（今内蒙古乌加河一带）。漕粮之制起于两汉，汉朝建都长安（今陕西西安），每年都将黄河流域所征收的粮食运往关中。隋朝初年除了自东向西漕

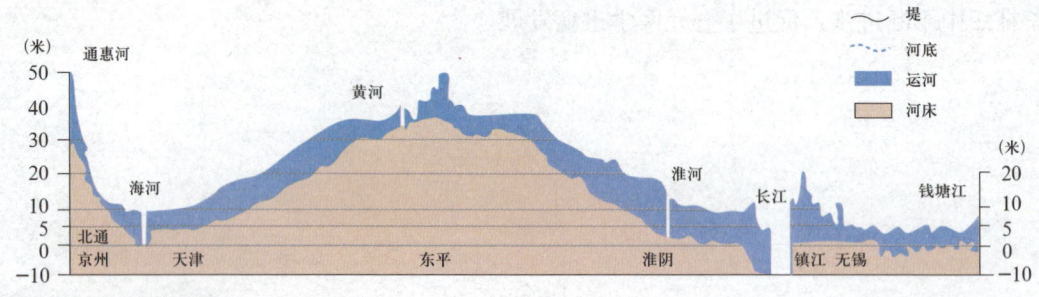

京杭大运河纵剖面图

运外，还从长江流域转漕北上。特别是隋炀帝开凿大运河，沟通了南北漕运，此后历朝历代都很重视漕运，不仅疏通了南粮北调所需的网道，而且还建立了漕运仓储制度。清咸丰五年（1855年），黄河改道，运河日浅，漕运日益困难，在不得已的情况下，清政府在光绪二十七年（1901年）下令停止漕运。

元帝国幅员辽阔，政治和军事的重心在北方，但是经济重心却在南方。北方大

大运河鸟瞰

量的财政和粮食供给都要靠江浙一带。据《元史·食货志》记载，江浙一带行省每年的粮食产量占到了"天下岁入粮数"的2/5还要多。大量的粮食都需要通过漕运来运输。元朝初年，南粮北运主要以运河作为主要漕路，从1282年起才逐渐发展起了海运，随后就是以海运为主、河运为辅的联运方式。

海运、河运和陆运这三种运输方式在运输费用上的比较，丘曾统计说："河漕视陆运之费省什三四，海运视陆运之费省什七八。"海运明显比河运和陆运要便宜很多，但是也有它的缺点，那就是安全性不高。主要是海运途中"风水险恶"，

运河上的古桥

南粮北调早在唐宋已有，主要靠河运漕运。元朝建都大都后，这座政治性的消费城市需要大量资源，南粮北运已经变成巩固政权的重要手段。最早是以运河运输为主，以陆运作为辅助。由于大都距海较近，加之海运费用较少，因此元朝致力于发展海运。

经常会发生"人船俱溺者",也不乏"船坏而弃其米者"。所以有"漕船泛河则失少,泛海则损多"的说法。

元朝既想利用海运的便利,又想减少漂溺的损失,就采用一种海运为主、河运为辅的联运方式。为了利用河运,元朝统治者不断征调民工开掘运河。从至元二十六年(1289年)正月开凿会通河,六月开成。这一段运河,长250余里,南起须城县(今山东东平)安山的西南,经寿张县西北到东昌县(今山东聊城),此后又经过不断修筑,前后共历时37年,直到泰定二年(1325年)才告完成。修成的会通河,连通了汶河和御河(今卫河),使漕运更加便利。1291年~1293年,郭守敬设计并实施了通惠河工程。通惠河修成后,漕船可从通州直达大都城(今北京)内。

元代的海运路线前后开辟过三条。最主要的有两条:一条是至元十九年(1282年)由海盗朱清和张瑄开辟的,路线是自刘家港(今江苏太仓一带)北经崇明州入海,沿着海岸线航行,最后到达直沽,航程长达13350华里,航期需要两个多月;另一条是至元三十年(1293年)由海运千户殷明略开辟的,路线是从刘家港入海,到达三沙、崇明后入黑水洋,在深水中越过东海(今黄海),再绕山东半岛尖端进入渤海湾,顺风时航期只需10天。

元朝海运的繁荣,刺激了造船业的发展,造船技术也有所提高。漕船作为漕粮运输的主要工具,由专门指定厂家制造,并由官府派员监制。元朝漕船制造多在建康,据史料记载,"海船一载千石"。元代"普通四桅,时或五桅六桅、多至十二桅",其中的四桅远洋海船载重量约在300吨上下,海船在南洋、印度洋一带居于航海船舶的首位。"舶之大者,乘客可千人以上",真是"华船之构造、设备、载量皆冠绝千古",可见元代造船技术之高。

综上所述,无论是在河运还是海运方面,元代的漕运都有了很大的发展;伴随着造船技术成熟和水利工程的修复、修建,漕运极大地促进了南北贸易往来,推动了经济的发展。漕运和海运不仅是元代政府,而且是以后的明清政府高度重视的关系国民经济的一件大事。

元朝海运和河运的发展是政治中心与经济重心分离的结果。唐宋以来,中国的经济重心渐渐南移,到宋、金对峙和蒙古侵扰中原时期,北方战乱,南北经济差距进一步加剧。元朝海运和河运的发展加强了南北文化和物资的交流,促进了造船技术和海外贸易的发展,沿海城镇也由此而繁荣。

郑和下西洋

郑和下西洋是中国和世界航海史上的一个重要事件，是一个划时代的壮举。2002年底，英国学者孟席斯在《1421年：中国发现世界》一书中大胆地提出"郑和最早发现美洲新大陆后最先实现环绕地球航行"的观点。他指出，郑和比哥伦布早72年发现美洲大陆，比麦哲伦早100年绕行世界，并绘制出了当时的世界地图，比达·伽马领先一步到达印度，航线一度延伸到了南极。虽然他的观点有待于进一步证实，但是从这个观点所引发的全球争议和轰动不难看出郑和下西洋的历史意义。

郑和，原姓马，名和，字三宝，是云南省昆阳州（今云南晋宁县宝山乡和代村）人。其家族在当地很受人们的尊敬。

1381年，年仅11岁的郑和在朱元璋发起的统一云南的战争中被明军俘虏，随即被阉割，留在军中做秀童。19岁时，郑和被选送到北京的燕王府服役，从此追随雄心勃勃的燕王朱棣，并逐渐获得了他的信任。

1399年~1402年,朱棣为和其侄建文帝争夺皇位,发动了"靖难之役"。郑和在这场斗争中立下了功劳,因此被提升为内官监太监。永乐二年（1404年）正月初一，朱棣为表彰郑和的功绩，亲笔赐姓"郑"，从此马和更名为郑和，史称"三宝太监"。

1405年，明成祖朱棣出于巩固自己地位的考虑，同时也为了发展对外贸易，扩大明王朝的国际影响力，决定派郑和率领船队出使海外。在此后的28年里，郑和先后7次率领庞大的船队远航，成为世界航海史的空前壮举。

郑和像

最后一次下西洋时，郑和已经60岁。1433年4月，他病逝在印度的古里,时年62岁。

郑和下西洋，反映了我国明代已经拥有世界上最先进的造船和航海技术。

郑和下西洋的船队是一支规模庞大的船队。首先，在船只数量上，每次出使的海船都有200多艘，其中大、中型宝船数量41艘～63艘，远比西方远航的船只要多：哥伦布船队3艘～17艘，麦哲伦船队5艘，达·伽马船队4艘。其次，从船只种类和装备上，船的类型最少有7种,包括宝船（帅船）、马船（综合补给船）、战船（护航用，配有火器）、坐船、粮船（装载粮食和副食品）、水船（储存运载淡水）等。船队还装备了先进的武器，譬如一种可灵活操作的火炮碗口铳和用于水战和攻城用的喷筒；还有新武器"赛星飞"；是世界上最早的水雷雏型。再次，从船队的人数上看，每次下西洋人数在27000人以上，约合明朝军队5个卫（每个卫5000人～5500人）。而哥伦布、麦哲伦、达·伽马航海的人数分别是90人～150人、265人和170多人。

如此庞大的船队，是按照军事

郑和七下西洋路线示意图

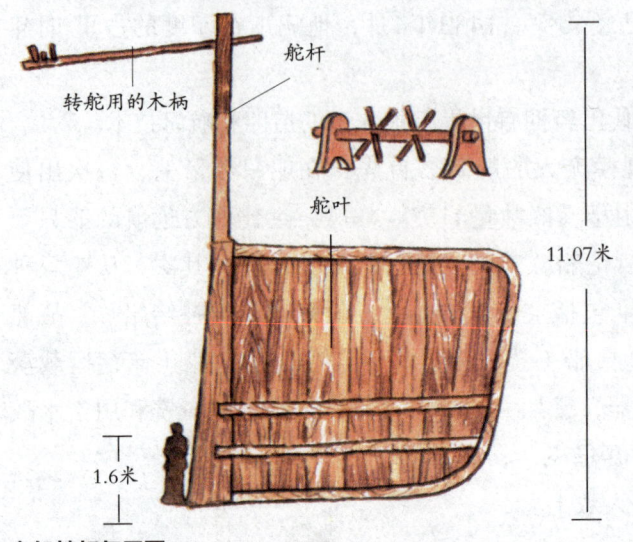

11.07米

1.6米

宝船舵杆复原图

郑和宝船用的舵杆，用极坚固的铁力木制成。杆的一端有长方形穿孔，可安装转舵用的木柄，下半部有榫槽，可安装舵叶。从榫的长度判断，舵叶高度超过 6 米。复原后的宝船杆高度是一般人的 7 倍，由此可以想象宝船原来的规模。

组织进行编制的。船队分为舟师、两栖部队和仪仗队三个序列：舟师，用于海上作战，相当于现在的舰艇部队，其战船被组成编队，分为前营、后营、中营、左营、右营；两栖部队用于登陆作战；仪仗队负责警卫和对外交往时的礼仪。按照各自不同的任务，船队人员又分成以下五个部分：指挥部分、航海部分、外交贸易部分、后勤保障部分、军事护航部分。郑和的船队在当时世界上堪称一支实力雄厚的海上机动编队。英国李约瑟博士这样赞誉道："明代海军在历史上可能比任何亚洲国家都出色，甚至当时所有欧洲国家联合起来，都无法与明代海军匹敌。"

在航海技术方面，郑和船队已经把航海天文定位和导航罗盘的应用结合起来，创立了先进的"牵星术"。这项技术利用"牵星板"观测定位，通过测定天的高度来判断船的位置和方向，大大提高了测定船位和航向的精确度。船队还运用先进的航海罗盘、计程仪和测深仪等航海仪器，并且按照航海图、针路簿记载来保证船队的航行路线。这些都反映了明代的航海技术已经达到当时世界的领先水平。郑和留传下来的《郑和航海图》是世界上现存最早的航海图集。

郑和下西洋的航线是从西太平洋穿越印度洋，直达西亚和非洲东岸，绕过南端的好望角，抵达大西洋。这种壮举在中国航海史上是绝无仅有的，在当时世界航海史上也是极为罕见的。

更为难能可贵的是，郑和下西洋，在与外国的实际接触中，始终秉持着和平亲善友好的态度，用李约瑟的话说：从容温顺，不记前仇，慷慨大方，从不威胁他人的生存，虽然以恩人自居；他们全副武装，却从不征服异族，也不建立要塞。

郑和下西洋的实际利益已经难以估量。究其精神意义，此举凝聚并体现了中华民族和平友好、开放进取以及敢为天下先的精神，这种精神正是我们的民族之魂。

朱载堉发明十二平均律

明代朱载堉创制的平均律是中国乃至世界音乐科学的重大成就。十二平均律被西方誉为"中国的第五大发明"。

朱载堉，字伯勤，号山阳酒狂仙客，又号狂生，谥端清，史称"端清世子"。

朱载堉出身明王朝皇族，是明太祖朱元璋的九世孙。其父朱厚烷为郑恭王。朱载堉小时悟性就很高，在他父亲及老师何瑭的熏陶下，十分喜爱音乐，并广泛学习了诗文、音律和数学等学科。11岁的时候，朱载堉被立为世子。

明嘉靖二十九年（1550年），因皇族之间的权力纷争，其父朱厚烷被诬陷削爵，禁锢于安徽凤阳。朱载堉愤然离开王宫，在附近山上筑了一间简陋的土屋，独居10多年，潜心从事学术方面的研究。嘉靖三十九年（1560年），朱载堉写出了我国第一部研究古代乐器的著作《瑟谱》。

隆庆元年（1567年），其父平反昭雪，恢复爵位，朱载堉也恢复了世子身份，但他没有去追求享乐的生活，仍然一心一意地研究学术。万历九年（1581年），朱载堉46岁时，完成了十二平均律的理论计算，登上了乐律学的最高峰。

万历十九年（1591年），其父病逝，朱载堉承袭爵位。为了专研学术，他7次上疏，请求让位。在第6次上疏后，朱载堉毅然离开王宫，搬到城东北的九峰山，开始过隐居生活，被老百姓称为"布衣王爷"。70岁的时候，朱载堉完成了凝聚了他毕生心血的

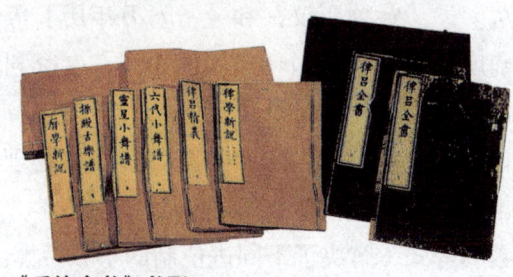

《乐律全书》书影

《乐律全书》中详论了"十二平均律"理论。该书中还记录了当时的民间歌曲和舞蹈，并提出了关于歌唱和乐器演奏艺术的见解。

三分损益律

三分损益律大约出现于春秋中期，甚而是春秋初期。

它是中国音律史上最早产生的完备的律学理论，被称为"音律学之祖"。

《管子·地员篇》、《吕氏春秋·音律篇》分别记述了它的基本法则。具体的计算方法是把始音的弦长分为三等份，去其一份（乘以2/3）谓之损，加上一份（乘以4/3）谓之益。依次进行12次，完成一个八度的12个律的数值计算。

"三分损益"法计算到最后一律时不能循环复生，是一种不平均的"十二律"。

科学巨著《乐律全书》。

万历三十九年（1611年），朱载堉积劳成疾，长眠在九峰山下，享年76年。

朱载堉一生著述丰富，共30多部，涉及领域很广，包括乐律、数学、物理、天文历法、计量、音乐和舞蹈等学科。

朱载堉在科学领域内的贡献是多方面的。在天文历法方面，他写了历学著作《律历融通》，还在总结前人经验的基础上编著了《律法新说》，包括《黄钟历法》、《黄钟历议》和《圣寿万年历》等。他还精确计算出了回归年的长度值，精确度几乎与现在国际通用值相同。专家利用高科技测量手段对朱载堉关于1554年和1581年这两年的计算结果进行验证发现，朱载堉计算的1554年的长度值与我们今天计算的仅差17秒，1581年差21秒。在物理学方面他发明了累黍定尺法，精确地计算出北京的地理位置与地磁偏角。在算学方面，他首次运用珠算进行开方，研究出了数列等式，解决了不同进位制的小数换算。

明画《入跸图》
此画描绘的是明代一个骑马鼓吹乐队正在表演的场景。

❖ 纯律 ❖

纯律是用纯五度(弦长之比为2:3)和大三度(弦长之比为4:5)确定音阶中各音高度的一种律制。因为纯律音阶中各音对主音的音程关系与纯音程完全相符且其音响也特别协和,故而得名。

中国古代没有出现过关于纯律的理论,但是它的确存在并被人们所使用着。在七弦琴第3、6、8、11四个徽,依次当弦度1/5、2/5、3/5、4/5处,其比值的分母均为5,为纯律所独有。从湖北随县曾侯钟铭所反映出来的"三度生律法",表明在2400多年前的战国时期人们已经开始使用纯律。

朱载堉最杰出的成就还是发明十二平均律。

律学,也称音律学或乐律学,是研究发声体发音高低比率的规律和法则的一门学问,属于声学的一个分支。

在朱载堉发明十二平均律之前,人们一直使用的是三分损益律,因为这种律不平均,"算术不精",无法还原。为了弥补这一缺陷,朱载堉创立了新法,精确规定了八度的比例,并把八度分为12个相等的半音,即"置一尺为实,以密率除之凡十二遍"。密率即为十二平均律的公比数,为2的12次方根,数值为1.059463。

十二平均律的优点是能够旋宫转调,特别是在琴键乐器中,可以根据需要任意使用所有的键,因此被广泛应用于世界各国的键盘乐器之上,包括钢琴;朱载堉也因为这个发明被誉为"钢琴理论的鼻祖"。十二平均律被西方普遍认为是"标准调音""标准的西方音律"。

朱载堉发明十二平均律之后,大胆地进行了音乐实践,他精心制作出了世界上第一架定音乐器——弦准,制作了36支铜制律管。在乐器制造的过程中,他把音乐和舞蹈分成了两个学科,首次提出"舞学"一词,并为舞学制定了大纲,奠定了理论基础。

朱载堉用他的聪明天赋和持之以恒的努力,在广泛的科学领域里取得了多项世界第一:第一个创立了十二平均律,第一个制造出定音乐器,第一个用珠算进行开方,第一个创立"舞学"。难怪英国的皇家科学顾问李约瑟博士称朱载堉是"东方文艺复兴式的圣人"。

李时珍与《本草纲目》

李时珍,字东璧,亦名可观,晚年号濒湖山人,湖北蕲州(今湖北蕲春蕲州镇)人。

李时珍出身于医学世家,其父李言闻是当地有名的医生,曾做过太医吏目。他从小爱好读书,14岁考中秀才,后来参加乡试考举人,屡试不中。

20岁那年,李时珍身患"骨蒸病"(即肺结核),幸得父亲精心诊治痊愈,于是下决心弃儒从医,潜心钻研医学。李时珍24岁开始学医,以后大量阅读了《内经》《本草经》《伤寒论》《脉经》等古典医学著作。

经10余年刻苦钻研,30多岁的时候,李时珍已经成为当地很有名的医生。

1551年,李时珍用杀虫药治愈了富顺王之孙的嗜食灯花病,因而医名大显,被武昌的楚王聘为王府的奉祠正,兼管良医所事务。1556年,李时珍被楚王推荐到太医院工作,担任太医院判的职务。

李时珍

在太医院期间,李时珍有机会饱览皇家珍藏的丰富典籍,并看到了许多药物标本,开阔了眼界。

在学医和行医的过程中,李时珍发现古代的本草书存在不少问题,"品数既烦,名称多杂。或一物析为二三,或二物混为一品"。在药物分类上经常"草木不分,虫鱼互混"。譬如说,天南星和虎掌原是一种药,却被误认为两种药;姜蕤与女萎本是两种药材,而有的本草书说成是一种;更严重的是,有毒的钩藤竟会被当作补益的黄精。李时珍认为产生这些错误的原因主要是对药物缺乏实地调查。他决心重新编纂一部本草书籍。

不久李时珍就辞官回到蕲州，一面行医治病，一面编修《本草纲目》。他参阅了大量典籍，历30年，经过3次修改。1578年编成了该书。

李时珍为了实地了解药物，几乎走遍了湖北、湖南、江西、安徽、江苏等地的名山大川，行程不下万里。对于似是而非或含混不清的药物，他都"一一采视，颇得其真"，"罗列诸品，反复谛视"。

当时，太和山五龙宫产一种"榔梅"，据说是可以让人长生不老的"仙果"。李时珍冒险采摘，研究发现它只是一种变了形的榆树的果实，只能生津止渴而已。李时珍还通过对穿山甲的考察，证实了它以蚂蚁为食，但不是由鳞片诱蚁，而是吐舌诱蚁。对动植物药的实地考察为李时珍编著《本草纲目》提供了可靠的第一手资料。

万历二十一年（1593年），李时珍逝世，终年75岁。

《本草纲目》是一本既有总结性又有创造性的著作。《本草纲目》共有52卷，190万字，分为16部（水、火、土、金石、草、谷、菜、果、木、服器、虫、鳞、介、禽、兽、人）62类，载有药物1892种，其中载有新药374种，收集医方11096个，绘图1111幅。在药物分类上改变了原有上、中、下三品的简单分类法，采取了"析族区类，振纲分目"的科学分类，过渡到按自然演化的系统上来。这种从无机到有机、从简单到复杂、从低级到高级的分类法在当时是十分先进的。其中对植物的科学分类，比瑞典的林奈早200年。

《本草纲目》除了在药物学方面有巨大的成就外，在化学、地质和天文等诸多方面也有突出贡献。譬如在化学方面，记载了纯金属、金属、金属氯化物、硫化物等一系列的化学反应。

《本草纲目》不仅是我国的一部药物学巨著，而且也是我国古代的百科全书。正如他儿子李建元在《进本草纲目疏》中说的："上自坟典、下至传奇，凡有相关，靡不收采，虽命医书，实该物理。"《本草纲目》在万历年间就已经流传到了日本，以后又传到朝鲜和越南，并在17世纪～18世纪传到了欧洲。

各种药材

徐光启沟通中西

利玛窦与徐光启

传教士感到向士大夫传教并不容易，故先以西洋的科技知识吸引他们的注意。其中利玛窦和徐光启发展为亦师亦友的关系，合作译出欧几里得的《几何原本》，这是传教士来中国翻译的第一本著作。

明末著名的科学家徐光启，第一个把欧洲先进的科学知识介绍到中国来，是我国近代科学的先驱者。

徐光启，字子光，号元扈，谥文定，上海徐家汇人。

徐光启出生于一个商人兼小地主家庭，少时就聪敏好学。

万历九年（1581年）徐光启考中秀才，而后考举人未中。因为家境的关系，他开始在家乡教书。大约在万历二十一年（1593年），徐光启受聘到韶州去教书，在那里见到了传教士郭居静（原名Lazarus Cattaneo，意大利人，1594年来华）。通过和郭居静的交往，徐光启开始接触到西方近代的自然科学，而且还见到了来中国传教的耶稣会会长利玛窦（原名Mate Ricci，意大利人）。

万历二十五年（1597年），徐光启入京应试，被主考官焦竑慧眼赏识，破例拔置为第一名。36岁中了举人，徐光启又回到故乡，一边教书，一边考进士。

万历二十八年（1600年），徐光启赴京赶考，途经南京，拜会了传教士利玛窦。万历三十一年（1603年），徐光启再到南京，在传教士罗如望的指点下，加入天主教，教名"保禄"。入教之后，他能够更多地接触到西学。

万历三十二年（1604年），徐光启考中进士，迎来了他一生中的重大转折。此时，他已经43岁了，为功名耗去了足足23年的时间。

中进士之后，徐光启被选为翰林院庶吉士，以后的时间他与教会来往密切，在万历三十四年（1604年）秋，徐光启与利玛窦合作翻译西方数学名著《几何原本》

的前6卷，并于1607年出版。他还翻译了《测量法义》。这些工作是西方科学著作译为中文的开始。

万历三十五年（1607年），徐光启授翰林院检讨，不久丧父，返乡守制。3年期满，回京复职，再次担任翰林院检讨，这是个较为闲散的工作。在这段时间里，他与传教士熊三拔合译了《泰西水法》，介绍西洋的水利技术和各种水利机械。

徐光启在向西方学习科技的过程中，对传教活动也进行了协助，因此引起了朝臣的误解。他于是辞去工作，在天津购置土地。万历四十一年至四十六年（1613年～1618年）间，他在天津搞农事试验，写成了"粪壅规则"（施肥方法）和《农政全书》的大纲。

《农政全书》书影

万历四十六年（1618年），后金军队进攻边境，朝廷召见了病中的徐光启。万历四十七年（1619年），徐光启担任詹事府少詹事兼河南道监察御史，负责督练新军。

天启元年（1621年）三月，徐光启因操劳过度，上疏回天津"养病"；同年六月辽东兵败，奉召入京，十二月再次辞归天津。

不久，阉党专政，徐光启不肯应召任职，皇帝命他"冠带闲住"。在天津"闲住"期间，他开始写作《农政全书》（1625年～1628年）。

崇祯元年（1628年），徐光启官复原职。八月，充日讲官，为天子师。崇祯二年，升为礼部左侍郎，九月主持改历；在此期间他制造仪器，精心观测，写成著名的《崇祯历书》。

崇祯三年，徐光启升礼部尚书。

◆ 《农政全书》 ◆

这是一部大型的综合性农书。全书共60卷，分为12门：农本、田制、农事、水利、农器、树艺、蚕桑、蚕桑广类、种植、牧养、制造、荒政，共计50余万字。

《农政全书》在农业技术方面的技术贡献如下：

（1）提高了南方的旱作技术，还提出了棉、豆、油菜等旱作技术的改进意见。

（2）推广了甘薯种植，总结了栽培的经验。

（3）总结了蝗虫的发生规律和治蝗方法。

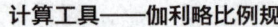

计算工具——伽利略比例规

伽利略在 1597 年发明的测量工具比例规，是由意大利籍传教士罗雅谷于崇祯年间在《比例规解》一书中介绍到中国的。比例规利用相似三角形的对应边比例原理制成，可以用来进行乘、除、求比例中项、开平方、开立方等各种计算。

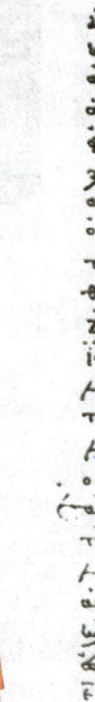

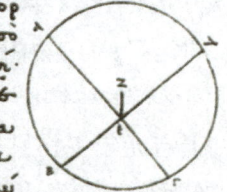

《几何原本》希腊文字抄本

崇祯五年六月，徐光启以礼部尚书兼东阁大学士入阁，参与机要。十一月，加太子少保。

崇祯六年八月，再加徐光启太子太保、文渊阁大学士，领礼部尚书衔。十一月病危，七日逝世，终年72岁。

徐光启一生的贡献是多方面的，他的研究领域涉及天文、算学、测量、农学、水利以及军事等方面，但最主要的贡献却是翻译和介绍西方的科技知识。特别是他和利玛窦合作翻译的《几何原本》，其深远的影响不仅仅体现在数学上，更深入到人们的思想领域，极大地促进了我国近代科学的产生和发展。

踏遍万水千山的徐霞客

在我国明代，有一位奇人，他用自己的双脚丈量人生，同时也为自己的人生写下了一个千古传奇。他就是我国明代著名旅行家和地理学家徐霞客。

徐霞客，名宏祖，字振之，别号霞客，江阴（今江苏江阴）人。

徐霞客出生于缙绅富贵之家，从小就特别喜爱看历史、舆地志和山海图经、游记、探险记一类书籍。

徐霞客像

幼年的徐霞客深深被这些书籍所打动，所吸引。他下决心要做一番不平凡的事业。

由于徐霞客祖上几代为官，加上当时走仕进之路被认为是读书人的正道，所以少年的徐霞客也免不了要参加科举考试。但是通向仕途的大门并没有向徐霞客打开，失落之余，他下定决心把自己的全部精力倾注在地理研究上。

徐霞客在研读古代地理书籍时，发现其中很少有介绍各地的自然地理景观，尤其是边远地区情况的书，他觉得这是个不小的遗憾。

俗话说："读万卷书不如行万里路。"万历三十五年（1607年），22岁的徐霞客背上行囊，从此开始了外出旅游的征程。

在此后的30余年里，徐霞客差不多每年都要外出旅游考察。他不辞劳苦，万里遐征，北履燕冀，南涉闽粤，西北攀太华之巅，西南抵云贵边陲。这位孤胆旅行家的足迹遍及全国，到过现在的江苏、浙江、山东、陕西、山西、河南、河北、安徽、江西、福建、广东、广西、湖北、湖南、贵州、云南、北京、天津和上海等19个省市。

徐霞客外出考察得到了家人的大力支持，特别是他母亲持续不断的鼓励。母亲在70岁高龄时，还满怀豪情地陪徐霞客游览了荆溪、勾曲（今江苏宜兴一带）。

在考察过程中，徐霞客不仅经历了大自然的严酷考验，而且时时受到各种人为因素的挑战。他曾经3次遇盗，4次绝粮，几乎因此而毙命。但是，所有这些困难都没有让他停下脚步。

明崇祯九年（1636年），是徐霞客外出旅游考察中颇具意义的一年。51岁的徐霞客从家乡出发，途经江苏、浙江、江西、湖南、广西、贵州并到达了此次旅游和考察最远的地方——云南，历时5年。这次外出考察，是徐霞客一生中最后一次，也是

徐霞客旅行路线示意图
这张旅行路线图在某种意义上说也是徐霞客的生命旅程图，他用时间的长度成就了空间的广度。

为期最长的一次考察。

在最后一次考察中，徐霞客因"久涉瘴地，头面四肢俱发疹块"，染上重病，后来"二足俱废"，不能远行了。1641年，徐霞客病逝，享年56岁。

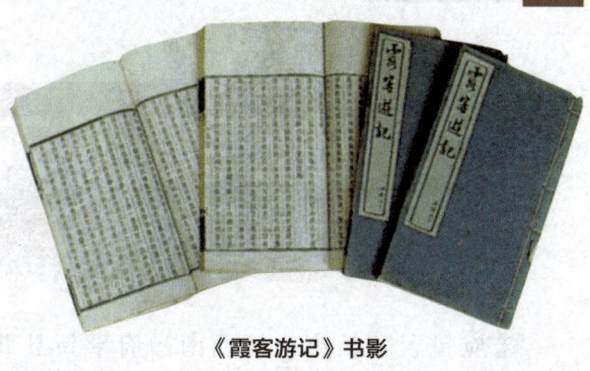

《霞客游记》书影

在长期的游历生涯中，不论旅途多么劳累，情况如何艰险，他都坚持把当天的经历和考察情况记在日记里面。

在日记里面，徐霞客以清新奇丽的文字描摹大自然的瑰丽多姿。这些日记凝聚着徐霞客大半生的心血和成果，是不可多得的原始资料。可惜的是，他生前来不及整理，日记原稿大都散佚了。后来经过数次整理成书，就是闻名于世的《徐霞客游记》。

《徐霞客游记》被誉为"古今游记之最"，全书共20卷，60多万字。《徐霞客游记》以日记体裁详细地记录了徐霞客旅行生涯中的所见所闻，真实而生动地记述了他所到之地的地质、地貌、水文、气候、动物、植物以及少数民族的经济状况和风俗习惯等，是他30多年坚持不懈地研究和探索自然奥秘的总结。游记的内容丰富多彩，记述翔实准确，具有重要的科学价值和很高的学术价值。

➤ 《徐霞客游记》的科学成就 ➤

（1）在水文地理方面：记载了大小河流551条，湖泽59个，潭、塘、池、坑131个，沼泽8个，海2个。（2）生物地理方面：记载植物总数150余种，其中林木最多，占40%，花卉次之，为20%，往下依次为药草11%，竹类8%，菌类6%，野菜5%，藤类3%，对各地的植被情况也有详细的描述。还特别注意到了植物与地理环境的关系。（3）地貌方面：包括岩溶地貌、山岳地貌、红层地貌、流水地貌、火山地貌、冰缘地貌等。其中对岩溶地貌研究最为突出，无论在广度还是深度上都是空前的。有关的论述10万多字，是中国系统描述岩溶地貌的巨著。（4）人文地理方面：广泛记录了手工业、矿业、农业、交通运输、商业贸易、城镇聚落的分布和兴衰，特别关注了少数民族地区的政治、风俗。

宋应星著《天工开物》

宋应星，字长庚，江西南昌府奉新县北乡人，是我国明代晚期著名的科学家。

宋应星出身于书香世家，曾祖父宋景曾做过都察院左都御史，是明代中期重要阁臣。宋应星共有兄弟四人，他排行老三。

宋应星自幼聪明强记，资质特异，"数岁能韵语"，有过目不忘的才能。他幼时与兄宋应昇同在叔祖宋和庆开办的家塾中读书，一次因故起床很迟，躺在床上边听边记宋应昇背文7篇，等到课上馆师考问时，他能够一字不差地背诵，令馆师大为惊叹。年纪稍大，考入本县县学做庠生，熟读了经史及诸子百家，推崇张载，接受了唯物主义自然观。

万历四十三年（1615年），宋应星与兄宋应昇同赴江西南昌参加乙卯科乡试，两人同榜考中举人，他名列第三，宋应昇第六。在当时江西的1万多名考生里面只录取83人，奉新只有宋应星兄弟2人，故称"奉新二宋"。

同年秋，兄弟二人赴京师参加次年的丙辰科会试，结果没有考中。事后得知此次考试涉嫌舞弊，状元的考卷是他人代作的。为了下次再考，他们前往江西九江府的白鹿洞书院进修。

此后在万历四十七年（1619年）和天启元年（1621年），宋应星兄弟两次上京赶考，可惜都未能考中。45岁以后，宋应星对功名逐渐冷淡下来，开始将

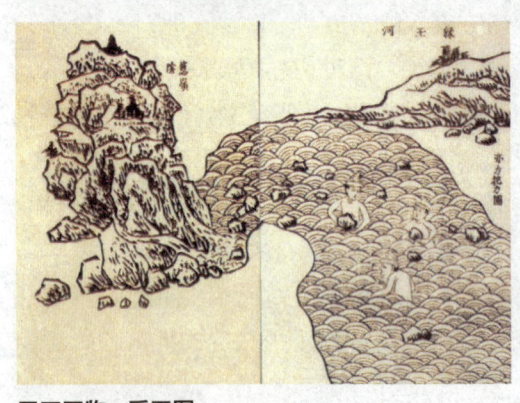

天工开物·采玉图

天工开物·明代的手工工匠

主要精力用于钻研与国计民生相关的科学技术，并准备着手编纂一部科技巨著。

崇祯七年（1634年），宋应星出任袁州府分宜县县学教谕。在任职4年时间里，他编著了大量的著作并刊行，有《野议》、《画音归正》、《天工开物》、《论气第八种》和《厄言十种》等。

崇祯十一年（1638年），改为福建汀州府推官，是地方司法官员。

崇祯十四年（1641年），调升亳州知州，为从五品。

崇祯十五年（1642年），调任滁和道南瑞兵巡道。

崇祯十七年（1644年）夏，明朝覆灭，清兵入关，他弃官归里。

清朝建立后，宋应星一直过着隐居生活，拒不出仕，在贫困中度过晚年。

1667年，宋应星逝世，享年80岁。

英国学者李约瑟称赞宋应星是"中国的阿格里科拉"和"中国的狄德罗"。

宋应星博学多才，是一位百科全书式的学者。他著作颇丰，研究领域涉及自然科学、人文科学和文学等诸方面。

《天工开物》是宋应星的主要代表作，此书刊刻于崇祯十年（1637年）。书名取自《易·系辞》中"天工人其代之"及"开物成务"，强调自然力（天工）与人工的配合，即通过技术从自然资源中开发产物。

《天工开物》分上、中、下3卷，共18章，绘图123幅。它对我国古代农业和工业生产技术进行了系统而全面的总结，内容覆盖了社会全部生产领域，是一部科技史上的百科全书。

《天工开物》上卷包括《乃粒》、《乃服》、《彰施》、《粹精》、《作咸》、《甘嗜》6章，涉及与农业相关的诸方面；中卷包括《陶埏》、《冶铸》、《舟车》、《锤锻》、《燔石》、《膏液》、《杀青》7章，内容有关工

天工开物·炼铜图

天工开物·开采银矿图

《乃粒》	论述稻、麦、黍、稷、粱、粟、麻、菽(豆类)等粮食作物的种植、栽培技术和生产工具。
《乃服》	论述养蚕、缫丝、丝织、棉纺、麻纺和毛纺等生产技术。
《彰施》	介绍各种植物染料和染色技术。
《粹精》	叙述农作物的加工技术及工具。
《作咸》	论述海盐、池盐、井盐等盐产地及制盐技术。
《甘嗜》	叙述甘蔗种植、制糖技术及工具。
《陶埏》	叙述砖瓦及陶器、瓷器(白瓷、青瓷)的制造技术及工具。
《冶铸》	是论述中国传统铸造技术最详细的记录。
《舟车》	是有关交通工具的专章;用数据标明船舶和车辆,同时说明驾驶方法。
《锤锻》	系统叙述了铁器和铜器锻造工艺,以及焊接、金属热处理等加工工艺。
《燔石》	主要论述烧制石灰,采煤,烧制矾石、硫黄和砒石的技术。
《膏液》	介绍16种油料植物以及提炼油脂的技术及工具。
《杀青》	介绍纸的种类、原料及用途,详细讲了造竹纸和皮纸的全套工艺技术及设备。
《五金》	主要论述金银等有色金属矿的开采、洗选、冶炼和分离技术,还附有珍贵的生产设备图。
《佳兵》	涉及冷武器、火药和火器的制造技术。
《丹青》	主要叙述墨和银朱(硫化汞)的制造技术。
《曲蘖》	记述酒母、药用神曲和丹曲(红曲)的制造技术。
《珠玉》	叙述了采珠、采玉、采宝石的方法以及加工技术。

《天工开物》的内容介绍

业技术;下卷包括《五金》、《佳兵》、《丹青》、《曲蘖》及《珠玉》5章,也是和工业技术相关的方面。

《天工开物》最可贵的地方在于详尽记载了工农业生产中许多先进的科技成果,并且用技术数据给以定量解说,同时提出了一系列理论,无可置疑地成为一部完整的科学技术著作。

《天工开物》在18世纪先后传入日本和朝鲜,成为当时畅销的读物。日译本称《天工开物》为"中国技术的百科全书"。日本学者评议道:"作为展望在悠久历史过程中发展起来的中国技术全貌的书籍,没有比它更合适的了。"19世纪中期,《天工开物》传入法国和德国,后又传入俄国和意大利。1966年,《天工开物》被译成英文在美国出版。《天工开物》已成为世界科学经典著作,在海外广泛流传,得到高度的评价。

康熙与中西算学

康熙皇帝，即清圣祖爱新觉罗·玄烨，8岁登基，16岁亲政，文治武功，彪炳千秋，堪称一代明君。他在位时间长达61年，是我国历史上在位时间最长的皇帝。

康熙一生政绩卓著，胆识过人。他智擒鳌拜，撤剿三藩，统一台湾，北拒沙俄，西征蒙古，每次都是大手笔。

康熙之所以能在政治上有如此作为，与他天资聪颖固然有关，更与他勤奋好学、孜孜不倦地学习西方的自然科

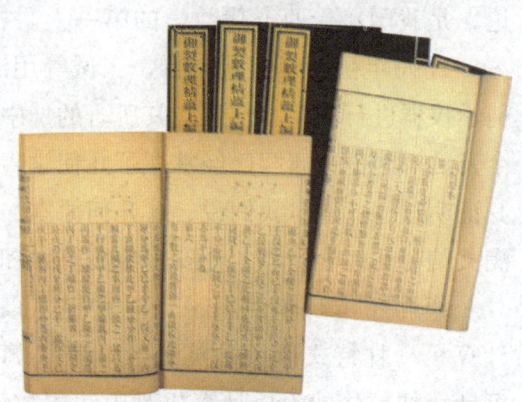

《御制数理精义》书影

康熙皇帝为倡导数学而编制的书籍，成书后曾专门派人送梅文鼎校阅。

学有很大关系。他通过对西洋科学的广泛研究和学习，不仅增进了学识，更开阔了他的胸襟和眼界，使得他能够站在一个比同时代人更高的起点上看问题。

大家都知道，西方传教士是从16世纪下半叶即明代中叶开始来华传教的。他们向中国宣传他们的宗教，也带来了西方的科学技术，包括天文、数学、地理、物理、化学和火器等等。从16世纪末到18世纪初，即明万历年间到清康熙年间，短短的100多年的时间里，西方先进的科技知识大量传入中国，对中国传统科学产生了巨大的冲击。

康熙皇帝对于传入的西方科技始终保持着一种理智开明的态度。他通过考察，了解到了西方科学的先进性。对于先进的好的东西，他敢于学习。对待有渊博科学知识的耶稣会士，他给予充分的信任和尊重，并虚心向他们学习西方的自然科学知识。当时著名的传教士有南怀仁、张诚、白晋、巴多明、安多和徐日昇。

1673年～1674年，康熙令南怀仁讲天文仪器、静力学、天文学和几何学。

1689年，康熙召徐日昇、张诚、白晋和安多每天（或隔日）轮流在紫禁城养心殿用满族语向他讲授西学，包括几何学、代数学和三角学等。当康熙帝到瀛

台或到畅春园时，他们也随同前往。

康熙很注意学以致用。法国传教士洪若翰在给拉雪兹神父的信中这样描述道：康熙在将近5年的学习过程中，始终十分勤奋，而且丝毫没有耽误政务，他一直注意学用结合。白晋也说，他亲眼看见康熙在宫内外专心进行天体观测、大地测量和几何学研究。他还与张诚分别预测1690年2月28日的日食，所测完全一致，没有差错。

康熙对于学习西方数学也表现出强烈的兴趣。他系统地学习了几何学的理论，是我国接受西方代数学的第一人。

1690年初，康熙让白晋、张诚等用满族语讲解欧几里得几何原理，并运用几何学仪器进行计算。白晋在其所著的《中国皇帝康熙传》一书中这样写道：在五六个月的时间里，康熙已经掌握了几何学，能够随时说出他所画的几何图形的定理及其证明过程。他对我们说，《几何原本》他至少读了20遍。康熙还让白晋和张诚用满文编写几何学提纲，让安多编写算术和几何学运算纲要。

康熙还仿制和使用了当时世界上最先进的计算工具，如甘特式计尺和手摇计算机。甘特式计尺是英国数学家埃德蒙甘特于1630年发明的，世界上第一台可计算加减法的手摇计算机是由法国数学家巴斯柯于1642年研制成功的。

南怀仁像

南怀仁，比利时人，字勋卿，一字伯敦，天主教耶稣会教士。顺治年间入清供职，康熙年间受到重用。为了平定三藩叛军，康熙命他试制新式火炮。南怀仁所造的火炮轻便灵活，适合山地作战，分别在陕西、湖广、江西等地的平叛战争中发挥了重要作用。他还设计、督制了440门大炮，培训了200多名炮手。

康熙在数学方面达到了很高的水平，能够对数学专著进行准确的评判。康熙四十一年（1702年）十月，康熙南巡，李光地进呈清初大数学家梅文鼎的《历算疑问》，康熙看后评价道："所呈书甚细心，且议论亦公平，此人用力深矣。"后经过耐心地研读指出："无疵瑕，但算法未备，盖梅书原未完成。"

为了培养算学人才，1713年，康熙在京西的畅春园设立了蒙养斋算学馆，并聘请传教士任教师，讲授西方数学。蒙养斋算学馆可谓中国18世纪杰出数学家的摇篮，清代大数学家梅珏成、明安图等都是在那里培养出来的。

在明清的历代帝王中，康熙帝算得上是唯一一位认真学习过西方科学的皇帝，他对沟通中西算学做出了杰出的贡献。

西学的引进与传播

大家都知道，西学最早传入中国，大约是在明末清初，以利玛窦为代表的西方传教士来到中国，他们向中国介绍了一些西方自然科学知识。明清时期，有许多科技史上的杰出人物都在向西方学习，然后取长补短，有所发明创造。

这些人在学习西方科学知识的同时，也翻译一些相关的科学书籍，但是因为种种原因，并没有对中国社会造成多大影响。尤其是在康熙以后，清代统治者奉行闭关锁国政策，西学的传入一度中止。西学的再次引进是在晚清和民国时期，这次引进无论规模还是影响力都是空前的，它直接启动了近代中国的现代化进程。西学的引进在学术界被称为"西学东渐"，它使得近代中国社会的各个层面都在痛苦的碰撞和磨合中发生了深刻的变革。

在这一时期，西学的引进分阶段呈现不同的特征。

晚清制造的电话

第一阶段是从第一次鸦片战争到中日甲午战争前（1840年～1894年）。这一阶段引进的主要是自然科学，包括数学、天文学、物理学、化学、动植物学、地质学、地理学、医学等基础科学以及与工业制造有关的冶炼、造船、化工、开采、纺织、驾驶、军械等应用科学。引进的自然科学的内容很全面，数量也很多。这一阶段西学传播的主体主要是西方传教士，他们利用报刊、学堂和出版机构，编译西方的科技书籍，其中较为著名的传教士有傅兰雅、林乐知、丁韪良、李提摩太、韦烈亚力等。当然，当时中国著名的学者也参与其中，和传教士合作译书，像李善兰、徐寿、华蘅芳等。

第二阶段是从甲午战争到辛亥革命（1895年～1911年）。这一阶段传入的

梁启超旧照

西学，自然科学势头减弱，社会科学日益增多起来。从《译书经眼录》里我们看到,从1900年到1904年译书491部，其中自然科学164部，占总数的33.4%，社会科学327部，占总数的66.6%。传入的社会科学内容丰富，包括哲学、历史、法学、文学、经济、政治、社会学等学科，以政治和法学类为主。这一时期，西学传播的主体主要是中国的学者，包括对西学有相当或一定了解的开明"士大夫"，如严复、梁启超、章太炎、蔡元培、马君武、黄遵宪、王国维、张相文、丁福保、林纾、孟森等；还有就是洋务运动中派遣留洋陆续归国的留学生，他们为了寻找救国救民的真理，也积极传播西学。

第三阶段主要是"五四"新文化运动时期。西学传播的内容进一步丰富，几乎所有的西学门类，包括政治、经济、军事、法律、哲学、宗教、心理学、地理学、史学、文学、美学、语言、文字、艺术、科技、医学、教育以及各种各样的思潮、学说和观念都先后传入中国。这一时期西学的传播表现出规模宏大、系统全面的特征，以往所有的时期与之相比都显得逊色。在这一时期还有一个特点，就是西方文艺思潮和作品的传入以及马列主义思想的传播对当时中国社会产生了巨大影响。这一时期西学传播的主体是欧美、日本归国的留学生。他们对西方文化学术的了解比开明的士大夫更为深入，能够在传播的基础上有所发明和创造。这一时期著名的思想家、文学家、教育家、科学家和社会科学家，大多是留学生出身。

上述三个阶段涉及到政治、军事、经济、教育等社会的各个层面，并由此引起新旧观念的碰撞和利益的重新分配，导致了社会的巨大变革。从这个意义上讲，西学的引进和传播，是中国走向现代化的开端。

江南机器制造局制造的后膛钢炮
这是当时中国最先进、威力最大的新式火炮。

周口店考古

20世纪上半叶，周口店考古发掘的发现，举世闻名，震惊了当时的整个学术界。

1918年，瑞典地质学家、考古学家安特生在北京周口店火车站东南大约4千米的鸡骨山顶部发掘到了猫、豪猪、兔、鹿等动物化石。这个发现引起了安特生的特别注意。

1921年，安特生和奥地利古生物学家斯丹斯基来到周口店龙骨山的北坡进行了小规模的发掘。两年以后，斯丹斯基又进行了短期的试掘，发现了两枚牙齿。1926年，他在瑞典皇太子访华的欢迎会上，宣布了这一考古发现。加拿大籍解剖学家步达生对其中一枚牙齿进行了详细研究，提出了一个古人类新种属，即"北京人"。

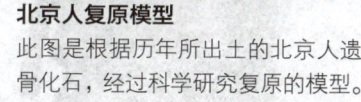

北京人复原模型
此图是根据历年所出土的北京人遗骨化石，经过科学研究复原的模型。

然而，仅凭牙齿化石就建立新的人类属种的说法引起了国际上许多人类学权威的质疑。步达生与中国方面取得联系，组成联合考古队，并达成协议：采集到的一切标本归中国所有。

考古发掘有条不紊地进行着，因为考虑到天气条件，挖掘只在春秋两季进行。1929年12月2日，毕业于北京大学地质系的裴文中在一个山洞里发现了第一个"北京人"头盖骨。国际学术界生动地称它为"古人类全部历史中最有意义、最为动人的发现"。

1936年11月，贾兰坡在11天之内连续发现三个头盖骨，其中的一个头盖骨非常完整，连神经大孔的后缘部分和眉骨上部及眼孔外部都有。这个发现很快震动了当时的国际学术界。此后，大规模的发掘工作一直延续到1937年卢沟桥事变才告一段落。

周口店的大规模正式发掘起自1927年，止于1937年，10余年间共发现了200多件猿人化石和山顶洞人化石、上万件石制品，还有大量丰富的用火遗迹和哺

"北京人"考古

早在旧石器时代早期，"北京人"已懂得用岩石制作石器，用它作为武器或原始的生产工具，在与大自然的斗争中改造自己。学会使用原始的工具从事劳动，这是人和猿的根本区别所在。

在"北京人"居住过的洞穴里，发现厚度达4米～6米、色彩鲜艳的灰烬，表明"北京人"已懂得使用火，这是人类由动物界跨入文明世界的重要标志。

对"北京人"及其周围自然环境的研究表明，50万年前北京的地质地貌与现在已没有太大差别，在丘陵山地上密布着森林群落，栖息着多种动物，其中有鸵鸟和骆驼。这为研究北京生态环境变迁史提供了依据。

"北京人"及其文化的发现与研究，解决了"直立人"究竟是猿还是人的争论。事实表明，"直立人"处于从猿到人进化序列的中间环节。"直立人"的典型形态以周口店"北京人"为准则。

北京人背鹿像（模型）

乳动物化石。在地球漫长的历史长河中，周口店曾生活着距今70万年～20万年属直立人的北京猿人；距今10万年左右的新洞人；距今7万年～2万年前的山顶洞人。地质时代从早更新世至晚更新世，时间跨度从500万年前到距今1万多年前止。

周口店"北京人"遗址作为中国主要古人类文化遗址，位于北京西南约50千米处（房山区周口店村西的龙骨山）。它的地理坐标是北纬39度41分，东经115度51分。遗址面积约0.24平方千米，其中核心区1.2平方千米，保护区2平方千米，环境影响区6平方千米。

周口店遗址是一处有关人类起源与进化研究的圣地。它是世界上同时期古人类遗址中内涵最丰富、材料最齐全和最有科研价值的一个，也是唯一保存了纵贯70万年的史前人类活动遗迹的遗址。

周口店遗址在古人类学和第四纪地质学研究中占据着十分重要的地位。尤其是"北京人"第一颗头盖骨的发现以及相继的文化遗物与遗迹的发现，在古人类研究史上具有划时代的意义。它彻底结束了困扰科学界近半个世纪的直立人是人还是猿的旷日持久的争论。而北京人用火遗迹的发现，将人类用火的历史向前推进了数十万年。

迄今为止，在周口店遗址已发现的"北京人"化石包括：头盖骨6个，下颌骨15件，牙齿157枚，股骨7段，胫骨1段，肱骨3段，锁骨和月骨各1件，还有一些面骨和头骨碎片，分属于约40个个体。

通过对这些化石复原和研究，考古学家描摹出北京猿人的体貌特征：头部的原始性比较明显，其特点是头盖骨较厚，额骨低平，鼻子宽扁，眉脊骨高突，吻部前伸，下颌骨前部向后方倾斜。北京猿人的脑量为915毫升～1250毫升，是直立人。据论证，北京猿人的双手和现代人已经基本相同，下肢能够直立行走，但仍然有些弯曲。他们的寿命相当短，绝大多数死于14岁以前，超过50岁的人极少。

北京猿人过着采集和狩猎的穴群居生活。由于条件险恶，单独的个人是难以生存的，只有联合起来结成不可分割的整体，才能够生存下来。由此看来，当时的北京猿人已经有了人类最初的社会组织。

1941年12月，太平洋战争爆发之际，"北京人"化石及大批动物化石、石器在转运过程中离奇失踪，成为世人瞩目的重大悬案。

龙骨山洞穴

茅以升造桥

茅以升

茅以升，字唐臣，江苏省丹徒县人，国际著名土木工程学家和桥梁专家。

茅以升出生于经商世家，祖父茅谦曾是举人。茅以升出生不久就随家迁居到南京。他6岁读私塾，7岁到思益学堂就读，9岁入江南商业学堂。

1911年，茅以升考入唐山路矿学堂。1912年，孙中山到该校演讲，坚定了茅以升走"科学救国""工程建国"道路的决心。他学习刻苦，成绩优异，每次考试成绩都是全班第一。1916年，茅以升通过了美国康奈尔大学的研究生入学考试，随后赴美。他的成绩非常优秀，令该校教授们大为惊讶和赞叹。茅以升仅用1年就获得硕士学位。在毕业典礼上，校长当场宣布：今后凡是唐山工业专门学校（原唐山路矿学堂）的研究生一律免试注册。硕士毕业后，茅以升经导师贾柯贝介绍，到匹兹堡桥梁公司实习，并利用业余时间到卡内基理工学院夜校攻读工学博士学位，1919年成为该校首名工学博士。博士论文《桥梁桁架次应力》的创见被称为"茅氏定律"，荣获康奈尔大学优秀研究生"斐蒂士"金质研究奖章。

❖ 茅以升的造桥理论 ❖

茅以升结合钱塘江桥的设计与施工，系统研究了"流沙与冲刷的关系"、"如何将木桩头深深埋入江底"、"倾斜岩层上的沉箱如何稳定"、"合金、铬钢杆件的性质"等，还研究了古代桥梁的建筑，为我国的桥梁理论奠定了基础。

1920年，茅以升回国，出任交通大学唐山学校（原唐山路矿学堂）教授，成为国内最年轻的工科教授。次年，升为交通大学唐山学校副主任（副院长）。1922年7月，茅以升受聘到国立东南大学担任教授。1923年，该校设立工科，他成为首任主任。1924年，东南大学工科与河海工程专门学校合并，成立河海工科大学，茅以升任首届校长。1926年，他担任北洋大学教授。1928年，任北平大学第二工学院（即北洋工学院）院长。1930年，任江苏省水利局局长，主持规划象山新港。1932年，重回北洋大学任教。1933年，茅以升接受浙江省的邀请，担任钱塘江桥工委员会主任委员、钱塘江桥工程处处长，他用不到两年半的时间建成了钱塘江大桥。1942年，茅以升赴贵阳任桥梁设计工程处处长，负责筹备中国桥梁公司。

中华人民共和国成立后，茅以升担任铁道技术研究所所长（后为院长），为我国早期的铁道科研事业做出了巨大的贡献。在桥梁方面，他参与建设了新的钱塘江大桥和武汉长江大桥。

茅以升在科学上的突出成就是在造桥方面。

我国古代造桥技术非常高超，一度居于世界领先水平，可是到了近代，世界造桥史上再也没有出现过中国人的名字，近代化的大桥似乎都是外国人的专利。我国境内的山东济南黄河大桥是由德国人修建的；安徽蚌埠的淮河大桥是由英国人修建的；黑龙江的松花江大桥是由俄国人修建的；广州的珠江大桥是由美国人修建的。茅以升打破了外国人垄断中国近代化大桥设计和建造的局面，在中国近代桥梁史上具有划时代的意义。

科普作家茅以升

茅以升学术精湛，著述颇丰，除专业著作外，还写了大量的科学读物，如《五桥颂》、《二十四桥》、《人间彩虹》、《中国的石桥》等，毛泽东称赞他说："你的《桥话》（载于1963年《人民日报》）写得很好！你不但是科学家，还是个文学家呢！"在他发表的200多篇论著中，有关科普工作的论著和科普文章约占1/3。他的《没有不能造的桥》一文荣获1981年全国新长征科普创作一等奖。

珠江大桥

1937 年，即将建成的钱塘江大桥

1933年，茅以升担任钱塘江桥工委会主委，他独立设计出了6个方案，最后一举中标。这是中国人第一次自行设计和建造的中国第一座现代化大桥，其意义可想而知。

钱塘江又称钱江，地处入海口，潮水江流，风波险恶，水文情况复杂。尤其是潮头壁立的钱江潮与随水流变迁无定的泥沙，是建桥面临的两大难题。茅以升经过研究和设计，采用"射水法"、"沉箱法"、"浮运法"等解决了建桥过程中的一个个技术难题，保证了大桥工程的进展。除了这些困难外，他们还要应付日本飞机的轰炸。在解决大桥的最后一个技术问题时，茅以升进入6号墩的沉箱里面，刚好碰上日军轰炸，幸亏及时停电，才化险为夷。

在钱塘江大桥的建造过程中，茅以升对建桥的每一道工序都仔细检查，大到钢梁的架设，小到每一颗螺钉都有严格的检查程序，确保了大桥的质量和安全。长1453米、耗资160万美元修建的钱塘江大桥因为日本进攻杭州而被迫炸毁，存在了仅仅89天。抗战胜利后，茅以升又组织施工人员修复大桥，使钱塘江大桥得以重新飞跨在钱塘江的波涛之上。

茅以升建造钱塘江大桥，在我国近代桥梁史上留下了光辉灿烂的一笔。他对我国桥梁事业的贡献也将为人们所铭记。

数学大师华罗庚

华罗庚，江苏省金坛县人，中国现代数学家，也是我国在世界上最有影响的数学家之一。

华罗庚出生于一个贫穷的家庭，父亲以开杂货铺为生。华罗庚自幼喜爱数学，常常因为思考问题过于专心而被同伴们戏称为"罗呆子"。

1921年，华罗庚进入金坛县立初中，他的数学才能被老师王维克发现，王维克尽心尽力地培养这位有着独特天赋的数学奇才。

1924年，华罗庚初中毕业后，升入上海中华职业学校，因为拿不出学费而中途退学。

辍学回家的华罗庚，一边帮着父亲经营杂货铺，一边顽强地

华罗庚

自学数学。他每天学习达10个小时以上，有时睡到半夜，突然想起一道数学难题的解法，也会翻身起床，点亮油灯，把解法记下来。经过5年时间的努力拼搏，华罗庚终于学完了高中和大学低年级的全部数学课程。

1928年，华罗庚不幸染上伤寒病，全靠新婚妻子的照料才得以保住性命，但是却落下终身左腿残疾。

在贫病交加中，华罗庚始终没有放弃数学研究，他接连发表了好几篇重要的论文，引起清华大学熊庆来教授的注意。

1931年，在熊庆来教授的帮助下，华罗庚来到清华大学数学系，担任一名助

理研究员。他用1年半的时间学完了数学系全部课程，还自修了英文和德文，能用英文写论文。在这期间，他在国外杂志上发表了三篇论文，被清华大学破格聘为助教。

1936年夏，华罗庚被保送到英国剑桥大学进修，两年之内发表了10多篇非常有价值的论文，博得国际数学界的赞赏。

1938年，华罗庚回国，担任西南联合大学教授。在昆明郊外一间牛棚似的小阁楼里，他写出了20世纪的数学经典论著《堆垒素数论》。

1946年3月，华罗庚应邀访问苏联。同年9月，应纽约普林斯顿大学邀请去美国讲学。1948年，华罗庚被美国伊利诺依大学聘为终身教授。

1949年，华罗庚毅然放弃国外的优裕生活，于1950年3月携全家回到祖国。他先后担任了清华大学数学系主任、中科院数学所所长等职。期间华罗庚对于人才的培养格外重视，发现和培养了王元、陈景润等数学人才。特别是他发现陈景润更是数学界的一段佳话。他亲自把陈景润从厦门大学调到中科院数学研究所。

华罗庚的恩师熊庆来

熊庆来，字迪之，云南省弥勒县人，我国著名数学家、数学教育家，东南大学数学系创始人。1907年考入云南高等学堂。1913年以第3名考取云南留学生，1913～1914年在比利时包芒学院预科学习，1915～1920年在法国留学，1921年初回国任教。1926年秋，应邀担任清华学校教授。1929年，主持开设清华大学算学研究所，次年录取陈省身等为研究生。1931年召华罗庚至清华大学任助理研究员。1949年9月，随梅贻琦团长赴巴黎出席"联合国教科文组织"第4次大会，会议结束后暂留巴黎做研究工作。1957年6月回到北京，后死于"文革"中。熊庆来的突出贡献是建立了无穷级整函数与亚纯函数的一般理论。

1958年，华罗庚担任中国科技大学副校长兼数学系主任。在从事数学理论研究的同时，他还尝试寻找一条数学和工农业实践相结合的道路。经过一段的研究和实践，他发现数学中的统筹法和优选法是在工农业生产中能够比较普遍应用的方法，不仅可以提高工作效率，还能改变工作管理的面貌。于是，他一边在科技大学讲课，一边带领学生到工农业实践中去推广优选法、统筹法。从1960年开始，华罗庚在工农业生产中推广统筹法和优选法，足迹遍及27个省市自治区，为中国创造了巨大的物质财富和经济效益。"夏去江汉斗酷暑，冬往松辽傲冰霜。"这就是他当时生活的真实写照。1978年3月，他被任命为中科院副院长，1984年又以全票当选为美国科学院外籍院士。

1985年6月12日，华罗庚应邀到日本东京大学作学术报告，原定45分钟的报告在经久不息的掌声中延长到1个多小时。结束讲话时，突然心脏病发作，不幸逝世，享年74岁。

　　华罗庚在数学方面贡献巨大。他一生主要从事解析数论、矩阵几何学、典型群、自守函数论、多复变函数论、偏微分方程、高维数值积分等领域的研究，并取得了突出的成就。华罗庚在20世纪40年代就解决了高斯完整三角和的估计这一历史难题，得到了最佳误差阶估计（此结果在数论中有着广泛的应用）；证明了历史长久遗留的一维射影几何的基本定理；给出了体的正规子体一定包含在它的中心之中这个结论的一个简单而直接的证明，被称为嘉当–布饶尔–华定理；对G.H.哈代与J.E.李特尔伍德关于华林问题及E.赖特关于塔里问题的结论作了重大改进，至今仍是最佳记录。

　　华罗庚的著作《堆垒素数论》系统地总结、发展与改进了哈代与李特尔伍德圆法、维诺格拉多夫三角和估计方法及他本人的方法，发表后40余年来其主要成果仍居于世界领先水平，成为20世纪经典数论著作之一。另一部数学专著《多个复变典型域上的调和分析》以精密的分析和矩阵技巧，结合群表示论，具体给出了典型域的完整正交系，从而得出了柯西与泊松核的表达式，在国际上有着很深的影响。华罗庚以其杰出的数学成就，当之无愧成为我国20世纪伟大的数学家之一。

华罗庚在田间推广优选法

侯氏制碱法

侯德榜

侯德榜，名启荣，号致本，福建省闽侯县人，我国著名科学家、杰出的化工专家。

侯德榜在化学工业史上以独创的制碱工艺闻名，是中国重化学工业的开拓者，被称为"国宝"。

侯德榜出生在一个普通农家，自幼半耕半读，勤奋好学，有"挂车攻读"之美名。1903年，侯德榜得到姑妈的资助到福州英华书院学习，并于1906年毕业。1907年，他考入上海闽皖铁路学院，1910年毕业后在英资津浦铁路当实习生。在这一时期，侯德榜目睹了帝国主义凭借技术优势对贫穷落后的中国人民进行残酷剥削与压迫，立志要学好科学技术，走工业救国的道路。

1911年，侯德榜考入北京清华留美预备学堂，以10门功课1000分的成绩誉满清华园。1913年，他被保送美国麻省理工学院，1916年毕业，获学士学位。再入普拉特专科学院学习制革，次年获制革化学师文凭。1918年，又入哥伦比亚大学研究院

◆ 侯德榜著书立说 ◆

《制碱》一书于1932年在纽约列入美国化学会丛书出版。这部化工巨著第一次彻底公开了索尔维法制碱的秘密，被世界各国化工界公认为制碱工业的权威专著，相继译成多种文字出版，对世界制碱工业的发展起了重要作用。美国的威尔逊教授称这本书是"中国化学家对世界文明所做的重大贡献"。

《制碱工学》是侯德榜晚年的著作，也是他从事制碱工业40年经验的总结。全书在科学水平上较《制碱》一书有较大提高。该书将"侯氏碱法"系统地奉献给读者，在国内外学术界引起强烈反响。

索尔维制碱法

向饱和食盐水中通入足量氨气至饱和，然后在加压情况下通入CO_2（由$CaCO_3$煅烧而得），因$NaHCO_3$溶解度较小，故有下列反应发生：

$$NH_3+CO_2+H_2O===NH_4HCO_3$$
$$NaCl+NH_4HCO_3===NaHCO_3\downarrow+NH_4Cl$$

将析出的$NaHCO_3$晶体煅烧，即得Na_2CO_3：

$$2NaHCO_3===Na_2CO_3+CO_2\uparrow+H_2O$$

母液中的NH_4Cl加消石灰可回收氨，以便循环使用：

$$2NH_4Cl+Ca(OH)_2===CaCl_2+2NH_3\uparrow+2H_2O$$

此法优点：原料经济，能连续生产，CO_2和NH_3能回收使用。

缺点：大量$CaCl_2$用途不大；$NaCl$利用率只有70%，约有30%留在母液中。

研究制革，并于1919年获硕士学位。1921年，他以《铁盐鞣革》的论文获该校博士学位。他的论文在《美国制革化学师协会会刊》连载，全文发表，成为制革界至今广为引用的经典文献之一。

1921年，侯德榜接受爱国实业家范旭东的邀请，回国担任永利碱业公司的技师长（即总工程师）。他知道创业之初需要实干精神，于是脱下西服，换上了蓝布工作服和胶鞋，同工人一起工作。经常是哪里出现问题，他就出现在哪里。

当时在制碱行业，帝国主义实行技术垄断，中国在技术方面一片空白。侯德榜认真研究，终于揭开了索尔维制碱法的秘密，打破了洋人的技术封锁。

1926年，永利碱厂终于生产出合格的纯碱，命名为"红三角"牌中国纯碱。在当年美国费城举办的万国博览会上，一举获得了金质奖章，被誉为"中国工业进步的象征"。

侯德榜摸索到索尔维制碱法的奥秘，本可以高价出售专利而大发其财，但是他并没有这样做。跟范旭东想法一样，侯德榜主张把这一秘密公布于众，让世界各国人民共享。侯德榜把制碱法的全部技术和自己的实践经验写成专著《制碱》，1932年在美国出版。

永利碱厂投入正常运行后，永利公司计划筹建永利硫酸铵厂。侯德榜又开始了从无到有的"创

卜内门公司的化肥广告

20世纪初，英国卜内门公司几乎独占了中国的纯碱市场，30年代达到经营的顶峰。

1926年，永利碱厂生产的"红三角"牌纯碱荣获美国费城万国博览会最高荣誉金质奖。

业"历程，跟外商谈判，选购设备，终于在1937年，硫酸铵厂首次试车成功，并很快成为亚洲一流的化工厂。

日本侵略者看中硫酸铵厂的军事价值，先后3次重金收买侯德榜和范旭东。侯、范二人明确表示："宁肯给工厂开追悼会，也决不与侵略者合作。"日本侵略者恼羞成怒，派飞机对碱厂进行狂轰滥炸。在这种严峻的情况下，侯德榜当机立断，组织技术骨干和老工人转移，并把重要机件设备拆运西迁。

1938年，永利公司在四川岷江岸边的五通桥组建永利川西化工厂，侯德榜担任厂长兼总工程师。当时四川的条件不适于沿用索尔维制碱法。

侯德榜决心改进索尔维制碱法，开创出更先进的技术来。他认真总结了索尔维法的优缺点，发现其缺点在于，两种原料组分只利用了一半，即食盐（NaCl）中的钠和石灰（$CaCO_3$）中的碳酸根结合成纯碱（NaCO3），另一半组分食盐中的氯却和石灰中的钙结合成了氯化钙（$CaCl_2$），没有用途。

针对这些缺陷，侯德榜创造性地设计了联合制碱新技术。这个新技术是把氨厂和碱厂建在一起，联合生产。由氨厂提供碱厂需要的氨和二氧化碳。母液里的氯化铵用加入食盐的办法使它结晶出来，作为化工产品或化肥。食盐溶液又可以循环使用。

联合制碱法于1941年研究成功，1943年完成半工业装置试验。这一技术是侯德榜在艰苦环境中经过500多次循环实验，分析了2000多个样品，才最终成功的。新工艺使得食盐的利用率从70%一下子提高到96%，也使原来无用的氯化钙转化成化肥氯化铵，解决了氯化钙占地毁田、污染环境的难题。该方法把世界制碱技术水平推向了一个新高度，赢得了国际化工界的高度评价。1943年，中国化学工程师学会一致同意将这一新的联合制碱法命名为"侯氏联合制碱法"。

中华人民共和国成立后，侯德榜继续在化工领域努力工作，他还设计了碳化法制造碳酸氢铵的新工艺，为我国的化肥工业发展做出了巨大贡献。

李四光与地质力学

　　李四光，原名仲揆，湖北省黄冈县回龙山香炉湾人，我国著名的地质学家。李四光出生于一个贫寒的家庭，1902年入武昌高等小学堂，在填写报名单时，误将姓名栏当成年龄栏，写了"十四"。他发觉后，已经不能再改了，于是灵机一动，"十"添上几笔改成了"李"字。可是"李四"这个名字不好听，这时候他抬头看见中堂上挂有一块匾，上面写着"光被四表"，就在"李四"后加了一"光"字，从此就有了个更加响亮的名字：李四光。

　　1904年7月，李四光被破格选送到日本留学，1910年7月毕业回国。在留日期间，李四光加入了同盟会，孙中山抚摸着他的头说，你年纪这么小就参加革命很好，你要"努力向学，蔚为国用"，当时他年仅16岁。1911年9月，李四光参加清政府的留学毕业生考试，获得最优等的成绩，赐工科进士，成为我国历史上最后一批进士之一。之后，李四光担任湖北军政府实业部部长。后来因为目睹袁世凯杀害革命党人，辞掉职务，决心留学英国。1913年10月，李四光到英国伯明翰大学学习采矿和地质，于1918年获得自然科学硕士学位。1920年回国，到北京大学担任地质系教授。1921年升为北大地质系主任，期间带领学生在河北和山西等地野外实习，在太行山东麓首次发现中国第四纪冰川。

李四光

　　当时，国际上一直充斥着中国内地第四纪无冰川的谬论。为了证明中国有第四纪冰川的遗迹，李四光走遍了长江中下游、江西庐山、安徽黄山和华南等地，经过深入调查，收集到很多证据，发表了一系列关于中国第四纪冰川的文章。他考察出庐山是"中国第四纪冰川的典型地区"。他的成果得到了国际科学界的承认。中国第四纪冰川理论的确立，是我国

地质力学里地面形迹构造的三种类型

李四光认为，现存于地球表面的一切形变（构造）现象，其方位、形体特征等，对地球自转轴来说，都是有规律的。这些有联系的构造形迹，按照一定形式组合起来，形成一个特殊的体系，即构造体系。构造体系可分为三种类型：（1）纬向构造体系。在中国境内有三条东西走向的构造带，即天山——阴山东西构造带、昆仑山——秦岭东西构造带和南岭东西构造带。（2）经向构造体系。（3）各种扭动构造体系。包括"山"字型构造、"多"字型构造、"人"字型构造、棋盘格式构造和旋扭构造以及各种旋卷构造等。

第四纪地层学和气候学研究上的一个重要里程碑。

1928年李四光担任中央研究院地质所所长，1929年被英国伦敦地质学会选为国外会员，1931年被伯明翰大学授予自然科学博士学位，1934年应邀赴英国伯明翰和剑桥等大学讲学，1936年回国后继续进行地质考察和研究工作。1947年7月，李四光赴英国参加第18届国际地质大会，第一次应用他创立的地质力学理论，作了题为《新华夏海之起源》的学术报告，引起了强烈反响。从此，地质力学这门新学科正式进入世界科技殿堂。此后，李四光得知中华人民共和国成立的消息，冲破国民党反动派的阻挠，于1950年初回到祖国的怀抱。

回国后，李四光担任了中国地质部部长，做了大量的地质研究、勘探工作，探明了数以百计的矿种和矿产储量。他运用地质力学理论成功找到油田，使我国一举摘掉了贫油国的帽子。

李四光长期从事古生物学、冰川学和地质力学的研究，在鉴定古生物化石、发现中国第四纪冰川和创立地质力学等方面贡献卓著。他还开创了许多新的领域，包括同位素地质、构造带地质化学、岩石蠕变及高温高压实验、地应力测量、地质构造模拟实验等。纵论其一生，李四光在科学史上最大的贡献，莫过于创立了地质力学这一新兴边缘学科，这也是他凝注心血最多的一门学科。

我们知道，地质力学是一门研究岩石变形和破坏的学科。它是运用力学的观点研究地壳的各种构造体系和形式，进而追索地壳运动的起源，探讨性解决地壳运动问题的途径。地质力学的研究，对于矿产的分布规律、工程地质、地震地质等方面问题的解决具有重要的指导意义。李四光的地质力学思想较系统地体现在他所著的《中国地质学》、《地质力学的基础与方法》、《地质力学概论》等著作中。

◀ 李四光对古生物科的鉴定方法研究 ▶

李四光通过对大量化石的研究，深感描述鉴定烦琐，于是创立了鉴定的10条标准，大大提高了鉴定的科学性和准确性，这个标准后来也被中外学者所采用。运用这10条标准，李四光确定了中国北部20多个种属。

"导弹之父" 钱学森

钱学森是中国20世纪杰出的科学家，他是一颗璀璨的明星，他在导弹、工程控制以及系统论等诸多方面获得了开创性的成就，当之无愧地成为世界著名火箭专家，中国工程控制论专家、系统工程专家、系统科学思想家。

钱学森，浙江省杭州市人，1911年12月11日出生在上海。他的父亲钱均夫早年曾留学日本，是一位教育家，母亲章兰娟也聪颖过人。良好的教育环境使得钱学森聪颖早慧。

钱学森

1914年，钱学森随父母迁居北京，1923年考入北京师范大学附属中学，1929年考入上海交通大学，就读于机械工程系火车制造专业，并于1934年毕业。在大学时代，钱学森学习认真，严格要求自己，成绩优异。

1935年，钱学森以清华大学公费留学生的身份到美国麻省理工学院学习，仅用1年时间就取得了该院航空系的硕士学位。次年10月，他师从美国著名空气动力学家冯·卡门教授，在加州理工学院学习航空工程理论，1939年获航空与数学博士学位。钱学森在空气动力学、航空工程、喷气推进技术等尖端科技方面的才华，使他成为当时最有名望的优秀科学家之一。他与冯·卡门合作取得了多项成果，尤其是著名的"卡门—钱公式"，成为航空科学史上闪光的一页。

◆ 钱学森开创了工程控制论 ◆

钱学森在20世纪50年代初将控制论发展成为一门新的技术科学——工程控制论，为导弹与航天器的制导理论提供了基础。他把中国导弹武器和航天器系统的研制经验提炼成系统工程理论，应用于军事运筹和社会经济问题，成功地推进了作战模拟技术和社会经济系统工程在中国的发展。

钱学森在力学领域的开创性贡献

钱学森在空气动力学方面提出了跨声速流动相似律，并与冯·卡门一起，最早提出高超声速流的概念，为飞机在早期克服热障和声障提供了理论依据，为空气动力学的发展奠定了重要的理论基础。高亚声速飞机设计中采用的公式是"卡门—钱公式"。此外，钱学森和冯·卡门在20世纪30年代末还共同提出了球壳和圆柱壳的新的非线性失稳理论，他在1946年对稀薄气体的物理力学特性的研究是这一分支发展的先声。

"长征"4号运载火箭
中国不但是世界最早发明火药的国家，而且也是世界上最早发明火箭的国家。根据现代的定义，所谓火箭，是指以火药燃烧时产生的高温、高压气体，形成反推力而腾空飞行的装置。中国最迟在12世纪中叶已发明火箭。

二战期间，钱学森与马林纳合作，在冯·卡门的指导下，完成了美国第一枚导弹的设计工作，成为美国导弹技术的奠基人之一。1949年，钱学森推导出著名的"钱学森公式"，提出了航程3107英里（5000公里）的助推滑翔超音速飞行器的建议。20世纪40年代末，钱学森已被世界公认为力学界和应用数学界的权威和流体力学研究的开路人之一，以及卓越的空气动力学家、现代航空科学与火箭技术的先驱和创始人。

20世纪50年代，美国麦卡锡主义盛行，在国内疯狂迫害共产党人，1950年7月，美国政府取消钱学森参与机密研究的资格。钱学森遭到这样不公正的待遇，非常气愤，他决定回国。

出发前，钱学森被美国移民局逮捕，关押在拘留所里两个星期，后来被友人花钱保释出来。美国海军次长金布尔甚至叫嚣道："我宁肯把他枪毙，也不愿放回中国，无论在什么地方他（钱学森）都值5个师。"

在接下来的5年时间里，钱学森一直受到美国移民局的限制和联邦调查局特务的监视，只能教书和从事《工程控制论》的写作。

1955年10月，钱学森在中国外交人员的努力和协助下，终于回到祖国的怀抱。对于钱学森回国一事，周恩来总理非常重视。他在20世纪50年代末的一次会议上说："中美大使级会谈至今虽然没有取得实质性成果，但我们毕竟就两国侨民问题进行了具体的建设性接触。我们要回了一个钱学森，单就这件事说来，会谈也是值得的、有价值的。"周总理还专门对聂荣臻交待说："钱学森是爱国的，要在政治上关心他，工作上支持他，生活上照顾他。"

1956年初，钱学森主持制订1956～1967年科学技术发展远景规划纲要第37项国家重要科学技术任务《喷气和火箭技术的建设》报告书，并于1956年2月17日向国务院递交《建立我国国防航空工业的意见书》，最先为中国火箭和导弹技术的建设与发展提出了极为重要的实施方案。

同年，钱学森还协助周恩来和聂荣臻筹备组建了火箭导弹科学技术研究方面的领导机构，并成为这一领导机构的重要成员，负责规划与组建国防部第五研究院。他的工程控制论为导弹与航天器的制导理论奠定了基础，对中国的火箭导弹和航天事业的迅速发展做出了重大贡献。

钱学森亲自参与指导了我国导弹的设计和研制，因为他的突出贡献，被誉为中国的"导弹之父"。1999年，中共中央、国务院、中央军委授予他"两弹一星功勋奖章"。

钱学森研究领域广泛，他在空气动力学、航空工程、喷气推进、工程控制论、物理力学等技术科学领域做出了许多开创性贡献，尤其是为我国火箭、导弹和航天事业的创建与发展做出了卓越贡献。他的著作有《工程控制论》、《物理力学讲义》、《星际航行概论》、《论系统工程》等。

两弹元勋邓稼先

邓稼先

邓稼先，安徽省怀宁县人，中国著名的核物理学家。他是我国核武器理论研究工作的奠基者和开拓者，因为其早年在研制和发射原子弹、氢弹方面的贡献，被誉为"两弹元勋"。1999年，党中央、国务院和中央军委给他追授了"两弹一星功勋奖章"。

邓稼先出生在一个中产阶级家庭，他的父亲邓以蛰早年留学日本，回国后先后在清华大学、北京大学、厦门大学担任教授。邓稼先在四姐弟中排行老三。

5岁时，父亲为邓稼先请了私塾先生，教他背诵《诗经》和《论语》，打下了很好的文化基础。6岁时，进入北京四存小学，当时他对"四书""五经"不感兴趣，偏爱数学等自然科学。1935年，邓稼先考入北京崇德中学，与高他一级的杨振宁是很要好的朋友。

1941年，邓稼先考上了西南联大物理系，又与杨振宁成为同学。1945年，从西南联大毕业后，邓稼先被北京大学聘为物理助教，在学生运动中担任了北大教职工联合会主席。为了学习更多的科学知识来建设即将诞生的新中国，邓稼先于1947年通过了赴美研究生考试。1948年10月，邓稼先赴美国普渡大学研究生院物理系留学。

在美国留学期间，邓稼先刻苦努力，勤奋学习，3年的课程2年就完成了。他以突出的成绩顺利通过了博士论文答辩，时年26岁，被美国人称为"娃娃博士"。

1950年8月，邓稼先在获得博士学位的第9天，毅然决定回国。他不仅谢绝了恩师和同校好友的挽留，而且还说服了光学物理学家王大珩（后获"两弹一星功勋奖章"）和低温物理学家洪朝生（后参加"两弹一星"研制）一同回国。

同年10月，邓稼先到中国科学院近代物理研究所任研究员，开始进行中国原子核理论的研究。1953年，他与许鹿希结婚，1954年加入中国共产党。1958年秋，时任核工业部副部长兼原子能所所长钱三强找到邓稼先，说"国家要放一个'大炮仗'"，征询他是否愿意参加这项高度机密的工作。邓稼先知道这是国家的需要，毫不犹豫地同意了。

回到家中，他只对妻子说自己"要调动工作"，不能再照顾家和孩子，也不能再通信。妻子许鹿希心里明白，丈夫肯定是从事对国家有重大意义的工作，表示坚决理解和支持。邓稼先这一走就是28年。从此，邓稼先的身影只出现在戒备森严的深院和大漠戈壁。

邓稼先接到任务后，先挑选了一批大学生，准备了有关的俄文资料和原子弹模型。1959年6月，苏联政府中止了原有协议，撤走了专家，销毁了资料。中国的核事业必须从零开始，自己动手，搞出自己的原子弹、氢弹和人造卫星。邓稼先和

中国第一颗原子弹爆炸

同事们一起研究和翻译资料，用手摇计算机计算数值，推导公式。特别是遇到一个苏联专家留下的核爆大气压的关键数字时，邓稼先在周光召的帮助下，以严谨的计算推翻了原有的结论，解决了中国原子弹试验的关键性难题。

经过近两年的努力，他们终于把我国第一颗原子弹的理论计算数据全部推算出来，接着又进行了一系列的试验，成功地模拟了原子弹爆炸的全过程。1964年10月16日，中国成功爆炸了第一颗原子弹。

这是一件让中国人民彻底扬眉吐气的大事，意味着中国已经不再惧怕西方国家的核讹诈。原子弹爆炸成功以后，邓稼先又开始投入对氢弹的研究。这是比研制原子弹更加艰难的科学探索。

在邓稼先的领导下，1967年6月17日，我国成功地爆炸了一颗氢弹。整个研制过程仅用了2年零8个月，抢在了法国人的前面，成为继苏联和美国之后，第3个拥有核武器的国家。同苏联用4年、美国用7年、法国用8年的时间相比，创造了世界上最快的速度。

1972年，邓稼先担任核武器研究院副院长，1979年升为院长。他为我国的核试验贡献了毕生的精力。在我国进行的45次核试验中，由邓稼先领导的就有32次，其中有15次是他亲自在现场指挥。邓稼先为中国的国防事业做出了巨大的成就，他一生淡泊名利，直到死前才公开其贡献，他的科学成就和他的人格一样，将永远流传。

人工合成牛胰岛素

　　20世纪60年代，人工牛胰岛素在我国合成，这是迄今为止我国唯一能够角逐诺贝尔奖的科技发明，也是我国科学家创造的一次几乎与诺贝尔奖零距离接触的机会。

　　1955年，当桑格第一次阐明胰岛素的化学结构时，英国《自然》杂志预言："合成胰岛素将是遥远的事情。"当时我国的情况是，百废待兴，在这方面更是一片空白，除了生产谷氨酸钠（味精）之外，甚至没有制造过任何氨基酸，而且做这项工作还得花去大量的资金。

　　这些现在想起来，似乎都是颇费周折的事情，在当时却进展得很顺利。据参与主持这项研究的邹承鲁讲，在当时的中国科学院上海生物化学研究所，这一主张一经提出，便获得了一致赞同，也赢得了领导的支持。这个项目很顺利就获得了充足

1959 年，部分生化所胰岛素工作参加者合影。

的经费，剩下的就是科学家们自己的事情了。

胰岛素合成的队伍由中国科学院上海生物化学研究所、北京大学和上海有机化学研究所三个单位共同组成。大家知道，胰岛素分子是由 A、B 两条链组成，所以只要分别合成 A、B 两链，再组合就成了。

开始为了摸索合成路线，大家兵分五路，尝试突破。一路由钮经

粗粮含有丰富的纤维质，可减少糖分摄入，补充胰岛素，糖尿病患者应多食粗粮。

义负责，搞有机合成；二路由邹承鲁负责，搞天然胰岛素的拆合；三路由曹天钦负责，建立肽库和分离分析技术；四路和五路由沈昭文负责，分别做酶激活和转肽工作。经过实践，三路、四路、五路被否定，重点集中在一路、二路和分离分析的工作上。

1960年初，杜雨苍、张友尚、鲁子贤、邹承鲁等对用3个二硫链拆开的天然胰岛素进行组合获得成功，重组的活力逐渐提高到50%，产物纯化后可以结晶，结晶的形状与天然胰岛素相同。另外，杜雨苍、许根俊、鲁子贤和邹承鲁等又研究了合成的A链和B链连接为胰岛素分子的条件，为全合成开辟了道路。

1963年，三个单位重新开始协作。1964年，由钮经义负责的上海生物化学所合成了B链，同时用人工合成的B链与天然的A链合成成功。

A链合成由汪猷领导的上海有机化学研究所和由邢其毅领导的北京大学协作完成。1964年，A链的合成取得成功，同时用人工合成的牛胰岛素A链与天然的B链接合获得成功。

接下来就是人工牛胰岛素的全合成。在邹承鲁的负责下，第一次全合成试验即告成功，但活力很低，拿不到结晶。因此，需进一步改善合成的方法。

经过无数次试验，研究人员试用了各种不同的保护剂和各种抽提方法，终于在1965年9月17日得到最好的效果，宣告世界上第一个人工合成的蛋白质在中国诞生了！

人工合成胰岛素是科学史上的一次重大飞跃，是生命科学发展史上一个新的重要里程碑，它标志着人工合成蛋白质时代的开始，使人类在揭示生命奥秘的历程中迈进了一大步。

挑战哥德巴赫猜想的陈景润

陈景润，福建闽侯人，我国现代著名的数学家，在数论和哥德巴赫猜想研究方面获得了卓越的成就。世界级的数学大师阿·威特尔称赞他道："陈景润的每一项工作，都好像在喜马拉雅山顶行走。"

陈景润出生在一个工人家庭，父亲是一位邮政工人，陈景润在众多的兄弟姐妹中排行老三。1945年，陈景润随家迁居福州，并进了英华中学。陈景润从小性格内向，只知道啃书本，同学们给他起了一个绰号"书呆子"。陈景润从小就对数学情有独钟，喜欢钻研，刚好这时候学校来了一位著名科学家沈元教授，他在一堂数学课中，讲了17世纪德国数学家哥德巴赫提出的一个猜想。他还打了个形象的比喻，自然科学的皇后是数学，数学的皇冠是数论，而哥德巴赫猜想就是数学皇冠上的明珠。他的这堂课深深刻在陈景润的脑海里，他暗下决心，一定要摘取这颗"数学皇冠上的明珠"。

1950年，陈景润高中尚未毕业，就以同等学历考入厦门大学。1953年，陈景润大学毕业后被分配到北京一所名牌中学任教。由于他不善言辞，个性也不适宜教书，压力很大，人也病倒了。当时该中学领导在一次会议上碰上来北京的厦门大学校长王亚南，向他抱怨陈景润不行。王亚南了解陈景润的个性和价值所在，于是把他调回厦门大学担任学校图书馆管理员。陈景润回到厦门大学，病也开始好转了。他利用这个有利的时机，如饥似渴地研读了华罗庚的《堆垒素数论》和《数论导引》。他要努力研究，做出成绩来，才不辜负信任和爱护他的人。

功夫不负苦心人，陈景润终于写出了第一篇数学论文《关于塔利问题》，并

◆ 哥德巴赫猜想 ◆

在整数里面，能够被2整除的叫偶数，不能被2整除的叫奇数。只能被1和它本身整除而不能被别的整数整除的叫素数；反之，能被别的整数整除的就叫合数。1742年，哥德巴赫写信给欧拉时，提出了：每个不小于6的大偶数都是两个素数之和。这个简单的命题被称为"哥德巴赫猜想"。

把它寄到中科院数学所。他希望自己的数学才能能得到当时著名数学家华罗庚的认可，像当年华罗庚被熊庆来赏识一样。果然，华罗庚盛情邀请陈景润参加1956年全国数学论文宣读大会。1956年底，华罗庚把他调到中国科学院数学研究所担任实习研究员。

陈景润调到北京后，在华罗庚的栽培之下，迅速成长起来。他在圆内整点问题、球内整点问题、华林问题、三维除数问题等方面，都改进了中外数学家的结果，取得了最新的成就。但是他并不满足，他要完成青年时期的梦想，向哥德巴赫猜想挺进。陈景润当时居住在6平方米的小屋内，借一盏昏暗的煤油灯，进行反复的计算，条件十分艰苦。但是他浑然不顾，废寝忘食，昼夜不舍，潜心思考，达到了痴呆的地步。有一次一头撞在树上，还问是谁撞了他。1966年5月，陈景润耗去了几麻袋的草稿纸，写成论文《大偶数表为一个素数及一个不超过二个素数的乘积之和》，攻克了世界著名数学难题"哥德巴赫猜想"中的（1+2），创造了距摘取这颗数论皇冠上的明珠（1+1）只有一步之遥的辉煌。可是论文太长了，厚达200多页。考虑到科学的简明性，闵嗣鹤教授建议他简化一下。他又投入到更加艰巨的工作中去了。这时"文革"开始，陈景润受到了一定程度的影响，但他并没有放弃。1973年，陈景润终于将论文简化完成。

陈景润的工作轰动了世界，国际上的反响非常强烈。当时英国数学家哈勃斯丹和西德数学家李希特的著作《筛法》正在印刷所校印，他们见到陈景润的论文后，立即要求暂不付印，并在这部书里加添了一章"陈氏定理"。他们把它誉为筛法的"光辉的顶点"。一个英国数学家在给陈景润的信里称赞他说："你移动了群山！"

陈景润分别在1978年和1982年两次收到在国际数学家大会作45分钟报告的邀请。他本想在他有生之年内完成（1+1），彻底摘取皇冠上的明珠。可惜的是，在他生命最后的10多年中，帕金森氏综合征困扰他，使他长期卧病在床，最终未能实现夙愿。虽然小有遗憾，但是陈景润在数论和歌德巴赫猜想方面的研究上取得了举世瞩目的成就，他将永垂千古，流芳中国科学史。

陈景润

"杂交水稻之父" 袁隆平

20世纪末期，中国科学史上有一位非常重要的人物，他拥有无数的荣誉，他就是被国际上誉为"杂交水稻之父"的袁隆平。用朴实的中国农民的话说，吃饭靠"两平"，一靠邓小平（责任制），二靠袁隆平（杂交稻）。

袁隆平，1930年9月出生于北京，1949年8月考入重庆相辉学院（后改名西南农学院）农学系，1953年8月毕业后分配到湖南省安江农校任教。此后袁隆平一面从事教学，一面从事水稻育种研究。

1960年7月，袁隆平在早稻常规品种试验田里发现了一株"株形优异、鹤立鸡群"的水稻植株。第二年的春天，他把这株变异株的种子播到试验田里，期待着收获优良的新一代稻种。可是等到秧苗长高后，袁隆平失望地发现，它们品性上高的高、矮的矮；成熟也是迟的迟、早的早，没有一株超过母株。

袁隆平并没有灰心，他对孟德尔和摩尔根的遗传学进行了深入的研究。深入分析后他发现，纯种水稻品种的第二代是不会出现分离的，只有杂种第二代才会出现分离现象。既然发生分离，那就可以断定那株性状优异的稻株是一株地道的"天然杂交稻"的第一代。

袁隆平进而认识到，既然那株"天然杂交稻"的第一代长势这么好，就能证明水稻存在明显的杂种优势现象。只要能探索到其中的规律和奥秘，就可以培育出人工杂交稻来。他决心利用水稻杂交的优势，来提高水稻的产量。

袁隆平在田间

袁隆平从此开始把精力转到培育人工杂交水稻课题的研究上。这在当时是一个很有挑战性的课题。因为水稻是自花授粉的作物。美国著名遗传学家辛诺特和邓恩的经典著作里面和20世纪五六十年代美国大学教科书《遗传学原

水稻品种——武运粳 7 号

杂交水稻的发明被誉为"第二次绿色革命"。农业经济学家唐·帕尔格说："袁隆平为中国赢得了宝贵的时间，他增产的粮食实质上降低了人口增长率。他在农业科学上的成就击败了饥饿的威胁。他正引导我们走向一个丰衣足食的世界。"

理》里都明确地写着："自花授粉作物自交不衰退，因而杂交无优势。"国内外的某些权威嘲笑"提出杂交水稻课题是对遗传学的无知"。

1964年，袁隆平正式提出了利用天然杂交水稻优势的观点，并开始杂交水稻的研究。袁隆平认为利用水稻的杂交优势确实可行的出路就是培育出一个雄花不育的"母稻"，即雄性不育系，然后用其他品种的花粉去给它授粉杂交，产生出用于生产的杂交种子。

在1964~1965年这两年里，袁隆平和助手们忙着寻找雄花不育的"母稻"，终于找到了 6 株天然雄性不育的植株。经过观察试验，他积累了丰富的科学数据，撰写了论文《水稻的雄性不孕性》，发表在《科学通报》上。这是国内首次论述水稻雄性不育性的论文。

此后5年多的时间里，袁隆平和助手们先后用了1000多个品种，做了3000多种杂交组合，都没能培育出不育株率和不育度都达到100%的不育系来。后来，袁隆平又提出了利用"远缘的野生稻与栽培稻杂交"的新设想。

1970年11月，袁隆平的助手李必湖在海南岛的普通野生稻群落中发现一株雄花

❖ 隆平高科出世 ❖

1998年，经权威的资产评估所评估，"袁隆平品牌"无形资产价值1000亿元人民币。身为中国工程院院士的袁隆平，是一位具有平民意识的科学家，他并不追逐财富。

1999年6月，湖南省农业科学院、联合国家杂交水稻工程技术研究中心等5家法人股东，共同出资筹建"袁隆平农业高科技股份有限公司"，其中袁隆平领导的国家水稻工程技术研究中心占有25％的股份。2000年12月11日，我国第一家以农业科学家的名字冠名的上市公司"袁隆平农业高科技股份有限公司"（简称"隆平高科"）在深圳证券交易所挂牌上市。袁隆平作为公司的股东拥有250万股股份。"隆平高科"股票发行价为12.98元，当日开盘价为27.89元，收盘价为40.37元。有人戏称袁隆平为亿万富翁，他不无幽默地说："我只不过是一个过路财神，我只不过是账面上的亿万富翁。"

稗育株。这一发现，为培育水稻不育系和随后的"三系"配套打开了突破口，给杂交稻研究带来了新转机。

1972年，农业部把杂交稻列为全国重点科研项目，组成了全国范围的攻关协作网。1973年，在突破"不育系"和"保持系"的基础上，袁隆平等人率先找到了优势强、花粉量大、恢复度在90％以上的"恢复系"。在世界上首次育成强优势杂交水稻。同年10月，袁隆平发表了论文《利用野稗选育三系的进展》，正式宣告我国籼型杂交水稻"三系"配套成功。

1974年，袁隆平和同事们又相继攻克了杂种"优势关"和"制种关"，研究出一套籼型杂交水稻生产技术；袁隆平成为世界上第一个培育成籼型杂交水稻的人。

1976年到1987年间，袁隆平培育的杂交水稻的种植面积累计达到11亿亩，增产稻谷1000亿公斤。袁隆平的杂交水稻解决了中国人民的吃饭问题，确保了我们用占世界7％的土地养活占世界22％的人口。

1986年，袁隆平在他的论文《杂交水稻育种的战略设想》中，科学地将杂交水稻育种分为"三系法为主的品种间杂种优势利用，两系法为主的籼粳亚种优势利用，再到一系法为主的远缘杂种优势利用"三个战略发展阶段。

1995年，两系杂交稻基本研究成功。1997年，袁隆平发表了重要论文《杂交水稻超高产育种》。

袁隆平培育出杂交水稻，解决了13亿中国人的吃饭问题。他一辈子淡泊名利，专注于科学研究，他的路还在继续，他最大的梦想是解决全世界人民的吃饭问题。